DE ONWAARSCHIJNLIJKE REIS VAN HAROLD FRY

Rachel Joyce

De onwaarschijnlijke reis van Harold Fry

Vertaald door Janneke Zwart

CARGO

2013
DE BEZIGE BIJ
AMSTERDAM

Cargo is een imprint van Uitgeverij De Bezige Bij, Amsterdam

Eerste druk juni 2012
Tweede druk juni 2012
Derde druk juni 2012
Vierde druk oktober 2012
Vijfde druk januari 2013
Zesde druk juni 2013
Oorspronkelijke titel *The Unlikely Pilgrimage of Harold Fry*
Oorspronkelijke uitgever Doubleday, Londen
Omslagontwerp Wil Immink Design
Omslagillustratie Tal Goretsky
Foto auteur Fatimah Namdar
Vormgeving binnenwerk Peter Verwey, Heemstede
Druk Koninklijke Wöhrmann, Zutphen
ISBN 978 90 234 7939 0
NUR 302

www.uitgeverijcargo.nl

Voor Paul, die samen met mij wandelt,
en voor mijn vader,
Martin Joyce (1936-2005)

Who would true valour see,
Let him come hither;
One here will constant be
Come wind, come weather.
There's no discouragement
Shall make him once relent
His first avowed intent
To be a pilgrim.

John Bunyan, *The Pilgrim's Progress*

1

Harold en de brief

De brief die alles zou veranderen kwam op een dinsdag. Het was een gewone ochtend halverwege april die geurde naar schoon wasgoed en pas gemaaid gras. Harold Fry zat aan de ontbijttafel, gladgeschoren, gekleed in een fris overhemd met stropdas, voor een geroosterde boterham waar hij niet van at. Hij staarde uit het keukenraam naar het strakke gazon, dat in het midden doorboord was door Maureens droogmolen en aan alle drie kanten ingesloten door de schuttingen van de buren.

'Harold!' riep Maureen boven de stofzuiger uit. 'Post!'

Hij bedacht dat hij wel zin had om naar buiten te gaan, maar het enige wat daar te doen viel was het gras maaien, en dat had hij gisteren al gedaan. De stofzuiger verstomde en zijn vrouw kwam vertoornd aangelopen met een brief. Ze ging tegenover Harold zitten.

Maureen was een tengere vrouw met een kort, zilverwit kapsel en een kwieke tred. Toen ze elkaar net kenden, vond hij niets heerlijker dan haar aan het lachen te maken. Haar ranke gestalte dubbel te zien klappen van tomeloos plezier. 'Hij is voor jou,' zei ze. Hij wist pas wat ze bedoelde toen ze een envelop over tafel schoof tot vlak voor Harolds elleboog. Ze keken allebei naar de brief alsof ze er nooit eerder een gezien hadden. Hij was roze. 'Op het poststempel staat Berwick-upon-Tweed.'

Hij kende niemand in Berwick. Hij kende überhaupt niet veel mensen. 'Misschien is het een vergissing.'

'Dat lijkt me niet. Een poststempel doen ze niet fout.' Ze nam een geroosterde boterham uit het rekje. Ze had ze graag koud en knapperig.

Harold bestudeerde de mysterieuze envelop. Het was een andere kleur roze dan die van het badkamersanitair, of van de bijpassende handdoeken en de pluizige hoes van het wc-deksel. De felheid van die tint gaf Harold het gevoel dat hij daar niet hoorde te zijn. Maar deze kleur was zachter. Het roze van Turks fruit. Zijn naam en adres waren er met ballpoint op gekrabbeld; de onbeholpen letters vielen tegen elkaar aan alsof een kind ze haastig had neergepend: *De heer H. Fry, Fossebridge Road 13, Kingsbridge, South Hams.* Hij herkende het handschrift niet.

'Nou?' vroeg Maureen, nadat ze hem een mes had aangereikt. Hij stak het in de hoek van de envelop en trok het door de vouw. 'Voorzichtig,' maande ze hem.

Hij voelde haar blik op zich rusten terwijl hij een velletje briefpapier uit de envelop haalde en zijn leesbril opzette. De brief was getypt, met bovenaan het adres van een instelling die hij niet kende: Hospice St. Bernadine. *Beste Harold, misschien verbaast het je om van me te horen.* Zijn ogen gleden over het papier naar beneden.

'Nou?' vroeg Maureen weer.

'Goeie hemel. Hij is van Queenie Hennessy.'

Maureen sneed met haar mes een klontje boter af en smeerde het uit over haar geroosterde brood. 'Queenie?'

'Ze werkte bij de brouwerij. Jaren geleden. Weet je niet meer?'

Maureen haalde haar schouders op. 'Waarom zou ik dat nog

weten? Waarom zou ik me iemand van jaren geleden nog herinneren? Mag ik de jam?'

'Ze werkte op de boekhouding. Ze was heel goed.'

'Dat is de marmelade, Harold. Jam is rood. Je zult merken dat het best handig kan zijn naar een voorwerp te kijken voor je het pakt.'

Harold reikte haar aan waarom ze had gevraagd en richtte zich weer op zijn brief. Hij was prachtig vormgegeven, uiteraard; een wereld van verschil met de hanenpoten op de envelop. Glimlachend herinnerde hij zich dat het altijd zo was geweest met Queenie: een vrouw die haar werk zo precies deed dat er nooit iets op aan te merken viel. 'Zij herinnert zich jou wel. Je krijgt de groeten.'

Maureen perste haar lippen samen tot een zuinig rondje. 'Op de radio zei een of andere kerel dat de Fransen ons brood willen hebben. In Frankrijk kunnen ze geen gesneden brood krijgen. Ze komen het hier allemaal opkopen. Die kerel zei dat we tegen de zomer misschien te maken zullen krijgen met een tekort.' Ze zweeg. 'Harold? Is er iets?'

Hij gaf geen antwoord. Hij ging rechtop zitten, met geopende mond en een asgrauw gezicht. Zijn stem, toen hij die eindelijk hervonden had, klonk zacht en verloren. 'Ze heeft... kanker. Het is een afscheidsbrief.' Hij zocht naar meer woorden, maar die waren er niet. Harold trok een zakdoek uit zijn broekzak en snoot zijn neus. 'Ik, eh... Jeetje.' De tranen schoten in zijn ogen.

Er gingen seconden voorbij, misschien wel minuten. Maureen maakte een slikgeluid dat de stilte doorkliefde. 'Wat naar,' zei ze.

Hij knikte. Hij zou haar nu moeten aankijken, maar dat kon hij niet.

'Het is mooi weer,' begon ze opnieuw. 'Wat dacht je ervan om de terrasstoelen buiten te zetten?' Maar hij bleef zitten, roerloos en zwijgend, dus ruimde ze de vuile borden maar af. Even later klonk vanuit de hal de stofzuiger weer.

Harold voelde zich buiten adem. Als hij ook maar een arm, of zelfs een spier, bewoog, was hij bang een stortvloed van gevoelens te ontketenen die hij met veel moeite binnenhield. Waarom had hij twintig jaar voorbij laten gaan zonder Queenie Hennessy te zoeken? Er kwam een beeld naar boven van de kleine donkerharige vrouw met wie hij al die jaren geleden had samengewerkt, en het leek onvoorstelbaar dat ze al – wat zou het zijn? – zestig was. En stervend aan kanker in Berwick. Hoe kwam je daar terecht, dacht hij; zo ver in het noorden was hij nog nooit geweest. Hij keek naar de tuin en zag een flapperende reep plastic die vastzat in de laurierstruik. Harold stopte Queenies brief in zijn zak, gaf er twee klopjes op om zich ervan te vergewissen dat hij er goed in zat en kwam overeind.

Boven sloot Maureen zachtjes de deur van Davids kamer en bleef even staan om haar zoon in te ademen. Ze trok zijn blauwe gordijnen open, die ze elke avond dichtdeed, en keek of er zich geen stof verzameld had op de plek waar de zoom van de vitrage de vensterbank raakte. Ze poetste het zilveren lijstje van zijn portret uit Cambridge, en de zwart-witfoto van hem als baby die ernaast stond. Ze hield de kamer schoon omdat ze wachtte op Davids terugkeer, en ze wist nooit wanneer dat zou zijn. Ergens was ze altijd aan het wachten. Mannen hebben geen idee hoe het is om moeder te zijn. De pijn van het houden van een kind, ook als het kind zelf verder is gegaan. Ze dacht aan Harold, beneden met zijn roze brief, en wilde dat ze met hun zoon kon praten. Maureen verliet de kamer even zachtjes als ze hem betreden had en ging de bedden afhalen.

Harold Fry pakte een aantal velletjes Basildon Bond-schrijfpapier uit de ladekast en een rollerpen van Maureen. Wat zei je tegen een vrouw die terminale kanker had? Hij wilde haar laten weten hoe erg hij het vond, maar het was verkeerd om er *Met oprechte deelneming* op te zetten, want dat stond op de kaarten in de winkel die je stuurde als iemand al overleden was, en hoe dan ook klonk het te formeel, alsof het hem niet echt wat kon schelen. Hij probeerde *Beste mevrouw Hennessy, ik hoop van ganser harte dat er verbetering zal optreden in uw toestand*, maar toen hij de pen neerlegde om zijn woorden na te lezen, kwamen ze hem stijf en onwaarschijnlijk voor. Hij verfrommelde het papier tot een prop en begon opnieuw. Hij had zich nooit goed kunnen uitdrukken. Wat hij voelde was zo groot dat het moeite kostte om er woorden voor te vinden. En ook al lukte hem dat, dan nog waren ze niet echt geschikt om te schrijven aan iemand met wie hij in geen twintig jaar contact had gehad. Waren de rollen omgedraaid geweest, dan had Queenie wel geweten wat ze moest zeggen.

'Harold?' Hij schrok op van Maureens stem. Hij dacht dat ze boven was, aan het poetsen, of met David aan het praten. Ze had haar rubberhandschoenen aan.

'Ik ben een briefje aan het schrijven voor Queenie.'

'Een briefje?' Ze herhaalde vaak wat hij zei.

'Ja. Wil jij er ook je naam onder zetten?'

'Dat lijkt me niet. Het zou een beetje vreemd zijn om mijn naam te zetten onder een brief voor iemand die ik niet ken.'

Het werd tijd om er niet langer over te piekeren hoe hij zich het mooist kon uitdrukken. Hij moest nu gewoon de woorden noteren die in zijn hoofd opkwamen: *Beste Queenie, bedankt voor je brief. Ik vind het heel erg. ~~Vriendelijke~~ Hartelijke groet, Harold (Fry)*. Nogal slap, maar het was niet anders. Hij schoof het briefje in een envelop, plakte die vlug dicht en schreef het adres van Hospice St. Bernadine over op de voorkant. 'Ik loop even naar de brievenbus.'

Het was na elven. Hij nam zijn waterdichte jack van het haakje dat Maureen daarvoor bestemd had. Bij de deur prikkelde de geur van warmte en zilte buitenlucht zijn neus, maar nog voordat hij zijn linkervoet over de drempel had gezet, stond zijn vrouw al naast hem.

'Blijf je lang weg?'

'Ik ga enkel naar het einde van de straat.'

Ze bleef naar hem opkijken, met haar mosgroene ogen en haar frêle kin, en hij wou dat hij wist wat hij zeggen moest, maar hij wist het niet – in ieder geval niet iets wat enig verschil zou maken. Hij verlangde ernaar haar aan te raken zoals vroeger, zijn hoofd op haar schouder te leggen. 'Tot straks, Maureen.' Hij trok de voordeur tussen hen dicht, voorzichtig, zodat hij geen lawaai maakte.

De huizen aan Fossebridge Road mochten zich verheugen in wat in makelaarstermen een verhoogde ligging werd genoemd, met weidse uitzichten over Kingsbridge en het platteland. De voortuinen liepen echter gevaarlijk schuin af naar het trottoir, en de planten hadden zich om bamboestaken gewonden, alsof ze bang waren in de afgrond te storten. Harold liep mogelijk iets sneller het steile betonnen paadje af dan zijn bedoeling was en telde vijf nieuwe paardenbloemen. Misschien zou hij vanmiddag het onkruidbestrijdingsmiddel uit de kast halen. Dan had hij iets te doen.

Toen de buurman Harold zag, zwaaide hij en kwam naar het hek dat zijn tuin van die van Harold scheidde. Rex was een mannetje met van onderen bescheiden voeten, van boven een klein hoofd en daartussenin een heel bol lichaam, waardoor Harold soms bang was dat hij reddeloos verloren zou zijn als hij omviel. Hij zou als een tonnetje de heuvel af rollen. Rex had een halfjaar eerder zijn vrouw verloren, in dezelfde tijd dat Harold met pensioen ging. Sinds Elizabeths dood praatte hij graag over de zwaarte van het leven. En hij praatte daar graag uitvoerig over. 'Het minste wat je kunt doen is luisteren,' zei Maureen, al wist Harold niet zeker of ze met 'je' hem bedoelde of de mensen in het algemeen.

'Ga je een wandeling maken?' vroeg Rex.

Harold probeerde een speelse toon aan te slaan die, zo hoopte hij, zou dienen als hint dat dit niet het moment was voor een praatje. 'Heb je ook nog iets voor de post, ouwe makker?'

'Wie moet ik nou schrijven? Sinds Elizabeths dood krijg ik alleen nog maar folders.'

Rex staarde voor zich uit en Harold wist meteen welke kant het gesprek op dreigde te gaan. Hij wierp een blik omhoog: dotten wolken dreven aan een zijdezachte hemel. 'Mooi weertje vandaag.'

'Zeker een mooi weertje,' zei Rex. Er viel een stilte, waar Rex een zucht in loosde. 'Elizabeth hield van de zon.' Weer een stilte.

'Goeie dag om het gras te maaien, Rex.'

'Een prima dag, Harold. Composteer jij je gras? Of mulch je het?'

'Mulchen geeft zo'n rotzooi die dan onder mijn schoenen blijft plakken. Maureen houdt er niet van als ik van alles het huis in loop.' Harold keek naar zijn bootschoenen en vroeg zich af waarom mensen die droegen terwijl ze niet van plan waren te gaan varen. 'Nou, ik moet door. Dan haal ik de middaglichting nog.' Zwaaiend met zijn envelop zette Harold koers naar het trottoir.

Voor het eerst in zijn leven vond hij het jammer dat de brievenbus eerder opdoemde dan verwacht. Harold stak de straat nog over om hem te omzeilen, maar daar stond hij toch, onverbiddelijk op hem te wachten op de hoek van Fossebridge Road. Hij bracht de brief voor Queenie naar de gleuf, maar liet hem niet los. Hij draaide zich om en bekeek de korte afstand die zijn voeten hadden afgelegd.

De vrijstaande huizen waren gepleisterd en in gele, zalmkleurige en blauwe tinten geverfd. Sommige hadden nog het puntige dak uit de jaren vijftig, met sierbalken in de vorm van zonnestralen, andere hadden een met leisteen beklede zolderuitbouw en een was volledig gerenoveerd in de stijl van een Zwitsers chalet. Harold en Maureen waren hier vijfenveertig jaar geleden komen wonen, kort na hun trouwen. Hij had al zijn spaargeld in de aanbetaling van het huis moeten steken, er was niets meer over voor gordijnen of meubels. Ze hadden zich weinig met anderen bemoeid, en in de loop der jaren waren er buren gekomen en gegaan, alleen Harold en Maureen waren gebleven. Ooit hadden ze een moestuin gehad, en een siervijver. 's Zomers maakte Maureen chutney, en David hield goudvissen. Achter het huis had een schuurtje gestaan waarin het naar kunstmest rook, met hoge haken voor gereedschap, en rollen jutegaren en touw. Maar ook dat was allemaal al lang verdwenen. Zelfs de school van hun zoon, die op een steenworp afstand van zijn slaapkamerraam stond, was tegen de vlakte gegaan en vervangen door vijftig betaalbare woningen in heldere primaire kleuren, en straatlantaarns in de vorm van Georgiaanse gaslampen.

Harold dacht aan wat hij Queenie geschreven had en schaamde zich voor de ontoereikendheid van zijn woorden. In gedachten zag hij hoe hij weer thuiskwam, en hoe Maureen met David praatte, en hoe het leven net zo doorging als altijd, behalve dat Queenie in Berwick op sterven lag, en het werd hem te machtig. De brief rustte op de duistere mond van de brievenbus. Hij kon hem niet loslaten.

'Tenslotte,' zei hij hardop, hoewel er niemand keek, 'is het een mooie dag.' Hij had verder niets te doen. Hij kon net zo goed naar de volgende brievenbus lopen. Voordat hij zich kon bedenken, ging hij de hoek van Fossebridge Road om.

Het was niets voor Harold om impulsief te handelen. Daarvan was hij zich wel bewust. Sinds zijn pensionering gingen de dagen in elkaar over zonder dat er ooit iets veranderde, behalve dat hij dikker werd rond zijn middel en meer haren verloor. 's Nachts sliep hij slecht en soms sliep hij helemaal niet. Maar toen hij eerder dan gedacht bij de volgende brievenbus aankwam, aarzelde hij weer. Hij was aan iets begonnen en hij wist niet wat het was, maar nu hij ermee bezig was wilde hij er niet mee ophouden. Zweet parelde op zijn voorhoofd en zijn bloed bonsde van verwachting. Als hij zijn brief naar het postkantoor aan Fore Street zou brengen, werd hij gegarandeerd de volgende dag bezorgd.

De zon drukte warm op zijn achterhoofd en schouders terwijl hij door de lanen met nieuwbouwhuizen wandelde. Harold keek door de ramen naar binnen; soms was er niemand te zien en soms staarden er mensen naar hem terug en voelde hij zich gedwongen snel door te lopen. Soms zag hij echter een voorwerp dat hij niet verwachtte: een porseleinen figuurtje, een vaas en zelfs een tuba. Kwetsbare delen van de bewoners, neergezet om de grens met de buitenwereld te markeren. Hij probeerde zich voor te stellen wat een voorbijganger die langs de ramen van Fossebridge Road 13 wandelde te weten zou komen over hem en Maureen, totdat hij besefte dat dat niet veel zou zijn vanwege de vitrage. Hij liep in de richting van de kade en voelde de spieren in zijn dijen trekken.

Het was eb en verveloze jollen lagen te niksen in een maanlandschap van zwarte modder. Harold strompelde naar een leeg bankje, wurmde Queenies brief uit zijn zak en vouwde hem open.

Ze herinnerde het zich nog, na al die jaren. En toch had hij zijn gewone leventje geleefd alsof het niets betekende wat ze had gedaan. Hij had niet geprobeerd haar tegen te houden. Hij was haar niet gevolgd. Hij had niet eens afscheid genomen. De lucht en de stoep vloeiden samen toen er nieuwe tranen opwelden. Een moment later schenen de waterige omtrekken van een jonge moeder met kind erdoorheen. Ze leken beiden een ijshoorntje in hun hand te houden, en droegen het als een fakkel. De moeder tilde het jongetje op en zette hem aan de andere kant op het bankje neer.

'Mooie dag,' zei Harold, en hij deed zijn best om niet te klinken als een oude man die huilde. Ze keek niet naar hem en zei ook niets terug. Ze boog zich over de vuist van het kind en likte een glad paadje om het hoorntje heen, zodat het ijs niet langer omlaag droop. Het jongetje staarde naar zijn moeder, zo stil en van zo dichtbij dat het leek of zijn gezicht een deel van het hare was.

Harold vroeg zich af of hij ooit met David een ijsje had zitten eten op de kade. Hij wist bijna zeker van wel, maar toen hij in zijn geheugen naar de herinnering zocht, wilde die niet een-twee-drie bovenkomen. Hij moest weer door. Hij moest zijn brief posten.

Kantoormedewerkers zaten met een lunchbiertje te lachen voor de Old Creek Inn, maar Harold zag ze nauwelijks. Toen hij aan de steile beklimming van Fore Street begon, dacht hij aan de moeder, die zo opging in haar zoontje dat ze voor niemand anders oog had. Het viel hem in dat Maureen degene was die met David praatte en hem al hun nieuws vertelde. Het was Maureen die altijd Harolds naam ('pap') op de brieven en kaarten had geschreven. Het was zelfs Maureen die het verpleeghuis voor zijn vader had gevonden. Toen hij bij het zebrapad de knop van het stoplicht indrukte, besefte hij dat als zij feitelijk Harold was, de vraag zich opdrong: Wie ben ik dan?

Zonder ook maar even stil te blijven staan beende hij langs het postkantoor.

2

Harold en het meisje van het pompstation, en een kwestie van geloof

Harold had bijna het hoogste punt van Fore Street bereikt. Hij was de opgedoekte Woolworths gepasseerd, de nare slager ('Hij slaat zijn vrouw,' zei Maureen), de aardige slager ('Zijn vrouw heeft hem verlaten'), de klokkentoren, de zuilen van de oude markthal, de burelen van de *South Hams Gazette* en nu liep hij ter hoogte van de laatste winkels. Zijn kuitspieren trokken bij iedere stap. Achter hem glansde het estuarium als een blikken plaat in de zon, en de boten waren al piepkleine witte stipjes geworden. Hij bleef voor het reisbureau staan om zonder dat het opviel even uit te rusten, en deed alsof hij de vakantieaanbiedingen in de etalage las. Bali, Napels, Istanbul, Dubai... De dromerigheid waarmee zijn moeder altijd sprak over ontsnappen naar landen met tropische bomen en waar de vrouwen bloemen in hun haar droegen, maakte dat hij als jongetje een instinctief wantrouwen koesterde tegen onbekende werelden. Daar was niet veel verandering in gekomen toen hij met Maureen trouwde en ze David kregen. Ieder jaar verbleven ze twee weken in hetzelfde bungalowpark in Eastbourne. Harold ademde enkele malen diep in om zijn borst tot bedaren te brengen en vervolgde zijn weg noordwaarts...

De winkels gingen over in woningen, sommige opgetrokken uit grijsroze Devon-steen, andere geverfd en weer andere gesierd met een leien voorgevel. Daarna kwamen er woonerven met nieuwe huizen. Magnolia's begonnen te bloesemen: geplooide witte sterren aan takken die zo kaal waren dat ze ontbladerd leken. Het was inmiddels één uur, dus de middaglichting had hij gemist. Hij zou iets te eten kopen om wat energie op te doen, en dan op zoek gaan naar de eerstvolgende brievenbus. Na een opening in het verkeer te hebben afgewacht stak Harold de straat over naar een benzinestation, daar waar de bebouwing eindigde en de velden begonnen.

Het meisje bij de kassa gaapte. Ze droeg een rood werkschort over een T-shirt en een broek. Op haar schort prijkte een button waarop IK STA VOOR U KLAAR stond. Haar oren staken door haar haar, dat in vettige slierten langs haar gezicht hing, en ze had een pokdalige, bleke huid, alsof ze heel lang binnengehouden was. Ze wist niet waar hij het over had toen hij om een versnapering vroeg. Ze opende haar mond en zo bleef hij hangen, tijdelijk vastgeroest, zodat hij al bang was dat hij in die stand zou blijven staan als de klok twaalf sloeg. 'Iets te eten?' vroeg hij. 'Iets om even op voort te kunnen?'

Haar ogen schoten heen en weer. 'O, u bedoelt een hamburger.' Ze slofte naar de koelkast en deed hem vervolgens voor hoe je een BBQ Cheese Beast met frietjes in de magnetron opwarmde.

'Goeie hemel,' zei Harold, terwijl ze beiden toekeken hoe de hamburger ronddraaide in zijn doosje achter het deurtje van de magnetron. 'Ik had geen idee dat je een volledige maaltijd kon krijgen bij een pompstation.'

Het meisje haalde de hamburger uit de magnetron en bood hem zakjes met ketchup en bruine saus aan. 'Hebt u ook getankt?' vroeg ze, terwijl ze langzaam haar handen afveegde. Ze waren zo klein als die van een kind.

'Nee, ik kwam hier toevallig langs. Te voet, om precies te zijn.'
'O,' antwoordde ze.
'Ik ga een brief posten voor iemand die ik ooit heb gekend. Ze heeft helaas kanker.' Tot zijn afgrijzen merkte hij dat hij even zweeg voordat hij het woord uitsprak en zijn toon dempte. Hij merkte ook dat hij zijn vingertoppen tegen elkaar had gedrukt.
Het meisje knikte. 'Mijn tante had ook kanker,' zei ze. 'Ik bedoel, je ziet het overal.' Haar blik gleed langs de schappen als om aan te geven dat de ziekte zelfs achter de wegenkaarten en de Turtle Wax zat. 'Maar je moet positief blijven.'
Harold legde zijn hamburger neer en veegde zijn mond schoon met een papieren servetje. 'Positief?'
'Je moet erin geloven. Zo denk ik tenminste. Het gaat niet om medicijnen en al die dingen. Je moet erin geloven dat iemand beter kan worden. Er is zoveel in ons hoofd dat we niet begrijpen. Maar weet je, als je maar gelooft, dan kun je alles.'
Harold keek het meisje vol ontzag aan. Hij wist niet hoe het gebeurd was, maar ze leek in een poel van licht te staan, alsof de zon zich had verplaatst, en haar huid en haar haar glansden van een stralende zuiverheid. Misschien staarde hij te nadrukkelijk, want ze haalde haar schouders op en beet op haar onderlip. 'Praat ik onzin?'
'Jemig, nee. Helemaal niet. Het is juist heel interessant. Ik heb nooit zo met het geloof uit de voeten gekund, ben ik bang.'
'Ik heb het niet over zeg maar godsdienst. Ik bedoel gewoon vertrouwen op wat je niet weet en daarvoor gaan. Geloven dat je invloed hebt.' Ze draaide een haarlok om haar vinger.
Harold had het gevoel dat hij nooit eerder zo veel simpele zekerheid was tegengekomen, en dan nog wel bij zo'n jong iemand. Uit haar mond klonk het als iets voor de hand liggends. 'En toen is ze beter geworden? Je tante? Omdat jij geloofde dat dat kon?'
De haarlok zat zo strak om haar vinger gewonden dat hij nu bang was dat die niet meer los kon komen. 'Ze zei dat ze er hoop

door kreeg toen er niks anders meer was...'

'Wordt er hier ook nog gewerkt?' riep een man in krijtstreeppak bij de counter. Hij tikte met zijn autosleutels op het harde oppervlak om de verloren tijd te markeren.

Het meisje liep terug naar de kassa terwijl het krijtstreeppak omstandig op zijn horloge keek. Hij hield zijn pols hoog in de lucht en richtte zijn vinger op de wijzerplaat. 'Ik word geacht over een halfuur in Exeter te zijn.'

'Benzine?' vroeg het meisje, toen ze haar plaats voor de sigaretten en loterijbriefjes weer had ingenomen. Harold probeerde haar blik te vangen, maar tevergeefs. Ze was teruggekropen in haar kleurloze, lege ik, alsof het gesprek over haar tante nooit had plaatsgevonden.

Harold legde het geld voor de hamburger op de counter en liep naar de deur. Geloof? Was dat niet het woord dat ze gebruikte? Geen woord dat hij vaak hoorde, maar toch. Hoewel hij niet zeker wist wat ze met geloof bedoelde, of waarin hij zelf nog geloofde, galmde het met een verbijsterende hardnekkigheid door zijn hoofd. Op zijn vijfenzestigste was hij zo langzamerhand gaan voelen wat de ouderdom in petto had: een toenemende stijfheid in de gewrichten, een doffe ruis in zijn oren, ogen die traanden bij de geringste verandering van de wind, een steek in de borst die de voorbode was van iets onheilspellends. Maar waar kwam ineens die golf van gevoel vandaan waardoor zijn lichaam vibreerde van pure energie? Hij sloeg de richting van de A381 in en hield zichzelf opnieuw voor dat hij tot aan de volgende brievenbus zou gaan.

Hij verliet nu Kingsbridge. De weg versmalde zich tot één rijbaan en iets verder hield het trottoir op. Boven zijn hoofd kwamen de takken bijeen als het dak van een tunnel, doorweven met spitse nieuwe knoppen en wolken van bloesem. Meer dan eens moest hij zich tegen een meidoorn aan drukken om een passerende auto te ontwijken. In sommige auto's zat alleen een bestuurder, en hij nam aan dat het kantoormedewerkers waren, want hun gezicht stond zo strak dat het leek alsof alle vreugde eruit was geperst. In andere auto's reden moeders met kinderen, en ook zij zagen er moe uit. Zelfs de oudere koppels zoals hij en Maureen straalden een bepaalde rigiditeit uit. Harold kreeg de neiging om te zwaaien, maar hij deed het niet. Hij liep te hijgen van inspanning en hij wilde niemand laten schrikken.

De zee lag achter hem en voor hem strekten de golvende heuvels en blauwe contouren van Dartmoor zich uit. En daarachter? De Blackdown Hills, de Mendips, de Malverns, het Penninisch Gebergte, de Yorkshire Dales, de Cheviots en Berwick-upon-Tweed.

Maar hier, recht aan de overkant, stond een brievenbus, en een eindje daarvandaan een telefooncel. Harolds reis was ten einde.

Hij hield zijn pas in. Hij had zo veel brievenbussen gezien dat hij de tel was kwijtgeraakt, plus nog eens twee wagens van de Royal Mail en een koerier op een scooter. Harold dacht aan alles wat hij in zijn leven voorbij had laten gaan. De glimlachjes. De aangeboden biertjes. De personen die hij iedere keer weer was gepasseerd, op het parkeerterrein van de brouwerij of op straat, zonder op te kijken. De buren van wie hij nooit het nieuwe adres had bewaard. En erger nog: de zoon die niet met hem praatte en de vrouw die hij had teleurgesteld. Hij herinnerde zich zijn vader in het verpleeghuis, en de koffer van zijn moeder bij de deur. En nu was er een vrouw die twintig jaar geleden een echte vriendin was gebleken. Ging het altijd zo? Dat het juist op het moment dat hij iets wilde ondernemen, te laat was? Dat je uiteindelijk alle delen van je leven los moest laten, alsof ze in feite nooit iets hadden betekend? De wetenschap dat hij niets kon doen, drukte op hem als een loden last. Het was niet genoeg om een brief te sturen. Er moest een manier zijn om invloed uit te oefenen. Toen hij zijn mobiel wilde pakken, realiseerde Harold zich dat die nog thuis lag. Hij wankelde de weg op met een van verdriet vertrokken gezicht.

Een busje kwam met piepende remmen tot stilstand en reed vervolgens vlak langs hem door. 'Stomme zak!' schreeuwde de bestuurder.

Hij hoorde het amper. En ook de brievenbus zag hij amper. Voordat de deur van de telefooncel achter hem dichtviel, had hij de brief van Queenie al in zijn handen.

Hij vond het adres en telefoonnummer, maar zijn vingers trilden zo erg dat hij nauwelijks in staat was de pincode van zijn bankpasje in te toetsen. Hij wachtte op de overgangstoon; de lucht was stil en zwaar. Een straaltje zweet liep tussen zijn schouderbladen omlaag.

Nadat de telefoon tien keer was overgegaan hoorde hij eindelijk een klik en een stem met een zwaar accent zei: 'Hospice St. Bernadine, goedemiddag.'

'Ik zou graag een patiënte van u spreken. Haar naam is Queenie Hennessy.'

Stilte.

Hij voegde eraan toe: 'Het is dringend. Ik moet weten of het goed met haar gaat.'

De vrouw maakte een geluid dat klonk als een lange zucht. Er liep een koude rilling langs Harolds ruggengraat. Queenie was dood, hij was te laat. Hij drukte zijn knokkels tegen zijn mond.

De stem zei: 'Ik vrees dat mevrouw Hennessy slaapt. Kan ik iets doorgeven?'

Kleine wolken wierpen jagende schaduwen over de velden. De lucht boven de heuvels in de verte was heiig, niet omdat het al schemerde, maar vanwege de weidsheid van het landschap. Hij zag in gedachten een dommelende Queenie aan de ene kant van Engeland en zichzelf in een telefooncel aan de andere kant, met ertussenin van alles wat hij niet kende en wat hij zich alleen maar kon voorstellen: wegen, velden, rivieren, bossen, moerassen, heuvels en dalen, en heel veel mensen. Hij zou ze allemaal ontmoeten en passeren. Er kwam geen innerlijk overleg aan te pas, geen redenatie. Idee en besluit werden gelijktijdig geboren. Het was zo eenvoudig dat hij moest lachen.

'Zeg haar maar dat Harold Fry onderweg is. Ze hoeft alleen maar te wachten. Want ik ga haar namelijk redden. Ik zal blijven wandelen en zij moet blijven leven. Wilt u dat tegen haar zeggen?'

De stem zei dat ze dat zou doen. Was er verder nog iets? Wist hij bijvoorbeeld wanneer het bezoekuur was? En hoe het met parkeren zat?

Hij herhaalde: 'Ik ben niet met de auto. Ik wil dat ze blijft leven.'

'Neem me niet kwalijk. Zei u nou iets over uw auto?'

'Ik kom lopend. Vanuit het zuiden van Devon helemaal naar Berwick-upon-Tweed.'

De stem slaakte een geërgerde zucht. 'De verbinding is erg slecht. Wat zei u nou dat u deed?'

'Ik ben aan het lopen,' riep hij.

'Aha,' zei de stem langzaam, alsof de vrouw er een pen bij had gepakt en het noteerde. 'Aan het lopen. Ik zal het haar vertellen. Moet ik verder nog iets doorgeven?'

'Ik ga nu op weg. Zo lang ik loop moet zij blijven leven. Zou u tegen haar willen zeggen dat ik haar ditmaal niet in de steek laat?'

Toen Harold had opgehangen en de telefooncel uit ging, bonkte zijn hart zo snel dat het te groot voelde voor zijn borst. Met trillende vingers pelde hij de envelop van zijn eigen brief open en trok het antwoord eruit. Hij drukte het tegen het glas van de telefooncel en krabbelde er een PS bij: *Wacht op me, H.* Hij deed de brief in de brievenbus zonder te kijken hoe hij verdween.

Harold staarde naar het lint van de weg dat voor hem lag en naar de dreigende muur van Dartmoor, en vervolgens naar de bootschoenen aan zijn voeten. Hij vroeg zich af wat hij in godsnaam had gedaan.

Boven zijn hoofd sloeg een zeemeeuw met zijn vleugels en lachte.

3

Maureen en het telefoontje

Het nuttige van een zonnige dag was dat al het stof zichtbaar werd en dat de was bijna sneller droogde dan in de droogtrommel. Maureen had elk levend organisme op het aanrecht verdelgd met spuitflacon, schuurmiddel en chloor. Ze had de lakens gewassen, gelucht en gestreken, en zowel Harolds als haar eigen bed opnieuw opgemaakt. Het was een verademing geweest om hem even niet om zich heen te hebben; in het halve jaar sinds zijn pensionering was hij amper de deur uit geweest. Maar nu al haar taken erop zaten, werd ze opeens ongerust en daardoor weer ongeduldig. Ze belde Harold op zijn mobiel en hoorde een marimbamuziekje van boven komen. Ze luisterde naar zijn hakkelende stem: 'Dit is de mobiele telefoon van Harold Fry. Het spijt me zeer, maar... hij is er niet.' De lange stilte die hij halverwege de zin liet vallen, wekte de indruk dat hij daadwerkelijk even naar zichzelf was gaan zoeken.

Het was na vijven. Hij deed nooit iets onverwachts. Zelfs de normale geluiden – het getik van de klok in de hal, het gezoem van de koelkast – klonken luider dan anders. Waar hing hij uit?

Maureen probeerde afleiding te vinden in de kruiswoordpuzzel van de *Telegraph*, maar ontdekte dat Harold alle gemakkelijke antwoorden al had ingevuld. Een vreselijke gedachte drong zich aan haar op. Ze zag hem op de weg liggen met zijn mond open. Die dingen gebeurden. Sommige mensen kregen een hartaanval en werden pas dagen later gevonden. Of misschien werd haar heimelijke angst bewaarheid. Misschien kreeg hij net als zijn vader alzheimer. De man was nog geen zestig jaar geworden. Maureen holde weg om de autosleutels en haar autoschoenen te pakken.

En toen bedacht ze dat hij waarschijnlijk bij Rex was. Ze hadden het vast over het maaien van het gras, en over het weer. Idiote man. Ze zette haar schoenen weer naast de voordeur en hing de autosleutels aan het haakje.

Maureen liep omzichtig het vertrek binnen dat in de loop der jaren de 'mooie kamer' was gaan heten. Ze kon hem nooit betreden zonder een vest te willen aantrekken. Ooit had er een mahoniehouten eettafel gestaan met vier gestoffeerde stoelen, en hadden ze er iedere avond gegeten met een glas wijn. Maar de laatste keer was twintig jaar geleden. De tafel was er niet meer en op de boekenplanken stonden fotoalbums waar niemand in keek.

'Waar ben je?' vroeg ze. De vitrage hing tussen haar en de buitenwereld in en nam elke kleur en textuur eruit weg, en daar was ze blij om. De zon begon al te dalen. Nog even en de straatverlichting zou aangaan.

Toen de telefoon ging, stoof Maureen naar de hal en nam op. 'Harold?'

Een diepe stilte. 'Met Rex, Maureen. Van hiernaast.'

Ze keek hulpeloos om zich heen. In haar haast om bij de telefoon te komen had ze haar voet gestoten aan iets scherps wat Harold waarschijnlijk had laten slingeren. 'Alles goed met je, Rex? Is de melk weer op?'

'Is Harold thuis?'

'Harold?' Maureen hoorde haar stem de hoogte in gaan. Als hij niet bij Rex was, waar was hij dan? 'Ja. Natuurlijk is hij hier.' De toon waarop ze sprak was geenszins haar normale. Ze klonk zowel vorstelijk als verslagen. Net als haar moeder vaak had geklonken.

'Ik was alleen bang dat er misschien iets was gebeurd. Ik heb hem niet terug zien komen van zijn wandeling. Hij ging een brief posten.'

Meteen flitsten er verschrikkelijke beelden door haar heen van ambulances en politieagenten, en van haarzelf terwijl ze Harolds krachteloze hand vasthield. Ze wist niet of ze zich aanstelde, maar het was alsof haar hoofd het ergst denkbare scenario aan het repeteren was om de kracht van de schok voor te zijn. Ze zei nogmaals dat Harold thuis was en voordat Rex nog iets kon vragen hing ze op. Ze voelde zich meteen schuldig. Rex was vierenzeventig en eenzaam. Hij had alleen maar willen helpen. Ze wilde net terugbellen, maar blijkbaar was hij haar voor, want de telefoon ging over in haar hand. Maureen hervond haar kalme stem en zei: 'Dag, Rex.'

'Ik ben het.'

Haar kalme stem schoot drie octaven omhoog. 'Harold? Waar ben je?'

'Op de B3196. Buiten de pub bij Loddiswell.' Hij klonk waarachtig opgewekt.

Het was bijna acht kilometer van hun voordeur naar Loddiswell. Dus hij had geen hartaanval gehad en lag niet op de weg. Hij was niet vergeten wie hij was. Ze voelde zich meer verontwaardigd dan opgelucht. Toen kwam er een nieuwe, vreselijke gedachte bij haar op. 'Je hebt toch niet gedronken?'

'Limonade, maar ik voel me fantastisch. Beter dan ik me in jaren heb gevoeld. Ik heb een aardige vent ontmoet die satellietschotels verkoopt.' Hij zweeg even, alsof hij op het punt stond een zwaarwichtige mededeling te doen. 'Ik heb beloofd te gaan wandelen, Maureen. Helemaal naar Berwick.'

Ze dacht dat ze hem niet goed had verstaan. 'Wandelen? Naar Berwick-upon-Tweed? Jij?'

Hij leek dat bijzonder grappig te vinden. 'Ja! Ja!' proestte hij uit.

Maureen slikte. Haar benen voelden wiebelig en een ogenblik lang kon ze niets uitbrengen. Toen vroeg ze: 'Even voor de duidelijkheid. Je bent lopend op weg naar Queenie Hennessy?'

'Ik ga lopen en zij blijft leven. Ik ga haar redden.'

Haar knieën knikten. Ze zette vlug haar hand tegen de muur om overeind te blijven. 'Dat lijkt me niet. Je kunt iemand niet van kanker redden, Harold. Tenzij je chirurg bent. En jij kunt nog geen boterham recht afsnijden. Dit is belachelijk.'

Harold lachte weer, alsof de persoon over wie ze het had een vreemde was en niet hijzelf. 'Ik heb bij het pompstation met een meisje gesproken en zij bracht me op het idee. Ze heeft haar tante van kanker gered doordat ze erin geloofde dat ze dat kon. Ze heeft me ook voorgedaan hoe je een hamburger opwarmt. Er zaten zelfs augurkjes bij.'

Hij klonk zo zelfverzekerd. Het bracht haar volledig van haar stuk. Maureen voelde een vonk van drift. 'Harold, je bent vijfenzestig. De enige wandeling die jij ooit maakt is van de deur naar de auto. En voor het geval je het nog niet gemerkt hebt, je mobiel ligt thuis.' Hij probeerde iets terug te zeggen, maar zij praatte er dwars doorheen. 'En waar denk je te slapen?'

'Dat weet ik niet.' Hij lachte niet meer en zijn stem klonk dun. 'Maar een brief posten is niet genoeg. Alsjeblieft. Ik moet het doen, Maureen.'

De manier waarop hij een beroep op haar deed en kinderlijk eindigde met haar naam – alsof zij het mocht zeggen terwijl zijn besluit duidelijk al vaststond – was de druppel. De vonk ontbrandde tot een steekvlam. Ze zei: 'Nou, ga jij dan maar naar Berwick, Harold, als je zo nodig moet. Het zou me verbazen als je verder kwam dan Dartmoor...' Er klonken bliepjes op de lijn. Ze omklemde de telefoon steviger, alsof die een deel van hem was waaraan ze zich vastklampte. 'Harold? Ben je nog in de pub?'

'Nee, buiten in een telefooncel. Het stinkt hier nogal. Ik geloof dat iemand hier heeft...' Zijn stem viel weg. De verbinding was verbroken.

Maureen zeeg neer op de stoel in de hal. De stilte klonk luider dan voordat Harold belde en leek alle andere geluiden op te slokken. De halklok tikte niet, de koelkast zoemde niet, in de tuin zongen geen vogels. De woorden Harold, hamburger en wandelen tolden door haar hoofd en daartussendoor doken er nog twee op: Queenie Hennessy. Na al die jaren. De herinnering aan iets wat lang geleden begraven was, sidderde diep in haar.

Maureen zat alleen in de invallende duisternis, terwijl op de tegenovergelegen heuvels de natriumlampen aangingen en amberkleurige halo's de avond in straalden.

4

Harold en de hotelgasten

Harold Fry was een lange man die zich gebogen door het leven bewoog, alsof hij ieder moment bedacht was op een uit het niets opduikende lage balk of papieren projectiel. Op de dag van zijn geboorte had zijn moeder ontzet naar het bundeltje in haar armen gekeken. Ze was jong, met een mond als een rozenknop en een echtgenoot die vóór de oorlog een goed idee had geleken en daarna het tegenovergestelde. Een kind was wel het laatste waar ze behoefte aan had. Het jongetje leerde al snel dat hij zich in het leven het beste kon redden door zich op de achtergrond te houden, door te doen alsof hij er niet was, ook al was hij er wel. Hij speelde met de kinderen uit de buurt, of sloeg ze in ieder geval van een afstandje gade. Op school hield hij zich zo afzijdig dat hij bijna achterlijk leek. Op zijn zestiende verliet hij het ouderlijk huis en begon zijn leven alleen, tot hij op een avond de blik van Maureen ontmoette, die hem vanaf de andere kant van een danszaal aankeek en zijn hart in lichterlaaie zette. Het was de brouwerij die het jonggehuwde stel naar Kingsbridge had gebracht.

Harold had vijfenveertig jaar lang dezelfde baan als vertegenwoordiger gehad. Hij ging niet om met zijn collega's en voerde zijn werk bescheiden en efficiënt uit, zonder aandacht te vragen of uit te zijn op promotie. Andere mannen maakten reizen en aanvaardden managementposities, maar daar taalde Harold niet naar. Hij maakte vrienden noch vijanden. Op zijn verzoek werd er geen afscheidsfeestje gehouden toen hij met pensioen ging. En hoewel een van de vrouwen op de administratie spontaan met de pet was rondgegaan, wist bijna niemand van het verkoopteam iets van hem af. Iemand beweerde ooit te hebben gehoord dat er een verhaal achter Harold school, maar wat voor verhaal wist hij niet. Nadat hij op een vrijdag voor het laatst had gewerkt, kwam Harold thuis met geen andere tastbare herinneringen aan zijn levenslange dienstverband bij de brouwerij dan een volledig geïllustreerde *Wegengids van Groot-Brittannië* en een tegoedbon voor slijterij Threshers. Het boek was in de mooie kamer terechtgekomen, bij alle andere dingen waar niemand naar omkeek. De tegoedbon bleef in de envelop. Harold was geheelonthouder.

Hij schrok wakker met een knagende honger. Het matras was in de loop van de nacht zowel harder geworden als verschoven, en er viel een vreemde lichtstreep op het tapijt. Wat had Maureen met de slaapkamer gedaan dat de ramen aan de verkeerde kant zaten? En wat was er met de muren gebeurd dat ze versierd waren met bloemetjes? Toen herinnerde hij het zich: hij bevond zich in een hotelletje iets ten noorden van Loddiswell. Hij was aan een wandeling naar Berwick begonnen omdat Queenie Hennessy niet mocht sterven.

Harold zou de eerste zijn geweest om toe te geven dat sommige elementen in zijn plan niet volledig uitgewerkt waren. Hij had geen wandelschoenen of kompas, laat staan een wegenkaart of schone kleren. Maar het minst doordachte onderdeel van de tocht was de tocht zelf. Hij had pas geweten dat hij ging wandelen toen hij aan de wandeling begon. Nou ja, dan maar zonder volledig uitgewerkte elementen; hij had geen plan. Hij kende de wegen van Devon goed genoeg en daarna zou hij gewoon het noorden aanhouden.

Harold schudde zijn twee kussens op en hees zich voorzichtig overeind in een zittende houding. Zijn linkerschouder was pijnlijk, maar los daarvan voelde hij zich verkwikt. Hij had in jaren niet zo goed geslapen; geen van de beelden die hem in het donker zo vaak plaagden had zich vertoond. De quilt die zijn lichaam bedekte, paste bij het bloemetjesdessin van de gordijnen en er stond een geloogde antieke grenen kast in de kamer, waarvoor hij zijn bootschoenen geparkeerd had. Aan de muur in de verste hoek hing een kleine wastafel met daarboven een spiegel. Zijn overhemd, stropdas en broek lagen klein opgevouwen als een verontschuldiging op een verschoten blauwfluwelen stoel.

Hij zag opeens een beeld voor zich van zijn moeders jurken die door het huis uit zijn jeugd verspreid lagen. Hij wist niet waar het vandaan kwam. Hij keek naar het raam om een gedachte op te roepen die de herinnering zou verdrijven. Hij vroeg zich af of Queenie wist van zijn wandeling. Misschien lag ze daar op dit moment wel aan te denken.

Na het telefoontje naar het hospice had hij de glooiingen en bochten van de B3196 gevolgd. Overtuigd van de weg die hij moest nemen, was hij landerijen, huizen, bomen en de brug over de Avon gepasseerd, terwijl een eindeloze stroom verkeer hem passeerde. Niets van dat alles maakte veel indruk op hem, behalve dat het weer een ding minder was tussen hem en Berwick. Hij had regelmatig rust genomen om op adem te komen. Diverse keren had hij zijn bootschoenen opnieuw moeten strikken en het zweet van zijn voorhoofd gewist. Toen hij de Loddiswell Inn bereikte, was hij naar binnen gegaan om zijn dorst te lessen en daar had hij met de verkoper van satellietschotels gepraat. De man was zo onder de indruk geweest toen Harold hem van zijn voornemen vertelde, dat hij hem op zijn rug mepte en de aanwezigen luid om aandacht vroeg. Nadat Harold een uiterst beknopte samenvatting had gegeven ('Ik ga in noordelijke richting door Engeland lopen tot ik in Berwick aankom'), brulde de man van de satellietschotels: 'Hartstikke goed, kerel!' Met die woorden in gedachten had Harold zich naar de telefooncel buiten de pub gehaast om zijn vrouw te bellen.

Hij wou dat zij hetzelfde had kunnen zeggen als de satellietverkoper.

'Dat lijkt me niet.' Soms hakten haar woorden al op de zijne in, voordat ze zijn mond hadden verlaten.

Nadat hij Maureen had gesproken, waren zijn stappen zwaarder geworden. Je kon haar de mening die ze over hem als echtgenoot had niet kwalijk nemen, en toch wenste hij dat het anders was. Hij was bij een hotelletje aangekomen met scheve palmbomen ervoor, alsof ze wegdoken voor de zeewind, en had gevraagd of er een kamer vrij was. Hij was het uiteraard gewend om alleen te slapen, maar het was nieuw om in een hotel te zijn. Toen hij nog bij de brouwerij werkte, was hij altijd tegen de avond thuisgekomen. Vrijwel meteen nadat hij was gaan liggen en zijn ogen had gesloten, was hij in slaap gevallen.

Harold leunde tegen het zachte gestoffeerde hoofdbord en boog zijn linkerknie, waarbij hij met zijn handen zijn enkel zo dicht tegen zijn bovenbeen aan trok als hij kon zonder zijn evenwicht te verliezen en om te vallen. Hij zette zijn leesbril op voor een nadere inspectie van zijn voet. Zijn tenen waren zacht en wit. Enigszins gevoelig rond de nagels en op het knobbelige gewricht in het midden, en op zijn hiel leek er zich een blaar te ontwikkelen, maar gezien zijn leeftijd en zijn gebrek aan conditie was Harold eigenlijk best trots op zichzelf. Zijn rechtervoet onderwierp hij aan dezelfde langzame en grondige inspectie.

'Niet slecht,' zei hij.

Een paar pleisters. Een goed ontbijt. Dan was hij er klaar voor.

Hij stelde zich voor hoe de verpleegster Queenie van zijn wandeling had verteld en dat zij alleen maar in leven hoefde te blijven. Hij zag haar gezicht alsof ze bij hem in de kamer zat: haar donkere ogen, haar beschaafde mond, haar strakke zwarte krulletjes. Het beeld was zo levendig dat hij niet begreep wat hij nog in bed deed. Hij moest naar Berwick. Hij schoof zijn benen naar de rand van het matras en bracht zijn hiel naar de grond.

Kramp. De pijn schoot door zijn rechterkuit alsof hij op een open stroomdraad was gestapt. Hij probeerde zijn been weer onder de quilt te trekken, maar dat maakte het nog erger. Wat werd je ook alweer geacht te doen? Je tenen strekken? Of ze juist buigen? Hij hobbelde uit bed en danste jammerend over het tapijt met een grimas van pijn. Maureen had gelijk: hij had geluk als hij Dartmoor haalde.

Met zijn handen om de rand van de vensterbank geklemd tuurde Harold Fry naar de weg beneden. Het was alweer spitsuur en het verkeer zoefde in de richting van Kingsbridge. Hij dacht aan zijn vrouw die op Fossebridge Road 13 ontbijt maakte en vroeg zich af of hij niet beter terug kon gaan. Dan kon hij zijn mobiel ophalen en een paar spullen inpakken. Hij kon de wegenkaart van internet uitprinten en een paar wandelbenodigdheden bestellen. Misschien bevatte het reisboek dat hij voor zijn pensionering had gekregen en dat hij nooit had ingekeken, nuttige tips. Maar als hij zijn route ging plannen, zou dat zowel serieus nadenken als uitstel betekenen, en voor geen van beide had hij tijd. Bovendien zou Maureen alleen maar de waarheid verwoorden die hij zo krampachtig probeerde te ontlopen. De dagen waarin hij op haar hulp of aanmoediging kon rekenen, of wat het ook was dat hij nog steeds nodig had, lagen heel ver achter hem. De lucht achter het raam was van een teer blauw, bijna breekbaar, en dooraderd met wolkenslierten. De boomtoppen baadden in een warm gouden licht. De takken wiegden in de wind en gebaarden hem verder te gaan.

Hij wist dat hij, als hij nu naar huis ging, als hij zelfs maar een kaart raadpleegde, nooit naar Berwick zou gaan. Hij waste zich snel, trok zijn overhemd aan en deed zijn stropdas om, en volgde toen de geur van spek.

Harold bleef voor de ontbijtkamer staan aarzelen, hopend dat hij leeg zou zijn. Maureen en hij konden uren doorbrengen zonder een woord te spreken, maar haar aanwezigheid was als een muur waarvan je uitging dat die er was, zelfs als je er niet vaak naar keek. Harold greep de deurkruk. Hij schaamde zich dat hij het na al die jaren bij de brouwerij nog altijd eng vond om een kamer met vreemden te betreden.

Toen hij de deur opende, draaiden zich zo veel hoofden zijn richting uit dat zijn hand vastgeplakt bleef aan de klink. Hij zag een jong gezin, gehuld in vakantiekleren, twee dames op leeftijd, allebei in het grijs, en een zakenman met een krant. Van de twee nog lege tafels stond er een midden in het vertrek en de andere in de verste hoek, naast een varenplant op een voetstuk. Harold gaf een kuchje.

'Goedemorgen op deze mooie morgen,' zei hij met een nep-Iers accent. Hij wist niet waarom hij dat deed, er stroomde geen druppel Iers bloed door zijn aderen. Het was iets wat zijn oude chef, meneer Napier, gedaan zou kunnen hebben. Die had ook geen druppel Iers bloed, maar stak graag de draak met iedereen.

De hotelgasten erkenden dat het een mooie ochtend was en richtten zich weer op hun Engelse ontbijt. Harold voelde zich opgelaten zoals hij daar stond, maar vond het ongemanierd om te gaan zitten als niemand hem daartoe uitnodigde.

Een vrouw in een zwarte rok en blouse stormde naar binnen door twee klapdeurtjes, waarboven een gelamineerd bordje hing met de woorden KEUKEN. GEEN TOEGANG. Ze had kastanjebruin haar dat ze op de een of andere manier had opgebold, zoals vrouwen dat kunnen. Maureen had haar haar nooit geföhnd. 'Geen tijd voor mooimakerij,' mompelde ze vaak. De vrouw bracht gepocheerde eieren naar de twee dames in het grijs en vroeg: 'Volledig ontbijt, meneer Fry?'

Met een steek van gêne herinnerde Harold het zich weer. Dit was de vrouw die hem de vorige avond naar zijn kamer had gebracht. Dit was de vrouw die hij, in een vlaag van uitputting en enthousiasme, had verteld dat hij naar Berwick wandelde. Hij hoopte dat ze het vergeten was. Hij wilde antwoorden: 'Ja, graag', maar hij durfde haar nu niet meer aan te kijken en de woorden kwamen er als een soort trilling uit.

Ze wees naar het tafeltje in het midden van de ruimte, precies de plek die hij had gehoopt te vermijden, en toen hij erheen liep werd hij zich ervan bewust dat de vreemde zure geur die hem de hele weg naar beneden had gevolgd van hemzelf afkomstig was. Hij wilde naar zijn kamer rennen om zich van top tot teen te wassen, maar dat zou onbeleefd zijn, temeer daar ze hem had gevraagd plaats te nemen, wat hij nu deed. 'Thee? Koffie?' vroeg ze.

'Ja, graag.'

'Allebei?' vroeg de serveerster. Ze keek hem geduldig aan. Nu had hij drie dingen om over in te zitten: dat ze, ook als ze zijn lucht niet kon ruiken, of niet meer wist wat hij haar over zijn wandeling had verteld, altijd nog kon denken dat hij seniel was.

'Thee, als u zo vriendelijk wilt zijn,' zei Harold.

Tot zijn opluchting knikte de serveerster en verdween weer door haar klapdeurtjes. Even was het stil in de kamer. Hij trok zijn stropdas recht en legde zijn handen in zijn schoot. Als hij heel stil bleef zitten, zou het allemaal misschien vanzelf overgaan.

De twee grijze dames zeiden iets over het weer, maar Harold wist niet of ze het tegen elkaar hadden of ook tegen de andere gasten. Hij wilde niet onbeleefd overkomen, maar evenmin de suggestie wekken dat hij hen afluisterde, dus probeerde hij te doen alsof hij ergens mee bezig was. Hij bestudeerde het bordje op zijn tafel, NIET ROKEN, en toen las hij het bordje bij het raam: WILT U ZO VRIENDELIJK ZIJN HIER GEEN TELEFOONGESPREKKEN TE VOEREN. Hij vroeg zich af wat er in het verleden gebeurd kon zijn dat de eigenaren de noodzaak voelden om zo veel dingen te verbieden.

De serveerster kwam weer naar buiten met een theepot en melk. Hij liet haar de thee inschenken.

'U hebt er in elk geval een mooie dag voor uitgekozen,' zei ze.

Dus ze herinnerde het zich toch. Hij nam een slokje thee, maar brandde zijn mond. De serveerster stond nog steeds naast hem.

'Doet u dit soort dingen vaak?' vroeg ze.

Hij was zich bewust van een gespannen stilte in het vertrek, waardoor haar stem harder klonk. Hij keek even op naar de andere gasten, maar geen van hen bewoog. Zelfs de varen leek zijn adem in te houden. Harold schudde lichtjes zijn hoofd. Hij wilde dat de serveerster doorliep naar een andere tafel, maar het leek of iedereen alleen maar geïnteresseerd was in hem. Als jongetje was hij zo bang geweest voor aandacht dat hij als een schaduw rondsloop. Hij kon zijn moeder gadeslaan terwijl zij haar lippen stiftte of in haar reistijdschrift staarde zonder dat ze in de gaten had dat hij er was.

De serveerster zei: 'Als we af en toe niet eens gek deden, dan werd het ook een saaie boel.' Ze gaf een klopje op zijn schouder en trok zich eindelijk terug door de verboden klapdeurtjes.

Harold had het gevoel dat hij in het middelpunt van de belangstelling was komen te staan zonder dat iemand het wilde zeggen. Zelfs het neerzetten van zijn theekopje was een handeling geworden waar hij enkel van buitenaf naar kon kijken, en hij schrok van de harde tik die het op het schoteltje maakte. Intussen werd de geur zo mogelijk nog sterker. Hij baalde ervan dat hij er de vorige avond niet aan had gedacht zijn sokken uit te spoelen onder de kraan. Dat zou Maureen niet overkomen zijn.

'Mag ik u een vraag stellen?' begon een van de oudere dames terwijl ze zich naar hem toe draaide om zijn blik te vangen. 'Mijn vriendin en ik vroegen ons af wat u eigenlijk gaat doen.'

Ze was een lange, elegante vrouw, ouder dan hij, met een fluwelige blouse aan en haar witte haar in een wrong. Hij vroeg zich af of Queenies haar ook zijn kleur had verloren. Of ze het lang had laten groeien, zoals deze vrouw, of het kort had laten knippen, zoals Maureen. 'Is dat heel brutaal?' vroeg ze.

Harold verzekerde haar dat het niet brutaal was, maar tot zijn afgrijzen was het toen weer stil in de kamer.

De andere vrouw was molliger en had een parelsnoer om haar hals. 'We hebben de slechte gewoonte om andermans gesprekken af te luisteren,' zei ze. Ze lachte.

'Dat zouden we moeten afleren,' zeiden ze tegen de gasten in het algemeen. Ze spraken met hetzelfde bekakte, harde accent als Maureens moeder zaliger. Harold merkte dat hij zijn ogen samenkneep om de klinkers te onderscheiden.

'Ik denk een ballonvaart,' zei de een.

'Ik denk een gewaagde zwempartij,' zei de ander.

Iedereen keek Harold verwachtingsvol aan. Hij ademde diep in. Als hij de klank van de woorden die uit zijn mond kwamen maar vaak genoeg hoorde, zou hij zich misschien het soort mens gaan voelen dat op kon staan om ze waar te maken.

'Ik maak een wandeling,' zei hij. 'Ik maak een wandeling naar Berwick-upon-Tweed.'

'Berwick-*upon-Tweed*?' vroeg de lange dame.

'Dat is zeker achthonderd kilometer,' zei haar vriendin.

Harold had geen idee. Hij had het nog niet durven uitrekenen. 'Ja,' beaamde hij, 'maar waarschijnlijk meer als je de M5 liever vermijdt.' Hij reikte naar zijn theekopje, maar greep ernaast.

De gezinsvader in de hoek wierp een blik naar de zakenman en zijn lippen krulden zich tot een grijns. Harold wou dat hij het niet had gezien, maar dat had hij wel, en ze hadden natuurlijk gelijk. Hij was een dwaas. Oude mensen horen met pensioen te gaan en daarna thuis te blijven.

'Hebt u er lang voor getraind?' vroeg de lange dame.

De zakenman vouwde zijn krant op en boog zich naar voren, wachtend op het antwoord. Harold vroeg zich af of hij erom kon liegen, maar in zijn hart wist hij dat hij dat niet zou doen. Hij had ook het gevoel dat de vriendelijkheid van de dames hem op de een of andere manier nog pathetischer maakte, zodat hij zich in plaats van zelfverzekerd alleen maar beschaamd voelde.

'Ik ben geen wandelaar. Het was meer een spontaan besluit. Iets wat ik voor iemand moet doen. Ze heeft kanker.'

De jongere hotelgezichten staarden hem aan alsof hij opeens op een vreemde taal was overgegaan.

'Bedoelt u een religieuze wandeling?' vroeg de mollige dame behulpzaam. 'Een bedevaart?'

Ze keek haar vriendin aan, die zachtjes de hymne 'He Who Would Valiant Be' begon te zingen. Haar stem ging omhoog, zuiver en vast, terwijl haar smalle gezicht roze kleurde. Weer wist Harold niet of het lied voor de hele kamer bestemd was of alleen voor haar vriendin, maar het leek onbeleefd om haar te onderbreken. Ze zweeg en glimlachte. Harold glimlachte ook, maar alleen omdat hij niet wist wat hij zeggen moest.

'Dus ze weet dat u een wandeling maakt?' vroeg de vader in de hoek. Hij droeg een hawaïhemd met korte mouwen en er groeiden donkere krulletjes op zijn borst en armen. Hij leunde breed achterover en wipte op zijn stoel, iets wat David vroeger altijd een standje van Maureen opleverde als hij het deed. De scepsis van de man was tot aan de andere kant van de ontbijtkamer voelbaar.

'Ik heb gebeld en gevraagd of ze het haar wilden vertellen. Ik heb ook een brief gestuurd.'

'Meer niet?'

'Er was weinig tijd voor meer.'

De zakenman doorboorde Harold met zijn cynische blik. Het was duidelijk dat ook hij recht door hem heen keek.

'Er waren eens twee jongemannen die een tocht ondernamen

vanuit India,' zei de mollige vrouw. 'Het was een vredesmars, in 1968. Ze gingen naar de vier kernmachten. Ze hadden thee bij zich en vroegen de staatshoofden, mocht het ooit zover komen dat ze de rode knop in wilden drukken, eerst een pot thee te zetten en goed na te denken.' Haar vriendin knikte vrolijk.

De kamer voelde warm en benauwd en Harold verlangde naar frisse lucht. Hij aaide over zijn stropdas om zich van zijn eigen aanwezigheid te verzekeren, maar het leek alsof zijn lichaam helemaal de verkeerde vorm had. 'Hij is wel erg lang,' had zijn tante May eens over hem gezegd, alsof het iets was wat verholpen kon worden, zoals een lekkende kraan. Harold wou dat hij niet met de hotelgasten over zijn wandeling had gepraat. Hij wou dat niemand over godsdienst was begonnen. Van hem mochten anderen in God geloven, maar het was alsof hij zich op een plek bevond waar regels golden die iedereen kende, behalve hij. Hij had het tenslotte een keer geprobeerd en het had hem geen soelaas geboden. En nu praatten die twee beminnelijke dames over boeddhisten en over de wereldvrede, maar dat had allemaal niets met hem van doen. Hij was een gepensioneerde man die van huis was vertrokken met een brief.

Hij zei: 'Lang geleden waren die vriendin en ik collega's. Het was mijn taak om te controleren of alles op rolletjes liep in de pubs. Zij werkte op de boekhouding. Soms bezochten we de pubs samen en dan reed ze met me mee.' Zijn hart bonsde zo snel dat hij zich onpasselijk voelde. 'Ze heeft iets voor me gedaan en nu ligt ze op sterven. Ik wil niet dat ze doodgaat. Ik wil dat ze blijft leven.'

De naaktheid van zijn woorden verraste Harold, alsof hij zelf geen kleren aanhad. Hij keek omlaag naar zijn schoot, en opnieuw viel er een stilte in de kamer. Nu hij haar in zijn geest had opgeroepen, wilde Harold het beeld van Queenie vasthouden, maar hij was zich te hevig bewust van de kritische blikken van de andere gasten en de twijfels die ze voelden bij wat ze zagen, en daardoor glipte de herinnering weg, net als de echte vrouw al die jaren geleden. Even dacht hij terug aan de lege stoel achter haar bureau en hoe hij ernaast had staan wachten, omdat hij niet kon geloven dat ze weg was en nooit meer terug zou komen. Hij had geen honger meer. Hij wilde net de benauwdheid van de kamer ontvluchten, toen de serveerster de keuken uit kwam gezeild met zijn warme ontbijt. Harold at zoveel hij kon, maar veel was dat niet. Hij sneed de plak bacon en het worstje in kleine stukjes en verborg die in een nette rij tussen zijn mes en vork – een oude gewoonte van David – en toen ging hij weg.

Terug in zijn kamer probeerde Harold de lakens en gebloemde quilt recht te trekken over het bed, zoals Maureen dat zou doen. Hij wilde zijn sporen uitwissen. Voor de wastafel maakte hij zijn haar nat en streek het naar één kant, en hij pulkte met zijn wijsvinger de ongerechtigheden tussen zijn tanden weg. In zijn spiegelbeeld herkende hij trekken van zijn vader. Het zat hem niet alleen in de blauwe ogen, maar ook in de stand van zijn mond, iets vooruitstekend, alsof hij permanent iets achter zijn onderlip bewaarde, en in het grote vlak van zijn voorhoofd waar eens haar voor had gehangen. Hij tuurde nog wat beter, want hij wilde geloven dat hij ook zijn moeder zou kunnen vinden, maar afgezien van haar lengte had zij niets van zichzelf achtergelaten.

Harold was een oude man. Geen wandelaar, en al helemaal geen pelgrim. Wie probeerde hij voor de gek te houden? Hij had zijn hele volwassen leven zittend doorgebracht in besloten ruimtes. Zijn huid spande als ontelbare mozaïekjes om zijn pezen en botten. Hij dacht aan al die kilometers tussen hem en Queenie, en aan Maureens opmerking dat de langste wandeling die hij ooit had gemaakt die naar zijn auto was. Hij dacht ook aan het lachende hawaïhemd en aan de scepsis van de zakenman. Ze hadden gelijk. Hij wist niets van lichaamsbeweging, of van topografische

MEER CARGO LEZEN

Delphine Bertholon *Het geheim van Grâce*

Nathan komt naar huis om Kerstmis te vieren met de familie, maar dit jaar is alles anders. Nathans vader, die bijna dertig jaar geleden spoorloos verdween, is plotseling weer thuisgekomen. Vanaf dat moment vindt er een aantal geheimzinnige gebeurtenissen plaats.

'Een pakkend, smeuïg verhaal waarin lang bewaarde familiegeheimen langzaam worden ontrafeld.' – JAN

Clara Sánchez *Kom in mijn leven*

Laura groeit op in de schaduw van een dominante grootmoeder en een moeder die zich nauwelijks om haar bekommert. Altijd al heeft ze het gevoel gehad dat er iets niet klopte in haar familie. Dan ontmoet Laura Veronica en herkennen ze de geheimen uit elkaars verleden. Samen ontwarren ze een gecompliceerde kluwen van leugens en manipulatie.

'Een psychologische en spannende roman over een meisje dat het leed van haar moeder wil wreken.' – LA RAZÓN

Kathryn Harrison *Betovering*

Sint-Petersburg, 1917. Nadat Raspoetins lichaam uit de rivier de Neva is gehaald, wordt zijn achttienjarige dochter Masja naar het tsaristische paleis gestuurd. De tsaar hoopt dat zij de helende krachten van haar vader heeft geërfd en zijn zieke, aan bed gekluisterde zoon Aljosja kan genezen.

Twee maanden nadat Masja aan het hof is gearriveerd, plaatsen de bolsjewieken de tsarenfamilie onder huisarrest. Terwijl Rusland zich voorbereidt op een burgeroorlog zoeken Masja en prins Aljosja troost bij elkaar. Om de eenzaamheid te verdrijven vertellen ze elkaar verhalen over hun ouders en hun jeugd.

'Een fascinerende roman.' – THE NEW YORK TIMES

www.uitgeverijcargo.nl

MEER CARGO LEZEN

Rachel Joyce *De onwaarschijnlijke reis van Harold Fry*

Wanneer Harold Fry op een doordeweekse ochtend zijn huis verlaat om een brief te posten, weet hij nog niet dat hij op het punt staat naar de andere kant van het land te lopen. Hij draagt geen wandelschoenen, heeft geen kaart en geen telefoon bij zich. Hij weet alleen dat hij moet blijven lopen.
De onwaarschijnlijke reis van Harold Fry is een inspirerend verhaal over liefde, hoop, vriendschap en de kleine dingen in het leven.

Marjorie Celona *Waarom*

'Nu ze niets meer in haar armen draagt, loopt ze snel en lichtvoetig. Het is 28 augustus om kwart over vijf 's ochtends. Opeens bestaat mijn moeder niet meer voor mij.' Een jonge vrouw zoekt het antwoord op de hardnekkige vraag wat voor moeder haar pasgeboren kind vrijwillig achterlaat.

'Een levensles over verlies, familie en identiteit. *Waarom* geeft ruimte aan een overtuigende en zeer talentvolle nieuwe schrijfster.' – O, THE OPRAH MAGAZINE

Dina Nayeri *Een theelepel aarde en zee*

De elfjarige Saba Hafezi en haar tweelingzus Mahtab groeien op in de jaren zeventig op het Iraanse platteland en zijn gefascineerd door Amerika. Als Saba's moeder en zus opeens verdwijnen en zij en haar vader alleen achterblijven, weet Saba zeker dat ze zonder haar naar Amerika zijn verhuisd. Terwijl ze opgroeit en gebukt gaat onder het nieuwe islamitische regime, zoekt Saba troost in het feit dat haar zus ergens de westerse versie van haar leven leidt.

'Een caleidoscopisch beeld van het leven in postrevolutionair Iran. Nayeri vertelt prachtig over familiebanden, de kracht van verbeelding en de tragikomische kanten van het tienerbestaan.' – ELLE

www.uitgeverijcargo.nl

kaarten, of zelfs van het open landschap. Het was het beste om gewoon de rekening te betalen en met de bus naar huis te gaan. Hij trok de kamerdeur stilletjes achter zich dicht. Hij had het gevoel dat hij afscheid nam van iets waar hij nog niet eens aan begonnen was. Toen Harold de trap af sloop naar de receptie, maakten zijn schoenen geen enkel geluid op het tapijt.

Hij duwde net zijn portemonnee terug in zijn achterzak toen de deur van de ontbijtkamer openzwaaide. De serveerster kwam naar buiten, gevolgd door de twee grijze dames en de zakenman.

'We waren bang dat u al weg was,' zei de serveerster ietwat buiten adem, terwijl ze haar haren ordende.

'We wilden u nog een goede reis wensen,' liet de mollige dame weten.

'Ik hoop echt dat het u gaat lukken,' vulde haar lange vriendin aan.

De zakenman drukte Harold zijn kaartje in de hand. 'Als u Hexham haalt, zoek me dan op.'

Ze geloofden in hem. Ze hadden hem zien zitten met zijn bootschoenen aan, en geluisterd naar wat hij zei, en ze hadden in hun hoofd en hart besloten zich iets voor te stellen wat groter en oneindig veel mooier was dan wat voor de hand lag. Harold herinnerde zich met nederigheid zijn eigen twijfels. 'Wat aardig van u,' zei hij zachtjes. Hij gaf de aanwezigen een hand en bedankte hen. De serveerster bracht haar gezicht naar het zijne en kuste de lucht boven zijn oor.

Het was mogelijk dat de zakenman snoof of zelfs een gezicht trok toen Harold zich omdraaide om te vertrekken, en het was eveneens mogelijk dat er uit de ontbijtzaal een harde lach weerklonk, gevolgd door een onderdrukt gegiechel. Maar Harold bleef daar niet bij stilstaan; hij was zo dankbaar dat hij met hen mee lachte. 'Ik zie u in Hexham,' beloofde hij, en met een breed wuivend gebaar liep hij kwiek naar de weg.

De loodgrijze zee lag achter hem terwijl voor hem zich al het land bevond dat naar Berwick voerde, waar opnieuw zee was. Hij was begonnen, en daarmee kreeg Harold al het einde in zicht.

5

Harold en de kroegbaas en de vrouw die hem eten gaf

Het was een volmaakte lentedag. De lucht was geurig en mild en de hemel strekte zich hoog uit, zo blauw als een hemel maar kon zijn. Harold zou durven zweren dat de bomen en heggen, de laatste keer dat hij door de vitrage van Fossebridge Road had getuurd, nog kale, donkere staken waren geweest, maar nu hij buiten liep, groeiden en bloeiden overal waar hij keek de velden, tuinen, bomen en heggen uitbundig. Een baldakijn van kleverige jonge blaadjes hield zich vast aan de takken boven zijn hoofd. Er waren felgele wolken forsythia, linten van paarse aubrieta, een jonge wilg stond trillend in een fontein van zilver. De eerste aardappelscheuten hadden zich door de aarde geboord en aan de kruisbes en aalbes hingen al kleine knoppen die hem deden denken aan de oorbelletjes die Maureen vroeger droeg. Hij duizelde van de overvloed aan nieuw leven.

Met het hotel ver achter zich en maar weinig auto's op de weg bedacht Harold ineens hoe kwetsbaar hij was zo helemaal alleen, zonder telefoon. Als hij viel, of als er iemand uit de bosjes sprong, wie zou hem dan om hulp horen roepen? Op een gekraak van takken schoot hij een paar passen naar voren, maar toen hij met wild bonkend hart omkeek, zag hij een duif zijn evenwicht hervinden in een boom. Naarmate de tijd verstreek en hij in zijn ritme kwam, begon hij zich zekerder te voelen. Engeland opende zich voor zijn voeten en de ervaring van vrijheid, van het onbekende tegemoet te gaan, was zo opwekkend dat hij moest glimlachen. Hij was alleen op de wereld en niets kon hem tegenhouden of hem vragen het gras te maaien.

Achter de heggen links en rechts van hem glooide het landschap. Een kreupelbosje was door de wind tot een kuif geblazen. Hij dacht aan zijn eigen dikke haar in zijn tienertijd, dat hij iedere dag met brillantine in een gladde piek had gekamd.

Hij zou in noordelijke richting naar South Brent gaan, waar hij een eenvoudig logement zou zoeken voor de nacht. Van daaruit zou hij de A38 volgen naar Exeter. Hij kon zich het exacte aantal kilometers niet meer herinneren, maar vroeger trok hij altijd een royale anderhalf uur uit voor de rit. Harold liep langs de eenbaanswegen en de heggen waren zo dicht en hoog dat hij het gevoel had dat hij door een loopgraaf wandelde. Het verbaasde Harold hoe snel en nijdig een auto leek als je er zelf niet in zat. Hij trok zijn waterdichte jack uit en sloeg het over zijn arm.

Hij moest deze weg oneindig vaak hebben gereden met Queenie, en toch had hij geen herinnering aan het landschap. Zijn gedachten waren waarschijnlijk zo in beslag genomen door de agenda van de dag en de wens om niet te laat te komen, dat de omgeving niet meer dan een groene vlek was geweest met een heuvel als achtergrond. Het leven was heel anders als je erdoorheen wandelde. Achter openingen in de wallen strekte zich een golvende lappendeken van velden uit, omzoomd door bomen en hagen. Hij bleef staan om te kijken. Er was zo'n enorme variatie in tinten groen dat Harold er deemoedig van werd. Sommige waren bijna diep fluweelzwart, andere zo licht dat ze aan geel grensden. Ver weg viel de zon op een passerende auto, misschien op een raam, en het licht sidderde over de heuvels als een vallende ster. Hoe kwam het dat hij dat allemaal nooit eerder had opgemerkt? Fletse bloemetjes waarvan hij de naam niet kende, stonden in kluitjes bijeen aan de voet van de heggen, tussen de sleutelbloemen en de viooltjes. Hij vroeg zich af of Queenie die dingen al die jaren geleden wel had gezien als ze uit het raampje aan de passagierszijde keek.

'De auto ruikt naar suiker,' had Maureen eens gezegd, terwijl ze met opgetrokken neusgaten de lucht opsnoof. 'Naar viooltjes-snoepjes.' Sindsdien had hij er altijd op gelet dat hij 's avonds met de raampjes open naar huis reed.

Als hij in Berwick aankwam zou hij een boeket kopen. In gedachten zag hij zichzelf met grote passen het hospice binnen lopen, waar Queenie in een gemakkelijke stoel voor een zonnig raam zijn komst zat af te wachten. De verpleegkundigen zouden alles uit hun handen laten vallen om hem te kunnen zien langskomen, en de patiënten zouden juichen, misschien zelfs klappen, omdat hij zo'n lange wandeling had gemaakt natuurlijk, en Queenie zou lachen op die ingetogen manier van haar, terwijl ze zijn bloemen in ontvangst nam.

Maureen droeg altijd een bloesemtakje of een herfstblad in het knoopsgat van haar jurk. Het moet in de begintijd van hun huwelijk zijn geweest. Soms, als er geen knopen waren, stak ze het achter haar oor, en dan vielen de bloemblaadjes in haar haar. Het zag er bijna grappig uit. Hij had er in jaren niet aan gedacht.

Een auto remde af en kwam zo vlak naast Harold tot stilstand dat hij zich in de brandnetels moest drukken. De raampjes gingen omlaag. Er klonk harde muziek, maar hij kon geen gezichten zien. 'Op weg naar je vriendinnetje, opa?' Harold stak zijn duim op, wachtend tot de auto verder zou rijden. Zijn huid jeukte waar hij door de brandnetels was geprikt.

Hij liep verder, de ene voet voor de andere. Nu hij had geaccepteerd hoe langzaam hij ging, had hij plezier in de afstand die hij aflegde. In de verte was de horizon niet meer dan een blauwe penseelstreek, bleek als water, ononderbroken door huizen of bomen, maar soms vervaagde hij alsof land en lucht in elkaar waren overgevloeid en de helften geworden van hetzelfde ding. Hij kwam langs twee busjes die neus aan neus stonden: de bestuurders waren aan het ruziën wie van hen achteruit moest rijden naar een uitwijkplaats. Zijn lichaam snakte naar voedsel. Hij dacht aan het ontbijt dat hij niet had opgegeten en kreeg kramp in zijn maag.

Bij het knooppunt California Cross ging Harold een pub binnen voor een vroege lunch en koos twee kant-en-klare kaassandwiches uit een mand. Drie mannen die onder het kalkstof zaten, waardoor ze eruitzagen als geesten, stonden te praten over een huis dat ze aan het verbouwen waren. Een paar andere klanten keken op van hun bier, maar deze pub had nooit tot zijn rayon behoord, en gelukkig kende hij niemand. Hij liep met zijn sandwiches en limonade naar de deur, knipperend tegen het ongenadige licht toen hij de biertuin betrad. Het water liep al in zijn mond voordat hij het glas naar zijn lippen had gebracht, en toen hij zijn tanden in een sandwich zette explodeerde de nootachtige smaak van de kaas en de zoetheid van het brood met zo'n kracht op zijn papillen dat het leek alsof hij voor de eerste keer in zijn leven iets at.

Als kind probeerde hij geluidloos te kauwen. Zijn vader hield er niet van hem te horen eten. Vaak zei hij niets, maar drukte hij alleen zijn handen tegen zijn oren en sloot zijn ogen, alsof de jongen hem hoofdpijn bezorgde; andere keren zei hij dat Harold een vieze schooier was. 'Wat je zegt ben je zelf,' antwoordde zijn moeder, terwijl ze een sigaret uitdrukte. Het waren zijn zenuwen, hoorde hij een buurvrouw zeggen. Veel mensen hadden een tik meegekregen van de oorlog. Als kind had hij zijn vader soms willen aanraken, dicht naast hem willen staan en voelen hoe het was om de arm van een volwassene om zijn schouders te hebben. Hij had willen vragen wat er voor zijn geboorte was gebeurd, en waarom de hand van zijn vader beefde als hij naar zijn glas greep.

'Die jongen staart naar me,' zei zijn vader weleens. Zijn moeder gaf hem dan een veeg over zijn knokkels, niet hard, meer alsof ze een vlieg verjoeg, en zei: 'Ophouden, jochie. Ga buiten spelen.'

Het verbaasde hem dat hij zich dat allemaal herinnerde. Misschien kwam het door het lopen. Misschien zag je wel meer dan het landschap als je uit je auto stapte en je voeten gebruikte.

De zon stroomde als een warme vloeistof over Harolds hoofd en handen. Hij trok zijn schoenen en sokken onder tafel uit, waar niemand ze zou zien of ruiken, en bestudeerde zijn voeten. Zijn tenen waren klam en vuurrood. Waar zijn hiel de schoen raakte was de huid geïrriteerd, en de blaar was een dikke bobbel met vocht. Hij drukte zijn voetbogen in het zachte gras en deed vermoeid zijn ogen dicht, maar hij wist dat hij niet in slaap mocht vallen. Het zou moeilijk zijn om door te gaan als hij te lang rust nam.

'Geniet ervan zolang het duurt.'

Harold keek op, bang om iemand te zien die hij kende, maar het was enkel maar de kroegbaas, die met zijn lichaam een deel van de zon wegnam. Hij was even lang als Harold, maar breder gebouwd, gekleed in een rugbyshirt en een halflange broek, en met van die sandalen aan die Maureen op Cornish pasty's vond lijken. Harold schoof zijn eigen voeten snel weer in zijn bootschoenen.

'Stoor u niet aan mij,' zei de kroegbaas, op vrij luide toon en zonder weg te lopen. Harold wist uit ervaring dat uitbaters zich vaak gedroegen alsof het hun taak was te suggereren dat er een gesprek werd gevoerd, zelfs als niemand iets zei, en dat het ook nog eens zeer onderhoudend was. 'Iedereen krijgt altijd zin om iets te doen met het mooie weer. Neem mijn vrouw nou. Op de eerste zonnige dag gaat ze de keukenkastjes uitsoppen.'

Maureen leek het hele jaar door schoon te maken. Een huis houdt niet zichzelf schoon, mompelde ze altijd. Soms maakte ze alweer schoon waar ze net had schoongemaakt. Het was alsof ze het huis niet echt bewoonde, maar slechts rondcirkelde door de kamers. Maar dat zei hij niet. Hij dacht het alleen maar.

'Ik heb u nooit eerder gezien,' zei de kroegbaas. 'Bent u hier op bezoek?'

Harold legde uit dat hij op doorreis was. Hij was een halfjaar geleden gepensioneerd bij de brouwerij, zei hij. Hij was van de oude tijd, toen de vertegenwoordigers er nog elke ochtend met de auto op uitgingen en er minder technologie was.

'Dan moet u Napier hebben gekend.'

De vraag overviel Harold. Hij schraapte zijn keel en zei dat Napier zijn baas was geweest tot hij vijf jaar geleden was omgekomen bij een auto-ongeluk.

'Ik weet dat je geen kwaad mag spreken over de doden,' zei de kroegbaas, 'maar dat was echt een nare man. Ik heb een keer meegemaakt dat hij iemand zowat doodsloeg. We moesten hem wegtrekken.'

Harold voelde een steek in zijn ingewanden. Hij kon beter niet over Napier praten. Hij vertelde dat hij van huis was gegaan met een brief voor Queenie en toen had beseft dat dat niet genoeg was. Voordat de kroegbaas hem erop kon wijzen, bekende hij dat hij geen mobiele telefoon, wandelschoenen of kaart bij zich had, en dat hij vast belachelijk overkwam.

'Geen naam die je vaak hoort, Queenie,' zei de kroegbaas. 'Het klinkt ouderwets.'

Harold beaamde het en zei dat ze ook wel een beetje een ouderwets type was geweest. Rustig, en altijd met een bruinwollen mantelpakje aan, zelfs in de zomermaanden.

De kroegbaas sloeg zijn armen over elkaar, die hij op het zachte plateau van zijn buik liet rusten, en ging wijdbeens staan, alsof hij iets te vertellen had wat wel eventjes kon duren. Harold hoopte dat het niet te maken had met de afstand tussen Devon en Berwick-upon-Tweed. 'Ik heb vroeger een vriendinnetje gehad.

Mooie meid. Ze woonde in Tunbridge Wells. Ze was het eerste meisje dat ik heb gekust, en daarnaast mocht ik ook wel wat meer, zal ik maar zeggen. Ze hàd alles voor me over. Ik zag het alleen niet. Te druk om vooruit te komen in de wereld. Pas jaren later, toen ik op haar trouwerij werd uitgenodigd, zag ik wat een bofkont die bruidegom was.'

Harold wilde eigenlijk zeggen dat hij nooit verliefd was geweest op Queenie, niet op die manier, maar het leek onbeleefd om de kroegbaas te onderbreken.

'Ik knapte af. Aan de drank. Flink in de nesten geraakt, als u begrijpt wat ik bedoel.'

Harold knikte.

'Uiteindelijk heb ik zes jaar gezeten. Mijn vrouw lacht erom, maar tegenwoordig doe ik aan handenarbeid. Tafelstukjes. Ik bestel de kerstballen en de mandjes op internet. Waar het om gaat', en nu bewoog hij met zijn vinger zijn oor heen en weer, 'is dat we allemaal een verleden hebben. We hebben allemaal dingen gedaan, of niet gedaan, waarvan we nu spijt hebben. Ik wens u veel succes. Ik hoop dat u die dame vindt.' De kroegbaas haalde zijn vinger van zijn oor en bestudeerde hem met gefronste wenkbrauwen. 'Met een beetje geluk bent u er vanmiddag al.'

Het had geen zin om hem te corrigeren. Hij kon niet van anderen verwachten dat ze de aard van zijn wandeling begrepen, of precies wisten waar Berwick-upon-Tweed lag. Harold bedankte hem en ging weer op weg. Hij herinnerde zich dat Queenie altijd een opschrijfboekje in haar handtas bewaarde om de gereden kilometers te noteren. Ze was niet in staat te liegen, althans niet bewust. Een flikkering van schuldgevoel stuwde hem voorwaarts.

In de loop van de middag werd zijn blaar pijnlijker. Hij schoof zijn tenen nu op zo'n manier naar de punt van zijn schoen, dat het leer niet in zijn enkel sneed. Hij dacht niet aan Queenie en hij dacht niet aan Maureen. Hij zag niet eens de heggen of de horizon of de langsrijdende auto's. Hij was de woorden: Je gaat niet dood, en die waren ook zijn voeten. Maar de woorden marcheerden soms in andere formaties, en het drong met een schok tot hem door dat zijn hoofd Dood ga je niet of Niet ga je dood scandeerde, of alleen maar Niet niet niet. De hemel boven zijn hoofd was dezelfde hemel die boven Queenie Hennessy hing, en hij wist met groeiende zekerheid dat ze gehoord had waar hij mee bezig was en op hem wachtte. Hij wist dat hij Berwick zou bereiken en dat hij alleen maar de ene voet voor de andere hoefde te zetten. Het was van een verheugende eenvoud. Als hij vooruit bleef gaan, zou hij aankomen. Dat stond vast.

Het landschap lag er roerloos bij, slechts verstoord door het verkeer dat de bladeren deed ritselen als het voorbijsuisde. Het geluid kon hem bijna in de waan brengen dat hij weer aan zee was. Harold merkte dat hij midden in een herinnering zat die hij blijkbaar onbewust had opgeroepen.

Toen David zes was, hadden ze een uitje gemaakt naar het strand bij Bantham. Ze waren er nog niet of David zwom de zee in, steeds verder van het strand af. Maureen had geschreeuwd: 'David! Kom terug! Nu terugkomen!', maar hoe dringender ze riep, hoe kleiner het hoofdje van het kind werd. Harold was haar naar de rand van de zee gevolgd en blijven staan om zijn veters los te maken. Hij wilde net zijn schoenen uitdoen, toen er een strandwacht langsstormde, die al hollend zijn T-shirt uittrok en het naar achteren wierp, alsof hij er op het nippertje aan had gedacht. De man was tot aan zijn middel door het water gewaad en er vervolgens met zijn hele lichaam in gedoken, de golven doorklievend tot hij bij het kind was. Hij had David in zijn armen teruggedragen. De ribben van het jongetje staken uit als vingers en zijn lippen waren blauw. 'Hij heeft geluk gehad,' zei de strandwacht. Hij had het tegen Maureen, niet tegen haar man. Harold deed een paar stappen naar achteren. 'Er staat daar een sterke stroming.' Zijn witte canvas schoenen glinsterden nat in de zon.

En Maureen had het nooit gezegd, maar Harold wist dat ze het dacht, omdat hij hetzelfde dacht: waarom was hij blijven staan om zijn veters los te maken terwijl zijn enige zoon gevaar liep te verdrinken?

Jaren later had hij aan David gevraagd: 'Waarom bleef je maar zwemmen? Die dag op het strand? Hoorde je ons niet roepen?'

David moet destijds een jonge tiener zijn geweest. Hij had Harold aangestaard, met zijn mooie bruine ogen – half die van een jongen en half die van een man – en zijn schouders opgehaald. 'Kweenie. Ik zat al in de shit. Het leek me makkelijker om het zo te laten dan om terug te gaan.' Harold had gezegd dat hij geen grove taal moest gebruiken, zeker niet waar zijn moeder bij was, en David had iets geantwoord van rot op.

Harold vroeg zich af waarom hij zich dat allemaal herinnerde. Zijn enige kind dat ploeterend een uitweg zocht in zee, en jaren later tegen hem zei dat hij moest oprotten. De beelden waren samen in hem bovengekomen, alsof de gebeurtenissen zich op hetzelfde moment hadden afgespeeld; lichtstipjes die als regen op de zee vielen, terwijl David Harold aanstaarde met een intensiteit die hem leek te verpletteren. De waarheid was dat hij angst had gevoeld. Hij had zijn veters losgemaakt omdat hij doodsbenauwd was dat hij, als puntje bij paaltje kwam, zijn zoon niet zou kunnen redden. En erger nog, ze wisten het allemaal: Harold, Maureen, de strandwacht, zelfs David. Harold dreef zijn voeten vooruit.

Hij vreesde dat er nog meer zou komen. De beelden en gedachten die 's nachts zijn hoofd bevolkten en hem wakker hielden. Jaren later had Maureen hem verweten dat hij hun zoon bijna had laten verdrinken. Hij concentreerde zich op de buitenwereld.

De weg strekte zich uit tussen de dichte heggen, en het licht sijpelde door de kieren en gaten. Nieuwe scheuten ontsproten aan de aardwallen. Ver weg sloeg een klok drie uur. De tijd verstreek. Hij dwong zijn voeten om sneller te gaan.

Harold merkte dat hij een droge mond had. Hij probeerde niet aan een glas water te denken, maar nu zijn hoofd het beeld had gecreëerd, riep het ook de sensatie en de smaak van koud vocht in zijn mond op, en het verlangen ernaar maakte zijn lichaam slap. Hij liep heel voorzichtig en probeerde de grond te stabiliseren terwijl die kantelde onder zijn voeten. Sommige auto's minderden vaart, maar hij wuifde de bestuurders door, want hij wilde geen aandacht. Elke ademtocht leek te hoekig om de holten in zijn borst te passeren. Er zat niets anders op dan aan te bellen bij het eerste huis dat hij bereikte. Hij sloot het ijzeren hek achter zich en hoopte dat ze geen honden hadden.

De bakstenen van het huis waren nieuw en grijs, en de altijdgroene heg was kaarsrecht gesnoeid. In bedden zonder onkruid bloeiden sierlijke rijen tulpen. Aan de zijkant van de tuin hing een lijn met wasgoed: grote overhemden, broeken, rokken en een beha. Hij keek weg, want hij wilde geen dingen zien die niet voor zijn ogen bestemd waren. Als tiener had hij vaak naar de korsetten, bustehouders, corrigerende onderbroeken en kousen van zijn tantes gestaard die aan de lijn hingen. Het was toen dat hij zich voor het eerst realiseerde dat de vrouwenwereld geheimen bevatte die hij wilde leren kennen. Hij drukte op de bel van het huis en leunde tegen de muur.

Een vrouw deed open en trok een ontdaan gezicht. Hij wilde zeggen dat ze zich geen zorgen hoefde te maken, maar zijn ingewanden voelden uitgeloogd. Hij kon nauwelijks zijn tong bewegen. Ze snelde weg om water voor hem te halen en toen hij het glas van haar aannam, trilden zijn handen. Het ijswater spoelde over zijn kiezen, zijn tandvlees, zijn gehemelte en schoot naar zijn keel. Hij had kunnen huilen om de weldadigheid ervan.

'Weet u zeker dat u niets mankeert?' vroeg ze, nadat ze nog een glas water had gehaald en hij ook dat had opgedronken. Ze was een brede vrouw, in een geplooide jurk; heupen om kinderen te baren, zou Maureen hebben gezegd. Haar gezicht was rood en verweerd. 'Wilt u even uitrusten?'

Harold verzekerde haar dat hij zich beter voelde. Hij wilde graag zijn tocht vervolgen en zich niet opdringen aan een vreemde. Bovendien vond hij dat hij door om hulp te vragen al een ongeschreven Engelse wet had overtreden. Verder kon hij niet gaan, want hij wilde het vluchtige en het onbekende op afstand houden. Tussen de woorden door haalde hij gejaagd en raspend adem. Hij vertelde haar dat hij een lange wandeling maakte, maar de slag vermoedelijk nog niet helemaal te pakken had. Hij hoopte daarmee een glimlach uit te lokken, maar ze scheen er de grap niet van in te zien. Het was lang geleden dat hij voor het laatst een vrouw aan het lachen had gemaakt.

'Wacht hier,' zei ze. Ze verdween wederom in de stilte van het huis en keerde even later terug met twee vouwstoelen. Harold hielp ze uit te klappen en herhaalde dat hij weer op pad moest, maar de vrouw zeeg in een van de stoelen neer alsof ook zij een lange wandeling achter de rug had, en spoorde hem aan om naast haar plaats te nemen. 'Heel even maar,' zei ze. 'Het zal ons allebei goeddoen.'

Harold liet zijn lichaam in de stoel naast haar zakken. Hij werd bekropen door een zware loomte, en na een moment weerstand te hebben geboden sloot hij zijn ogen. Het licht gloeide rood tegen zijn oogleden, en het getjilp van de vogels en geronk van de passerende auto's versmolten tot één geluid, dat zich tegelijkertijd in hem bevond en ver weg was.

Toen hij wakker werd, had de vrouw een tafeltje bij zijn knieën gezet met daarop een bord met brood en boter, en partjes appel. Ze gebaarde met een omhoog gekeerde handpalm naar het bord alsof ze hem de weg naar voren wees. 'Alstublieft. Neem.'

Hij was zich niet bewust geweest van zijn honger, maar nu hij de appel zag, voelde zijn maag als een enorme holte. Bovendien zou het onbeleefd zijn om te weigeren, na al haar moeite. Hij at gulzig, waarvoor hij zich verontschuldigde, maar hij was niet in staat het langzamer aan te doen. De vrouw keek toe en glimlachte, en al die tijd speelde ze met een kwart appel, die ze tussen haar vingers draaide alsof het een bijzonder voorwerp was dat ze van de grond had opgeraapt. 'Je zou denken dat wandelen de eenvoudigste zaak van de wereld was,' zei ze uiteindelijk. 'Gewoon een kwestie van je ene voet voor de andere zetten. Maar het blijft me verbazen hoe moeilijk dingen die automatisch zouden moeten gaan in werkelijkheid zijn.'

Ze bevochtigde haar onderlip met haar tong, wachtend op de volgende woorden. 'Eten,' zei ze ten slotte. 'Dat is er ook zo een. Sommigen hebben daar grote problemen mee. En praten. Zelfs liefhebben. Dat kan allemaal moeilijk zijn.' Ze keek naar de tuin, niet naar Harold.

'Slapen,' zei hij.

Ze wendde haar gezicht naar hem toe. 'Slaapt u slecht?'

'Soms.' Hij pakte nog een stukje appel.

Er volgde weer een stilte. Toen zei ze: 'Kinderen.'

'Hoe bedoelt u?'

'Dat is er ook een.'

Hij keek naar haar waslijn, en de keurige rijen bloemen. Hij voelde de galmende afwezigheid van jong leven.

'Hebt u kinderen gekregen?'

'Eentje maar.'

Harold dacht aan David, maar het was te veel om uit te leggen. Hij zag hem voor zich als dreumes, en hoe zijn gezicht bruinde in de zon als een rijpe noot. Hij wilde de zachte kuiltjes in zijn knieën beschrijven, en hoe hij op zijn eerste paar schoentjes liep, met zijn blik omlaag gericht, alsof hij niet kon geloven dat ze nog steeds aan zijn voeten vastzaten. Hij dacht aan David in zijn ledikantje, zijn vingertjes zo ontstellend klein en volmaakt boven het wollen dekentje. Als je ernaar keek, was je bang dat ze zouden oplossen door je aanraking.

Het moederschap was Maureen zo natuurlijk afgegaan. Het was alsof er al die tijd een andere vrouw in haar had zitten wachten, klaar om naar buiten te glippen. Ze wist hoe ze met haar lichaam moest wiegen waardoor een baby in slaap viel, hoe ze haar stem moest dempen, hoe ze haar hand moest krommen om zijn hoofdje te ondersteunen. Ze wist welke temperatuur het water in zijn badje moest hebben, en wanneer het tijd was voor zijn slaapje, en hoe ze blauwe wollen sokjes voor hem moest breien. Hij had geen idee dat ze die dingen wist en hij had er vol ontzag naar gekeken, als een toeschouwer in de coulissen. Het vergrootte zijn liefde voor haar, maar tilde haar ook bij hem vandaan, zodat hun huwelijk precies op het moment dat hij dacht dat het nog hechter zou worden, op drift raakte, of hen in elk geval allebei op een andere plaats zette. Hij staarde naar zijn kleine zoontje met zijn ernstige oogjes, en werd verteerd door angst. Stel dat hij honger had. Stel dat hij ongelukkig was. Stel dat de andere jongens hem op school zouden slaan. Er was zoveel om hem tegen te beschermen dat Harold zich overweldigd voelde. Hij vroeg zich af of andere mannen de nieuwe verantwoordelijkheid van het vaderschap ook zo beangstigend hadden gevonden, of dat het alleen een tekortkoming van hemzelf was geweest. Tegenwoordig was het anders. Je zag mannen volstrekt zorgeloos achter de kinderwagen lopen en baby's te eten geven.

'Ik heb u toch niet van streek gemaakt?' vroeg de vrouw.

'Nee hoor.' Hij stond op en gaf haar een hand.

'Ik ben blij dat u bent langsgekomen,' zei ze. 'Ik ben blij dat u om water hebt gevraagd.' Hij keerde terug naar de weg voordat ze kon zien dat hij huilde.

De lagere plooien van Dartmoor tekenden zich links van hem af. Hij zag nu dat wat een wazige blauwe massa aan de horizon had geleken, een reeks purperen, groene en gele toppen was, ononderbroken door velden en op de hoogste punten met rotsblokken bedekt. Een roofvogel, misschien een buizerd, zwenkte boven het landschap, scheerde door de lucht en bleef op één plek hangen.

Harold vroeg zich af of hij jaren geleden niet sterker bij Maureen had moeten aandringen op een tweede kind. 'David is genoeg,' had ze gezegd. 'Meer dan hem hebben we niet nodig.' Maar soms was hij bang dat het hebben van maar één kind een te zware last betekende. Misschien dat de pijn van het liefhebben afzwakte naarmate je er meer had. Een opgroeiend kind zette zich voortdurend af. Toen hun zoon hen ten slotte voorgoed had afgewezen, verwerkten ze dat allebei op een andere manier. Een tijdlang was er woede, en toen kwam er iets anders, wat op een stilte leek, maar met een eigen energie en heftigheid. Op een gegeven moment had Harold kou gevat en was Maureen in de logeerkamer gaan slapen. Om de een of andere reden was er niet over gepraat, en om de een of andere reden was ze nooit terugverhuisd.

Harolds hiel schrijnde en zijn rug deed zeer, en nu begonnen ook zijn voetzolen te branden. Zelfs het kleinste steentje bezorgde hem pijn, en hij moest steeds blijven staan om zijn schoen uit te trekken en hem leeg te schudden. Nu en dan zakte hij ook zomaar door zijn benen, alsof ze van gelatine waren, waardoor hij struikelde. Zijn vingers klopten, maar misschien kwam dat doordat ze niet gewend waren om voortdurend heen en weer te worden gezwaaid langs zijn lichaam. En toch, ondanks alles, voelde hij zich intens levend. In de verte begon een grasmaaier te brommen en hij lachte hardop.

Harold kwam uit bij de A3121 naar Exeter, nam na anderhalve kilometer zwaar verkeer in de rug de B3372 en bleef in de grasberm lopen. Toen een groep professioneel ogende wandelaars hem bijna had ingehaald, ging Harold aan de kant en gebaarde dat ze erlangs mochten. Ze wisselden een paar beleefdheden uit over het mooie weer en het landschap, maar hij vertelde niet dat hij op weg was naar Berwick. Dat hield hij liever verborgen in zijn hoofd, zoals Queenies brief weggestopt zat in zijn broekzak. Toen ze verder liepen, constateerde hij met belangstelling dat ze allemaal een rugzak om hadden, dat sommigen een loszittend trainingspak droegen en anderen waren uitgerust met een zonneklep, verrekijker en uitschuifbare wandelstok. Geen van hen had bootschoenen aan.

Een enkeling zwaaide en een paar mensen lachten. Harold wist niet of ze dat deden omdat ze hem als een hopeloos geval beschouwden of omdat ze hem bewonderden, maar hoe dan ook maakte het hem weinig uit. Hij was al niet meer dezelfde persoon als de man die uit Kingsbridge was vertrokken, en zelfs als de man die die ochtend het hotel had verlaten. Hij was niet iemand die op weg was naar de brievenbus. Hij wandelde naar Queenie Hennessy. Hij begon opnieuw.

Toen hij voor het eerst hoorde dat ze bij de brouwerij kwam werken, was hij verbaasd geweest. 'Er schijnt een vrouw aangenomen te zijn op de boekhouding,' had hij tegen Maureen en David gezegd. Ze zaten te eten in de mooie kamer, in de tijd dat Maureen nog van koken hield en ze daar de gezinsmaaltijden gebruikten. Nu hij over dat moment nadacht, besefte hij dat het Kerstmis was, want hij zag papieren feestmutsen terwijl hij het gesprek opnieuw afspeelde in zijn hoofd.

'Moet dat interessant zijn of zo?' had David gevraagd. Het was waarschijnlijk zijn eindexamenjaar op de middelbare school. Hij was van top tot teen in het zwart gekleed en zijn haar kwam bijna tot zijn schouders. Hij had zijn papieren muts niet op. Hij had hem aan zijn vork geregen.

Maureen glimlachte. Harold verwachtte niet dat ze het voor hem op zou nemen, want ze hield van haar zoon, en zo hoorde het natuurlijk ook. Hij wou alleen dat hij zich niet altijd zo buitengesloten voelde, alsof ze verbonden werden door hun afstand tot hem.

David zei: 'Een vrouw houdt het nooit lang vol op de brouwerij.'

'Ze schijnt goede papieren te hebben.'

'Iedereen kent Napier toch. Dat is zo'n hufter. Een kapitalist met sadomasochistische trekjes.'

'Zo erg is meneer Napier niet.'

David lachte hardop. 'Vader,' zei hij op die speciale toon van hem, die insinueerde dat de band tussen hen eerder voortkwam uit een speling van het lot dan uit bloedverwantschap. 'Hij heeft iemand door zijn knieschijven laten schieten. Dat weet iedereen.'

'Daar geloof ik niets van.'

'Omdat hij uit de kleine kas had gestolen.'

Harold zweeg en doopte een spruitje in de jus. Hij kende de geruchten ook, maar dacht er niet graag over na.

'Nou, laten we maar hopen dat die nieuwe vrouw geen feministe is,' ging David verder. 'Of lesbisch. Of een socialiste. Hè, vader?' Hij was duidelijk klaar met meneer Napier en stapte nu over op onderwerpen dichter bij huis.

Heel even keek Harold in de uitdagende ogen van zijn zoon. In die tijd bezaten ze nog hun scherpte, en het voelde ongemakkelijk om zijn blik lang vast te houden. 'Ik heb er niets op tegen als mensen anders zijn,' zei hij, maar zijn zoon beet enkel op zijn lip en keek naar zijn moeder.

'Je leest *The Daily Telegraph*,' zei hij. Daarna duwde hij zijn bord van zich af en stond op, zijn lichaam zo bleek en mager dat Harold het bijna niet kon aanzien.

'Eet nog wat, lieverd,' riep Maureen. Maar David schudde zijn hoofd en maakte zich uit de voeten, alsof zijn vaders aanwezigheid iedereen de trek in zijn kerstlunch zou benemen.

Harold had naar Maureen gekeken, maar zij was al bezig de borden af te ruimen.

'Hij is gewoon slim,' zei ze.

En in die opmerking lag de overtuiging besloten dat slimheid zowel alles rechtvaardigde als voor hen onbereikbaar was. 'Ik weet niet hoe het met jou zit, maar ik heb geen plek meer voor sherry-trifle.' Ze boog haar hoofd en trok haar papieren muts af, als iets wat ze was ontgroeid, en ging toen de afwas doen.

Aan het eind van de middag bereikte Harold South Brent. Hij liep weer over klinkers, en het viel hem op hoe klein en regelmatig ze waren. Hij wandelde langs roomkleurige huizen, en voortuinen, en garages met automatische deuren, en hij voelde de triomf van iemand die na een lange reis terugkeert in de beschaving.

In een winkeltje kocht Harold pleisters, water, een deodorant-spray, een kam, een tandenborstel, plastic wegwerpscheermesjes, scheerschuim, waspoeder en twee pakjes Rich Tea-biscuits. Hij nam een kamer met een eenpersoonsbed en ingelijste prenten van uitgestorven papegaaien aan de muur, waar hij nauwkeurig zijn voeten onderzocht voordat hij pleisters aanbracht over de lekkende blaar op zijn hiel, en over de zwellingen op zijn tenen. Zijn lichaam klopte van een diepe pijn. Hij was uitgeput. Hij had nog nooit zo ver gelopen op één dag – dertienenhalve kilometer – en hij hongerde naar meer. Hij zou iets gaan eten en vanuit een telefooncel Maureen bellen, en daarna zou hij gaan slapen.

De zon gleed over de rand van Dartmoor en vulde de hemel met roestbruine wolken. De heuvels waren opaak blauw en de grazende koeien glansden abrikooskleurig in het kwijnende licht. Harold kon het niet laten te wensen dat David wist van zijn tocht. Hij vroeg zich af of Maureen het er met hem over zou hebben, en welke woorden ze zou gebruiken. De sterren begonnen door de avondhemel te prikken, de een na de ander, en deden de groeiende duisternis trillen. Al kijkend zag hij ze verschijnen.

Voor de tweede achtereenvolgende nacht sliep Harold zonder te dromen.

6

Maureen en de leugen

Eerst was Maureen ervan overtuigd dat Harold terug zou komen. Hij zou bellen, en hij zou verkleumd en moe zijn, en zij zou hem moeten ophalen, en het zou midden in de nacht zijn, en ze zou een jas over haar nachtjapon moeten aantrekken en haar autoschoenen pakken; en dat allemaal door Harolds schuld. Ze had onrustig geslapen, met het bedlampje aan en de telefoon naast haar bed, maar hij had niet gebeld en was niet thuisgekomen.

Steeds opnieuw liet ze alle gebeurtenissen de revue passeren. Het ontbijt, en de roze brief, en Harold die niets zei en alleen maar zwijgend huilde. De kleinste details spookten rond in haar geest. Zoals hij zijn antwoord tweemaal had opgevouwen en in de envelop had geschoven, voordat zij het kon zien. Ook als ze ergens anders aan probeerde te denken, of helemaal nergens aan, kon ze niet beletten dat het beeld haar hoofd binnen dreef van Harold die naar Queenies brief zat te staren alsof er diep vanbinnen iets aan het breken was. Ze wilde heel graag met David praten, maar ze wist niet hoe ze erover moest beginnen. Harolds besluit om naar Queenie te wandelen was nog te verwarrend en te vernederend, en ze was bang dat ze David zou missen als ze met hem sprak, en dat zou meer pijn oproepen dan ze kon verdragen.

Toen Harold zei dat hij op weg was naar Berwick, betekende dat dan ook dat hij er zou blijven als hij er eenmaal was?

Nou, hij mocht gaan als hij zo graag wilde. Ze had het moeten zien aankomen. Zo moeder, zo zoon, al had ze Joan nooit ontmoet en praatte Harold nooit over haar. Wat voor vrouw pakt haar koffer en vertrekt zonder ook maar een briefje achter te laten? Ja, Harold mocht gaan. Er waren momenten waarop ze er het liefst zelf een punt achter had gezet. Het was David die haar thuishield, niet de echtelijke liefde. Ze herinnerde zich niet meer alle bijzonderheden van haar ontmoeting met Harold, of wat ze in hem had gezien, alleen dat hij haar had aangesproken tijdens een openbare dansavond en dat haar moeder hem, nadat hij voor het eerst bij hen thuis was geweest, ordinair had genoemd.

'Je vader en ik hadden iets beters in gedachten,' zei ze op die afgemeten toon van haar.

In die tijd nam Maureen nooit iets van een ander aan. Dan had hij maar geen opleiding. Dan was hij maar een proleet. Dan huurde hij maar een kamer in een souterrain en had hij zo veel baantjes tegelijk dat hij nauwelijks sliep. Als ze naar hem keek, draaide haar hart een rondje. Zij zou hem de liefde geven die hij nooit had gekend. Zij zou echtgenote, moeder en vriendin zijn. Ze zou alles zijn.

Soms, als ze terugdacht aan het verleden, vroeg ze zich af waar de onbezonnen jonge vrouw was gebleven die ze ooit was geweest.

Maureen doorzocht zijn papieren, maar trof niets aan wat kon verklaren waarom hij nu naar Queenie liep. Er waren geen brieven. Geen foto's. Geen haastig genoteerde routebeschrijvingen. Het enige wat ze in de la van zijn nachtkastje vond, was een kiekje van haarzelf uit het begin van hun huwelijk en een verkreukelde zwart-witfoto van David die Harold daar verborgen moest hebben, want ze wist nog goed dat ze die in een album had geplakt.

De stilte deed haar denken aan de maanden na Davids vertrek, toen het huis zelf zijn adem leek in te houden. Ze zette de televisie in de huiskamer aan en de radio in de keuken, maar het bleef te leeg en te stil.

Had hij twintig jaar op Queenie gewacht? Had Queenie Hennessy op hem gewacht?

Morgen werd het vuilnis opgehaald. Vuilnis was Harolds afdeling. Ze ging het internet op en bestelde brochures bij verschillende bedrijven die zomercruises organiseerden.

Toen het begon te schemeren begreep Maureen dat er niets anders op zat dan het vuilnis zelf buiten te zetten. Ze sleepte de zak over het paadje en kwakte hem tegen het tuinhek, alsof het vuilnis, als Harolds verwaarloosde taak, medeschuldig was aan zijn vertrek. Vanuit een raam op de bovenverdieping moest Rex haar hebben gezien, want toen ze terugliep, stond hij bij het hek tussen hun tuinen.

'Alles goed, Maureen?'

Ze antwoordde kordaat van ja. Natuurlijk was alles goed.

'Waarom zet Harold het vuilnis vanavond niet buiten?'

Maureen keek omhoog naar Harolds slaapkamerraam. De leegheid daar trof haar met zo'n kracht dat een onverwachte vlaag van pijn aan haar gezichtsspieren trok. Haar keel kneep dicht. 'Hij ligt in bed.' Ze forceerde een glimlach.

'In bed?' Rex' mond viel open. 'Hoezo? Is Harold ziek?'

De man maakte zich zo snel ongerust. Elizabeth had haar ooit over de waslijn heen toevertrouwd dat hij door de overdreven zorgen van zijn moeder tot een vreselijke hypochonder was uitgegroeid. Ze antwoordde: 'Het is niks. Hij is gestruikeld. Hij heeft zijn enkel verzwikt.'

Rex' ogen werden zo rond als knopen. 'Is dat gisteren tijdens zijn wandeling gebeurd, Maureen?'

'Het was niet meer dan een losse straatsteen. Het komt wel goed met hem, Rex. Hij heeft gewoon rust nodig.'

'Ik ben geschokt, Maureen. Een losse straatsteen? Lieve hemel.'

Hij schudde somber zijn hoofd. Maureen hoorde binnen de telefoon gaan en haar hart maakte een sprongetje. Het was Harold. Hij kwam thuis. Terwijl ze naar de deur holde, stond Rex nog bij het hek en riep haar na: 'Je moet een klacht indienen bij de gemeente over die losse straatsteen.'

'Maak je niet druk,' riep ze over haar schouder, 'dat ga ik doen.' Haar bloed kolkte door haar aderen en ze wist niet of ze moest lachen of huilen. Ze schoot naar het toestel en nam op, maar het antwoordapparaat klikte al aan en hij verbrak de verbinding. Ze draaide 1471, maar het nummer van de beller was niet beschikbaar. Ze bleef naar de telefoon zitten kijken, wachtend tot hij weer zou bellen of thuis zou komen, maar hij deed geen van beide.

Die nacht was een marteling. Ze begreep niet hoe iemand ooit kon slapen. Ze schudde de batterijen uit de wekker op het nachtkastje, maar ze stond machteloos tegen het geblaf van de honden, of de auto's die om drie uur 's nachts voorbijscheurden op weg naar de nieuwbouwwijk, of de meeuwen die bij het eerste licht begonnen te kliauwen. Ze lag doodstil, wachtend op de inertie, en soms zakte ze even weg, maar dan werd ze weer wakker en herinnerde het zich weer. Harold wandelde naar Queenie Hennessy. En opnieuw met deze wetenschap geconfronteerd te worden, na de vergetelheid van de slaap, was nog pijnlijker dan toen hij het haar over de telefoon vertelde. Het was dubbel bedrog. Maar zo ging het in het leven, dat wist ze. Je moest op blijven krabbelen, vervuld van ongeloof, alleen om weer neergeslagen te worden, net zo lang tot de waarheid echt tot je doordrong.

Ze trok de la van Harolds nachtkastje open en keek weer naar de twee foto's die hij erin verborgen had. De ene was van David met zijn eerste paar schoentjes aan. Hij balanceerde op één been en klemde zich vast aan haar hand, terwijl hij zijn andere voet optilde als om hem te onderzoeken. En dan was er de foto van haarzelf, waarop ze zo uitbundig lachte dat haar donkere haar in lange lokken over haar gezicht viel. Ze hield een courgette in haar armen ter grootte van een klein kind. Die moest vlak na hun verhuizing naar Kingsbridge zijn genomen.

Toen er drie grote enveloppen van cruisebedrijven op de mat vielen, deponeerde Maureen ze regelrecht in de doos met oud papier.

7

Harold en de wandelaar en de vrouw die van Jane Austen hield

Het was Harold op zeker moment gaan opvallen dat een stuk of wat mannen bij de brouwerij, onder wie meneer Napier, een vreemd loopje hadden ontwikkeld waar ze zich steeds om bescheurden, zo grappig vonden ze het. 'Hier, moet je kijken,' had hij hen op de binnenplaats horen bluffen. En dan stak een van hen een elleboog als een kippenvleugel opzij en zakte door zijn knieën alsof hij zijn onderlichaam breed wilde maken, en zo waggelde hij naar voren.

'Ja, dat is 'm! Verdomme, dat is 'm helemaal!' riepen de anderen. Soms wierp het hele stel zijn sigaret op de grond om ook een poging te wagen.

Na hen enkele dagen vanuit een raam te hebben geobserveerd was het tot Harold doorgedrongen dat ze de nieuwe vrouw op de boekhouding aan het uitbeelden waren. Ze deden Queenie Hennessy met haar handtas na.

Wakker wordend met deze herinnering voelde Harold de intense behoefte om weer buiten te zijn. Stralend daglicht omzoomde de gordijnen, alsof het zich door de kieren perste om hem maar te kunnen bereiken. Hoewel zijn lichaam stram was en hij zijn voeten voelde, kon hij tot zijn opluchting alles bewegen, en de blaar op zijn hiel zag er iets rustiger uit. Zijn overhemd, sokken en onderbroek, die hij de vorige avond in een warm sopje had uitgespoeld, hingen over de radiator. Ze waren stijf en nog niet helemaal droog, maar hij moest het er maar mee doen. Hij bracht een rits pleisters op beide voeten aan en pakte zijn plastic tas opnieuw en zorgvuldig in.

Harold was de enige gast in de eetkamer, een klein vertrek aan de voorkant van het huis met een driedelige zitcombinatie tegen de muur en een tafeltje voor twee in het midden. De verlichting bestond uit een lamp met een oranje kap en het rook er naar vocht. Een glazen kast bevatte een verzameling Spaanse poppen en dode bromvliegen, zo droog als snippers van een tissue. De eigenaresse van de bed & breakfast zei dat het meisje dat haar normaliter hielp vrij had. Ze sprak het uit alsof het een vies woord was. Ze zette zijn ontbijt op tafel en ging met haar armen over elkaar in de deuropening staan. Harold was blij dat hij niets hoefde uit te leggen. Hij at gulzig en ongeduldig. Ondertussen staarde hij naar de weg achter het raam en berekende hoe lang een man die niet gewend was te wandelen over de tien kilometer naar Buckfast Abbey zou doen, om maar te zwijgen van de daaropvolgende zevenhonderdzeventig naar Berwick-upon-Tweed.

Harold las de woorden van Queenies brief, hoewel hij ze nu uit zijn hoofd kende. *Beste Harold, misschien verbaast het je om van me te horen. Ik weet dat we elkaar lang niet hebben gezien, maar ik denk de laatste tijd veel aan het verleden. Vorig jaar ben ik geopereerd…*

'Ik haat South Brent,' zei een stem.

Harold keek verbaasd op. Buiten hem en de eigenaresse was er niemand in de kamer, en het leek onwaarschijnlijk dat zij de opmerking had gemaakt. Ze stond nog steeds met gevouwen armen tegen de deurpost geleund, haar blik neergeslagen en schommelend met een been, waardoor haar pantoffel van haar voet dreigde te vallen. Harold richtte zich weer op zijn brief en zijn koffie, toen de stem opnieuw klonk.

'In South Brent regent het vaker dan in heel Devon bij elkaar.'

Het was duidelijk de vrouw, hoewel ze hem nog altijd niet aankeek. Haar blik bleef op het tapijt gericht, haar lippen tot een lege O gevormd, alsof haar mond onafhankelijk van haar sprak. Hij wilde wel iets behulpzaams zeggen, maar er kwam niets in hem op. Misschien was zijn stilte of enkel het feit dat hij luisterde al genoeg, want ze ging door.

'En ook als de zon schijnt, kan ik er niet van genieten. Dan denk ik bij mezelf: ja, nu is het mooi weer, maar dat blijft niet zo. Ik zit altijd óf naar de regen te kijken, óf erop te wachten.'

Harold vouwde Queenies brief dicht en stopte hem weer in zijn zak. Er was iets aan de envelop wat hem dwarszat, maar hij kon niet verzinnen wat precies, bovendien gebood de beleefdheid dat hij de vrouw zijn volle aandacht schonk, want ze was overduidelijk tegen hem aan het praten.

Ze zei: 'Ik heb een keer een vakantie naar Benidorm gewonnen. Ik hoefde alleen maar mijn koffer te pakken. Maar ik kon het niet. Ik kreeg het vliegticket toegestuurd, en ik heb de envelop niet eens opengemaakt. Waarom? Waarom heb ik niks gedaan, terwijl ik de kans kreeg om te ontsnappen?'

Harold fronste zijn wenkbrauwen. Hij dacht aan alle jaren dat hij niet met Queenie had gepraat. 'Misschien was u bang,' antwoordde hij. 'Ik had ooit een goede vriendin, maar het heeft lang geduurd voordat ik inzag dat ze dat was. Het was trouwens best grappig, want we hebben elkaar in een voorraadkast op het werk ontmoet.' Hij lachte toen hij eraan terugdacht, maar de vrouw niet. Het was blijkbaar moeilijk voor te stellen.

Ze hield de voet die als een pendule heen en weer had geslingerd stil en bestudeerde haar pantoffel, alsof hij haar nog niet eerder was opgevallen. 'Op een dag ga ik wel weg,' zei ze. Ze keek door de zielloze kamer en ontmoette Harolds blik en toen, eindelijk, glimlachte ze.

Tegen Davids voorspellingen in bleek Queenie Hennessy geen socialiste, feministe of lesbienne te zijn. Ze was een gezette, weinig aantrekkelijke vrouw zonder taille en een handtas die ze altijd over haar onderarm droeg. Het was algemeen bekend dat vrouwen in de ogen van meneer Napier niet veel meer dan tikkende hormonenbommen waren. Hij gaf ze een baantje als barjuffrouw of secretaresse en verwachtte zo nu en dan een wederdienst op de achterbank van zijn Jaguar. Met Queenie sloeg de brouwerij dus een nieuwe weg in, een weg die meneer Napier nooit zou hebben gekozen, als zij niet de enige was geweest die naar de baan had gesolliciteerd.

Ze gedroeg zich rustig en onopvallend. Harold hoorde een jonge vent zeggen: 'Je vergeet eigenlijk dat ze een vrouw is.' Al binnen enkele dagen gingen er geruchten dat ze een ongekende orde had geschapen op de boekhoudafdeling. Maar dat kon de imitaties en de proestbuien die nu de gangen vulden niet verhelpen. Harold hoopte dat ze het niet hoorde. Hij keek soms naar haar in de kantine, met haar boterhammen verpakt in vetvrij papier. Ze zat altijd op een bepaalde manier bij de jonge secretaresses te luisteren, alsof zij, of de secretaresses, er helemaal niet waren.

Toen hij op een avond zijn aktetas pakte om naar huis te gaan, hoorde hij een snotterend geluid achter een kastdeur. Hij liep erlangs, maar het geluid hield niet op. Hij keerde om.

Nadat hij de deur voorzichtig had opengeduwd, zag hij tot zijn opluchting aanvankelijk niets, alleen maar dozen met papier. Toen hoorde hij het geluid weer, meer een soort snik, en zo ontdekte hij een gedrongen figuur die met haar rug naar hem toe tegen de muur aan zat. Haar jasje trok bij de naad die over haar ruggengraat liep.

'Neem me niet kwalijk,' zei hij. Hij had net de deur weer dicht willen doen om zich uit de voeten te maken, toen ze in huilen uitbarstte.

'Sorry. Sorry.'

'Als iemand zich moet verontschuldigen, ben ik het,' antwoordde hij. Nu stond hij half in de kast en half erbuiten, bij een onbekende vrouw die tranen plengde op de manilla enveloppen.

'Ik doe mijn werk goed,' zei ze.

'Natuurlijk.' Hij keek de gang door in de hoop dat een van de jongere kerels zou verschijnen, zodat die met haar kon praten. Hij voelde zich nooit zo op zijn gemak als het om emoties ging. 'Natuurlijk,' zei hij weer, alsof het genoeg zou zijn als hij het herhaalde.

'Ik heb een diploma. Ik ben niet dom.'

'Ik weet het,' zei hij, hoewel dat strikt genomen niet waar was, want hij wist bijna niets van haar.

'Waarom zit meneer Napier dan altijd te loeren? Alsof hij wacht tot ik een fout maak? Waarom moeten ze allemaal zo lachen?'

Hun chef was voor Harold een mysterie. Hij wist niet of het verhaal van de knieschijven waar was, maar hij had de stoerste kroegbazen onder Napiers ogen in trillende rietjes zien veranderen. Nog maar een week eerder had Napier een secretaresse ontslagen omdat ze zijn bureau had aangeraakt. Hij zei: 'Ik weet zeker dat hij u een prima boekhoudster vindt.' Hij wilde enkel dat ze ophield met huilen.

'Ik heb deze baan nodig. Het geld voor de huur moet toch ergens vandaan komen. Maar ik ga ontslag nemen. Soms wil ik 's ochtends niet eens mijn bed uit. Mijn vader zei altijd al dat ik te gevoelig was.' Het was meer informatie dan Harold aankon.

Queenie liet haar hoofd diep zakken en hij zag de zachte donkere haartjes in haar nek. Ze deden hem aan David denken, en hij werd overspoeld door een golf van medelijden.

Hij boog zich iets voorover en zei met gedempte stem: 'U moet geen ontslag nemen.' Hij sprak vanuit zijn hart. 'Ik had het ook moeilijk toen ik hier begon. Ik voelde me hier niet thuis. Maar je went eraan.' Ze gaf geen antwoord en even vroeg hij zich af of ze hem wel had gehoord. 'Bent u eraan toe om nu de kast te verlaten?'

Tot zijn verbazing stak hij haar zijn hand toe, die ze, opnieuw tot zijn verbazing, aannam. Haar hand was warm en zacht in de zijne.

Buiten de kast trok ze hem snel terug. Toen streek ze haar rok glad, alsof Harold een kreukel was die ze weg moest werken.

'Dank u,' zei ze ietwat koeltjes, maar met een vuurrode neus.

Ze liep met kaarsrechte rug en haar kin omhoog bij de voorraadkast vandaan, en Harold bleef achter met het gevoel dat hij degene was die zich ongepast had gedragen. Hij nam aan dat ze daarna teruggekomen was op haar besluit om ontslag te nemen, want iedere dag als hij keek of hij haar achter haar bureau zag zitten, zat ze daar te werken, alleen en zonder drukte. Ze praatten zelden met elkaar. Sterker nog, het begon erop te lijken dat zij, zodra hij de kantine betrad, haar boterhammen inpakte en vertrok.

De ochtendzon zette de hoogste toppen van Dartmoor in een gouden schijnsel, maar in de schaduw was de grond nog bedekt met een dun laagje rijp. Stralenbundels vielen als het licht uit een zaklantaarn over het landschap in de verte en markeerden zijn weg voorwaarts. Het beloofde weer een mooie dag te worden.

Terwijl hij South Brent verliet, kwam Harold langs een man in een ochtendjas die een schoteltje met voedsel neerzette voor de egels. Hij stak de weg over om honden te ontwijken en een eindje verderop passeerde hij een jonge getatoeëerde vrouw die stond te tieren naar een raam op de eerste verdieping van een huis: 'Ik weet dat je er bent! Ik weet dat je me kunt horen!' Ze ijsbeerde over de stoep en schopte tegen tuinmuurtjes, haar lichaam strak van woede, en telkens als ze op het punt leek te staan het op te geven, keerde ze terug naar het huis en schreeuwde ze weer: 'Arran, klootzak! Ik weet dat je er bent!' Harold liep ook langs een afgedankt matras, de binnenkant van een gesloopte ijskast, diverse losse schoenen, veel plastic zakken en een wieldop, tot de trottoirs eindigden en de weg zich vernauwde tot een smalle laan. Het verbaasde hem hoe goed het hem deed om weer buiten te zijn, en te wandelen tussen de bomen en de dicht met varens en bramen begroeide aardwallen.

Harbourneford. Higher Dean. Lower Dean.

Hij maakte het tweede pakje Rich Tea-biscuits open en pakte er al lopend steeds een uit de plastic tas, hoewel sommige helaas een wat korrelige structuur en de enigszins zwavelachtige smaak van waspoeder hadden.

Ging hij wel snel genoeg? Leefde Queenie nog? Hij moest zijn wandeling niet meer onderbreken om te eten of te slapen. Hij moest doordouwen.

Tegen de middag werd Harold zich bewust van een pijn die bij vlagen door zijn rechterkuit trok, en als hij een helling afdaalde blokkeerden zijn heupgewrichten. Ook heuvelop ging hij langzaam, met zijn handpalmen tegen zijn onderrug, niet zozeer omdat hij daar last had, maar omdat hij behoefte had aan een steuntje. Hij bleef staan om de pleisters op zijn voeten te controleren en verving de pleister op zijn hiel, omdat de blaar was gebarsten.

De weg slingerde en ging omhoog en weer omlaag. Er waren momenten waarop hij de heuvels en de velden zag en andere momenten waarop hij niets zag. Hij verloor ieder besef van zijn omgeving, zo ging hij op in zijn herinneringen aan Queenie en in zijn pogingen zich voor te stellen hoe het haar in de afgelopen twintig jaar kon zijn vergaan. Hij vroeg zich af of ze getrouwd was. Kinderen had gekregen. Maar uit de brief bleek dat ze haar meisjesnaam had gehouden.

'Ik kan "God Save the Queen" van achteren naar voren zingen,' had ze hem een keer verteld. En vervolgens deed ze het, terwijl ze gelijktijdig op een Polo-pepermuntje zoog. 'Ik kan het ook met

"You Don't Bring Me Flowers" en ik heb bijna "Jerusalem" onder de knie.'

Harold glimlachte. Hij vroeg zich af of hij dat indertijd ook had gedaan. Een kudde grazende koeien keek een ogenblik op, de malende bekken stilgevallen. Een paar kwamen op hem af, eerst langzaam, tot ze geleidelijk overgingen in een drafje. Hun lijf leek te groot om nog tot stilstand te kunnen komen. Hij was blij dat hij op de weg liep, ook al hadden zijn voeten ervan te lijden. De plastic tas met zijn spullen bonkte tegen zijn dijen en groef witte richels in zijn polsen. Hij probeerde even hoe het was als hij hem over zijn schouder hing, maar toen hij bleef terugglijden naar zijn elleboog gaf hij het op.

Misschien kwam het doordat Harold iets droeg wat te zwaar was, maar hij zag plotseling voor zich hoe zijn zoon tegen het structuurbehang van de hal stond met zijn nieuwe schooltas, waarvan het gewicht zijn schouder omlaag trok. Hij had zijn grijze uniform aan; het moet de dag zijn geweest dat hij voor het eerst naar de lagere school ging. Net als zijn vader vroeger stak David een eindje boven de andere jongens uit, waardoor hij ouder leek, of in elk geval te groot voor zijn leeftijd. Hij had naar Harold opgekeken en gezegd: 'Ik wil niet.' Geen tranen. Hij had zich niet aan Harold vastgeklampt. David sprak met een ontwapenende eenvoud en zelfkennis. Harold had hem geantwoord dat... ja, wat? Wat had hij eigenlijk gezegd? Hij had neergekeken op zijn zoon, voor wie hij het beste wilde, en was met stomheid geslagen geweest.

Ja, het leven is beangstigend, had hij kunnen zeggen. Of: Ja, maar je went eraan. Of zelfs: Ja, maar soms is het fijn en soms is het naar. Nog beter, bij gebrek aan woorden had hij David kunnen omhelzen. Maar dat had hij niet gedaan. Hij had niets van dat al gedaan. Hij voelde de angst van de jongen zo scherp dat hij er niet omheen kon. De ochtend dat zijn zoon omhoog had gekeken naar zijn vader en om hulp had gevraagd, had Harold niet thuis gegeven. Hij was naar zijn auto gevlucht en naar zijn werk gegaan.

Waarom moest hij zich dat herinneren?

Hij trok zijn schouders op en dreef zijn voeten nog harder vooruit, alsof hij niet zozeer naar Queenie liep, maar weg van zichzelf.

Voordat de souvenirwinkel dichtging, kwam Harold bij Buckfast Abbey aan. Het rechthoekige kalkstenen profiel van de abdij stak grijs af tegen de zachte toppen erachter. Het drong tot hem door dat hij hier eerder was geweest, vele jaren geleden, als verrassing voor Maureens verjaardag. David had de auto niet uit willen komen en Maureen had per se bij hem willen blijven zitten, en ze waren linea recta weer naar huis gegaan zonder een voet buiten het parkeerterrein te zetten.

In de kloosterwinkel zocht Harold ansichtkaarten en een souvenirpen uit, en hij overwoog of hij een pot kloosterhoning zou kopen, al was het nog een lange reis naar Berwick-upon-Tweed en wist hij niet of de pot er nog bij paste in zijn plastic tas, of de reis zou overleven zonder dat er waspoeder in kwam. Hij kocht hem toch en vroeg om extra bubbeltjesplastic. Hij zag geen monniken, alleen groepen toeristen. En er stonden meer mensen in de rij voor het onlangs gerenoveerde Grange Restaurant dan voor de abdij. Hij vroeg zich af of het de monniken opviel, en of het ze iets kon schelen.

Harold nam een grote portie kipcurry en droeg zijn blad naar een raam bij het terras met uitzicht op de lavendeltuin. Hij had zo'n honger dat hij niet wist hoe snel hij het eten naar binnen moest werken. Aan het tafeltje naast hem leek een echtpaar van achter in de vijftig ergens over te discussiëren, misschien over een kaart. Ze droegen allebei een kaki short, een kaki sweatshirt, bruine sokken en echte wandelschoenen, waardoor ze, zo tegenover elkaar aan tafel gezeten, oogden als een mannelijke en vrouwelijke versie van dezelfde persoon. Ze aten ook nog dezelfde sandwiches en dronken dezelfde vruchtendrank. Harold probeerde zich voor te stellen dat Maureen zich net zo zou kleden als hij, maar dat lukte hem niet. Hij begon zijn ansichtkaarten te schrijven:

Beste Queenie,
Ik heb nu ongeveer 32 kilometer achter de rug. Je moet blijven wachten.
Harold (Fry)

Lieve Maureen,
Heb Buckfast Abbey bereikt. Mooi weer. Schoenen hebben het nog niet begeven, evenmin als voeten en benen. H.

Beste meisje van het pompstation (Ik sta voor u klaar),
Dank je. Van de man die zei dat hij een wandeling maakte.

'Zou ik misschien uw pen even mogen lenen?' vroeg de man in wandelkleren. Harold reikte hem die aan en de man omcirkelde diverse malen een punt op de kaart. Zijn vrouw zweeg. Misschien fronste ze wel haar wenkbrauwen. Harold wilde liever niet al te opzichtig kijken.

'Bent u hier ook voor het Dartmoor Trail?' vroeg de man toen hij de pen teruggaf.

Harold ontkende. Hij maakte een voettocht naar een vriendin, met een welomschreven doel. Hij schoof de ansichtkaarten bijeen op een ordelijk stapeltje.

'Mijn vrouw en ik zijn uiteraard echte wandelaars. We komen hier ieder jaar. We zijn hier zelfs teruggekomen nadat zij haar been had gebroken. Zo bevalt het ons hier.'

Harold antwoordde dat zijn vrouw en hij vroeger ieder jaar op vakantie naar hetzelfde bungalowpark in Eastbourne gingen. Elke avond was er iets te doen en er waren wedstrijden voor de gasten. 'Eén jaar heeft mijn zoon de *Daily Mail*-prijs voor de twist gewonnen,' zei hij.

De man knikte ongeduldig, alsof hij wilde dat Harold een beetje opschoot met zijn verhaal. 'Natuurlijk staat of valt alles met wat je aan je voeten hebt. Wat voor schoenen draagt u?'

'Bootschoenen.' Harold glimlachte, maar de wandelaar niet.

'U zou Scarpa moeten dragen. De profs dragen Scarpa. Wij zweren bij Scarpa.'

Zijn vrouw keek op. 'Jíj zweert bij Scarpa,' zei ze. Haar ogen waren rond, alsof ze contactlenzen droeg die misschien pijn deden. Een verwarrend moment lang werd Harold meegezogen in een herinnering aan een spelletje van David, waarbij hij op de klok bijhield hoe lang hij kon blijven staren zonder te knipperen. Zelfs als zijn ogen begonnen te tranen, wilde hij ze nog niet dichtdoen. Zulke wedstrijden organiseerden ze niet in het bungalowpark in Eastbourne. Dit spelletje was pijnlijk geweest om te zien.

De wandelaar vroeg: 'Wat voor soort sokken draagt u?'

Harold wierp een blik op zijn voeten. 'Gewone,' wilde hij zeggen, maar de man wachtte het antwoord niet af.

'U hebt speciale wandelsokken nodig,' zei hij. 'Anders kunt u het wel vergeten.' Hij zweeg even. 'Wat voor sokken dragen wij?' Harold wist het niet. Pas toen de echtgenote van de man het antwoord verschafte, besefte hij dat de wandelaar het tegen haar had gehad en niet tegen hem.

'Thorlo,' zei ze.

'Gore-Tex-jack?'

Harold deed zijn mond open en weer dicht.

'Ons huwelijk draait om wandelen. Welke route doet u?'

Harold legde uit dat hij die gaandeweg bepaalde, maar dat hij in elk geval naar het noorden ging. Hij noemde Exeter, Bath en mogelijk zou hij ook Stroud aandoen. 'Ik blijf de wegen volgen. Ik heb mijn hele volwassen leven gereden. Dit ken ik.'

De wandelaar ging door met praten. Hij leek Harold zo iemand te zijn die geen andere mensen nodig had om een gesprek te voeren. Zijn vrouw bestudeerde haar handen. 'Het Cotswold Trail wordt natuurlijk zwaar overschat. Geef mij maar Dartmoor.'

'Ik persoonlijk vond de Cotswolds erg mooi,' zei zijn vrouw. 'Ik weet dat het landschap er platter is, maar het is heel romantisch.' Ze draaide zo hard aan haar trouwring dat het leek of ze haar vinger eraf zou schroeven.

'Ze houdt van Jane Austen,' zei de wandelaar lachend. 'Ze heeft al haar films gezien. Ik ben meer een mannenman, als u weet wat ik bedoel.'

Harold knikte, hoewel hij geen idee had wat de man bedoelde. Hij was nooit het machotype geweest, zoals Maureen het noemde. Hij had nooit deelgenomen aan de drinkgelagen van Napier en de andere kerels van de brouwerij. Soms vond hij het vreemd dat hij al die jaren drank had verkocht, terwijl die in zijn leven zo'n afschuwelijke rol had gespeeld. Misschien werden mensen aangetrokken door wat ze vreesden.

'We voelen het meest voor Dartmoor,' zei de wandelaar.

'Jíj voelt het meest voor Dartmoor,' corrigeerde zijn vrouw hem.

Ze keken elkaar aan alsof ze volslagen vreemden waren. In de stilte die volgde, richtte Harold zijn aandacht weer op zijn ansichtkaarten. Hij hoopte dat ze geen ruzie zouden krijgen. Hij hoopte dat ze niet zo'n stel waren dat in het openbaar de gevaarlijke dingen zei die thuis niet konden worden uitgesproken.

Hij dacht weer aan de vakanties in Eastbourne. Maureen smeerde broodjes voor de reis en ze kwamen steevast zo vroeg aan dat de hekken nog dicht waren. Harold had altijd met genegenheid aan die zomers teruggedacht, tot Maureen hem onlangs vertelde dat David de dieptepunten in het leven 'net zo stom als dat klere-Eastbourne' placht te noemen. Tegenwoordig bleven Harold en Maureen uiteraard liever thuis, maar hij was ervan overtuigd dat ze het mis had wat het bungalowpark betrof. Ze hadden er gelachen. David had er een paar speelkameraadjes gevonden. Hij had er die bewuste avond de danswedstrijd gewonnen. Hij was er gelukkig geweest.

'Net zo stom als dat *klere*-Eastbourne.' Maureen sprak het met zo veel nadruk uit dat het als een aanval klonk.

Hij werd in zijn gedachten gestoord door het echtpaar aan het tafeltje naast hem. Ze spraken met stemverheffing. Harold wilde weggaan, maar er leek geen stilte te willen vallen die lang genoeg was om op te staan en dag te zeggen.

De vrouw die van Jane Austen hield zei: 'Denk je dat het leuk was om hier te moeten zitten met een gebroken been?' Haar man bleef naar zijn kaart kijken alsof ze niets had gezegd, en zij bleef praten alsof hij haar niet negeerde. 'Ik wil hier nooit meer naartoe.'

Harold wou dat de vrouw haar mond hield. En dat de man zou glimlachen of haar hand vastpakken. Hij dacht aan zichzelf en Maureen, en de jaren van stilte op Fossebridge Road 13. Had Maureen ooit de aandrang gehad om dat soort waarheden over hun huwelijk uit te spreken, ergens waar iedereen haar kon horen? Die gedachte was nooit eerder bij hem opgekomen, en was zo alarmerend dat hij onmiddellijk overeind kwam en naar de deur liep. Het echtpaar leek niet te merken dat Harold weg was.

Harold nam een kamer in een bescheiden hotel dat naar centrale verwarming, orgaanvlees en luchtverfrisser rook. Zijn lijf deed zeer van vermoeidheid, maar nadat hij zijn weinige bezittingen had uitgepakt en zijn voeten had geïnspecteerd, zat hij zich op de rand van het bed af te vragen wat hij zou gaan doen. Hij was te onrustig om te slapen. Beneden klonk het geluid van het vroege avondjournaal. Maureen keek waarschijnlijk ook, terwijl ze aan het strijken was. Hij bleef een tijdje naar de onverstaanbare woorden zitten luisteren, getroost door de gedachte dat ze in ieder geval op die manier met elkaar verbonden waren. Hij dacht weer aan het echtpaar in het restaurant en miste zijn vrouw zo erg dat hij alleen nog maar aan haar kon denken. Als hij het anders had gespeeld, was het tussen hen dan net zo geweest als nu? Als hij de deur naar de logeerkamer had opengeduwd? Of een buitenlandse vakantie voor hen had geboekt? Maar ze zou er nooit in hebben toegestemd. Ze was te bang om niet met David te kunnen praten, en om het bezoek te missen waar ze altijd maar op wachtte.

Er kwamen ook andere dingen naar boven. De eerste jaren van hun huwelijk, voor Davids geboorte, toen Maureen groenten had gekweekt in de tuin van Fossebridge Road en iedere avond op de hoek bij de brouwerij op Harold had staan wachten. Ze wandelden naar huis, soms via de boulevard, en soms liepen ze de kade op om naar de boten te kijken. Ze naaide gordijnen uit beddentijk en maakte van de restanten een jurk voor zichzelf. Ze begon nieuwe recepten op te zoeken in de bibliotheek. Ze aten stoofschotels, curry's, pasta, peulvruchten. Tijdens het eten vroeg ze naar zijn collega's bij de brouwerij, en hun vrouwen, maar naar het kerstfeest voor de medewerkers gingen ze niet.

Hij herinnerde zich dat hij haar zag staan in een rode jurk, met een hulsttakje vastgespeld aan haar kraag. Hij deed zijn ogen dicht en verbeeldde zich dat hij haar zoete geur rook. Ze hadden gemberbier gedronken in de tuin en naar de sterren gekeken. 'Wie heeft er behoefte aan andere mensen?' had een van hen gezegd.

Hij zag haar het stevig ingepakte lijfje van hun baby in haar armen houden en het Harold aanbieden. Hij breekt heus niet, had ze met een glimlach gezegd: 'Hou jij hem maar vast.' Harold had geantwoord dat de baby liever bij haar was en had waarschijnlijk zijn handen in zijn zakken gestoken.

Dus hoe kon het dat een waarheid die haar ooit een glimlach had ontlokt, en haar het hoofd op zijn schouder had doen leggen, jaren later een bron van zo veel wrok en woede was geworden? 'Je hebt hem nooit vastgehouden!' had ze op het toppunt van een crisis gegild. 'Je hebt hem in zijn hele kindertijd nooit aangeraakt!' Dat was niet helemaal waar, en hij had ook iets in die trant gezegd, maar in de kern had ze gelijk. Hij was te bang geweest om zijn eigen zoon vast te houden. Maar hoe kon het dat ze dat ooit begrepen had en jaren later niet meer?

Hij vroeg zich af of David bij haar zou komen, nu Harold op veilige afstand was.

Hij kon niet meer binnen blijven zitten met al die dingen in zijn hoofd en zijn berouw over zo veel andere. Harold pakte zijn jack. Buiten hing de maansikkel boven flarden wolken. Een vrouw met felroze haar hield op de planten in haar hangmanden water te geven toen ze Harold zag en staarde hem aan, alsof hij raar was.

Hij belde Maureen vanuit een telefooncel, maar ze had niets nieuws te melden en hun gesprek was kort en haperend. Eenmaal slechts bracht ze zijn wandeling ter sprake, toen ze vroeg of hij eraan had gedacht een kaart te raadplegen. Harold zei dat hij een echte wandeluitrusting wilde kopen als hij eenmaal in Exeter was. In de stad zou hij meer keus hebben, zei hij. Hij liet veelbetekenend het woord Gore-Tex vallen.

'Juist, ja,' zei ze. Het klonk vlak, alsof hij in iets viezigs had getrapt en zij dat al lang had zien aankomen. In de daaropvolgende stilte hoorde hij haar met haar tong tegen haar gehemelte klakken, en slikken. Toen zei ze: 'Ik neem aan dat je hebt uitgerekend hoeveel dit allemaal gaat kosten.'

'Ik wilde er eigenlijk mijn spaarplan voor gebruiken. Ik hou me aan een budget.'

'Juist, ja,' zei ze weer.

'We hadden er toch geen plannen mee.'

'Nee.'

'Is het dan goed?'

'Goed?' herhaalde ze, alsof ze het woord nooit eerder had gehoord.

Een hectisch moment lang wilde hij haar vragen mee te gaan,

maar hij wist dat ze dat zou vermorzelen met haar 'dat lijkt me niet', dus in plaats daarvan vroeg hij: 'Vind jij het goed? Dat ik dit doe? Dat ik die wandeling maak?'

'Het is niet anders,' zei Maureen, en toen hing ze op.

Weer ging Harold de telefooncel uit met de wens dat hij het Maureen duidelijk kon maken. Maar taal had al jaren geen betekenis meer in hun relatie. Ze hoefde alleen maar naar hem te kijken om weer verstrikt te raken in de tentakels van het verleden. Ze wisselden kleine woorden uit en waren veilig. Ze zweefden boven het oppervlak van wat nooit gezegd kon worden, want dat was onpeilbaar diep en niet te overbruggen. Harold keerde terug naar zijn tijdelijke onderkomen en spoelde zijn kleren uit. In gedachten zag hij hun gescheiden slaapkamers op Fossebridge Road 13 en vroeg zich af wanneer ze precies was gestopt haar mond open te doen als ze elkaar kusten. Was het ervoor of erna?

Harold werd wakker bij het eerste ochtendlicht, verbaasd en dankbaar dat hij kon lopen, maar deze keer was hij moe. De verwarming stond te hoog en het was een lange en benauwde nacht geweest. Hij kon niet anders dan Maureen gelijk geven met wat ze had laten doorschemeren over zijn spaarplan. Hij hoorde het niet alleen aan zichzelf uit te geven, en zeker niet zonder haar goedkeuring.

Hoewel alleen God wist hoe lang het geleden was dat hij voor het laatst indruk op haar had gemaakt.

Vanuit Buckfast nam Harold de B3352 via Ashburton en overnachtte in Heathfield. Als hij andere wandelaars tegenkwam, wisselden ze een paar woorden over de schoonheid van het landschap en de zomer die voor de deur stond, waarna ze elkaar een goede reis wensten en ieder zijns weegs ging. Harold volgde de krommingen van de weg en de contouren van de heuvels; zijn pad was altijd de weg die voor hem lag. Kraaien vlogen luid klapwiekend op uit bomen. Een jong hert sprong tevoorschijn uit de heg. Auto's kwamen uit het niets aangeraasd en verdwenen weer. Er waren honden achter hekken, en dassen als met bont beklede stenen in de greppel. Een kersenboom was gehuld in een kleed van bloesem en strooide in een windstoot bloemblaadjes uit als confetti. Harold stond open voor verrassingen, welke vorm ze ook aan mochten nemen. Zulke vrijheid was zeldzaam.

'Ik ben vader,' had hij tegen zijn moeder gezegd toen hij een jaar of zes, zeven was. Ze had geïnteresseerd opgekeken, en hij was geschrokken van zijn eigen overmoed. Hij had geen idee wat hij nu moest doen. Er zat niets anders op dan zijn vaders pet op te zetten en zijn kamerjas aan te doen, en beschuldigend naar een lege fles te kijken. Zijn moeders gezicht verstarde, en hij verwachtte op z'n minst een draai om zijn oren. Toen, tot zijn schrik en intense verrukking, rekte ze haar zachte hals en barstte uit in een klaterende lach. Hij zag haar volmaakte gebit en het roze van haar tandvlees. Nooit eerder had hij zijn moeder zo aan het lachen gemaakt.

'Wat een komiek,' had ze gezegd.

Hij had zich zo groot gevoeld als het huis. Volwassen. Onwillekeurig had hij ook gelachen: eerst een grijns en toen met zijn hele buik, tot hij dubbel klapte. Daarna zocht hij steeds manieren om haar te vermaken. Hij leerde grapjes. Hij trok gezichten. Soms werkte het. Soms niet. Soms kwam hij met iets op de proppen wat grappig was zonder dat hij wist waarom.

Harold wandelde over straten en door lanen. De weg versmalde en verbreedde zich, en steeg en slingerde. Soms ging hij vlak langs de heg, en andere keren bewoog hij zich vrij over het voetpad. 'Niet op de spleten lopen,' hoorde hij zichzelf zijn moeder naroepen. 'In de spleten zitten spoken.' Maar die keer keek ze hem aan alsof ze hem nooit eerder had gezien en stapte vervolgens op iedere spleet, zodat hij gedwongen was achter haar aan te rennen, wild fladderend met zijn armen. Het was moeilijk geweest om een vrouw als Joan bij te houden.

Op allebei zijn hielen begonnen zich nieuwe blaren te vormen. Tegen de middag had hij ook blaren aan de onderkant van zijn tenen. Hij wist niet dat lopen zo'n pijn kon doen. Het enige waaraan hij kon denken was aan pleisters.

Vanuit Heathfield wandelde hij langs de B3344 naar Chudleigh Knighton en door naar Chudleigh. Om in zijn staat van uitputting nog zo ver te komen was een hele prestatie. Hij nam een kamer voor de nacht, teleurgesteld dat hij amper acht kilometer had gelopen. De volgende dag vertrok hij bij zonsopgang en legde er, zichzelf fanatiek aansporend, veertien af. Het vroege zonlicht scheen in spaken door de bomen. Halverwege de ochtend was de lucht behangen met kleine koppige wolken. Hoe langer hij ernaar keek, hoe meer hij ze op grijze bolhoeden vond lijken. Muggen schoten heen en weer door de lucht.

Zes dagen nadat Harold Kingsbridge had verlaten, en een kilometer of zeventig van Fossebridge Road, hing zijn broeksband los om zijn buik en was de zonverbrande huid op zijn voorhoofd, neus en oren aan het vervellen. Toen hij op zijn horloge keek, ontdekte hij dat hij al wist welk uur van de dag het was. 's Ochtends en 's avonds bestudeerde hij zijn tenen, hielen en voetbogen en bracht pleisters of zalf aan waar de huid kapot was of schrijnde. Hij dronk zijn limonade het liefst buiten en schuilde naast de rokers als het regende. De eerste vergeet-mij-nietjes glansden in bleke groepjes onder de maan.

Harold beloofde zichzelf dat hij in Exeter echte wandelspullen zou kopen, en nog een souvenir voor Queenie. Terwijl de zon achter de stadsmuren daalde en de lucht afkoelde, herinnerde hij zich weer dat er iets niet klopte aan haar brief, maar hij kon niet bedenken wat.

8

Harold en de heer met het zilveren haar

Lieve Maureen, ik zit op een bankje naast de kathedraal te schrijven. Twee jongens voeren een straatact uit, maar straks vliegen ze nog in brand. Heb met een x aangegeven waar ik zit. H.

Beste Queenie, hou vol. Hartelijke groet. Harold (Fry).

Beste meisje van het pompstation (Ik sta voor u klaar), ik zat me af te vragen of je bidt. Ik heb het ooit een keer gedaan, maar het was al te laat. Sindsdien heb ik het er wel mee gehad, vrees ik. Groeten. De man die een wandeling maakte.
PS Ik wandel nog steeds.

Het was halverwege de ochtend. Voor de kathedraal stond een menigte rond twee jongens die vuur spuwden op muziek uit een cd-speler. Dichtbij wroette een oude man met een deken om zijn schouders in een afvalbak. De vuurspuwers hadden donkere, vettige kleren aan en droegen hun haar in een paardenstaart. Hun act had iets chaotisch, alsof het ieder moment mis kon lopen. Ze vroegen de omstanders achteruit te gaan en begonnen toen met brandende fakkels te jongleren terwijl het publiek nerveus applaudisseerde. De oude man leek hen voor het eerst op te merken. Hij drong zich tussen de menigte door naar voren en ging tussen de twee jongleerders in staan, alsof ze aan het lummelen waren en hij de lummel was. Hij lachte. De twee jongens riepen dat hij weg moest gaan, maar hij begon op hun muziek te dansen. Zijn bewegingen waren schokkerig en lomp, waardoor de vuurspuwers opeens gracieus en professioneel leken. Ze zetten hun cd-speler uit en pakten hun spullen in, en de menigte loste weer op in voorbijgangers, maar de oude man bleef in zijn eentje dansen voor de kathedraal, zijn armen gestrekt en zijn ogen gesloten, alsof de muziek en het publiek er nog waren.

Harold wilde zijn tocht voortzetten, maar had ook het gevoel dat de oude man voor een publiek aan het dansen was en dat het onbeleefd zou zijn als hij, de enige overgeblevene, hem aan zijn lot overliet.

Hij herinnerde zich David jivend op de dansvloer in het bungalowpark in Eastbourne, die avond dat hij de prijs voor de twist had gewonnen. De andere deelnemers hadden zich gegeneerd teruggetrokken, waarna alleen het achtjarige jongetje nog had staan dansen, met een zo spastisch schokkend lijf dat je je afvroeg of hij nou blij was of pijn had. De ceremoniemeester begon langzaam te klappen en kreeg de lachers op zijn hand met een grapje dat door de danszaal galmde. Harold, in de war gebracht, had ook geglimlacht, op dat moment niet wetend hoe hij zoiets ingewikkelds moest zijn als de vader van dat kind. Hij wierp een blik op Maureen en zag hoe zij stond toe te kijken met haar handen voor haar mond. De glimlach verdween van zijn gezicht en hij had zich een verrader gevoeld.

Er kwamen meer herinneringen. Davids schooltijd. De uren dat hij op zijn slaapkamer zat, de hoge cijfers, de weigering om zich door zijn ouders te laten helpen. 'Het geeft niet dat hij zo op zichzelf is,' zei Maureen altijd. 'Hij heeft andere interesses.' Tenslotte gingen ze zelf ook nauwelijks met anderen om. De ene week wilde David een microscoop. De volgende week wilde hij de verzamelde werken van Dostojevski. Daarna was het *Duits voor beginners*. Een bonsaiboompje. Onder de indruk van de gulzigheid waarmee hij nieuwe dingen leerde, kochten ze het allemaal. Hij was gezegend met de intelligentie en de kansen die zij nooit hadden gehad; wat ze ook deden, ze mochten hem niet teleurstellen.

Hij kon dingen zeggen als: 'Vader, heb je William Blake gelezen?' Of: 'Weet je iets van driftsnelheid?'

'Hoe bedoel je?'

'Dat dacht ik al.'

Harold had zijn hele leven lang zijn hoofd gebogen om confrontaties uit de weg te gaan en nu was hier iemand, zijn eigen vlees en bloed, die per se zijn blik vast wilde houden om het met hem uit te vechten. Hij wou dat hij niet gegrijnsd had op de avond dat zijn zoon had gejived.

De oude man stopte met dansen. Hij leek Harold nu pas op te merken. Hij wierp zijn deken van zich af en maakte een diepe buiging, waarbij hij over de grond streek met zijn hand. Hij droeg iets wat op een pak leek, maar dan zo smerig dat zijn overhemd en jasje amper van elkaar te onderscheiden waren. Hij richtte zich weer op en bleef Harold aanstaren. Harold wierp een blik achter zich voor het geval de oude man toch naar iemand anders keek, maar de mensen haastten zich voorbij, opgesloten in hun eigen wereld. Het was duidelijk dat de oude man hem moest hebben.

Hij liep langzaam op de oude man af. Halverwege voelde hij zich ineens zo opgelaten dat hij deed alsof er iets in zijn oog zat, maar de oude man wachtte geduldig. Toen ze minder dan een meter van elkaar verwijderd waren, stak de oude man zijn armen naar voren, alsof hij de schouders van een onzichtbare partner omvatte. Er zat voor Harold niets anders op dan zijn eigen armen op te tillen en hetzelfde te doen. Traag schuifelden hun voeten naar links en toen naar rechts. Ze raakten elkaar niet aan, maar ze dansten samen, en laat er een lucht van urine gehangen hebben, en mogelijk van kots, Harold had zelf erger gestonken. De enige geluiden die te horen waren, kwamen van het verkeer en de voorbijgangers.

De oude man maakte pas op de plaats en boog nogmaals. Harold knikte geroerd. Hij bedankte de oude man voor de dans, maar die had zijn deken al gepakt en hompelde weg, alsof hij het moment allang weer vergeten was.

In een souvenirwinkel vlak bij de kathedraal kocht Harold een set bedrukte potloden waarvan hij hoopte dat Maureen ze mooi zou vinden. Voor Queenie koos hij een presse-papier – een glazen bol met een miniatuurkathedraal die door glittertjes werd bedekt als hij hem even omgekeerd hield. Het trof hem als raar maar waar dat toeristen bij religieuze bouwwerken souvenirs en snuisterijen kochten, omdat ze geen idee hadden wat ze anders op zo'n plek moesten doen.

Exeter overrompelde Harold. Hij was in een langzaam innerlijk ritme gekomen dat nu teniet dreigde te gaan in het tumult van de stad. Hij had zich gekoesterd in de veiligheid van het platteland en de lucht erboven, waar alles zijn plek had. Hij had zich een deel van iets groters gevoeld, iets wat meer omvatte dan hem alleen. In de stad, waar het uitzicht beperkt was, had hij het idee dat er van alles kon gebeuren en dat hij daar, wat het ook zou mogen zijn, niet op voorbereid was.

Hij zocht naar sporen van het landschap onder zijn voeten, maar het enige wat hij aantrof waren klinkers en asfalt. Alles schrikte hem af. Het verkeer. De gebouwen. De voetgangers drongen langs hem heen, al schreeuwend in hun mobiele telefoon. Hij glimlachte naar ieder gezicht en het was vermoeiend om zo veel vreemden op zich af te krijgen.

Hij verspilde een hele dag, alleen maar ronddwalend. Steeds als hij zich voornam de stad te verlaten, zag hij iets wat hem afleidde en was er weer een uur voorbij. Hij dubde over aankopen waarvan hij zich niet had gerealiseerd dat hij ze nodig had. Moest hij Maureen een paar nieuwe tuinhandschoenen sturen? Een verkoopster pakte vijf verschillende soorten en showde ze aan haar handen, voordat Harold zich herinnerde dat zijn vrouw haar moestuin al lang geleden had opgegeven. Toen hij ergens naar binnen ging om wat te eten te kopen, kreeg hij zo'n keuze aan sandwiches aangeboden dat hij zijn honger vergat en met lege handen de zaak weer verliet. (Gaf hij de voorkeur aan kaas of aan ham of had hij liever het beleg van de dag, namelijk zeevruchten? Of wilde hij iets heel anders? Sushi? Wraps met pekingeend?) Wat allemaal zo helder was geweest toen hij alleen was, met twee benen op de grond, raakte verloren in deze overvloed aan keuzes en straten en etalages. Hij verlangde terug naar het open landschap.

En ook nu hij de kans had om wandelbenodigdheden te kopen, weifelde hij. Na een uur overleg met een enthousiaste jonge Australiër, die niet alleen kwam aanzetten met wandelschoenen, maar ook met een rugzak, een tentje en een sprekende stappenteller, verontschuldigde Harold zich uitvoerig en kocht een opwindzaklamp. Hij hield zichzelf voor dat hij het prima had gered met zijn bootschoenen en zijn plastic tas, en met een beetje vernuft zou hij zijn tandenborstel en scheerschuim in de ene zak van zijn jack kunnen dragen en zijn deodorant en waspoeder in de andere. In plaats van iets te kopen ging hij naar een café naast het centraal station.

Twintig jaar geleden moest Queenie zijn aangekomen op het Exeter St. David-station. Was ze rechtstreeks van hier naar Berwick gegaan? Had ze familie in Berwick? Vrienden? Ze had het daar nooit over gehad. Een keer was er een liedje op de autoradio geweest dat haar aan het huilen had gemaakt. 'Mighty Like a Rose'. De mannelijke stem vulde de auto, vast en laag. Het deed haar denken aan haar vader, zei ze tussen haar snikken door; hij was onlangs overleden.

'Sorry, sorry,' had ze gefluisterd.

'Het geeft niks.'

'Hij was een goed mens.'

'Dat wil ik best geloven.'

'U zou hem graag gemogen hebben, meneer Fry.'

Ze had een verhaal over haar vader verteld, dat hij vaak speelde alsof hij haar niet kon zien toen ze nog klein was. 'Ik ben hier! Ik ben hier!' riep ze dan lachend, en al die tijd bleef hij op haar neerkijken en zeggen, alsof ze er niet was: 'Kom hier nou. Waar zit je toch, Queenie?'

'Het was zo grappig,' zei ze, terwijl ze het puntje van haar neus bette met haar zakdoekje. 'Ik mis hem ontzettend.' Zelfs haar verdriet had een compacte waardigheid.

Het was druk in het café. Harold keek naar de vakantiegangers die zich met hun koffers en rugzakken tussen de tafeltjes en stoelen door wrongen, en vroeg zich af of Queenie toevallig op dezelfde plek had gezeten als hij. Hij zag haar voor zich, alleen en bleek, in haar ouderwetse mantelpakje, resoluut voor zich uit kijkend met haar beschaafde gezicht.

Hij had haar nooit zomaar mogen laten gaan.

'Neem me niet kwalijk,' zei een vriendelijke stem boven zijn hoofd. 'Is deze stoel vrij?'

Hij rukte zich los uit het verleden. Een goedgeklede man stond links van hem en wees naar de stoel tegenover Harold. Harold veegde zijn ogen af, verbaasd en beschaamd toen hij ontdekte dat hij weer had gehuild. Hij antwoordde dat de stoel inderdaad vrij was en nodigde de man uit te gaan zitten.

De man droeg een chic pak en een donkerblauw overhemd met kleine paarlemoeren manchetknopen. Zijn lichaam was slank en sierlijk. Zijn dikke, zilveren haar was achterover gekamd. Toen hij ging zitten, vouwde hij zijn benen zo dat de plooi van zijn broek precies over het midden van zijn knieën liep. Hij bracht zijn vingers naar zijn lippen en hield ze daar, zijn handen tot een elegant dakje gevormd. Hij zag eruit als het soort man dat Harold graag had willen zijn: gedistingeerd, zoals Maureen zou zeggen. Misschien zat hij iets te opvallend te staren, want nadat de serveerster een potje Ceylon-thee (zonder melk) en een geroosterd theebroodje had neergezet, zei de heer emotioneel: 'Afscheid nemen is altijd moeilijk.' Hij schonk een kop thee in en voegde er citroensap aan toe.

Harold vertelde dat hij op weg was naar een vrouw die hij in het verleden in de steek had gelaten. Hij hoopte dat het geen afscheid zou zijn, hij hoopte met heel zijn hart dat zijn vriendin zou blijven leven. Hij keek de man niet aan, maar concentreerde zich in plaats daarvan op het geroosterde theebroodje, dat even groot was als het bordje. De gesmolten boter vloeide er als honing overheen.

De man sneed één helft in dunne plakjes en begon ervan te eten terwijl hij naar Harold luisterde. Het café was vol en lawaaiig; de ramen waren zo bewasemd dat je er niet doorheen kon kijken.

'Queenie was zo'n vrouw die niet naar waarde wordt geschat. Ze was geen popje, zoals de andere vrouwen bij de brouwerij. Ze had misschien wat haar op haar gezicht. Geen snor of zo. Maar veel mannen lachten haar uit. Ze gaven haar spotnamen. Dat kwetste haar.' Harold wist niet eens of hij wel te verstaan was. Hij bewonderde de sierlijkheid waarmee de heer een plakje van het theebroodje tussen zijn tanden nam en na iedere hap zijn vingers afveegde.

'Wilt u ook een stukje?' vroeg de heer.

'Dat kan ik niet aannemen.' Harold hief zijn handen op alsof hij de weg versperde.

'Ik wil maar de helft. Het is zonde om de andere helft weg te gooien. Neem alstublieft.'

De heer met het zilveren haar legde zijn plakjes op een papieren servetje. Hij schoof het bordje met de nog intacte helft naar

Harold toe. 'Mag ik u iets vragen?' vroeg hij. 'U lijkt me een sympathieke man.'

Harold knikte, want hij had het theebroodje al in zijn mond en kon het fatsoenshalve niet meer uitspugen. Hij probeerde met zijn vingers de boter op te vangen die ervan af liep, maar de boter stroomde langs zijn pols en maakte een vlek op zijn mouw.

'Ik kom elke donderdag in Exeter. Ik neem 's ochtends de trein en ga vroeg in de avond weer terug naar huis. Ik kom hier om een jongeman te ontmoeten. We doen dingen samen. Niemand weet van dat deel van mijn leven af.'

De heer met het zilveren haar zweeg om een nieuwe kop thee in te schenken. Het theebroodje was in Harolds keel blijven steken. Hij voelde dat de man naar hem keek, maar hij was niet in staat zijn blik op te slaan.

'Mag ik verdergaan?' vroeg de heer.

Harold knikte. Hij slikte hard om het theebroodje langs zijn amandelen te persen. De hele weg omlaag deed het hem pijn.

'Ik vind het fijn wat we doen, anders zou ik hier niet komen, maar ik ben ook nog eens op hem gesteld geraakt. Na afloop haalt hij een glas water voor me en zo nu en dan vertelt hij wat. Zijn Engels is niet zo goed. Ik geloof dat hij als kind polio heeft gehad, waardoor hij soms mank loopt.'

Voor het eerst aarzelde de heer met het zilveren haar, alsof hij tegen iets in zijn binnenste vocht. Hij tilde zijn kopje op, maar zijn vingers trilden toen hij het naar zijn mond bracht, zodat de thee over de rand klotste en op zijn theebroodje terechtkwam. 'Hij raakt me, die jongeman,' zei hij. 'Zo diep dat ik er geen woorden voor heb.'

Harold keek weg. Hij vroeg zich af of hij op kon staan, maar begreep dat dat niet mogelijk was. Hij had tenslotte de helft van het theebroodje van de heer met het zilveren haar opgegeten. En toch had hij het gevoel dat hij inbreuk maakte op de privacy van de man door zijn hulpeloosheid te aanschouwen, terwijl hij nog wel zo aardig was geweest en er zo elegant uitzag. Hij wilde dat de man niet had geknoeid, en dat hij de thee zou opdeppen met een servetje, maar dat deed hij niet. Hij zat daar alleen maar, passief, zich er niet om bekommerend. Zijn theebroodje was straks niet meer te eten.

De heer vervolgde moeizaam zijn relaas. De woorden kwamen er langzaam en met tussenpozen uit. 'Ik lik zijn sportschoenen. Dat hoort bij ons ritueel. Maar vanochtend viel het me op dat hij een gaatje bij de teen had.' Zijn stem beefde. 'Ik wil graag een nieuw paar voor hem kopen, maar ik wil hem niet voor het hoofd stoten. En toch kan ik ook niet leven met het idee dat hij over straat loopt met een gat in zijn sportschoen. Dat hij een natte voet krijgt. Wat moet ik doen?' Hij zoog zijn lippen naar binnen, alsof hij een lawine van pijn tegenhield.

Harold zat er zwijgend bij. De heer met het zilveren haar was heel anders dan Harold in eerste instantie had gedacht. Het was net zo'n man als hij, met een unieke pijn, alleen kon je dat niet weten als je hem op straat voorbijliep, of tegenover hem zat in een café en niet zijn theebroodje met hem deelde. Harold stelde zich de heer voor op een perron, stijlvol in zijn pak, niet te onderscheiden van wie dan ook. Het moest in heel Engeland hetzelfde zijn. De mensen kochten melk, of tankten benzine, of deden een brief op de post. Maar niemand wist van de gruwelijke last die ze meedroegen. De bovenmenselijke inspanning die het soms kostte om normaal te zijn, en mee te gaan in al die dingen die gemakkelijk en alledaags leken. Hoe eenzaam dat je maakte. Ontroerd en nederig reikte hij de heer zijn papieren servetje aan.

'Ik denk dat ik nieuwe sportschoenen voor hem zou kopen,' zei Harold. Hij waagde het zijn ogen op te slaan en de heer met het zilveren haar aan te kijken. Zijn irissen waren waterig blauw; het wit was zo roze dat het ontstoken leek. Harolds hart bloedde, maar hij keek niet weg. Een moment lang zaten de twee mannen zwijgend tegenover elkaar, tot Harold, bevangen door een plotselinge lichtheid, hem een glimlach schonk. Hij begreep dat hij niet alleen wandelde om te boeten voor zijn fouten, maar dat het ook zijn missie was om de vreemdheid van anderen te aanvaarden. Voor hem als passant lag alles open, niet alleen het landschap. De mensen zouden zich vrij voelen om te praten, en hij was vrij om te luisteren. En om een stukje van hen mee te dragen op zijn tocht. Hij had zo veel dingen verwaarloosd dat hij Queenie en het verleden dit beetje edelmoedigheid verschuldigd was.

De heer glimlachte ook. 'Dank u.' Hij veegde zijn mond en zijn vingers af, en daarna de rand van zijn kopje. Toen hij opstond zei hij: 'Ik denk niet dat onze wegen elkaar nog eens zullen kruisen, maar ik ben blij dat we elkaar hebben ontmoet. Ik ben blij dat we met elkaar gesproken hebben.'

Ze gaven elkaar een hand en gingen uiteen, en lieten de restjes van het theebroodje achter.

9

Maureen en David

Maureen wist niet wat ze erger vond: de verlammende schok toen ze hoorde dat Harold op weg was naar Queenie of de allesvernietigende razernij die erop volgde. Ze had zijn ansichtkaarten ontvangen, een van Buckfast Abbey en een andere van de Dartmouth Railway (*Hoop dat alles goed met je gaat, H*), maar geen van beide kon haar echte troost of een verklaring bieden. Hij belde haar vrijwel iedere avond, maar dan was hij zo moe dat ze hem niet kon volgen. In een paar weken zou het geld dat ze opzij hadden gezet voor hun oude dag erdoorheen gejaagd zijn. Hoe durfde hij haar te verlaten, nadat ze hem zevenenveertig jaar lang had verdragen? Hoe durfde hij haar zo diep te vernederen dat ze het niet eens aan haar zoon kon vertellen? Op het tafeltje in de hal lag een stapeltje huishoudelijke rekeningen, geadresseerd aan Dhr. H. Fry, dat haar elke keer als ze erlangs schoot herinnerde aan zijn afwezigheid.

Ze haalde de stofzuiger uit de kast en zocht naar sporen van Harold – een haar, een knoop – die ze dan in het mondstuk liet verdwijnen. Ze bespoot zijn nachtkastje, zijn garderobekast en zijn bed met desinfecterend middel.

Het was niet alleen woede waardoor Maureen in beslag genomen werd. Ze zat ook met de vraag wat ze tegen haar buurman moest zeggen. Ze begon spijt te krijgen van haar leugen dat Harold in bed lag met een dikke enkel. Bijna iedere dag stond Rex op de stoep om te vragen of Harold zin had in bezoek, en hij had altijd een presentje bij zich: een doos bonbons, een pak speelkaarten, een artikel over gazonvoeding dat hij uit de plaatselijke krant had geknipt. Ze durfde al nauwelijks meer naar het matglas van haar voordeur te kijken, bang als ze was om zijn ronde silhouet te zien. Ze vroeg zich af of ze zou zeggen dat haar man 's nachts in allerijl naar de spoedeisende hulp was gebracht, maar dan zou ze Rex nog ongeruster maken, en dat kon ze niet over haar hart verkrijgen. Bovendien zou hij dan waarschijnlijk voortdurend aanbieden haar naar het ziekenhuis te rijden. Ze voelde zich nog veel meer gevangen in haar eigen huis dan voordat Harold was weggegaan.

Bijna een week na zijn vertrek belde Harold Maureen vanuit een telefooncel om te zeggen dat hij nog een nacht in Exeter bleef en dan de volgende ochtend vroeg in de richting van Tiverton zou gaan. Hij zei: 'Soms heb ik het gevoel dat ik dit voor David doe... Hoor je me, Maureen?'

Ze had hem gehoord. Maar ze kon geen woord uitbrengen.

Hij zei: 'Ik denk veel aan hem. En ik herinner me van alles. Over hem toen hij nog jong was. Ik denk dat het kan helpen.'

Maureen ademde zo diep in dat haar tanden geëtst voelden door de kou. Uiteindelijk zei ze: 'Vertel je me nu dat David wil dat je naar Queenie Hennessy wandelt?'

Even zei hij niets en toen slaakte hij een zucht. 'Nee.' Het was een dof geluid, alsof er iets viel.

Ze ging verder: 'Heb je met hem gepraat?'

'Nee.'

'Hem gezien?'

Weer nee.

'Nou dan...'

Harold zweeg. Maureen liep heen en weer over het haltapijt, de hele omvang van haar overwinning voelend tot in haar voeten. 'Als je naar die vrouw toe gaat, als je heel Engeland door gaat lopen zonder een wegenkaart, zonder je mobiel en zonder het eerst tegen mij te zeggen, heb dan in elk geval het fatsoen om er open en eerlijk over te zijn. Dit is jouw keus, Harold. Niet de mijne, en het zou ook zeker niet Davids keus zijn.'

Na deze uitbarsting als de wrekende gerechtigheid restte haar niets meer dan op te hangen. Ze had meteen spijt. Ze probeerde hem terug te bellen, maar het nummer was niet beschikbaar. Soms zei ze van die dingen die ze niet meende. Ze waren het stramien van haar manier van praten geworden. Ze zocht iets wat haar zou kunnen afleiden, maar het enige wat er nog te wassen viel was de vitrage en ze had de moed niet om die naar beneden te halen. Weer ging er een avond voorbij zonder dat er iets gebeurde.

Maureen sliep onrustig. Ze droomde dat ze op een groot diner was, met een heleboel onbekende mensen in galakleding. Ze zat aan een tafel om te gaan eten toen ze omlaagkeek en ontdekte dat haar lever in haar schoot lag. 'Aangenaam kennis te maken,' zei ze tegen de man naast haar, terwijl ze met haar hand de lever bedekte om te voorkomen dat hij hem zag. Maar haar lever bleef tussen haar vingers door glibberen en zich onder haar nagels dringen, en ze wist niet meer hoe ze hem in bedwang moest houden. De obers begonnen borden neer te zetten met een zilveren stolp erover.

Toch voelde ze geen pijn. Geen lichamelijke althans. Ze voelde meer paniek, een martelende paniek die in zo'n golf door haar heen sloeg dat de huid bij haar haargrens ervan prikte. Hoe kreeg ze haar lever terug in haar lichaam zonder dat het iemand opviel, en terwijl ze geen gat voelde waar hij doorheen kon? Hoe hard ze ook onder tafel met haar vingers schudde, ze bleven aan de lever gehecht. Ze probeerde ze met haar andere hand los te krijgen, maar in een mum van tijd kleefde ook die aan het ding vast. Ze wilde opspringen en gillen, maar wist dat ze dat niet moest doen. Ze moest heel stil en heel rustig blijven, en niemand mocht weten dat ze daar zat met haar ingewanden op haar schoot.

Om kwart over vier werd Maureen zwetend wakker en knipte haar bedlampje aan. Ze dacht aan Harold in Exeter, en aan het spaarplan waar straks niets meer van over was, en aan Rex met zijn presentjes. Ze dacht aan de stilte die zich niet liet wegpoetsen. Ze kon er niet meer tegen.

Kort na zonsopgang sprak ze met David. Ze vertelde de waarheid over zijn vader, dat Harold naar een vrouw wandelde die hij van vroeger kende, en David luisterde. 'Wij tweeën hebben Queenie Hennessy niet gekend,' zei Maureen. 'Maar ze werkte bij de brouwerij. Op de boekhouding. Volgens mij was ze zo'n oude vrijster. Erg eenzaam.' Daarna zei ze tegen David dat ze van hem hield en wilde dat hij langskwam. Hij verzekerde haar dat voor hem hetzelfde gold. 'Wat moet ik nu met Harold, lieverd? Wat zou jij doen?' vroeg ze.

Hij vertelde haar precies wat er mis was met zijn vader en vond dat ze naar de dokter moest gaan. Hij verwoordde de dingen die zij niet durfde uit te spreken.

'Maar ik kan het huis niet uit,' wierp ze tegen. 'Misschien komt hij terug. Misschien komt hij net terug als ik er niet ben.'

David lachte. Een beetje scherp, vond ze, maar hij had zijn mening nooit onder stoelen of banken gestoken. Ze kon kiezen. Ze kon thuis blijven wachten. Of ze kon er iets aan doen. In gedachten zag ze David glimlachen en de tranen sprongen in haar ogen. En toen zei hij iets wat ze niet had verwacht: hij wist wie Queenie Hennessy was. Het was een goed mens.

Maureens adem stokte even. 'Maar je hebt haar nooit ontmoet.'

Hij gaf toe dat dat waar was, maar herinnerde haar eraan dat Maureen en Queenie elkaar wel degelijk hadden ontmoet. Ze was eens naar Fossebridge Road gekomen met een boodschap voor Harold. Het was dringend, had ze gezegd.

Dat deed de deur dicht. Zodra de dokterspraktijk geopend was, belde Maureen om een afspraak te maken.

10

Harold en het teken

De ochtendhemel was egaal blauw, doorvlochten met wolken, terwijl een klein strookje maan nog achter de bomen treuzelde. Harold was blij om weer onderweg te zijn. Hij was vroeg uit Exeter vertrokken, nadat hij een tweedehands plantengids en een toeristische gids van Groot-Brittannië had gekocht. Hij bewaarde ze in zijn plastic tas, bij de twee cadeautjes voor Queenie. Hij had zijn voorraad water en biscuitjes aangevuld en op aanraden van een drogist een tube vaseline voor zijn voeten aangeschaft. 'Ik zou u een speciale zalf kunnen verkopen, maar dat is zonde van uw geld, en uw tijd,' had de winkelier gezegd. Ook waarschuwde hij Harold dat er slecht weer op komst was.

In de stad waren Harolds gedachten stilgevallen. Nu hij terug was in het open landschap, op weg van de ene plaats naar de andere, stroomden de beelden weer onbelemmerd door zijn hoofd. Al wandelend bevrijdde hij het verleden dat hij twintig jaar lang had geprobeerd te onderdrukken, en nu kwetterde en buitelde het door zijn hoofd met een eigen wilde energie. Afstand was voor hem niet langer iets wat verbonden was met kilometers. Hij mat hem met zijn herinneringen.

Toen hij langs volkstuintjes kwam, zag hij Maureen in de voortuin van Fossebridge Road, in een oud overhemd van Harold, haar haar van achteren vastgezet tegen de wind en haar gezicht besmeurd met aarde, bezig sperziebonen te planten. Hij zag een opengebroken vogelei en herinnerde zich met verpulverende tederheid de kwetsbaarheid van Davids hoofdje toen hij net geboren was. Hij hoorde de holle roep van een kraai in de stilte. Plotseling lag hij weer in zijn bed als tiener en hoorde hij datzelfde gekras, met een diep gevoel van eenzaamheid.

'Waar ga je heen?' had hij zijn moeder gevraagd. Hij was nu al langer dan zijn vader, maar hij vond het fijn dat hij net tot haar schouders reikte. Ze tilde haar koffer op en sloeg een lange zijden sjaal om haar hals. Hij hing als een brede haarlok over haar rug.

'Nergens heen,' antwoordde ze, maar ze deed toch de voordeur open.

'Ik wil mee.' Hij pakte de sjaal beet, alleen de franje, daar waar ze het misschien niet merkte. De zijden stof voelde zacht aan tussen zijn vingertoppen. 'Mag ik mee?'

'Doe niet zo mal. Je zult je best redden. Je bent al bijna een man.'

'Zal ik een mop vertellen?'

'Niet nu, Harold.' Ze trok haar sjaal los uit zijn greep. 'Ik word nog sentimenteel van je,' zei ze, terwijl ze haar ogen afveegde. 'Is mijn make-up uitgelopen?'

'Je bent mooi.'

'Wens me geluk.' Ze haalde diep adem, alsof ze op het punt stond in het water te duiken, en liep de deur uit.

Hij zag het beeld zo helder voor zich dat het echter was dan de aarde onder zijn voeten. Hij rook haar muskusparfum. Zag het witte poeder op haar huid en wist, ook zonder dat ze er was, dat haar wang, als hij haar had mogen kussen, naar marshmallows zou hebben gesmaakt.

'Ik dacht dat u er voor de verandering misschien wel zo eentje zou lusten,' had Queenie Hennessy een keer gezegd. Ze had het deksel van een kleine trommel getrokken en hem zachte witte snoepblokjes, bestrooid met poedersuiker, laten zien. Hij had zijn hoofd geschud en zijn ogen weer op de weg gericht. Ze had nooit meer marshmallows meegenomen.

Het zonlicht brak door de bomen, waardoor de jonge bladeren, die wiegden in de wind, glansden als zilverpapier. In Brampford Speke kregen de huizen een rieten dak en waren de bakstenen niet langer het grijs van vuursteen, maar warmrood. Spireatakken bogen door onder mouwen van bloesem en scheuten van ridderspoor piekten uit de aarde. Met behulp van zijn plantengids onderscheidde Harold baardmos, tongvaren, dagkoekoeksbloem, robertskruid en gevlekte aronskelk, en hij ontdekte dat de stervormige bloempjes die hij zo mooi had gevonden bosanemonen waren. Opgevrolijkt legde hij, zijn hoofd diep in de plantengids, de volgende vier kilometer naar Thorverton af. Anders dan de drogist had gezegd bleef het droog. Hij voelde zich gezegend.

Links en rechts van hem glooide het landschap en strekte zich uit naar de heuvels in de verte. Harold haalde twee vrouwen achter de kinderwagen in, een jongen met een veelkleurige honkbalpet op de step, drie mensen die hun hond uitlieten, en een wandelaar. Hij bracht de avond door met een maatschappelijk werker die dichter wilde worden. De man bood Harold een biertje aan toen zijn limonadeglas leeg was, maar Harold bedankte. Alcohol had in het verleden veel verdriet gebracht, zei hij, zowel voor hemzelf als voor zijn naasten. Hij had er al jaren geleden voor gekozen nooit meer te drinken. Hij vertelde wat over Queenie: dat ze het leuk vond om van achteren naar voren te zingen, en van raadsels hield, en een zoetekauw was. Ze was met name dol op perendrups, citroensnoepjes en drop. Soms was haar tong felrood of paars, maar daar had hij haar liever niet op gewezen. 'Ik haalde een glas water voor haar en hoopte dat het daarmee was opgelost.'

'Je bent te goed voor deze wereld,' zei de man, toen Harold hem vertelde dat hij naar Berwick wandelde.

Harold kauwde op een stukje worst en ontkende dat met klem. 'En mijn vrouw zou me volledig gelijk geven.'

'Je zou eens moeten zien met wie ik allemaal in mijn werk te maken krijg,' zei de maatschappelijk werker. 'De moed zakt je ervan in de schoenen. Denk je echt dat Queenie Hennessy op je wacht?'

'Ja,' antwoordde Harold.

'En dat je Berwick haalt? Op een paar bootschoenen?'

'Ja,' herhaalde hij.

'Ben je nooit bang? Zo helemaal in je eentje?'

'Eerst wel. Maar nu ben ik eraan gewend. Ik weet wat ik kan verwachten.'

De maatschappelijk werker haalde zijn schouders op. Hij vroeg: 'Maar hoe zit het dan met anderen? Het soort waarmee ik te maken heb? Wat gebeurt er als je zo iemand tegenkomt?'

Harold dacht aan de mensen die hij tot nu toe had ontmoet. Hun verhalen hadden hem verbaasd en geraakt, en niemand had hem onbewogen gelaten. Er waren nu al meer mensen op de wereld om wie hij gaf dan vóór hij van huis was gegaan. 'Ik ben maar een gewone man die voorbijkomt. Ik ben niet iemand die de aandacht trekt. En ik val niemand lastig. Als ik anderen vertel wat ik aan het doen ben, lijkt het of ze het begrijpen. Ze kijken naar hun eigen leven en willen dat ik het haal. Ze hopen net zo hard als ik dat Queenie blijft leven.'

De maatschappelijk werker zat zo aandachtig te luisteren dat Harold het er warm van kreeg. Hij pakte zijn stropdas beet en trok hem recht.

Die nacht werd hij wakker uit zijn eerste droom sinds zijn vertrek uit Kingsbridge. Hij stond op voor er beelden konden blijven hangen, maar de herinnering aan bloed dat uit zijn knokkels vloeide zat in zijn hoofd, en als hij niet uitkeek zouden er nog ergere dingen volgen. Hij staarde door het raam naar het zwarte hemelgewelf en dacht aan de woedende blik waarmee zijn vader op de dag dat zijn moeder het huis had verlaten naar de voordeur bleef kijken, alsof vasthoudendheid alleen genoeg was om haar de deur te laten openzwaaien en aan hem te verschijnen. Zijn vader had een stoel in de hal neergezet en twee flessen. Uren bleef hij daar zitten, zo leek het.

'Ze komt wel terug,' had hij gezegd, en Harold lag in zijn bed, zijn lichaam zo strak gespannen van het luisteren dat hij zich meer stilte voelde dan een jongen. De volgende ochtend lagen haar jurken als lege moeders door het hele huis verspreid. Hij trof er zelfs een paar aan op het piepkleine lapje gras dat ze hun voortuin noemden.

'Wat is er gebeurd?' vroeg de buurvrouw.

Harold had de kleren in zijn armen verzameld en tot een bal opgerold. Zijn moeders speciale geur was zo sterk aanwezig dat het onmogelijk was te geloven dat ze niet terug zou komen. Hij had zijn nagels in zijn ellebogen moeten zetten om geen geluid te maken. Terwijl Harold de momenten opnieuw doorleefde, keek hij toe hoe de duisternis zich langzaam losmaakte van de nachthemel. Toen hij gekalmeerd was, ging hij weer naar bed.

Een paar uur later was er iets veranderd, en hij begreep niet hoe dat kwam. Hij was nauwelijks in staat zich te bewegen. De blaren zou hij nog wel kunnen verdragen als hij er pleisters op plakte, maar iedere keer als hij zijn rechtervoet belastte, schoot er een kramp van de achterkant van zijn enkel naar zijn kuit. Hij deed de gebruikelijke dingen: hij douchte, ontbeet en pakte zijn plastic tas opnieuw in alvorens de rekening te betalen, maar telkens als hij de proef op de som nam, zat de pijn in zijn onderbeen er nog. De zon stond laag aan de horizon en de lucht was van een koud kobaltblauw, waartegen de condensatiestrepen helderwit afstaken. Harold volgde Silver Street in de richting van de A396, maar nam niets van zijn omgeving op. Om het kwartier stond hij stil om zijn sok af te stropen en in de spier in zijn been te knijpen.

Gelukkig waren er geen tekenen van een kwetsuur te bespeuren.

Hij zocht afleiding door aan Queenie te denken, of aan David, maar geen van die gedachten wilde duidelijke vorm aannemen. De herinneringen kwamen even snel in hem op als ze verdwenen. Er schoot hem bijvoorbeeld een opmerking van zijn zoon te binnen: 'Wedden dat je niet alle landen in Afrika kent', maar net toen hij er een wilde noemen, snerpte de pijn door zijn been en vergat hij wat hij zich ook alweer probeerde te herinneren. Na een kilometer leek het alsof zijn scheen was doorgehakt; hij kon amper nog het been gebruiken. Hij was gedwongen een lange zware stap te maken met zijn linkervoet, afgewisseld door een frivool huppeltje van zijn rechter. Halverwege de ochtend was de hemel dichtgetrokken met een dik wolkendek. Hoe hij het ook bekeek, hij kon zich niet aan de indruk onttrekken dat zijn wandeling naar het noorden van Engeland zoiets geworden was als het beklimmen van een heuvel. Zelfs de vlakke stukken leken ineens omhoog te gaan.

Het beeld van zijn vader die onderuitgezakt op een keukenstoel op zijn moeder zat te wachten, bleef door zijn hoofd spoken. Dat beeld was er altijd geweest, maar het leek alsof hij het nu pas voor het eerst zag. Het was mogelijk dat zijn vader had overgegeven op zijn pyjama. Het was beter om niet door je neus te ademen.

'Ga weg,' zei hij tegen Harold. Maar zijn ogen dwaalden zo snel van Harold naar de muur dat het moeilijk te zeggen was welke van de twee hem het meest afstootte.

Nadat ze het hadden gehoord, troostten de buurvrouwen zijn vader. Joan had een eigen wil, zeiden ze. Je mag van geluk spreken; je bent tenminste jong genoeg om opnieuw te beginnen. Opeens vulde het huis zich met een ongekende overvloed aan vrouwelijk leven. Ramen werden opengegooid, kastjes uitgeruimd, lakens en dekens gelucht. Op tafel verschenen stoofschotels, pasteien en vlees in gelei, samen met niervetpudding, jams en vruchtencake in vetvrij papier. Er was nog nooit zo veel eten geweest; koken was niet een grote liefde van zijn moeder geweest. Zwart-witfoto's verdwenen in handtasjes. Rode lippenstiften werden uit de badkamer verwijderd, evenals haar parfumflesjes. Hij zag haar op straathoeken, en hij zag haar de weg oversteken. Hij zag haar zelfs voor school op hem staan wachten, maar toen hij op haar af holde, bleek ze een onbekende vrouw te zijn die een van zijn moeders hoeden of rokken droeg. Joan had altijd van fleurige kleuren gehouden. Zijn dertiende verjaardag ging voorbij zonder dat hij iets van haar hoorde. Na een halfjaar kon Harold haar zelfs in het badkamerkastje niet meer ruiken. Zijn vader begon de ruimte die zijn vrouw had ingenomen met verre verwanten te vullen.

'Zeg eens dag tegen je tante Muriel,' zei hij. Hij liep niet meer rond in zijn kamerjas. In plaats daarvan droeg hij een pak dat uitstak bij de schouders. Hij had zich zelfs geschoren.

'Jeetje, wat is hij groot.' De vrouw had een breed gezicht dat uit een bontjas stak en worstvingers die een zak kokosmakronen omsloten. 'Denk je dat hij er ook eentje lust?'

Harold watertandde bij de herinnering. Hij at alle biscuitjes op die nog in zijn plastic tas zaten, maar ze stilden niet dat holle gevoel dat hij voor honger aanzag, en konden hem niet bevredigen. Zijn speeksel was dik en wit als crème. Als hij voetgangers naderde, verborg hij zijn mond achter zijn zakdoek om hen niet af te schrikken. Hij kocht een pak houdbare melk en nam zulke gulzige slokken dat de inhoud over zijn kin liep. Hij dronk te snel, maar had zo'n dorst dat hij zich niet kon beheersen, en hij bleef maar aan het pak zuigen. De melk vloeide niet snel genoeg naar zijn zin. Een paar meter verderop moest hij blijven staan om over te geven. Hij kon niet ophouden met denken aan de dag dat zijn moeder hem verlaten had.

Door haar koffer te pakken had ze hem niet alleen van haar lach beroofd, maar ook van de enige persoon die langer was dan hij. Je kon Joan bepaald niet als liefhebbend omschrijven, maar ze stond in ieder geval tussen haar zoon en de wolken in. De tantes gaven hem snoepjes, of knepen hem in zijn wang, of vroegen hem ook wel hoe een jurk stond, maar de wereld leek opeens geen randen meer te hebben, en bij hun aanraking deinsde hij terug.

'Ik wil niet zeggen dat hij vreemd is,' had zijn tante Muriel gezegd, 'hij kijkt je alleen niet aan.'

Harold kwam aan in Bickleigh, waar hij volgens zijn toeristische gids het roodbakstenen kasteeltje op de oever van de Exe moest bezoeken. Een man met een lang gezicht en gekleed in een olijfkleurige broek deelde hem echter mee dat zijn gids helaas gedateerd was, tenzij Harold geïnteresseerd was in een luxebruiloft of een moordweekend. Hij wees Harold de weg naar het kunst- en cadeauwinkeltje in Bickleigh Mill, waar hij misschien iets kon vinden wat meer bij zijn smaak en budget paste.

Harold bekeek de glazen snuisterijen en lavendelzakjes en de ruime keus aan plaatselijk gefabriceerde hangende vogelhuisjes, maar niets daarvan trof hem als begerenswaardig of ook maar noodzakelijk. Het stemde hem droevig. Hij wilde de winkel weer verlaten, maar aangezien hij de enige klant was en de verkoopster naar hem staarde, voelde hij zich verplicht iets aan te schaffen. Hij ging de deur uit met vier placemats voor Queenie die een geplastificeerd zicht op Devon boden. Voor zijn vrouw had hij een ballpoint gekozen die dofrood oplichtte als je op het knopje drukte, zodat ze in het donker kon schrijven, mocht ze daar ooit toe geneigd zijn.

Harold zonder-ma noemden de jongens hem op school. Hij begon af en toe een dag te spijbelen, een week, tot zijn klasgenoten zulke vreemden geworden waren dat hij het gevoel had dat hij tot een andere soort behoorde. Zijn tante Muriel schreef briefjes: 'Harold had hoofdpijn', 'Harold ziet bleekjes'. Soms pakte ze het woordenboek erbij en werd dan creatiever: 'Harold had op dinsdag rond zes uur 's avonds een tikkeltje last van zijn gal.' En nadat hij voor zijn examens was gezakt, ging hij helemaal niet meer naar school.

'Er is niks mis met hem,' zei zijn tante Vera, die Muriels kant van het bed had ingenomen toen Muriel vertrokken was. 'Hij kent goede grappen. De clou komt er alleen een beetje gemompeld uit.'

Moe en ongelukkig bestelde Harold een maaltijd in Fisherman's Cot, dat uitkeek op de rivier. Hij praatte met wat mensen, die hem vertelden dat de brug over het woelige water de inspiratiebron had gevormd voor het lied van Simon en Garfunkel, en al die tijd voelde hij dat hij knikte en glimlachte en eruit probeerde te zien als iemand die luisterde, terwijl hij in feite alleen maar dacht aan zijn tocht, aan het verleden en aan wat er gaande was in zijn been. Was het ernstig? Zou het vanzelf overgaan? Hij ging vroeg naar bed in de hoop dat de slaap genezing zou brengen. Wat niet gebeurde.

Liefe zoon, zo begon Joans enige brief. *Niew Zeeland is een pragtig land. Ik moest echt weg. Ik kon geen moeder zijn. Doe de hartelike groeten aan je vader.* Haar vertrek was nog niet het ergste. Het ergste was dat ze haar verklaring niet eens zonder fouten op kon schrijven.

Op de tiende dag kon Harold geen stap zetten, geen spier spannen, zonder dat de pijn door zijn rechterkuit sneed en hem eraan herinnerde dat hij in de problemen zat. Hij dacht terug aan de nadruk waarmee hij de verpleegster van het hospice had beloofd dat hij naar Queenie zou wandelen, en die toon leek kinderlijk misplaatst. Zelfs het gesprek met de maatschappelijk werker beschaamde hem. Het was alsof er plotseling iets was gebeurd, alsof de wandeling en zijn geloof erin van elkaar los waren gescheurd en hij met het onafgebroken geploeter was blijven zitten. Tien dagen had hij gewandeld, en in die dagen was al zijn energie er puur op gericht geweest de ene voet voor de andere te plaatsen. Maar nu hij wist dat hij op die voeten kon vertrouwen, hadden de praktische zorgen plaatsgemaakt voor iets veel geniepigers.

De vijfenhalve kilometer langs de A396 naar Tiverton waren

het zwaarste stuk tot nu toe. Er was bijna geen ruimte om uit te wijken voor auto's, en hoewel de pas gesnoeide heggen hem een blik op de zilveren schitteringen van de Exe gunden, vond hij ze barbaars toegetakeld en keek hij liever niet. Automobilisten toeterden en schreeuwden dat hij aan de kant moest gaan. Hij was kwaad op zichzelf dat hij zo weinig kilometers haalde; in dit tempo zou hij pas met Kerstmis in Berwick zijn. Een kind had het beter gedaan, hield hij zichzelf voor.

Hij zag weer hoe David als een bezetene danste. Hij dacht aan het jochie dat de zee in was gezwommen bij Bantham. Hij herinnerde zich de keer dat hij geprobeerd had zijn zoon een grap te vertellen, en de rimpels die op Davids gezicht waren verschenen. 'Maar ik snap het niet,' had hij gezegd. Hij keek alsof ieder moment de waterlanders konden komen. Harold had uitgelegd dat het grapje leuk was. Het was bedoeld om je aan het lachen te maken. Hij had het nog een keer verteld. 'Ik begrijp het nog steeds niet,' had het knulletje gezegd. Later had Harold hem het grapje in bad tegen Maureen horen herhalen. 'Hij zei dat het grappig was,' had David geklaagd. 'Hij vertelde het twee keer en ik moest er niet om lachen.' Al op die leeftijd sprak hij dat woord donker uit.

En daarna dacht Harold aan zijn zoon toen hij achttien was, met haar tot over zijn schouders en armen en benen die te ver uit zijn kleren staken. Hij zag de jongen op bed liggen, met zijn voeten op het kussen, zo strak voor zich uit starend dat Harold zich even had afgevraagd of hij iets zag wat Harold niet kon zien. Zijn polsen waren broodmager.

Harold hoorde zichzelf zeggen: 'Je moeder vertelde dat je bent toegelaten in Cambridge.'

David had hem niet aangekeken. Hij bleef voor zich uit staren.

Harold had hem in zijn armen willen sluiten en hem stevig tegen zich aan drukken. Hij had willen zeggen: Mooie zoon van me, hoe kom je toch zo slim, met zo'n vader als ik? Maar hij had naar Davids ondoorgrondelijke gezicht gekeken en gezegd: 'Nou, jemig. Dat is geweldig. Goh.'

David reageerde spottend, alsof hij net een typerende grap over zijn vader had gehoord. En Harold op zijn beurt trok de slaapkamerdeur achter zich dicht en beloofde zichzelf dat er een dag zou komen, misschien als zijn zoon volwassen was, dat het allemaal gemakkelijker zou zijn.

Harold besloot na Tiverton de hoofdwegen te blijven volgen. Hij redeneerde dat dat de kortste route was. Hij zou langs de Great Western Way lopen en dan via plattelandsweggetjes doorsteken naar de A38. Tot Taunton zou het zo'n dertig kilometer zijn.

Er was noodweer op til. De wolken pakten zich als een capuchon samen boven de aarde en wierpen een griezelig klaar licht over de Blackdown Hills. Voor het eerst miste hij zijn mobiele telefoon: hij voelde zich niet voorbereid op wat er komen ging, en hij wou dat hij met Maureen kon praten. De boomtoppen glansden tegen de gezwollen granieten hemel, begonnen toen te schudden onder de eerste windstoten. Bladeren en takjes waaiden de lucht in. Vogels schreeuwden. In de verte kwamen regengordijnen in zicht, die tussen Harold en de heuvels in bleven hangen. Toen hij de eerste druppels voelde, dook hij weg in zijn jack.

Nergens was een schuilplaats. De regen belaagde Harolds waterdichte jack, liep langs zijn nek omlaag en drong zelfs onder de elastiekranden van zijn mouwen. De druppels troffen hem als peperkorrels. Het regenwater kolkte in plassen en stroompjes door de greppels en bij iedere langsrijdende auto pletste het over de rand van zijn bootschoenen. Na een uur waren zijn voeten zelf van water, en zijn huid jeukte waar zijn natte kleren ertegenaan schuurden. Hij wist niet of hij honger had en herinnerde zich niet of hij had gegeten. De pijn in zijn rechterkuit was niet te harden.

Naast hem kwam een auto tot stilstand en hij kreeg een plens water over zijn broek. Het deed er niet toe. Natter kon hij toch niet worden. Het passagiersraampje ging omlaag. Er kwam een geur van nieuw leer en verwarmde lucht door naar buiten. Harold boog zijn hoofd.

Het gezicht binnen was jong en droog. 'Bent u verdwaald? Moet ik u de weg wijzen?' vroeg het.

'Ik weet waar ik heen moet.' De regen prikte in Harolds ogen. 'Maar aardig dat u even stopt.'

'Dit is toch geen weer om buiten te zijn,' hield het gezicht aan.

'Ik heb een belofte gedaan,' zei Harold, terwijl hij zich oprichtte. 'Maar ik ben u dankbaar dat u me hebt opgemerkt.'

De volgende kilometer vroeg hij zich af of het niet onverstandig was geweest om af te zien van hulp. Hoe langer hij over de tocht deed, hoe onwaarschijnlijker het was dat Queenie nog in leven zou zijn als hij aankwam. En toch was hij ervan overtuigd dat ze wachtte. Als hij zich niet aan zijn deel van de afspraak hield, hoe weinig gestoeld op logica die ook was, vreesde hij haar niet meer te zullen zien.

Wat moet ik doen? Geef me een teken, Queenie, zei hij, misschien hardop, misschien bij zichzelf. Hij wist niet meer waar hij officieel ophield en waar de buitenwereld begon.

Een grote vrachtwagen denderde agressief toeterend op hem af en bespatte hem van top tot teen met modder.

En toch gebeurde er nog iets anders, en het zou een van die momenten worden waarvan hij meteen, zodra hij het binnen wandelde, besefte dat het betekenis had. Laat in de middag werd het zo abrupt droog dat het nauwelijks te geloven was dat het even daarvoor nog geregend had. In het oosten scheurde het wolkendek open en brak er een lage gordel van zilverglanzend licht doorheen. Harold bleef staan en keek toe hoe de grijze massa zich steeds weer splitste en nieuwe kleuren onthulde: blauw, oker, perzik, groen en karmozijn. Even later waren de wolken matroze geworden, alsof de heldere kleuren erdoorheen waren gelekt en zich gaandeweg hadden vermengd. Hij kon zich niet bewegen. Hij wilde getuige zijn van iedere verandering. Er viel een gouden licht op het landschap, zelfs zijn huid was er warm van. Onder zijn voeten knarste en fluisterde de aarde. De lucht rook groen en naar de belofte van een nieuw begin. Er steeg een zachte mist op van de grond, als slierten rook.

Harold was zo moe dat hij zijn voeten bijna niet kon optillen, en toch was hij van zo'n hoop vervuld dat het hem duizelde. Als hij maar bleef kijken naar de dingen die groter waren dan hijzelf zou hij Berwick halen, daar twijfelde hij niet aan.

11

Maureen en de waarnemend arts

De doktersassistente verontschuldigde zich: wegens de ingebruikname van een automatische service was ze niet meer in staat Maureen zelf aan te melden voor haar doktersafspraak. 'Maar ik sta hier toch?' zei Maureen. 'Waarom kunt u dat dan niet?' De assistente wees naar een beeldscherm met toetsenbord naast de balie en verzekerde Maureen dat de nieuwe procedure heel simpel was.

Maureens vingers werden klam. De automatische service vroeg of ze een man of een vrouw was, maar ze drukte op de verkeerde toets. Toen haar naar haar geboortedatum werd gevraagd, toetste ze eerst de maand en daarna de dag in en moest ze geholpen worden door een jongere patiënt, die over haar schouder heen niesde. Tegen de tijd dat ze zich had ingeschreven, stond er een rijtje patiënten achter haar, kreunend en piepend van ziekte. Op het scherm verschenen de woorden *Meld u bij de receptie*. Het rijtje patiënten schudde eensgezind het hoofd.

Opnieuw verontschuldigde de assistente zich. Maureens eigen arts was onverwachts weggeroepen, maar ze kon wel bij een waarnemer terecht.

'Waarom kon u me dat niet vertellen toen ik aankwam?' riep Maureen uit.

De assistente bood voor de derde keer haar excuses aan. Het was het nieuwe systeem, zei ze, iedereen moest zich elektronisch aanmelden. 'Zelfs ouden van dagen.' Ze vroeg Maureen of ze wilde wachten, of kwam ze liever de volgende ochtend terug? Maureen schudde haar hoofd. Als ze naar huis ging, wist ze niet of ze de wilskracht zou hebben om nog eens terug te komen.

'Wilt u een glas water?' vroeg de assistente. 'U ziet een beetje bleek.'

'Ik moet gewoon even zitten,' antwoordde Maureen.

Natuurlijk had David gelijk gehad toen hij haar verzekerde dat ze best het huis uit kon, maar hij had geen idee van de angsten die ze zou uitstaan onderweg naar de praktijk. Niet dat ze Harold miste, hield ze zichzelf voor, maar het was wel een schok om alleen in de buitenwereld te zijn. Overal om haar heen deden mensen alledaagse dingen. Ze reden in auto's en duwden buggy's voort en lieten honden uit en kwamen thuis, alsof er in het leven niets was veranderd, terwijl dat wel zo was. Alles was nieuw en verkeerd. Ze knoopte haar jas dicht tot haar keel en trok de punten van haar kraag tegen haar oren, maar de lucht was te koud, en de hemel veel te open, en de vormen en de kleuren te sterk. Ze was Fossebridge Road op gesneld in de hoop dat Rex haar niet zou zien en naar het stadscentrum gevlucht. De narcissen langs de kade waren verschrompeld en bruin.

In de wachtkamer zocht ze afleiding in de tijdschriften, maar ze keek naar de woorden zonder ze tot zinnen te verbinden. Ze zag echtparen zoals Harold en zij, man en vrouw, die naast elkaar zaten en elkaar gezelschap hielden. Het namiddaglicht was bespikkeld met stofdeeltjes, die ronddwarrelden in de zware lucht alsof hij met een lepel was omgeroerd.

Toen een jongeman de deur van de spreekkamer opende en de naam van een patiënt mompelde, keek Maureen wie er op zou staan. Ze vroeg zich af waarom het zo lang duurde, tot ze besefte dat het haar naam was die hij had uitgesproken. Ze kwam vlug overeind. De waarnemer zag eruit alsof hij amper van school was, zijn donkere pak slobberde om zijn lichaam. Zijn schoenen glommen als kastanjes. Uit het niets dook het beeld van Davids schoolschoenen op, en ze voelde een steek van pijn. Had ze haar zoon maar niet om hulp gevraagd. Was ze maar thuisgebleven.

'Wat kan ik voor u doen?' prevelde de waarnemer, zich dubbelvouwend in zijn stoel. De woorden leken geluidloos uit zijn mond te glijden, en ze moest haar hoofd naar hem toe buigen om ze op te vangen. Als ze niet uitkeek, zou hij haar nog vragen om een gehoortest te doen.

Maureen vertelde dat haar man op weg was gegaan om een vrouw te bezoeken die hij twintig jaar niet had gezien, in de overtuiging dat hij haar van kanker kon redden. Vandaag was het de elfde dag van zijn wandeling, zei ze, spelend met haar zakdoekje. 'Hij kan nooit in Berwick aankomen. Hij heeft geen kaart. Geen goede schoenen. Hij heeft zelfs zijn mobiel thuis laten liggen.' Nu ze het aan een vreemde vertelde, drong opeens de hardheid ervan tot haar door, en ze was bang dat ze zou gaan huilen. Ze waagde een blik op de waarnemer. Het leek alsof er iemand naar hem toe was gegaan toen zij even niet keek, en met een zwarte pen dikke zorgrimpels op zijn voorhoofd had getekend. Misschien had ze te veel gezegd.

Hij sprak langzaam, alsof hij zich de juiste woorden probeerde te herinneren. 'Denkt uw man dat hij zijn oud-collega kan redden?'

'Ja.'

'Van kanker?'

'Ja.' Ze begon haar geduld te verliezen. Ze had geen zin om het uit te leggen, ze wilde dat hij het instinctief begreep. Ze zat hier niet om het voor Harold op te nemen.

'Hoe denkt hij haar dan te kunnen redden?'

'Hij schijnt te geloven dat zijn gewandel dat kan.'

De waarnemer keek bedenkelijk, waardoor er diepe lijnen naar zijn kaken toe ontstonden. 'Denkt hij dat een wandeling kanker kan genezen?'

'Hij is op het idee gekomen door een meisje,' zei ze. 'Een meisje dat bij een pompstation werkt. Ze heeft ook een hamburger voor hem gemaakt. Harold eet thuis nooit hamburgers.'

'Heeft een meisje hem verteld dat hij kanker kan genezen?' Als dit consult nog veel langer duurde, moest het ergste gevreesd worden voor het gezicht van de arme jongen.

Maureen schudde haar hoofd om het gesprek weer in de gewenste banen te leiden. Ze was opeens doodmoe. 'Ik maak me zorgen om Harold,' zei ze.

'Is hij gezond en in goede conditie?'

'Hij is iets verziend zonder leesbril. Hij heeft twee kronen aan weerszijden van zijn voortanden. Maar daar maak ik me geen zorgen om.'

'En toch gelooft hij dat hij haar kan genezen door een wandeling? Ik begrijp het niet. Is hij gelovig?'

'Harold? Het enige moment waarop hij God aanroept, is als de grasmaaier het niet wil doen.' Ze glimlachte om de waarnemer duidelijk te maken dat het een grapje was. De waarnemer keek verbouwereerd. 'Harold is een halfjaar geleden met pensioen gegaan. Sinds die tijd is hij erg...' Ze zweeg, op zoek naar het woord. De waarnemer schudde zijn hoofd om aan te geven dat hij het woord ook niet wist. 'Maar toch...' zei ze.

'Maar toch?' herhaalde hij.

'Hij zit de hele dag in dezelfde stoel.'

Toen ze dat zei, lichtten de ogen van de waarnemer op. Hij gaf een opgelucht knikje. 'Aha. Depressief.' Hij pakte zijn pen en trok de dop eraf.

'Depressief, nee, dat zou ik niet zeggen.' Ze voelde haar hart sneller kloppen. 'Het punt is dat Harold alzheimer heeft.' Zo. Ze had het gezegd.

De lippen van de waarnemer weken uiteen, waarna zijn kaken met een verontrustend geluid weer dichtklapten. Hij legde de pen terug op zijn bureau zonder de dop erop te doen.

'Hij heeft alzheimer en wandelt naar Berwick?'

'Ja.'

'Wat voor medicijnen gebruikt uw man, mevrouw Fry?' De stilte was zo plechtig dat ze ervan huiverde.

'Ik zeg alzheimer,' zei ze langzaam, 'maar het is nog niet als zodanig bij hem vastgesteld.'

De waarnemer ontspande weer. Hij lachte bijna. 'Bedoelt u dat hij vergeetachtig is? Dat hij bejaardenmomenten heeft? Als we onze mobiele telefoon vergeten, wil dat nog niet zeggen dat we allemaal alzheimer hebben.'

Maureen knikte strak. Ze wist niet wat ze irritanter vond: de manier waarop hij het woord bejaardenmomenten op haar losliet of de bevoogdende glimlach die hij haar nu schonk. 'Het zit in de familie,' zei ze. 'Ik herken de tekenen.'

Daarna beschreef ze in het kort Harolds familieachtergrond. Ze vertelde dat zijn vader uit de oorlog was teruggekeerd als alcoholist en last had gehad van depressies. Dat zijn ouders geen kind hadden gewild en dat zijn moeder haar koffer had gepakt en was weggegaan om nooit meer thuis te komen. Ze vertelde dat zijn vader de ene vriendin na de andere had gehad en dat hij Harold op zijn zestiende verjaardag de deur had gewezen. Daarna hadden de twee mannen jarenlang geen contact meer gehad. 'Maar toen werd mijn man plotseling gebeld door een vrouw die zei dat ze zijn stiefmoeder was. Ik zou je vader maar komen halen, zei ze, hij is zo gek als een deur.'

'En dat kwam door de alzheimer?'

'Ik heb een verpleeghuis voor hem gevonden, maar hij is nog voor zijn zestigste overleden. We zijn een aantal keren op bezoek geweest, maar zijn vader schreeuwde veel en gooide met van alles. Hij wist niet wie Harold was. En nu gaat het met mijn man dezelfde kant op. Het is niet alleen dat hij dingen vergeet. Hij heeft ook andere symptomen.'

'Gebruikt hij verkeerde woorden? Vergeet hij hele gesprekken? Laat hij spullen op vreemde plekken achter? Heeft hij last van snelle stemmingswisselingen?'

'Ja, ja.' Ze maakte een ongeduldig gebaar met haar hand.

'Oké,' zei de waarnemer en beet op zijn lip.

Maureen rook de overwinning. Ze keek hem oplettend aan terwijl ze de vraag stelde: 'Wat ik graag wil weten is… als u, als dokter, denkt dat Harold zichzelf in gevaar brengt met zijn wandeling, kan hij dan worden tegengehouden?'

'Tegengehouden?'

'Ja.' Haar keel voelde rauw aan. 'Kan hij worden gedwongen om naar huis te gaan?' Het bloed klopte zo hard in haar hoofd dat het pijn deed. 'Hij kan geen achthonderd kilometer lopen. Hij kan Queenie Hennessy niet redden. Hij moet gewoon weer thuiskomen.'

Maureens woorden galmden door de stilte. Ze legde haar handen op haar knieën met de handpalmen tegen elkaar, en daarna plaatste ze de ene voet netjes naast de andere. Ze had gezegd wat ze had willen zeggen, maar voelde niet wat ze had willen voelen, en nu moest ze de onaangename emotie die in haar opzwol met fysieke orde beteugelen.

De waarnemer zweeg een poosje. Buiten huilde een kind en ze hoopte van ganser harte dat iemand het op zou tillen. Hij zei: 'Ik denk dat we de politie er wel bij kunnen halen. Is uw man ooit in een inrichting opgenomen geweest?'

Maureen vluchtte de dokterspraktijk uit, misselijk van schaamte. Door over Harolds verleden en zijn wandeling te vertellen was ze voor het eerst gedwongen geweest de zaak vanuit zijn standpunt te zien. Het idee was krankzinnig en paste helemaal niet bij hem, maar het was geen alzheimer. Het had zelfs een bepaalde schoonheid, al was het maar omdat Harold eindelijk iets deed waar hij in geloofde, hoe weinig kans van slagen het ook had. Ze had de waarnemer gezegd dat ze erover na moest denken, dat ze zich zorgen maakte om niets; Harold begon gewoon een beetje op leeftijd te raken. Hij zou snel weer thuiskomen. Misschien was hij er nu al. Ze had zijn spreekkamer verlaten met een recept voor lichte slaappillen voor zichzelf.

Toen ze in de richting van de kade liep zag ze plotseling de waarheid, helder als een licht dat ontbrandt in de duisternis. Ze was niet al die jaren bij Harold gebleven vanwege David. En ook niet omdat ze medelijden met hem had. Ze was bij hem gebleven omdat, hoe eenzaam ze ook met Harold was, de wereld zonder hem nog veel troostelozer zou zijn.

Bij de supermarkt kocht Maureen een karbonaadje en een al enigszins vergeelde struik broccoli.

'Was dat alles?' vroeg het meisje achter de kassa.

Maureen kon geen woord uitbrengen.

Ze sloeg Fossebridge Road in en dacht aan de stilte die haar wachtte in het huis. De onbetaalde rekeningen op hun keurige maar daarom niet minder intimiderende stapeltje. Haar lichaam werd zwaar, haar pas vertraagde.

Toen ze bij het tuinhek kwam, stond Rex de heg te snoeien met een schaar.

'Hoe is het met de patiënt?' vroeg hij. 'Al wat beter?'

Ze knikte en ging naar binnen.

12

Harold en de fietsende moeders

Vreemd genoeg was het meneer Napier die Harold en Queenie al die jaren geleden had samengebracht in een team. Hij had Harold ontboden in zijn gelambriseerde kantoor en hem gezegd dat hij wilde dat Queenie in de pubs de kasboeken ging controleren. Hij vertrouwde de uitbaters niet en wilde hen betrappen. Maar omdat de dame geen rijbewijs had, moest iemand haar brengen. Hij had er zorgvuldig over nagedacht, zei hij, terwijl hij een trekje van zijn sigaret nam. Als een van de oudere vertegenwoordigers, en ook nog een van de weinige getrouwde, was Harold daarvoor de aangewezen persoon. Meneer Napier stond wijdbeens, alsof hij door meer vloerruimte in beslag te nemen groter werd dan alle anderen, al was hij in werkelijkheid een gladjanus in een glimmend pak die amper tot Harolds schouder reikte.

Harold kon uiteraard niet anders dan ermee akkoord gaan, maar heimelijk maakte hij zich zorgen. Hij had Queenie niet meer gesproken sinds het pijnlijke voorval in de kast. Bovendien koesterde hij zijn uren alleen in de auto. Hij wist bijvoorbeeld niet of ze van Radio 2 hield. En hij hoopte niet dat ze gesprekken wilde voeren. Met de jongens was het al erg genoeg. Hij voelde zich niet op zijn gemak met vrouwendingen.

'Fijn, dat is dan geregeld,' zei meneer Napier. Hij stak zijn hand uit. Die was verontrustend tenger en vochtig, alsof je een klein reptiel vastpakte. 'Hoe gaat het met moeder de vrouw?'

Harold aarzelde. 'Goed. Hoe gaat het met...' Hij voelde paniek opwellen. Meneer Napier was toe aan zijn derde echtgenote in zes jaar: een jonge vrouw met hoogblond haar die kortstondig als barkeepster had gewerkt. Hij kon het niet waarderen als iemand haar naam vergat.

'Met Veronica gaat het prima. Ik hoor dat je zoon is toegelaten in Cambridge.'

Meneer Napier begon te grijnzen. Zijn gedachtegang kon eensklaps een andere kant uit gaan, en Harold wist nooit wat er zou volgen. 'Een hoop hersens en geen pik,' zei meneer Napier, terwijl hij een rookwolkje uit zijn mondhoek blies. Hij keek lachend naar zijn werknemer en wachtte op een vinnig antwoord, maar wist al dat dat achterwege zou blijven.

Harold boog zijn hoofd. Op het bureau prijkten meneer Napiers dierbare clowntjes van Murano-glas. Sommige hadden een blauw gezicht, andere hingen lui achterover op hun rug, een paar bespeelden een instrument.

'Afblijven,' zei Napier. Zijn wijsvinger priemde naar voren als een pistool. 'Die zijn van mijn moeder geweest.'

Iedereen wist dat Napier zeer gesteld was op zijn verzameling, maar Harold vond de figuurtjes er mismaakt en luguber uitzien, alsof hun ledematen en gezicht in de zon verdroogd slijm waren waarvan de kleuren waren gestold. Hij had het gevoel dat zelfs die glazen clowntjes hem bespotten, en diep in zijn buik laaide een vlam van woede op. Meneer Napier drukte zijn sigaret uit in de asbak en liep naar de deur.

Toen Harold hem passeerde voegde hij eraan toe: 'En hou een oogje op Hennessy, wil je? Je weet hoe die wijven zijn.' Hij tikte met zijn wijsvinger tegen zijn neus, alsof zijn vinger nu een aanwijsstokje was – en geen pistool – dat Harold attent maakte op een geheim tussen hen, alleen had Harold natuurlijk geen flauw idee wat hij bedoelde.

Hij vroeg zich af of meneer Napier haar nu al probeerde te lozen, ondanks het uitstekende werk dat ze leverde. Zijn chef vertrouwde nooit iemand die beter was dan hijzelf.

Een paar dagen later maakten ze samen de eerste rit. Queenie verscheen bij zijn auto met haar vierkante handtas tegen zich aan geklemd, alsof ze ging winkelen en niet de boeken van een pub ging controleren. Harold kende de kroegbaas, die in het beste geval een louche vent te noemen was. Hij maakte zich onwillekeurig zorgen over haar welzijn.

'Ik hoorde dat u me rijdt, meneer Fry,' zei ze ietwat uit de hoogte.

De tocht verliep in stilte. Ze zat naast hem, heel netjes, haar handen lagen als een strak balletje in haar schoot. Harold was zich er nog nooit zo van bewust geweest hoe hij de bochten nam, of met zijn voet de koppeling indrukte, of de handrem aantrok toen ze de pub bereikten. Hij sprong uit de auto om de passagiersdeur te openen, en wachtte terwijl haar been langzaam naar buiten kwam en het trottoir zocht. Maureens enkels waren zo slank dat ze hem gek maakten van begeerte. Die van Queenie waren dik. Harold bedacht dat bij haar, net als bij hemzelf, de scherpe omlijningen ontbraken.

Toen hij zijn blik opsloeg, keek hij haar tot zijn schrik recht in de ogen. 'Dank u, meneer Fry,' zei ze uiteindelijk, en ze stapte vlug bij hem vandaan met de handtas aan haar arm.

Tijdens het controleren van de bierniveaus was hij dan ook verrast toen de kroegbaas, met een kop als een biet en nat van het zweet, naar hem toe kwam.

'Godverdomme,' zei hij, 'dat vrouwtje is een duivel. Daar hou je niks voor verborgen.'

Harold voelde een golfje van bewondering, gemengd met trots.

Op de terugweg zat ze er weer zwijgend en onbeweeglijk bij. Hij vroeg zich zelfs af of ze sliep, maar het leek onbeleefd om te kijken voor het geval het niet zo was. Toen hij de binnenplaats van de brouwerij op reed zei ze plotseling: 'Dank u wel.'

Hij mompelde ietwat onbeholpen dat het hem een genoegen was geweest.

'Ik bedoel, dank u wel voor een paar weken geleden,' zei ze. 'Die keer in de voorraadkast.'

'Ach, laat maar zitten,' zei Harold, hopend dat ze dat zou doen.

'Ik was overstuur. U was aardig tegen me. Ik had u al eerder moeten bedanken, maar ik geneerde me. Het was verkeerd van me.'

Hij was niet in staat haar in de ogen te kijken. Hij wist, ook zonder dat hij het zag, dat ze op haar lip beet.

'Ik was blij dat ik iets voor u kon doen.' Hij drukte de knoopjes op zijn autohandschoenen weer dicht.

'U bent een gentleman,' zei ze. Ze deelde het woord in tweeën, waardoor hij er voor het eerst een andere betekenis in las: *gentle man* – ze noemde hem zachtaardig. Daarna opende ze het portier voordat hij het kon doen, en stapte uit. Hij keek haar na terwijl ze wegliep over de binnenplaats, met vaste en keurige passen in haar bruine mantelpakje. Het brak zijn hart. Haar onversneden lelijkheid. Die avond in bed had hij zichzelf beloofd dat hij, wat meneer Napier met zijn cryptische opmerking ook bedoeld mocht hebben, er gehoor aan zou geven. Hij zou op Queenie letten.

Maureens stem had door het donker gesneden: 'Ik hoop niet dat je gaat snurken.'

Op de twaalfde dag trok de hemel dicht en legde een oneindige grijze deken over het landschap, die stortbuien bracht waarin alle kleuren en contouren oplosten. Harold staarde voor zich uit, zich inspannend om een gevoel van richting te krijgen of weer zo'n betoverende scheur in de wolken te vinden, maar het leek alsof hij de wereld opnieuw door vitrage bezag. Alles was hetzelfde. Hij raadpleegde zijn gidsen niet meer. De kloof tussen de kennis die in die boeken verzameld was en zijn gebrek daaraan was onverdraaglijk. Hij had het gevoel dat hij in een gevecht met zijn lichaam gewikkeld was en dat hij het onderspit delfde.

Zijn kleren werden niet meer droog. Het leer van zijn schoenen had zich zo volgezogen met vocht dat ze hun vorm kwijt waren. Whitnage. Westleigh. Whiteball. Zo veel plaatsen die met een W begonnen. Bomen. Heggen. Elektriciteitspalen. Huizen. Recyclingcontainers. Hij liet zijn scheermesje en scheerschuim per ongeluk in de gezamenlijke badkamer van een hostel liggen en had niet de energie om nieuwe te kopen. Toen hij zijn voeten inspecteerde, ontdekte hij tot zijn schrik dat het brandende gevoel in zijn kuit zichtbaar geworden was als een felrode vlek onder de huid. Voor het eerst was hij heel erg bang.

In Sampford Arundel belde hij Maureen. Hij verlangde ernaar haar stem te horen en wilde dat zij hem eraan herinnerde waarom hij liep, ook als ze boos zou klinken. Hij wilde niet dat ze lucht kreeg van zijn twijfels, of van het probleem met zijn been, daarom vroeg hij hoe het met haar ging, en met het huis, en ze antwoordde dat het met allebei goed ging. Op haar beurt vroeg ze of hij nog steeds wandelde, en hij zei dat hij Exeter en Tiverton gepasseerd was en via Taunton op weg was naar Bath. Moest ze iets naar hem opsturen? Zijn mobiel, zijn tandenborstel, zijn pyjama, of extra kleren? Haar stem had een vriendelijke toon, maar dat zou hij zich wel verbeelden.

'Ik heb niets nodig,' zei hij.

'Dus je bent bijna in Somerset?'

'Ongeveer. Het zou best kunnen, ja.'

'Hoeveel kilometer heb je vandaag afgelegd?'

'Ik weet het niet. Misschien elf.'

'Nou, nou,' zei ze.

De regen kletterde op het dak van de telefooncel en het doffe licht achter de ramen leek vloeibaar. Hij wilde in de telefooncel blijven en met Maureen praten, maar de stilte en de afstand, die ze twintig jaar hadden gecultiveerd, waren tot een punt gekomen waarop zelfs de clichés niets meer inhielden en pijn deden.

Uiteindelijk zei ze: 'Nou, ik moet ophangen, Harold. Ik heb nog een hoop te doen.'

'Ja. Ik ook. Ik wilde je alleen even dag zeggen en zo. Horen of het goed met je ging.'

'O, met mij gaat het prima. Druk druk. De dagen vliegen om. Ik merk nauwelijks dat je weg bent. En jij?'

'Met mij gaat het ook prima.'

'Mooi.'

'Ja.'

En toen was er niets meer over. Hij zei alleen nog: 'Nou, dag Maureen,' omdat het een zinnetje was. Hij wilde net zomin ophangen als dat hij wilde wandelen.

Hij keek naar de regen, wachtend tot hij ophield. Er zat een kraai met gebogen kop, zijn natte veren glansden als teer. Hij wilde dat het beest bewoog, maar het bleef zitten, doorweekt en alleen. Maureen had het zo druk dat ze nauwelijks had gemerkt dat Harold weg was.

Die zondag was het al bijna lunchtijd toen hij wakker werd. De pijn in zijn been was niet afgenomen en het regende nog steeds. Hij hoorde het normale gewoel van de wereld buiten; de auto's, de mensen, allemaal haastig op weg naar iets anders. Niemand wist wie of waar hij was. Hij lag doodstil, onwillig om zich aan weer een dag van wandelen over te geven en er tegelijk van doordrongen dat hij niet naar huis kon. Hij herinnerde zich Maureen zoals ze vroeger naast hem lag, en hij zag haar naakte lichaam, hoe volmaakt het was, en hoe klein. Hij hunkerde naar de zachtheid van haar vingers die over zijn huid kropen.

Toen Harold zijn bootschoenen oppakte, waren de zolen zo dun dat hij er bijna doorheen kon kijken. Hij douchte of schoor zich niet en inspecteerde evenmin zijn voeten, al leek het alsof hij ze in te kleine kistjes moest proppen toen hij zijn schoenen aantrok. Hij kleedde zich aan zonder aan iets te denken, want denken zou alleen maar leiden tot wat evident was. De hotelhoudster wilde hem met alle genoegen een laat ontbijt serveren, maar dat sloeg hij af. Als hij haar hartelijke gebaar zou aanvaarden, als hij zelfs maar haar blik zou ontmoeten, was hij bang dat hij zou gaan huilen.

Harold zette vanuit Sampford Arundel zijn wandeling voort, maar haatte iedere stap. Zijn gezicht verwrong van pijn. Het gaf niet wat de mensen dachten, hij had toch niets met hen te maken. Hij bleef doorgaan, ook al schreeuwde zijn lichaam om rust. Hij was kwaad op zichzelf dat hij zo zwak was. De regen beukte in schuine vlagen op hem in. Zijn schoenen waren zo versleten dat hij ze net zo goed niet had kunnen dragen. Hij miste Maureen en kon nergens anders aan denken.

Hoe kwam het dat alles zo was misgegaan? Ooit waren ze gelukkig geweest. Als David terwijl hij opgroeide een kloof tussen hen had veroorzaakt, dan hadden zij dat beiden laten gebeuren. 'Waar is David?' vroeg Maureen bijvoorbeeld, en dan gaf Harold slechts als antwoord dat hij tijdens het tandenpoetsen de voordeur had horen dichtslaan. 'Ach ja,' zei ze, om aan te geven dat ze geen gevaar zag in de nieuwe gewoonte van hun achttienjarige zoon om 's avonds laat over straat te dwalen. Als Harold zijn heimelijke angsten had verwoord, zou dat slechts de hare hebben gevoed. En feit was dat ze in die dagen nog kookte. En ze sliep nog met Harold in één bed.

Maar zulke onuitgesproken spanningen konden niet eeuwig verborgen blijven. Op een dag vlak voor Queenies vertrek was alles uiteindelijk uiteengespat. Maureen was tekeergegaan. Ze had tranen gestort. Ze had met haar vuisten tegen zijn borst gestompt. 'Noem jij jezelf een man?' had ze gegild. En een andere keer: 'Het is jouw schuld. Alles. Zonder jou was het allemaal heel anders gelopen.'

Het was afschuwelijk geweest om dat allemaal aan te moeten horen, en ook al had ze achteraf in zijn armen gehuild en haar excuses aangeboden, het hing in de lucht als hij alleen was en kon niet ongedaan worden gemaakt. Het lag allemaal aan Harold.

En toen was het opgehouden. Het praten, het schreeuwen, het zoeken van zijn blik. Deze nieuwe stilte was anders dan de vorige. Waar ze elkaar ooit hadden willen ontzien, was er nu niets meer over om te redden. Ze hoefde de woorden die in haar hoofd zaten niet eens uit te spreken. Als hij alleen al naar haar keek, wist hij dat geen enkel woord, geen enkel gebaar van hem het ooit nog goed kon maken. Ze maakte Harold niet langer verwijten. Ze huilde niet meer in zijn nabijheid, ze gunde hem niet de troost haar te omarmen. Ze verhuisde haar kleren naar de logeerkamer en hij lag in het echtelijk bed, gekweld door haar gesnik, maar zonder naar haar toe te gaan, want ze wilde hem niet. 's Ochtends maakten ze op verschillende tijden gebruik van de badkamer. Hij kleedde zich aan en at zijn ontbijt, terwijl zij van kamer naar kamer liep, alsof hij er niet was, alsof je alleen door in beweging te blijven je gevoelens in bedwang kon houden. 'Ik ga.' 'Oké.' 'Tot vanavond.' 'Ja. Oké.'

De woorden betekenden niets. Het had net zo goed Chinees kunnen zijn. De kloof tussen twee mensen was niet te overbruggen. Kort voor zijn pensionering had hij voorgesteld voor één keer naar het kerstfeest van de brouwerij te gaan, en zij had hem met open mond aangestaard alsof hij haar bedreigde met een mes.

Harold keek niet langer naar de heuvels, de lucht en de bomen. Hij keek niet langer uit naar de wegwijzers die zijn reis naar het noorden markeerden. Hij liep met gebogen hoofd tegen de wind in en zag alleen regen, want dat was het enige wat er was. De A38 was veel erger dan hij had gedacht. Hij bleef op de harde berm, en wandelde als het kon achter de vangrail, maar het verkeer scheurde met zo'n snelheid voorbij dat hij doorweekt raakte en voortdurend gevaar liep. Na een paar uur kwam hij erachter dat hij zich zo in zijn herinneringen en in het treuren om het verleden had verloren dat hij al drie kilometer de verkeerde kant op liep. Er zat niets anders op dan terug te gaan.

Hetzelfde stuk opnieuw afleggen was nog zwaarder. Het was alsof hij zich helemaal niet verplaatste. Erger nog, alsof hij een hap nam uit zijn eigen vlees. Ten westen van Bagley Green gaf hij het op en ging een boerderij binnen waar logies werd aangeboden.

Zijn gastheer was een zorgelijk kijkende man die meldde dat hij nog één kamer vrij had. De andere waren bezet door zes fietssters die de route van Land's End naar John o'Groats deden. 'Allemaal moeders,' zei hij. 'Ik heb de indruk dat ze het er even lekker van nemen.' Hij waarschuwde Harold dat hij zich maar beter gedeisd kon houden.

Harold sliep slecht. Hij had weer dromen en de fietsende moeders leken een feestje te vieren. Hij gleed van slapen naar waken, bang voor de pijn in zijn been, die hij niettemin wanhopig uit zijn hoofd probeerde te zetten. De stemmen van de vrouwen veranderden in die van de tantes die zijn moeder waren opgevolgd. Hij hoorde gelach, en een kreun als zijn vader aan zijn gerief kwam. Harold lag met wijd open ogen en een kloppend been, en wenste dat de nacht voorbij was en hij ergens anders.

's Ochtends was de pijn verergerd. Er liepen paarse strepen over de huid boven zijn hiel, die zo dik was dat hij nauwelijks in zijn schoen paste. Hij moest hem erin stampen, met een grimas van pijn. Hij ving een blik op van zijn gezicht in de spiegel. Het was hologig en zonverbrand, bedekt met scherpe stoppels als speldenkoppen. Hij zag er ziek uit. Instinctief dacht hij aan zijn vader in het verpleeghuis, met zijn pantoffels aan de verkeerde voeten. 'Zeg eens dag tegen uw zoon,' zei de verzorgster. Zijn vader begon te beven toen hij Harold zag.

Harold hoopte zijn ontbijt op te hebben voordat de fietsende moeders wakker werden, maar net toen hij zijn koffiekopje leegdronk, vielen ze de eetkamer binnen in een explosie van fluorescerend lycra en gelach.

'Weet je,' zei een van hen, 'ik heb geen idee hoe ik straks weer op die fiets moet klimmen.' De anderen lachten. Van de zes vrouwen was zij de luidruchtigste en ze wekte de indruk de aanvoerster te zijn. Harold hield zich stil in de hoop dat hij niet zou worden opgemerkt, maar hun blikken ontmoetten elkaar en ze knipoogde. 'Ik hoop niet dat we u wakker hebben gehouden,' zei ze.

Ze had een donkere huid en een skeletachtig gezicht, en haar haar was zo kort geknipt dat het de breekbaarheid van haar schedel benadrukte. Het was hem liever geweest als ze een pet op had gehad. De andere vrouwen waren haar reddingsboei, vertelde ze Harold; ze wist niet wat ze zonder hen moest beginnen. Ze woonde in een klein appartement samen met haar dochter. 'Ik ben niet zo van huisje-boompje-beestje,' zei ze. 'Ik heb geen man nodig.' Ze noemde alle dingen die ze zonder man kon. Het leken er Harold een heleboel, al sprak ze zo snel dat hij zich op haar mond moest concentreren om haar te kunnen volgen. Het kostte hem moeite om te blijven kijken en luisteren en haar in zich op te nemen, terwijl hij vanbinnen zo'n pijn had. 'Ik ben zo vrij als een vogeltje,' zei ze, en ze fladderde met haar armen om te laten zien wat ze bedoelde. Uit haar oksels groeiden plukken donker haar.

De anderen floten en riepen: 'Wow, klasse, meid!' Harold voelde de drang om mee te doen, maar kon niet meer opbrengen dan een zwak applaus. De vrouw lachte en sloeg met haar handpalm tegen die van haar vriendinnen, maar haar onafhankelijkheid had iets gejaagds, waar hij plaatsvervangend zenuwachtig van werd.

'Ik ga naar bed met wie ik wil. Ik heb het vorige week met de pianoleraar van mijn dochter gedaan. Ik heb het tijdens mijn yogaretraite met een boeddhist gedaan, en die had nog wel de gelofte van het celibaat afgelegd.' Verscheidene moeders joelden.

De enige vrouw met wie Harold ooit naar bed was geweest, was Maureen. Zelfs toen ze haar kookboeken had weggegooid en haar haar kort had laten knippen, zelfs toen hij iedere avond het slot van haar deur dicht hoorde klikken, had hij de liefde niet buiten de deur gezocht. Hij wist dat andere mannen bij de brouwerij buitenechtelijke affaires hadden. Er was ooit een barjuffrouw geweest die om zijn grapjes lachte, zelfs om de slechte, en een glas whisky zo over de bar naar hem toe schoof dat hun handen elkaar bijna raakten. Maar naar meer stonden zijn zinnen niet. Hij kon zichzelf met niemand anders voorstellen dan met Maureen, ze hadden zoveel gedeeld. Te moeten leven zonder haar zou zijn alsof hij van zijn vitale delen was ontdaan en alleen nog maar een fragiel omhulsel was van huid. Hij feliciteerde de fietsende moeder, want hij wist niet wat hij anders moest, en kwam toen overeind om weg te gaan. Er schoot een steek door zijn been, waardoor hij struikelde en de tafel vast moest grijpen. Hij deed alsof hij aan zijn arm krabde terwijl de pijn opkwam en ging, en weer opkwam.

'Bon voyage,' zei de fietsende moeder. Ze stond op om hem te omhelzen, een zware geur van citrusvruchten en zweet wasemend die half aangenaam en half niet zo aangenaam was. Ze stapte met een lach naar achteren en legde haar armen op zijn schouders. 'Zo vrij als een vogeltje,' zei ze tegen hem. Haar gezicht was er vol van.

Zijn hart verkilde. De binnenkant van haar arm was gehavend door twee diepe littekens die van haar pols naar haar elleboog liepen. Op het ene litteken zat hier en daar nog een korstje. Hij knikte stijf en wenste haar veel geluk.

Harold kon niet langer dan een kwartier wandelen zonder te moeten stilstaan om zijn rechterbeen rust te gunnen. Zijn armen, schouders, nek en rug deden zo'n pijn dat hij aan bijna niets anders kon denken. De regen bestookte hem met dikke druppels die van de daken en het asfalt kaatsten. Al na een uur struikelde hij meer dan hij liep en wilde hij alleen nog maar stoppen. Verderop zag hij bomen en iets roods wat op een vlag leek. De mensen lieten de vreemdste dingen achter langs de kant van de weg.

De regen kletterde op de bladeren, die ervan rilden, en de lucht rook naar de zachte humus onder zijn voeten. Naarmate Harold dichter bij de vlag kwam, bogen zijn schouders verder door. De rode vlek was geen vlag. Het was een Liverpool-shirt dat aan een houten kruis hing.

Hij was al verschillende bermmonumenten tegengekomen, maar geen ervan bracht hem zo van zijn stuk als dit hier. Hij vond dat hij moest oversteken en er niet naar moest kijken, maar het lukte hem niet. Hij werd erdoor aangetrokken als door iets wat je eigenlijk niet mag zien. Ongetwijfeld een familielid of bekende had het kruis versierd met een plastic hulstkrans en glinsterende kerstballen in de vorm van dennenboompjes. Harold bekeek de verlepte en verbleekte bloemen in cellofaan en de foto in het plastic hoesje. De man moest ergens in de veertig zijn geweest, stevig gebouwd, met donker haar. Op zijn schouder rustte de hand van een kind. Hij grijnsde in de camera. *Voor de liefste papa van de wereld* stond er op een doorweekt kaartje.

Welke woorden zou je schrijven ter nagedachtenis van de slechtste?

'Tyfuslijder,' had David gesist terwijl zijn benen het begaven en hij bijna van de trap duikelde. 'Tyfuslijder.'

Met een schoon puntje van zijn zakdoek veegde Harold de regen van de foto en sloeg de druppels van de bloemen. Toen hij verder liep, kon hij alleen maar aan de fietsende moeder denken. Hij vroeg zich af wanneer ze zo ongelukkig was geweest dat ze haar arm had opengesneden en het bloed had laten stromen. Hij vroeg zich af wie haar had gevonden en wat die toen had gedaan. Had ze gered willen worden? Of was ze weer het leven in getrokken, net toen ze dacht dat ze er verlost van was? Hij wou dat hij iets had kunnen zeggen, iets waardoor ze het nooit meer zou doen. Als hij haar moed had ingesproken, had hij haar kunnen laten gaan. Doordat hij haar had ontmoet en had geluisterd, wist hij dat hij nu nog een gewicht in zijn hart meedroeg, en hij betwijfelde of hij er nog heel veel bij kon hebben. Ondanks de pijn in zijn kuit en de kou in zijn botten, ondanks de beklemming in zijn hoofd, joeg hij zichzelf sneller vooruit.

Aan het eind van de middag bereikte Harold de buitenwijken van Taunton. De huizen waren dicht op elkaar gebouwd en gedecoreerd met satellietschotels. Voor de ramen hing grijze vitrage; sommige waren afgesloten met metalen rolluiken. In de weinige tuinen die niet met beton waren volgestort, was de begroeiing geplet door de regen. De bloesems van een kersenboom lagen als natte papiersnippers over het trottoir uitgestrooid. Het verkeer reed zo hard voorbij dat het pijn deed aan je oren, en de wegen leken bedekt met een laagje olie.

Een herinnering dook op in zijn geest, een van het soort dat Harold het meest vreesde. Normaliter was hij er zo goed in die te onderdrukken. Hij probeerde aan Queenie te denken, maar zelfs dat hielp niet. Hij zwaaide zijn ellebogen heen en weer langs zijn lichaam om zijn tempo te verhogen en dreef zijn voeten zo verwoed over de straatstenen dat zijn ademhaling het niet bijhield. Maar niets kon hem behoeden voor de herinnering aan die middag twintig jaar geleden, toen alles was opgehouden. Hij zag zijn hand die zich uitstrekte naar de houten deur, voelde de hitte van de zon op zijn schouders, rook de vermolmde, opgewarmde lucht, hoorde de totaalheid van een stilte die niet was wat ze zou moeten zijn.

'Nee,' riep hij, en hij sloeg wild naar de regen.

Plotseling barstte er iets in zijn kuit alsof de spier vlak onder de huid was opengesneden. De grond kantelde en leek zich te verheffen. Hij stak een hand uit om hem tegen te houden, maar tegelijkertijd bezweken zijn knieën en viel hij voorover. Zijn handen en knieën schrijnden.

Vergeef me. Vergeef me. Dat ik je heb teleurgesteld.

Even later stond er iemand aan zijn armen te trekken en iets over een ambulance te roepen.

13

Harold en de arts

Harolds val leverde hem wonden aan handen en knieën op, en kneuzingen op beide ellebogen. De vrouw die zich over hem ontfermde, had hem vanuit haar badkamerraam tegen de grond zien gaan. Ze hielp Harold overeind en zocht de inhoud van zijn plastic tas bijeen. Daarna leidde ze hem naar de overkant, zwaaiend naar het verkeer. 'Dokter, dokter!' riep ze. In haar huis installeerde ze hem in een leunstoel en trok zijn stropdas los. De kamer deed leeg en koud aan; een televisie stond op een verhuisdoos. Dichtbij blafte een hond achter een gesloten deur. Harold voelde zich nooit zo op zijn gemak met honden.

'Heb ik iets kapotgemaakt?' vroeg hij.

Ze sprak woorden die hij niet begreep.

'Ik had een pot honing,' zei hij met groeiende paniek in zijn stem. 'Is die nog heel?'

De vrouw knikte en pakte zijn pols. Ze legde haar vingertoppen ertegen en staarde voor zich uit, alsof ze vormen achter de muren zag, terwijl ze binnensmonds telde. Ze was jong, maar haar gezicht had iets strengs door haar strakke paardenstaart, en haar joggingbroek en sweatshirt lubberden om haar lijf, wat erop leek te duiden dat ze van iemand anders waren. Van een man misschien.

'Ik heb geen dokter nodig,' fluisterde Harold hees. 'Bel alsjeblieft geen ambulance of dokter.'

Harold wilde niet bij haar in huis zijn. Hij wilde geen beslag leggen op haar tijd of weer dicht bij een vreemde komen, en hij was bang dat ze hem naar huis zou sturen. Hij wilde met Maureen praten, maar was ook bang dat hij niet wist wat hij moest zeggen zonder haar te verontrusten. Hij had gewoon niet moeten toegeven aan zijn val. Hij had het in zich gehad om door te gaan.

De jonge vrouw reikte hem een mok thee aan met het oor in zijn richting, zodat hij zijn vingers niet zou branden. Ze zei nog iets wat hij niet verstond. Hij probeerde te glimlachen alsof hij het had begrepen, maar ze bleef hem aankijken, wachtend op zijn antwoord, en toen zei ze het weer, deze keer harder en langzamer: 'Wat de fuck deed je daarbuiten in de regen?'

Hij besefte nu dat ze een zwaar accent had. Oost-Europees misschien. Maureen en hij lazen wel over zulke mensen in de kranten. Ze kwamen hier voor de sociale voorzieningen, schreven ze. Intussen klonk de hond steeds minder als een hond en steeds meer als een wild beest. Hij ramde met zijn volle gewicht tegen de deur van zijn tijdelijke cel en eenmaal vrij zou hij hoogstwaarschijnlijk zijn tanden in minstens een van hen zetten. Je las ook wel over zulke honden in de kranten.

Harold verzekerde haar dat hij zou gaan zodra hij zijn thee op had. Hij vertelde zijn verhaal, dat ze zwijgend aanhoorde. Dat was de reden waarom hij geen rust kon nemen of naar een dokter gaan; hij had Queenie iets beloofd en hij mocht haar niet laten zitten. Hij nam een slokje van zijn thee en keek naar buiten. Recht voor het raam stond een grote boom. Zijn wortels beschadigden ongetwijfeld het huis en hij moest nodig gesnoeid worden. Achter de boom schoot het verkeer met korte tussenpozen voorbij. Hij zag er verschrikkelijk tegen op om weer naar buiten te gaan, en toch had hij geen keus. Toen hij zijn blik weer op de jonge vrouw richtte, zat ze hem nog steeds aan te kijken, nog steeds met een ernstig gezicht.

'Maar je bent fucking kapot.' Er klonk geen emotie of oordeel in door.

'Tja,' zei Harold.

'Je fucking schoenen zijn kapot. En je lichaam. En je bril.' Ze hield de twee helften van zijn leesbril op, een in iedere hand. 'Hoe je het ook wendt of keert, je bent fucking kapot. Hoe denk je dat je Berwick gaat bereiken?'

Het deed hem denken aan de weloverwogen grove taal van David: alsof hij alle opties zorgvuldig had doorgenomen en, in het licht van wat hij voor zijn vader voelde, tot de conclusie was gekomen dat alleen de platste woorden voldeden.

'Ik ben – zoals je zo terecht zegt – fucking kapot.' Harold liet zijn hoofd hangen. Zijn broek zat onder de modder en de knieën waren gerafeld. Zijn schoenen waren doorweekt. Het speet hem dat hij ze niet bij de deur had uitgedaan. 'Ik geef toe dat het erg ver is naar Berwick. Ik geef toe dat ik de verkeerde kleren aanheb. En ik geef ook toe dat ik niet getraind heb, of lichamelijk fit genoeg ben, voor mijn wandeling. Ik kan niet uitleggen waarom ik denk dat ik het haal, terwijl ik alles tegen heb. Maar ik ben er gewoon van overtuigd. Ook als een stem diep in me roept dat ik op moet geven, kan ik het niet. Ook als ik niet meer wil, ga ik toch verder.' Hij stokte, want het was allemaal moeilijk om te zeggen en de woorden kwelden hem. 'Het spijt me vreselijk, maar zo te zien is je tapijt nat geworden van mijn schoenen.'

Toen hij even opkeek naar de jonge vrouw, was hij verrast haar voor het eerst te zien glimlachen. Ze nodigde hem uit om te blijven slapen.

Onder aan de trap schopte ze met haar vlakke voet tegen de deur waar de nijdige hond zat opgesloten, en vroeg Harold haar te volgen. Hij was bang voor de hond en wilde haar niet ongerust maken over de pijn die hij leed, dus probeerde hij haar bij te houden. Maar het was een feit dat zijn handpalmen en knieën voelden alsof hij in spijkers was gevallen en hij zijn rechterbeen niet kon belasten. De vrouw vertelde hem dat ze Martina heette en uit Slowakije kwam. Hij moest haar dit rothok maar niet kwalijk nemen, zei ze, en ook het lawaai niet. 'We dachten dat dit fucking huis voor tijdelijk was.' Harold probeerde te kijken als iemand die gewend was aan haar taalgebruik. Hij wilde niet afkeurend overkomen.

'Ik scheld te veel,' zei ze, alsof ze zijn gedachten las.

'Het is jouw huis, Martina. Je mag hier zeggen wat je wilt.'

De hond was nog altijd woest aan het blaffen en aan het krabben achter de deur beneden.

'Hou je fucking kop,' riep ze. Harold kon de vullingen achter in haar mond zien.

'Mijn zoon wilde altijd een hond,' zei Harold.

'Hij is niet van mij. Hij is van mijn partner.' Ze gooide de deur van een kamer open en ging opzij om hem door te laten.

De kamer rook naar leegte en nieuwe verf. De muren waren spierwit, het bed was bedekt met een paarse sprei die bij de gordijnen paste, en op de beddenkussens lagen drie sierkussentjes met pailletten. Het ontroerde Harold dat Martina bij al haar bitterheid zo veel zorg aan de aankleding had besteed. Buiten drukten de bovenste takken en bladeren van de boom zich plat tegen het vensterglas. Ze zei te hopen dat Harold de kamer comfortabel genoeg zou vinden en hij antwoordde dat hij dat wel zeker wist. Toen ze weg was liet hij zich op het bed zakken, en voelde iedere spier kloppen. Hij wist dat hij zijn wonden moest onderzoeken en schoonmaken, maar hij had niet de energie om zich te bewegen. Hij had niet eens de energie om zijn schoenen uit te doen.

Hij wist niet waar hij de kracht vandaan moest halen om verder te gaan. Hij was bang, en hij voelde zich eenzaam. Het deed hem denken aan zijn tienerjaren, hoe hij zich schuilhield in zijn kamer terwijl zijn vader tegen flessen aan stootte of de liefde bedreef met de tantes. Het speet hem dat hij Martina's uitnodiging om te blijven slapen had aangenomen. Misschien was ze al een dokter aan het bellen. Hij hoorde haar stem beneden en spande zich in om er iets van op te vangen, maar hij herkende geen enkel woord. Misschien was het haar partner. Misschien zou haar partner erop staan Harold naar huis te rijden.

Hij haalde Queenies brief uit zijn zak, maar zonder zijn leesbril waren de woorden één grote brij.

> *Beste Harold,*
> *Misschien verbaast het je om van me te horen. Ik weet dat we elkaar lang niet hebben gezien, maar ik denk de laatste tijd veel aan het verleden. Vorig jaar ben ik geopereerd aan een tumor, maar de kanker is uitgezaaid en ze kunnen niets meer voor me doen. Ik heb er vrede mee en voel geen pijn, maar ik wil je graag bedanken voor de vriendschap die je me al die jaren geleden hebt gegeven. Doe de groeten aan je vrouw. Ik denk nog steeds met genegenheid aan David.*
> *Warme groet.*

Hij hoorde haar kalme stem even duidelijk alsof ze naast hem zat. Maar die schaamte. De schaamte dat hij een goed mens aan haar lot had overgelaten, en er nooit iets aan had gedaan.

'Harold. Harold.'

Het moest hem lukken. Hij moest Berwick halen. Hij moest haar vinden.

'Alles goed met je?'

Hij bewoog. De stem was niet die van Queenie. Het was de vrouw die hem een kamer voor de nacht had gegeven. Het was Martina. Het kostte hem moeite om het verleden van het heden te onderscheiden.

‘Mag ik binnenkomen?’ riep ze.

Harold probeerde op te staan, maar de deur ging al open voordat hij zich had kunnen oprichten, waardoor ze hem in een raar voorovergebogen houding, half op bed en half ernaast, aantrof. Ze bleef op de drempel wachten met een afwasteiltje in haar hand en twee handdoeken over haar arm. In de andere hand had ze een plastic verbanddoos. ‘Voor je voeten,’ zei ze, en ze knikte naar zijn bootschoenen.

‘Jij kunt toch mijn voeten niet wassen.’ Harold stond nu rechtop.

‘Ik kom ze ook niet wassen, maar je loopt vreemd. Ik moet even kijken.’

‘Er is niks mee aan de hand. Ik heb nergens last van.’

Ze trok een ongeduldige frons en liet het plastic teiltje op haar heup rusten. ‘Hoe verzorg je ze dan?’

‘Ik doe er pleisters op.’

Martina lachte, maar niet op een manier waaruit bleek dat ze het grappig vond. ‘Als je denkt dat fucking Berwick te gaan halen, moeten we je wel even oplappen, Harold.’

Het was voor het eerst dat iemand over zijn wandeling sprak als een gedeelde verantwoordelijkheid. Hij had kunnen huilen van dankbaarheid, maar in plaats daarvan knikte hij en ging weer zitten.

Martina knielde en maakte een nieuwe paardenstaart. Daarna spreidde ze een van de handdoeken zorgvuldig uit op het tapijt en streek de plooien glad. De enige geluiden waren afkomstig van het verkeer en van de regen en van de wind, die de takken van de boom met schrille kreten tegen de ruit drukte. Het begon al te schemeren, maar ze deed het licht niet aan. Ze vormde haar handen tot een kommetje en stak ze naar voren, wachtend.

Harold trok zijn schoenen en sokken uit, hoewel bukken pijn deed, en pelde de meest recente serie pleisters los. Hij voelde dat ze hem nauwlettend gadesloeg. Toen hij zijn blote voeten naast elkaar zette, kon hij het niet helpen om er door de ogen van een vreemde naar te kijken, en hij was gechoqueerd, alsof hij ze voor het eerst zag. Ze waren ongezond wit, bijna grijs, en zijn sokken hadden afdrukken in zijn huid achtergelaten. De blaren stonden bol op zijn tenen, hielen en de bal van zijn voet; sommige bloedden, andere waren ontstoken etterblaasjes. De nagel van zijn grote teen was zo hard als een paardenhoef, en zag donkerpaars waar hij steeds de neus van zijn schoen had geraakt. Op zijn hiel groeide een dikke laag eelt, met barsten erin waar ook bloed doorheen kwam. Hij moest zijn adem inhouden tegen de stank.

'Zo heb je wel genoeg gezien.'

'Nee, dat heb ik niet,' zei ze. 'Rol je broekspijp op.'

Zijn gezicht vertrok toen de stof langs zijn rechterkuit streek en die schroeide. Hij had zijn onbedekte huid nooit eerder laten aanraken door een vreemde. Hij herinnerde zich hoe hij op zijn huwelijksnacht in de badkamer van het hotel in Holt had gestaan en afkeurend in de spiegel had gekeken naar zijn blote borst, bang dat Maureen teleurgesteld zou zijn.

Martina wachtte nog steeds. Ze zei: 'Het is oké. Ik weet wat ik doe. Ik ben ervoor opgeleid.'

Harolds rechtervoet schoot geheel uit eigen beweging achter zijn linkerenkel en verstopte zich daar. 'Bedoel je dat je verpleegster bent?'

Ze schonk hem een sardonische blik. 'Arts. Tegenwoordig zijn er ook vrouwelijke artsen. Ik ben opgeleid in een ziekenhuis in Slowakije. Daar ken ik mijn partner van. Hij werkte daar ook. Geef me je voet, Harold. Ik zal je niet naar huis sturen. Dat beloof ik.'

Hij had geen keus. Behoedzaam tilde ze zijn enkel op, en hij voelde de zachte warmte van haar handpalmen. Ze betastte de huid en werkte zich zo langzaam een weg naar zijn voetzool. Toen ze de bloeduitstorting boven zijn rechterenkel zag, huiverde ze en hield haar hand stil. Ze bracht haar gezicht dichterbij. Haar vingers kropen over de beschadigde spier en joegen een bliksemschicht diep door zijn been.

'Doet dat zeer?'

Dat deed het. Enorm. Hij moest zijn billen samentrekken om zijn gezicht in de plooi te houden. 'Niet echt.'

Ze tilde zijn been op en keek naar de onderkant. 'De bloeduitstorting loopt helemaal door tot de knieholte.'

'Het doet geen pijn,' herhaalde hij.

'Als je op dit been blijft lopen, wordt het steeds erger. En die blaren moeten worden behandeld. De grootste prik ik door. Daarna gaan we je voeten verbinden. Ik zal je leren hoe dat moet.'

Hij keek toe terwijl zij met een naald de eerste holte met pus doorprikte. Hij vertrok geen spier. Ze drukte het vocht eruit, voorzichtig, zodat het velletje van de blaar niet scheurde. Harold stond toe dat ze zijn linkervoet naar het teiltje met mild, warm water leidde. De handeling had iets heel intiems, bijna alsof alleen de vrouw en zijn voet erbij betrokken waren, en de rest van hem niet. Hij keek naar het plafond om niet naar de verkeerde plek te staren. Het was vreselijk Engels om te doen, maar hij deed het toch.

Hij was altijd al te Engels geweest, waarmee hij – zo veronderstelde hij – bedoelde dat hij gewoontjes was. Hij was kleurloos. Andere mensen hadden interessante verhalen te vertellen, of wilden van alles weten. Hij stelde niet graag vragen, want hij wilde geen ergernis wekken. Hij droeg altijd een stropdas, maar soms vroeg hij zich af of hij niet vasthield aan normen of regels die nooit echt hadden bestaan. Misschien zou het anders zijn geweest als hij een fatsoenlijke opleiding had gevolgd. Zijn school had afgemaakt. Aan de universiteit had gestudeerd. In het echte leven had zijn vader hem op zijn zestiende verjaardag een overjas cadeau gedaan en hem de deur uit gezet. De jas was niet nieuw: hij rook naar mottenballen en er zat een buskaartje in de binnenzak.

'Toch verdrietig dat hij weggaat,' zei zijn tante Sheila, maar ze huilde niet. Van alle tantes had hij haar het meest gemogen. Ze boog zich naar hem toe om hem een zoen te geven en er sloeg zo'n wolk parfum van haar af, dat hij weg moest lopen om niet zwak te worden en haar te knuffelen.

Het was een opluchting geweest om zijn jeugd de rug toe te keren. En hoewel hij had gedaan wat zijn vader nooit voor elkaar had gekregen – hij had werk gevonden, een vrouw en kind onderhouden en hen liefgehad, ook al was het vanaf de zijlijn –, soms ging het door Harold heen dat de stilte van zijn vroege jaren hem naar zijn echtelijk huis was gevolgd en zich onder het tapijt en achter de gordijnen en het behang had vastgezet. Het verleden was het verleden: je kon je begin nooit van je afschudden. Ook niet met een stropdas.

Was David daar niet het bewijs van?

Martina legde zijn voet op haar schoot en depte hem droog in een zachte handdoek. Ze kneep antibioticazalf op haar vinger en smeerde hem met kleine vegen uit. Een diepe blos kleurde de zachte holte in haar hals. Haar voorhoofd rimpelde van de concentratie. 'Je zou twee paar sokken moeten dragen. Niet maar één. En waarom heb je geen wandelschoenen?' Ze keek niet op.

'Die had ik in Exeter willen kopen. Maar toen was ik al zo lang onderweg dat ik me heb bedacht. Ik keek naar de schoenen aan mijn voeten en vond dat er eigenlijk niks mis mee was. Ik zag niet in waarom ik nieuwe nodig zou hebben.'

Martina keek hem in de ogen en glimlachte. Hij had de indruk dat hij iets had gezegd wat haar beviel en wat een band tussen hen smeedde. Ze vertelde hem dat haar partner van wandelen hield. Ze hadden plannen voor een zomervakantie in de Fells. 'Misschien kun je zijn oude schoenen lenen. Hij heeft een nieuw paar gekocht. Die zitten nog in hun doos in mijn kleerkast.' Harold hield vol dat hij tevreden was met zijn bootschoenen. Hij voelde er een bepaalde loyaliteit mee, zei hij.

'Als mijn partner echt last krijgt van zijn blaren, plakt hij ze met ducktape af om verder te kunnen.' Ze veegde haar handen af aan een stuk keukenrol. Het was een soepel en geruststellend gebaar.

'Je bent vast een goede dokter,' zei Harold.

Ze rolde met haar ogen. 'Ik krijg alleen maar schoonmaakwerk in Engeland. Jij denkt dat het erg gesteld is met je voeten. Dan zou je de fucking wc's eens moeten zien die ik zit uit te schrobben.' Ze lachten allebei, en toen vroeg ze: 'En heeft je zoon ooit zijn hond gekregen?'

Een scherpe pijn flitste door hem heen. Ze stopte acuut met haar werkje en keek op, bang dat ze nog een bloeduitstorting had gevonden. Hij hield zijn lichaam gespannen en kalmeerde zijn ademhaling, tot hij in staat was woorden te vormen. 'Nee. Ik zou willen van wel, maar nee. Ik ben bang dat ik mijn zoon twintig jaar geleden enorm heb laten zitten.'

Martina leunde achterover, alsof ze hem vanuit een andere gezichtshoek wilde bekijken. 'Je zoon én Queenie? Heb je ze allebei laten zitten?'

Ze was de eerste in lange tijd die naar David vroeg. Harold wilde nog iets zeggen, maar wist niet waar hij beginnen moest. Zittend op bed in dit onbekende huis, met zijn broek opgerold tot zijn knieën, miste hij zijn zoon verschrikkelijk. 'Het is niet goed genoeg. En dat zal het ook nooit zijn.' De tranen prikten achter zijn ogen. Hij knipperde om ze tegen te houden.

Martina trok een pluk watten los om de wonden op zijn handpalmen te reinigen. Het ontsmettende middel beet in de kapotte huid, maar hij verroerde zich niet. Hij stak zijn handen uit en liet ze door haar schoonmaken.

Martina leende hem haar telefoon, maar toen Harold Maureen belde was de verbinding slecht. Hij probeerde uit te leggen waar hij was, maar ze begreep het blijkbaar niet. 'Bij wie zei je dat je logeert?' vroeg ze steeds. Hij wilde het niet hebben over zijn been, of zijn val, en vertelde haar in plaats daarvan dat het goed ging met zijn wandeling. De tijd vloog om.

Martina gaf hem een middeltje tegen de pijn, maar hij sliep onrustig. Hij werd telkens wakker van het verkeer, en de regen geselde onophoudelijk de boom voor het raam. Zo nu en dan controleerde hij zijn kuit door hem aan te spannen, in de hoop dat zijn been al wat was hersteld, maar hij durfde het niet te belasten. In gedachten zag hij Davids kamer met de blauwe gordijnen, en zijn eigen kamer met de garderobekast die alleen zijn pakken en overhemden bevatte, en toen de logeerkamer die naar Maureen rook, tot hij in slaap zakte.

De volgende ochtend strekte Harold eerst zijn linker- en daarna zijn rechterzij, rekte de gewrichten één voor één uit en gaapte tot zijn ogen ervan traanden. Hij hoorde geen regen. Het licht viel de kamer binnen door de bladeren van de boom, die rimpelende schaduwen op de witte muur wierpen. Hij rekte zich nogmaals uit, viel meteen weer in slaap en werd pas na elven wakker.

Nadat ze zijn been had onderzocht, zei Martina dat het er iets beter uitzag, maar dat ze hem niet aanraadde nu alweer op pad te gaan. Ze ververste het verband om zijn voeten en vroeg of hij nog een dagje wilde blijven om uit te rusten; de hond van haar partner zou zijn gezelschap op prijs stellen als zij uit werken was. Het beest was te veel alleen.

'Een tante van me had een hond,' zei hij. 'Die beet me altijd als niemand keek.' Martina lachte, en Harold ook, terwijl het indertijd toch een bron van grote eenzaamheid en niet geringe pijn was geweest. 'Mijn moeder is vlak voor mijn dertiende verjaardag weggegaan. Mijn vader en zij waren erg ongelukkig. Hij dronk en zij wilde de wereld zien. Dat is het enige wat ik me herinner. Na haar vertrek ging het een tijdje bergaf met hem, tot de buurvrouwen het ontdekten. Ze vonden het heerlijk om hem te bemoederen. Mijn vader bloeide opeens op. Hij bracht veel tantes mee naar huis. Hij werd een soort van casanova.' Harold had nog nooit zo openlijk over zijn verleden gepraat. Hij hoopte dat hij niet zielig klonk.

Een glimlach kronkelde over Martina's lippen. 'Tantes? Waren dat echte tantes?'

'Figuurlijke. Hij ontmoette ze in een pub. Ze bleven een tijdje en daarna verdwenen ze weer. Iedere maand rook het huis naar een nieuw parfum. Er hing steeds ander ondergoed aan de lijn. Ik lag er altijd op het gras naar te kijken. Ik had nog nooit zoiets moois gezien.'

Haar glimlach ging over in een volgende lach. Het viel hem op dat Martina's gezicht een zachtere uitdrukking kreeg als ze zich vrolijk maakte, en dat de kleur op haar wangen haar goed stond. Een haarlok was uit de strakke paardenstaart ontsnapt. Hij was blij dat ze hem niet naar achteren streek.

Een moment lang zag hij alleen maar Maureens jonge gezicht dat vol geestdrift opkeek naar het zijne, haar zachte mond geopend, wachtend op wat hij zou gaan zeggen. De herinnering aan het geweldige gevoel dat hij kreeg als hij haar aandacht had, was zo sterk dat hij dolgraag nog iets bedacht zou hebben om Martina te amuseren, maar dat lukte hem niet.

Ze vroeg: 'Heb je je moeder nooit meer gezien?'

'Nee.'

'Ben je nooit naar haar op zoek gegaan?'

'Soms wou ik dat ik dat wel had gedaan. Ik had haar graag gezegd dat het goed met me ging, mocht ze zich daar zorgen over hebben gemaakt. Maar het moederschap lag haar gewoon niet. Maureen wel. Die leek vanaf het begin te weten hoe ze van David moest houden.'

Hij zweeg, en Martina ook. Hij voelde zich veilig bij wat hij haar had verteld. Zo was het ook geweest met Queenie. Hij kon iets zeggen in de auto, en dan wist hij dat ze het ergens veilig tussen haar gedachten had opgeborgen, en dat ze hem er niet om zou veroordelen of het nog jaren na dato tegen hem zou gebruiken.

Hij nam aan dat dat de definitie van vriendschap was, en hij betreurde alle jaren dat hij het zonder had gedaan.

’s Middags, terwijl Martina ergens aan het schoonmaken was, repareerde Harold zijn leesbril met pleisters, en daarna wrikte hij de achterdeur open om het tuintje te fatsoeneren. De hond zat geïnteresseerd toe te kijken, maar blafte niet. Met het tuingereedschap van Martina’s partner werkte Harold de graskanten bij en snoeide de takken van de heg. Zijn been was stijf en omdat hij niet meer wist waar hij zijn schoenen had gelaten, liep hij op blote voeten. De warme aarde voelde als fluweel onder zijn hielen en loste de spanning erin op. Hij vroeg zich af of hij tijd had om nog iets te doen aan de boom die het slaapkamerraam verduisterde, maar die was te hoog en hij kon geen ladder vinden.

Toen Martina terugkwam van haar werk, gaf ze hem een bruine papieren zak met daarin zijn bootschoenen, verzoold en gepoetst. Ze had er zelfs nieuwe veters in gedaan.

‘Zulke service krijg je niet van het ziekenfonds,’ zei ze, en ze liep weg voordat hij haar kon bedanken.

Die avond aten ze samen en Harold gaf aan dat hij wilde betalen voor de kamer. Ze zei dat ze elkaar de volgende ochtend nog zouden zien, maar Harold schudde zijn hoofd. Hij wilde bij het eerste licht vertrekken, want hij moest de verloren tijd inhalen. De hond zat aan zijn voeten met zijn kop op Harolds schoot. ‘Jammer dat ik je partner niet heb ontmoet,’ zei hij.

Martina fronste haar wenkbrauwen. ‘Hij komt niet terug.’

Haar antwoord trof hem als een mokerslag. Plotseling moest hij het beeld dat hij van Martina en haar leven had herzien, en wel zo ingrijpend dat het bijna wreed was. ‘Ik begrijp het niet,’ zei hij. ‘Waar is hij dan?’

‘Ik weet het niet.’ Martina’s gezicht vertrok. Ze duwde haar bord van zich af, hoewel ze het nog niet leeg had.

'Hoe kan het dat je dat niet weet?'

'Je zult me wel een fucking halvegare vinden.'

Harold dacht aan alle mensen die hij onderweg al had ontmoet. Iedereen was anders, maar hij had niemand vreemd gevonden. Hij dacht na over zijn eigen leven en hoe gewoon het er misschien van buitenaf uitzag, terwijl het in werkelijkheid zo veel donkerte en verdriet herbergde. 'Ik vind je geen halvegare,' zei hij. Hij stak zijn hand naar haar uit en zij bestudeerde die even, alsof ze nog nooit had bedacht dat je een hand kon vasthouden. Haar vingers raakten de zijne.

'We gingen naar Engeland omdat hij hier kansen op een betere baan had. We waren hier nog maar een paar maanden. Op een zaterdag stond er plotseling een vrouw met twee koffers en een baby op de stoep. Hij heeft een kind, zei ze.' Martina greep zijn hand steviger vast, waardoor zijn trouwring tegen zijn vingers werd gedrukt. 'Ik wist niet van die andere vrouw. Ik wist niet van dat kind. Toen hij thuiskwam, verwachtte ik dat hij ze eruit zou schoppen. Ik wist hoeveel hij van me hield. Maar hij schopte ze er niet uit. Hij nam zijn kind in zijn armen en leek opeens een andere man. Ik zei dat ik een ommetje ging maken. Toen ik terugkwam, waren ze weg.' Martina's huid was zo bleek dat Harold de adertjes op haar oogleden zag. 'Hij heeft al zijn spullen achtergelaten. Zijn hond. Zijn tuingereedschap. Zelfs de nieuwe wandelschoenen. Hij houdt van wandelen. Iedere dag als ik wakker word denk ik: vandaag komt hij terug. En iedere dag weer gebeurt het niet.'

Een tijdje was er alleen de stilte waarin haar woorden zweefden. Harold bedacht opnieuw hoe het leven van het ene op het andere moment kon veranderen. Je kon iets heel gewoons aan het doen zijn – de hond van je partner uitlaten, je schoenen aantrekken – zonder te weten dat je op het punt stond alles te verliezen wat je lief was.

'Misschien komt hij terug.'

'Het is een jaar geleden.'

'Je weet het nooit.'

'Ik wel.'

Ze snifte alsof ze verkouden werd, maar daarmee hield ze niemand voor de gek. 'En dan ontmoet ik iemand die een wandeling naar Berwick-upon-Tweed maakt.' Hij was bang dat ze hem weer ging vertellen dat hij het nooit zou halen, maar ze zei: 'Had ik maar een gram van jouw vertrouwen.'

'Dat heb je ook.'

'Nee,' zei ze. 'Ik wacht op iets wat nooit gaat gebeuren.'

Ze zat roerloos op haar stoel, en hij wist dat ze aan het verleden dacht. Hij wist ook dat zijn vertrouwen, of wat daar ook voor door moest gaan, uiterst broos was.

Harold pakte hun borden en bracht ze naar de keuken. Hij vulde de gootsteen met heet water en spoelde de vuile pannen om. Hij gaf de restjes aan de hond en dacht aan Martina, die wachtte op een man die niet terug zou keren. Hij dacht aan zijn vrouw, die op vlekken schrobde die hij niet kon zien. Op een vreemde manier voelde hij dat hij het nu beter begreep, en hij wou dat hij Maureen dat kon vertellen.

Later, terwijl hij op zijn kamer zijn plastic tas inpakte, hoorde hij een licht geritsel op de gang, gevolgd door een paar klopjes. Hij liep naar de deur. Martina overhandigde hem twee paar wandelsokken en een rol blauwe ducktape. Daarna hing ze een lege rugzak over zijn pols en legde een koperen kompas in zijn handpalm. Al die dingen waren van haar partner geweest. Hij wilde net protesteren dat hij echt niet meer kon aannemen, toen ze haar gezicht naar het zijne bracht en een zachte zoen op zijn wang plantte. 'Het ga je goed, Harold,' zei ze. 'En ik wil geen geld voor de kamer. Je was mijn gast.' Het kompas lag warm en zwaar in zijn hand.

Harold vertrok bij het eerste licht, zoals hij had aangekondigd. Hij legde een ansichtkaart waarop hij Martina bedankte tegen zijn kussen, evenals de vier geplastificeerde placemats, want zij had er waarschijnlijk meer aan dan Queenie. In het oosten was de nacht opengebroken en onthulde een bleke strook licht, die langzaam opklom en de hemel vulde. Onder aan de trap aaide hij de hond van Martina's partner.

Harold trok de voordeur zachtjes dicht om Martina niet te wekken, maar ze stond uit haar badkamerraam te kijken, met haar gezicht tegen het glas gedrukt. Hij wierp geen blik achterom. Hij zwaaide niet. Hij ving haar profiel op achter het raam en daarna stapte hij zo energiek mogelijk weg, terwijl hij zich afvroeg of ze zich zorgen maakte om zijn blaren, of om zijn bootschoenen, en wenste dat hij haar niet alleen hoefde te laten, met enkel een hond en een paar wandelschoenen. Het was zwaar geweest om haar gast te zijn. Het was zwaar om een klein beetje te begrijpen en dan weg te gaan.

14

Maureen en Rex

Na haar gesprek met de waarnemer raakte Maureen nog dieper in de put. Ze dacht vol schaamte terug aan het bezoek van Queenie Hennessy twintig jaar geleden, en wou dat ze toen aardiger was geweest.

Nu, zonder Harold, gleden de eindeloze dagen in elkaar over en sloeg zij ze apathisch gade, niet wetend wat ze ermee moest doen. Als ze besloot de bedden af te halen, realiseerde ze zich meteen dat het geen zin had: er was niemand om haar de wasmand te horen neerkwakken, of te horen klagen dat ze het prima alleen afkon, dank je. Ze vouwde de wegenkaart open op de keukentafel, maar zodra ze ernaar keek om zich een beeld te vormen van Harolds reis, stak de eenzaamheid des te scherper. Er strekte zich in haar zo'n leegte uit dat ze zich onzichtbaar voelde.

Maureen warmde een blikje tomatensoep op. Wat was er gebeurd dat Harold naar Berwick wandelde en zij thuis zat te niksen? Welke stappen had ze gemist? Anders dan hij was zij van school gekomen met een diploma. Ze had een secretaresseopleiding gevolgd en toen David op de lagere school zat, had ze een zelfstudie Frans gedaan aan de open universiteit. Ze was dol op tuinieren geweest. Ooit was er geen centimeter in de tuin aan Fossebridge Road die geen vruchten of bloemen voortbracht. Ze had iedere dag gekookt. Ze had Elizabeth David gelezen en probeerde graag nieuwe ingrediënten uit. 'Vandaag zijn we Italianen,' had ze gelachen terwijl ze met haar voet de eetkamerdeur openstootte en David en Harold aspergerisotto voorzette. '*Buon appetito.*' Ze werd overspoeld door spijt, spijt om alles wat ze had losgelaten. Waar was al die ondernemingszin gebleven? Al die energie? Waarom had ze nooit reizen gemaakt? Waarom niet vaker gevreeën toen het kon? Ze had ieder moment van haar wakkere leven in de afgelopen twintig jaar gebleekt en verdelgd. Alles liever dan te voelen. Alles liever dan Harold in de ogen te kijken en het onzegbare uit te spreken.

Een leven zonder liefde was geen leven. Maureen schonk de soep in de gootsteen, ging aan de keukentafel zitten en legde haar gezicht in haar handen.

Het was Davids idee dat ze Rex de waarheid over Harold zou vertellen. Hij zei op een ochtend tegen haar dat hij de situatie had overpeinsd en dacht dat het beter zou zijn om erover te praten. Ze lachte en protesteerde dat ze de man nauwelijks kende, maar hij wees haar erop dat Rex haar buurman was: natuurlijk kenden ze elkaar.

'Dat betekent nog niet dat we met elkaar praten,' zei ze. 'Ze woonden hier nog maar een halfjaar toen zijn vrouw overleed. Bovendien hoef ik niet met anderen te praten. Ik heb jou toch, lieverd.'

David antwoordde dat ze natuurlijk gelijk had, maar dat het Rex misschien goed zou doen als Maureen alles opbiechtte. Ze kon de waarheid niet eeuwig verborgen houden. Ze wilde net zeggen dat ze hem miste, toen hij zei dat ze het maar meteen moest doen.

'Zie ik je gauw?' vroeg ze. Dat beloofde hij.

Maureen trof Rex in de tuin, waar hij de kanten van het gazon aan het trimmen was met een blad in de vorm van een halvemaan. Ze stond bij het hek tussen hun tuinen, enigszins scheef vanwege de helling, en vroeg op luchtige toon hoe het ging.

'Ik zorg dat ik bezig blijf. Meer kun je niet doen. Hoe is het met Harold?'

'Goed.' Haar benen trilden. Zelfs haar vingers voelden licht aan. Ze haalde diep adem, alsof ze een nieuwe alinea begon. 'Eigenlijk zit het zo, Rex, dat Harold niet thuis is. Ik heb tegen je gelogen. Het spijt me.' Ze drukte haar vingertoppen tegen haar lippen om niet nog meer woorden te laten ontsnappen. Ze durfde niet te kijken.

In de bonkende stilte hoorde ze dat de trimmer op het gras werd gelegd. Ze voelde Rex naderbij komen. Ze ving een geur van munttandpasta op toen hij zachtjes zei: 'Dacht je dat ik niet doorhad dat er iets aan de hand was?'

Rex stak zijn hand uit en legde hem op haar schouder. Het was voor het eerst in lange tijd dat iemand haar aanraakte, en het gevoel van opluchting was zo groot dat het verdriet omhoogschokte door haar lichaam en de tranen over haar wangen stroomden. Ze had alles verspeeld.

'Kom even hierheen, dan zet ik thee,' zei hij.

Maureen was sinds de begrafenis van Elizabeth niet meer bij Rex thuis geweest. Ze had zich voorgesteld dat er na al die maanden een dikke laag stof zou liggen en het er rommelig zou zijn, want dat waren dingen die mannen niet zagen, vooral niet als ze in de rouw waren. Maar tot haar verbazing blonken alle oppervlakken. In de vensterbank stonden cactussen op zo regelmatige afstand van elkaar dat het leek alsof hij de tussenruimte met een liniaal had uitgemeten. Ze zag geen stapel ongeopende brieven. Geen moddersporen op het beige tapijt. Het leek er zelfs op dat Rex een stuk plastic zeil had gekocht en dat als paadje vanaf de voordeur had neergelegd, want ze wist zeker dat het er nog niet had gelegen toen Elizabeth nog leefde. Maureen inspecteerde haar gezicht in de ronde spiegel en snoot haar neus. Ze zag er moe en bleek uit, en haar neus gloeide als een waarschuwingslicht. Ze vroeg zich af wat haar zoon ervan zou zeggen dat ze had gehuild in het bijzijn van de buurman. Ze deed altijd zo haar best om niet te huilen als ze met David praatte.

Rex riep vanuit de keuken dat ze maar vast in de woonkamer moest gaan zitten.

'Weet je zeker dat ik je niet kan helpen?' vroeg ze, maar hij herhaalde dat ze het zich gemakkelijk moest maken.

De atmosfeer in de woonkamer was, net als in de hal, zo stil en vredig dat Maureen haar aanwezigheid als een inbreuk ervoer. Ze liep naar de schoorsteenmantel en bekeek de ingelijste foto's van Elizabeth. Ze was een lange vrouw geweest met geprononceerde kaken, een raspende lach en de afwezige blik als van een gast op een receptie. Maureen had het behalve aan David nooit aan iemand verteld, maar ze was altijd een beetje geïntimideerd geweest door Elizabeth. Ze wist eigenlijk niet eens of ze haar wel had gemogen.

Er klonk een gerinkel van kopjes en de deur ging open. Ze draaide zich om en zag Rex binnenkomen met een dienblad. Hij schonk de thee in zonder te morsen en had zelfs aan een kannetje melk gedacht.

Nadat ze eenmaal begonnen was, verbaasde het Maureen hoeveel ze over Harolds wandeling te melden had. Ze vertelde Rex over Queenies brief en Harolds plotselinge besluit om te vertrekken. Ze vertelde hem over haar bezoek aan de waarnemend arts en hoe ze zich schaamde. 'Ik ben bang dat hij niet terugkomt,' zei ze ten slotte.

'Natuurlijk komt hij terug.' Rex zei het op zo'n simpele toon dat ze meteen gerustgesteld was. Natuurlijk zou Harold terugkomen. Ze voelde zich ineens licht worden en had zin om te lachen.

Rex reikte haar een kopje aan. Het was van teer porselein en stond op een bijpassend schoteltje. Ze zag voor zich hoe Harold koffie maakte: de mok vol tot aan de rand, zodat je hem niet kon optillen zonder te morsen en je hand te branden. Zelfs dat leek grappig.

Ze zei: 'Eerst dacht ik dat het misschien een midlifecrisis was. Een beetje laat, maar ja, dat is Harold.' Rex lachte, een tikkeltje beleefd naar haar idee, maar in elk geval was het ijs gebroken. Hij hield haar een bordje met verschillende soorten koekjes voor en een servetje. Ze nam een koekje. Ze had zich niet gerealiseerd wat een honger ze had.

'Weet je zeker dat Harold in staat is die wandeling te maken?' vroeg hij.

'Hij heeft nog nooit van zijn leven zoiets gedaan. Gisteravond logeerde hij bij een jonge vrouw uit Slowakije. Hij kende haar niet eens.'

'Lieve help.' Rex hield zijn hand onder zijn kin om de kruimels van een roze wafeltje op te vangen. 'Ik hoop maar dat het allemaal goed gaat.'

'Hij lijkt er nogal vol van te zijn.'

Ze glimlachten en vervielen in een stilte die een afstand tussen hen leek te scheppen, en daarom glimlachten ze maar weer, dit keer beleefder.

'Misschien moeten we hem achterna,' zei Rex. 'Kijken of alles in orde is. De Rover is volgetankt. Ik kan broodjes smeren en dan kunnen we zo weg.'

'Misschien.' Maureen beet op haar lip en dacht er even over na. Ze miste Harold bijna net zo erg als ze David miste. Ze wilde hem heel graag zien. Maar toen ze zich het volgende gedeelte voorstelde, waarin ze haar man bereikte, sloeg de twijfel toe. Hoe zou ze zich voelen als hij niets van haar wilde weten? Als hij voorgoed bij haar wegging? Ze schudde haar hoofd. 'Het punt is, we praten niet met elkaar. Niet meer. Niet echt. Op de ochtend van zijn vertrek zat ik tegen hem te zeuren over witbrood en over de jam. De jam, Rex. Geen wonder dat hij ervandoor is gegaan.' Ze voelde zich weer verdrietig worden. Ze dacht aan hun koude bedden, in aparte kamers, en de woorden die ze deelden, die langs het oppervlak streken en niets betekenden. 'We hebben al twintig jaar geen huwelijk meer.'

In de stilte die volgde bracht Rex zijn kopje naar zijn mond, en Maureen deed hetzelfde. En toen vroeg hij: 'Vond je Queenie Hennessy aardig?'

Het was niet de vraag die ze verwachtte. Ze slikte in een reflex haar thee door en er spoelde een stukje van haar gemberkoekje mee, wat haar een hoestbui opleverde. 'Ik heb haar maar één keer ontmoet. Heel lang geleden.' Ze klopte op haar borst om het koekje verder te helpen. 'Queenie is heel plotseling verdwenen. Dat is het enige wat ik me herinner. Harold ging op een dag naar zijn werk en toen hij thuiskwam zei hij dat er een nieuwe op de boekhouding werkte. Een man, geloof ik.'

'Waarom ging Queenie weg?'

'Weet ik niet. Er waren geruchten. Maar Harold en ik hadden het in die tijd erg moeilijk. Hij heeft het nooit verteld en ik heb het hem nooit gevraagd. Zo zijn we, Rex. Iedereen hangt tegenwoordig zijn zwartste geheimen aan de grote klok. Als ik bij de dokter zo'n roddelblad inkijk, begint het me te duizelen. Maar bij ons was het heel anders. Ooit hebben we wel heel veel tegen elkaar gezegd. Dingen die we niet hadden moeten zeggen. Toen Queenie verdween, wilde ik niet eens weten waarom.'

Ze aarzelde, bang dat ze te veel had opgebiecht en onzeker hoe verder te gaan. 'Ik hoorde dat ze op de brouwerij iets had gedaan wat ze niet had moeten doen. Hun baas was een uiterst onaangename man. Vergeven en vergeten was er bij hem niet bij. Waarschijnlijk was het voor iedereen het beste dat ze wegging.' Maureen zag Queenie Hennessy zoals ze al die jaren geleden op de drempel van Fossebridge Road had gestaan, met dikke ogen en een bos bloemen in haar uitgestoken hand. Opeens leek het koud in Rex' huiskamer, en ze sloeg haar armen om haar middel.

'Ik weet niet hoe het met jou zit,' zei hij uiteindelijk, 'maar ik kan wel een glaasje sherry gebruiken.'

Rex reed met Maureen naar de Start Bay Inn in Slapton Sands. Ze voelde de alcohol door haar keel omlaagglijden, eerst koud en daarna bijna brandend, en haar spieren ontspannen. Ze vertelde Rex dat het raar was om weer voet te zetten in een pub. Sinds Harold geheelonthouder was geworden, dronk ze bijna nooit meer. Ze waren het erover eens dat ze geen van beiden zin in koken hadden en bestelden een vroege maaltijd met een glas wijn. Ze brachten een toost uit op Harolds reis. Ze had een zweverig gevoel in haar buik dat haar deed denken aan de tijd dat ze nog jong was, en voor het eerst verliefd.

Omdat het nog licht was, maakten ze een wandeling over de strook land tussen de zee en het zoetwatermeer. Na de twee drankjes voelde Maureen zich warm vanbinnen en enigszins wazig aan de buitenkant. Een zwerm zeemeeuwen vloog op de wind. Er zaten hier grasmussen, vertelde Rex haar, en futen. 'Elizabeth was nooit zo geïnteresseerd in vogels. Volgens haar zagen ze er allemaal hetzelfde uit.' Soms luisterde Maureen en soms niet. Ze dacht aan Harold en herbeleefde het moment waarop ze elkaar zevenenveertig jaar geleden hadden ontmoet. Vreemd dat ze de details van die avond zo lang kwijt was geweest.

Ze had Harold meteen opgemerkt. Ze kon hem niet over het hoofd zien. Hij was in zijn eentje aan het jiven, midden op de dansvloer, en zijn jaspanden fladderden opzij als grote geruite vleugels. Het was alsof hij iets weg probeerde te dansen wat in hem opgesloten zat. Ze had nog nooit zoiets gezien. De jongemannen die haar moeder aan haar voorstelde, waren stuk voor stuk het type kaarsrechte scheiding en smoking. Misschien had hij gevoeld dat ze naar hem keek, helemaal vanaf de andere kant van die donkere, bonzende zaal, want plotseling hield hij op en ving hij haar blik. Hij had weer even gedanst en zij was blijven kijken. Ze was door hem gebiologeerd. Het was zijn rauwe energie die haar raakte, het vertonen van zijn hele wezen. Hij hield weer op met dansen. Ving weer haar blik. Toen baande hij zich een weg door de menigte en bleef zo vlak voor haar stilstaan dat ze de warmte van zijn huid kon ruiken.

Nu ze het moment had opgediept, zag ze het helder voor zich: zoals hij zich naar haar toe boog en een lok van haar haar wegstreek om iets in haar oor te kunnen zeggen. De vrijpostigheid van het gebaar had elektrische vonken door haar nek gejaagd. Zelfs nu voelde ze een tinteling onder haar huid. Wat had hij ook alweer gezegd? Ze wist alleen nog dat het vreselijk grappig was, en ze hadden zo hard gelachen dat ze er een gênante hikaanval aan over had gehouden. Ze herinnerde zich hoe zijn jas om hem heen had gezwierd toen hij met lange passen naar de bar liep om een glas water voor haar te halen, en dat ze niet van haar plaats was geweken, wachtend op hem. In die dagen leek het alsof de wereld alleen de lichten aandeed als Harold in de buurt was. Wie waren die twee jonge mensen die zo vol overgave hadden gedanst en gelachen?

Het drong tot haar door dat Rex was opgehouden met praten. Hij keek naar haar.

'Een stuiver voor je gedachten, Maureen.'

Ze glimlachte en schudde haar hoofd. 'Ik denk niet aan iets bijzonders.'

Ze stonden naast elkaar en keken uit over het water. De ondergaande zon schilderde een rood pad van de horizon naar de kust. Ze vroeg zich af waar Harold vanavond sliep, en zou hem graag welterusten wensen. Maureen legde haar hoofd in haar nek en zocht de avondschemer af naar een eerste flonkering van sterren.

15

Harold en het nieuwe begin

Het einde van de regen bracht onstuimige nieuwe groei. Bloemen en bomen barstten in kleuren en geuren uit. Op de trillende takken van de paardenkastanje balanceerden nieuwe kaarsen. Paraplu's van wit fluitenkruid tierden langs de kant van de weg. Veelbloemige rozen schoten langs tuinmuren omhoog en de eerste dieprode pioenrozen openden zich als zijdepapieren kunstwerkjes. De appelbomen begonnen hun bloesem af te schudden en droegen parels van fruit; de bosvloer was overwoekerd met wilde hyacinten. De paardenbloemen waren al pluizenbollen met zaad.

Vijf dagen lang wandelde Harold zonder haperen. Zijn tocht voerde hem door Othery, de Polden Hills, Street, Glastonbury, Wells, Radstock en Peasedown St. John, en op een maandagochtend bereikte hij Bath. Hij legde gemiddeld bijna dertien kilometer per dag af, en op advies van Martina had hij sunblock, watten, een nagelschaartje, pleisters, nieuw verband, antiseptische zalf en blaarpleisters aangeschaft, en een Kendal Mint Cake voor noodgevallen. Hij vulde zijn voorraad toiletartikelen en waspoeder aan en borg alles netjes op in de rugzak van haar partner, samen met de rol ducktape. Toen zijn blik op zijn spiegelbeeld in een winkelruit viel, liep de man die naar hem terugstaarde zo kaarsrecht en leek hij zo vast ter been dat hij nog een keer moest kijken om te zien of hij het wel was. Het kompas wees stabiel naar het noorden.

Voor Harold was zijn reis nu pas echt begonnen. Hij had gedacht dat die van start was gegaan zodra hij besloten had naar Berwick te lopen, maar nu zag hij in dat hij naïef was geweest. Je kon meer dan eens een nieuw begin maken, en op verschillende manieren. Zo kon je bijvoorbeeld denken dat je opnieuw begon, terwijl je eigenlijk voortging op de oude weg. Hij had zijn tekortkomingen onder ogen gezien en overwonnen, en daarom liep hij nu pas serieus.

's Ochtends kroop de zon boven de horizon uit, bereikte het zenit en ging 's avonds weer onder, terwijl de ene dag plaatsmaakte voor een andere. Hij kon minutenlang naar de hemel kijken, en naar de manier waarop het landschap eronder veranderde. Heuveltoppen kleurden goud in het ochtendgloren, en de ramen van de huizen die het licht van de zon weerkaatsten waren zo oranje dat het leek alsof erachter brand woedde. De avondschaduwen strekten zich langgerekt onder de bomen uit als een apart, uit duisternis bestaand bos. Hij liep in een ochtendmist en glimlachte naar de hoogspanningsmasten die hun kop boven de melkwitte nevel uitstaken. De heuvels werden minder uitgesproken en lager en openden zich voor hem, groen en lieflijk. Hij liep door de vlakte van de Somerset-wetlands, waar de waterwegen schitterden als zilveren naalden. Aan de horizon verhief zich Glastonbury Tor, en erachter lagen de Mendip Hills.

Langzamerhand ging het beter met Harolds kuit. De kleur van de bloeduitstorting veranderde van paars in groen in lichtgeel, en zijn angst was verdwenen. Hij voelde zich juist zelfverzekerder. Het stuk tussen Tiverton en Taunton was overheerst door woede en pijn. Hij had meer gewild dan hij fysiek kon geven, en daardoor was het lopen een strijd tegen zichzelf geworden, die hij verloren had. Nu voerde hij iedere ochtend en avond een serie milde rekoefeningen uit en nam om de twee uur rust. Hij behandelde zijn blaren voor ze geïnfecteerd konden raken en had altijd vers water bij zich. Hij haalde zijn plantengids weer tevoorschijn en leerde de namen van de planten in de heg en waarvoor ze gebruikt werden; welke vruchten droegen, eetbare of giftige of anderszins, en welke bladeren hadden met een geneeskrachtige werking. De lucht was gevuld met de doordringende geur van daslook. Weer verbaasde het hem hoe rijk de aarde rondom hem was, en hij had het nooit kunnen zien.

Hij bleef Maureen en Queenie ansichtkaarten sturen en hen op de hoogte houden van zijn voortgang, en zo nu en dan schreef hij ook aan het meisje van het pompstation. Op aanraden van zijn toeristische gids nam Harold nota van het schoenenmuseum in Street en bekeek de winkel in Clarks Village, al leek het hem nog steeds verkeerd om zijn bootschoenen af te danken nu hij al zo ver was gekomen. In Wells kocht hij voor Queenie een rozenkwarts om voor het raam te hangen, en voor Maureen een potlood dat uit een twijg was gesneden. Toen een paar aimabele leden van de Vereniging voor Plattelandsvrouwen hem aanspoorden een madeiracake te kopen, koos hij in plaats daarvan een handgebreide baret in een Queenie-achtig bruin. Hij ging de kathedraal binnen en zat een poosje in het gekoelde licht, dat uit de hoogte stroomde als water. Hij bedacht dat de mens eeuwen geleden begonnen was kerken, bruggen en schepen te bouwen; elk voor zich een overmoedige sprong in het duister, als je er goed over nadacht. Toen niemand keek, knielde Harold neer en vroeg om veiligheid voor degenen die hij achter had gelaten en degenen die hij tegemoet ging. Hij vroeg om de wilskracht om door te blijven gaan. En hij verontschuldigde zich dat hij niet geloofde.

Harold passeerde kantoormedewerkers, mensen die hun hond uitlieten, winkelpubliek, kinderen op weg naar school, moeders achter buggy's, wandelaars zoals hij, en groepen toeristen. Hij ontmoette een belastinginspecteur die druïde was en al tien jaar geen schoenen meer droeg. Hij praatte met een jonge vrouw die op zoek was naar haar biologische vader, met een priester die bekende dat hij twitterde tijdens de dienst, met verschillende mensen die voor een marathon trainden en met een Italiaanse man die een zingende papegaai had. Hij bracht een middag door met een goede heks uit Glastonbury, een dakloze man die zijn huis was kwijtgeraakt door de drank, vier fietsers die de M5 zochten en een moeder van zes kinderen die hem toevertrouwde dat ze niet wist dat het leven zo eenzaam kon zijn. Harold wandelde samen met al die vreemden op en luisterde. Hij oordeelde over niemand, maar naarmate de dagen verstreken en de tijden en de plaatsen begonnen te versmelten, kon hij zich niet meer herinneren of de belastinginspecteur nu geen schoenen droeg of dat hij een papegaai op zijn schouder had. Het was niet meer van belang. Hij had ontdekt dat het de kleinheid van de mensen was, en ook de daaruit voortvloeiende eenzaamheid, die hem met verwondering en genegenheid vervulde. De wereld bestond uit mensen die de ene voet voor de andere zetten, en soms leek een leven alleen maar gewoon omdat de persoon die het leidde dat al zo lang deed. Harold kon niemand meer voorbijlopen zonder in te zien dat iedereen hetzelfde was, maar ook uniek, en dat dit het ware dilemma van het leven was.

Hij wandelde met zo'n stevige pas dat het leek alsof hij er zijn hele leven op had gewacht om zijn stoel uit te mogen komen.

Maureen vertelde hem aan de telefoon dat ze weer naar de grote slaapkamer was verhuisd. Hij sliep al zo veel jaar alleen dat het hem eerst verbaasde, maar toen was hij er blij om, want het was de aangenaamste kamer en vanwege de ligging aan de voorkant van het huis had je er het weidse uitzicht over Kingsbridge. Maar het betekende ook dat ze zijn spullen naar de logeerkamer had overgebracht, nam hij aan.

Hij dacht aan de vele malen dat hij naar de gesloten deur had gekeken, wetend dat ze zich met haar zelfgekozen ballingschap volledig buiten zijn bereik had geplaatst. Soms had hij de deurkruk aangeraakt, alsof die een sensibel deel van haar was.

Maureens stem kroop onder de stilte door: 'Ik heb zitten denken aan onze eerste ontmoeting.'

'Hoe bedoel je?'

'Het was op een dansavond in Woolwich. Je raakte even mijn hals. Toen zei je iets grappigs. We moesten er ontzettend om lachen.'

Hij fronste van inspanning om het zich voor de geest te halen. Hij herinnerde zich een dansavond, maar verder zag hij alleen maar hoe mooi ze was, en hoe tenger. Hij herinnerde zich dat hij als een malloot had gedanst, en ook hoe haar lange donkere haar als fluweel haar gezicht had omlijst. Maar het leek hem onwaarschijnlijk dat hij het lef had gehad om een volle zaal te doorkruisen en haar aan te spreken. Het leek hem ook onwaarschijnlijk dat hij haar ontzettend aan het lachen had gemaakt. Hij vroeg zich af of ze hem niet met een ander verwarde.

Ze zei: 'Nou, ik zal je niet langer ophouden. Ik weet hoe druk je het hebt.'

Ze sprak met de stem die ze bij de dokter gebruikte, om aan te geven dat ze hem verder niet lastig zou vallen. En toen voegde ze eraan toe: 'Wist ik nu nog maar wat je op die avond tegen me zei. Het was echt zo grappig.' Ze hing op.

De rest van de dag was zijn hoofd gevuld met herinneringen aan Maureen, en aan hoe het in het begin was geweest. Hij dacht aan de uitjes naar de bioscoop, en aan Lyons Corner House, en dat hij nog nooit iemand het eten in zulke kleine stukjes had zien snijden alvorens het naar haar mond te brengen. Al in die tijd was hij gaan sparen voor hun toekomst. 's Ochtends vroeg stond hij achter op de vuilniswagen en in de middag had hij een parttimebaantje als busconducteur. Twee keer per week draaide hij een nachtdienst in het ziekenhuis en op zaterdag werkte hij in de bibliotheek. Soms was hij zo uitgeput dat hij onder de boekenplanken kroop en in slaap viel.

Maureen nam de gewoonte aan om vlak bij haar huis op de bus te stappen en de hele rit naar de eindhalte te blijven zitten. Hij verkocht kaartjes en luidde de bel voor de chauffeur, maar het enige wat hij zag was Maureen, in haar blauwe jas, met haar porseleinen huid en die heldergroene ogen. Ze vergezelde hem tot aan de deur van het ziekenhuis, zodat hij tijdens het boenen van de vloeren alleen maar kon denken aan waar zij was; aan wat ze zag terwijl ze haastig terugliep. Ze kwam even binnen bij de bibliotheek om kookboeken door te bladeren, en dan zat hij vanaf de hoofdbalie naar haar te kijken, met een hoofd dat tolde van begeerte en gebrek aan slaap.

De trouwerij was klein geweest, bijgewoond door hem onbekende gasten die hoeden en handschoenen droegen. Ook zijn vader had een uitnodiging gekregen, maar was tot Harolds opluchting niet op komen dagen.

Eindelijk alleen met zijn jonge bruid had hij haar vanaf de andere kant van de hotelkamer gadegeslagen terwijl zij haar jurk losknoopte. Hij wilde haar wanhopig graag aanraken, maar was beverig van angst. Toen hij zijn stropdas afdeed en zijn jasje uittrok, geleend van een collega bij het busbedrijf en iets te kort aan de mouwen, had hij opgekeken en haar op bed zien zitten in haar slip. Ze was zo mooi dat het hem te veel werd. Hij vluchtte de badkamer in.

'Harold, ligt het aan mij?' had ze na een halfuur door de deur heen geroepen.

Het deed hem pijn zich die dingen te herinneren, nu ze zo ver van hem afstonden. Hij knipperde een aantal keer om de beelden kwijt te raken, maar ze bleven terugkomen.

Harold wandelde door de dorpen die gevuld waren met de geluiden van andere mensen, en over de wegen die de dorpen verbonden, en hij ervoer momenten uit het verleden alsof hij ze zojuist had beleefd. Soms had hij het idee dat hij meer uit herinnering bestond dan uit heden. Hij speelde scènes van vroeger opnieuw af, opgesloten in de rol van toeschouwer. Hij herkende de fouten, de onverenigbaarheden, de keuzes die niet gemaakt hadden mogen worden, zonder dat hij in staat was er iets aan te doen.

Hij zag zichzelf het telefoontje aannemen toen Maureens moeder plotseling was overleden, twee maanden na Maureens vader. Hij had haar stevig in zijn armen genomen om het haar te vertellen.

'Nu zijn we nog maar met z'n tweeën,' snikte ze.

Hij had zijn hand op de bolling van haar groeiende buik gelegd en haar beloofd dat alles goed zou komen. Hij zou voor haar zorgen, had hij gezegd. En hij had het gemeend ook. Het was Harolds grootste wens op aarde geweest om Maureen gelukkig te maken.

In die dagen geloofde ze hem nog. Ze geloofde dat Harold al haar behoeften kon vervullen. Indertijd had hij het niet geweten, maar nu wist hij het wel. De ware proef was het vaderschap geweest, en dat had hem genekt. Hij vroeg zich af of hij de rest van zijn leven in de logeerkamer moest slapen.

Terwijl Harold noordwaarts naar Gloucestershire liep, waren zijn stappen bijwijlen zo vast dat ze hem moeiteloos afgingen. Hij hoefde zijn voeten niet meer met zijn hoofd te sturen. Het lopen was een verlengstuk van zijn overtuiging dat hij Queenie in leven kon houden, en ook zijn lichaam maakte daar deel van uit. De laatste dagen liep hij de heuvels op zonder erbij na te denken. Hij begon fit te worden, vermoedde hij.

Er waren dagen dat hij zich meer verdiepte in wat hij om zich heen zag. Dan probeerde hij de juiste woorden te vinden om elke verandering te beschrijven, alleen begonnen ze soms door elkaar te lopen, net als de mensen die hij had ontmoet. Maar er waren ook dagen waarop hij zich nergens van bewust was, niet van zichzelf, niet van het feit dat hij wandelde, niet van het landschap. Hij dacht dan aan niets, of in ieder geval niet iets wat verbonden was met woorden. Hij bestond alleen maar. Hij voelde de zon op zijn schouders, zag een torenvalk door de lucht zweven, en aldoor duwde de bal van zijn voet zijn hiel van de grond, en verschoof zijn gewicht van het ene been naar het andere, en meer was er niet.

Alleen de nachten baarden hem zorgen. Hij bleef bescheiden logementen opzoeken, maar de binnenwereld leek een barrière tussen hem en zijn doel. Hij voelde de diepe behoefte om een deel van zichzelf buiten te laten. Gordijnen, behang, ingelijste prenten, de bij elkaar passende grote en kleine handdoek: alles was in zijn ogen overbodig en zonder betekenis. Hij gooide de ramen open om de aanwezigheid van lucht en hemel te blijven voelen, maar hij sliep slecht. Steeds vaker hielden beelden uit het verleden hem wakker, of droomde hij van zijn voeten die zich verhieven en weer neerkwamen. In de vroege uurtjes stond hij op, staarde naar de maan achter het raam en voelde zich opgesloten. Het was in die dagen nog maar amper licht als hij met zijn bankpasje betaalde en vertrok.

Terwijl hij de ochtendschemer in liep, keek hij met ontzag toe hoe de hemel ontvlamde in levendige kleuren en daarna vervaagde tot een egaal blauw. Het was alsof hij in een volledig andere versie van de dag leefde, een die niets gewoons bevatte. Hij had het graag Maureen beschreven.

De vraag wanneer en hoe hij Berwick zou bereiken, verdween naar de achtergrond. Harold wist dat Queenie wachtte, zo zeker als twee en twee vier was. Hij stelde zich vol genoegen zijn aankomst voor, en hoe hij haar zou zien zitten in een zonnige stoel voor het raam. Er zou zoveel zijn om over te praten. Zoveel uit het verleden. Hij zou haar eraan herinneren dat ze ooit een Mars uit haar handtas had getoverd voor de terugrit.

'Ik word veel te dik,' zei hij.

'U? U bent vel over been.' Ze had gelachen.

Het was een vreemd moment geweest, niet ongemakkelijk op een vervelende manier, maar het veranderde de toon waarop ze voortaan met elkaar praatten. Het gaf aan dat ze hem had opgemerkt, en dat hij haar niet koud liet. Sindsdien had ze altijd iets te snoepen voor hem bij zich en noemden ze elkaar bij de voornaam. Ze praatten gemoedelijk met elkaar als ze in de auto zaten. Een keer waren ze gestopt bij een Little Chef, maar tegenover elkaar aan een gelamineerd tafeltje gezeten ontdekten ze dat de woorden waren opgedroogd.

'Wat is een hoop naast de wc?' hoorde hij haar vragen. Ze zaten weer in de auto.

'Hoe bedoel je?'

'Het is een mop,' zei ze.

'O, aha. Leuk. Ik weet het niet. Wat dan?'

'Een drukfout.' Ze hield haar hand tegen haar mond, maar ze schudde zo hard dat er een luide proest tussen haar vingertoppen door schoot, en ze kreeg een kleur als vuur. 'Die vond mijn vader altijd zo leuk.'

Uiteindelijk had hij de auto aan de kant moeten zetten, zo hard moesten ze lachen. Die avond had hij de grap bij de spaghetti carbonara aan David en Maureen verteld en die hadden allebei zo uitdrukkingsloos gekeken dat de clou, toen hij die bereikte, helemaal niet hilarisch klonk, alleen maar ranzig.

Harold en Queenie praatten vaak over David. Hij vroeg zich af of ze zich dat ook nog kon herinneren. Omdat ze zelf geen kinderen had en ook geen neefjes of nichtjes had, toonde ze veel belangstelling voor zijn vorderingen in Cambridge. Hoe bevalt het David in de stad? vroeg ze. Heeft hij al veel vrienden gemaakt? Houdt hij van punteren? Harold verzekerde haar dat zijn zoon het enorm naar zijn zin had in Cambridge, hoewel David Maureens brieven en telefoontjes in feite zelden beantwoordde. Ze hoorden niets over vrienden of over studeren. En over punteren al helemaal niet.

Harold vertelde Queenie niet over de lege wodkaflessen die hij na de vakantie in de schuur had gevonden. Hij vertelde haar ook niet over de bruine envelop met cannabis. Hij vertelde het aan niemand, zelfs niet aan zijn vrouw. Hij deed de flessen in een doos en gooide ze op weg naar zijn werk in een container.

'Maureen en jij zullen wel vreselijk trots zijn, Harold,' zei Queenie.

Hij dacht terug aan de tijd dat ze allebei bij de brouwerij werkten, hoewel ze geen van tweeën deel hadden uitgemaakt van de club. Zou Queenie zich nog het Ierse barmeisje herinneren, dat beweerde zwanger te zijn van meneer Napier en heel plotseling wegbleef van haar werk? Er werd gezegd dat hij voor dat meisje een abortus had geregeld en dat er complicaties waren opgetreden. En die keer dat een van de jonge nieuwe vertegenwoordigers zich laveloos had gedronken en vastgeketend aan het hek van de brouwerij werd aangetroffen, uitgekleed tot op zijn onderbroek. Meneer Napier had op de binnenplaats voorgesteld de honden op hem los te laten. Dat leek hem wel een goeie bak, zei hij. Op het laatst stond de jongen te gillen. Er liep een spoor van bruin vocht over zijn benen.

De herinnering maakte Harold ziek van schaamte. David had gelijk wat Napier betrof. En het was Queenie die moed had getoond.

Hij zag haar glimlachen op die kenmerkende manier van haar, langzaam, alsof zelfs de mooie dingen iets verdrietigs hadden.

Hij hoorde haar zeggen: 'Er is vannacht iets gebeurd op de brouwerij.'

Ze stond op haar benen te zwaaien. Of was hij het zelf? Hij dacht dat hij zou omvallen. Hij voelde hoe haar kleine hand zijn mouw vastpakte en eraan schudde. Sinds die keer in de voorraadkast had ze hem niet meer aangeraakt. Haar gezicht was lijkbleek.

Ze vroeg: 'Hoor je me? Want dit is ernstig, Harold. Het is heel ernstig. Dit laat Napier niet op zich zitten.'

Het was de laatste keer dat hij haar had gezien. Hij wist dat ze de waarheid geraden had.

Harold vroeg zich af waarom ze de schuld op zich genomen had, en of ze wist hoe het hem speet wat hij had gedaan. Weer stelde hij zich de vraag waarom ze al die jaren geleden niet langs was gekomen om afscheid te nemen. En terwijl hij dit alles overdacht, schudde hij zijn hoofd en bleef in noordelijke richting lopen.

Ze was op staande voet ontslagen. Napiers scheldkanonnade was in de hele brouwerij te horen. Zelfs ging het gerucht dat hij met een klein rond voorwerp had gegooid – mogelijk een asbak, maar misschien ook een presse-papier – dat Queenies voorhoofd op een haar had gemist. Meneer Napiers secretaresse bevestigde later tegenover een paar vertegenwoordigers dat hij Queenie nooit gemogen had. Ze bevestigde ook dat Queenie zich niet had laten intimideren. Ze had Queenies exacte woorden niet kunnen volgen, want de deur was dicht, maar uit meneer Napiers geschreeuw kon je min of meer opmaken wat Queenie had gezegd, en dat was iets in de trant van: 'Ik begrijp al die opwinding niet. Ik wilde alleen maar helpen.' 'Als ze een man was geweest,' zei iemand tegen Harold, 'had meneer Napier haar verrot geschopt.' Harold zat op dat moment in een pub. Misselijk had hij naar zijn dubbele brandy gegrepen en het glas in één teug geleegd.

Harolds schouders zakten door bij de herinnering. Hij was onvergeeflijk laf geweest, maar in ieder geval deed hij er nu iets aan.

Bath kwam in zicht. De halvemaanvormige huizenrijen en straten beten als kleine tanden in de heuvel, en de roomkleurige steen gloeide in de ochtendzon. Het zou een warme dag worden.

'Papa! Papa!'

Geschrokken keek hij om, hij had duidelijk horen roepen. Het langsrijdende verkeer deed de bomen ruisen, maar hij zag niemand.

16

Harold en de internist en de zeer beroemde acteur

Harold was van plan om niet al te lang in Bath te blijven. Exeter had hem geleerd dat een stad hem uit de koers bracht. Hij moest zijn schoenen weer laten verzolen, maar toen hij bij een schoenmaker aankwam, bleek die wegens familieomstandigheden tot de middag dicht te zijn. In de tijd dat hij moest wachten besloot Harold om nog een souvenir voor Queenie en Maureen uit te zoeken. De zon viel met meedogenloze brede stralen op het kerkhof naast de abdij. Het licht was zo verblindend dat hij zijn hand boven zijn ogen moest houden.

'Mag ik u verzoeken een nette rij te vormen?'

Toen Harold omkeek, zag hij dat hij was opgenomen in een groep buitenlandse toeristen met canvas zonnehoedjes, die op het punt stond de Romeinse Baden te bezichtigen. Hun gids was een Engels meisje dat amper de tienerjaren was ontgroeid, met een frêle gezicht en een upperclass-accent. Harold wilde net gaan uitleggen dat hij niet bij de groep hoorde, toen ze bekende dat dit de eerste rondleiding was die ze gaf. 'Geen van die mensen heeft enig idee waar ik het over heb,' fluisterde ze. Haar stem leek zo schrikbarend veel op die van Maureen in haar jonge jaren dat hij geen stap meer kon verzetten. Haar mond trilde alsof ze ieder moment in huilen uit kon barsten. Harold was er niet tegen bestand. Hij probeerde achteraan te blijven hangen, en ook om zich aan te sluiten bij een groep die al bijna klaar was, maar iedere keer als hij ertussenuit wilde knijpen, herinnerde hij zich zijn jonge vrouw in haar blauwe jas en was hij niet in staat de gids in de steek te laten. Twee uur later eindigde haar rondleiding in de souvenirwinkel, waar hij ansichtkaarten kocht en een sleutelhanger met mozaïeksteentjes voor zowel Maureen als Queenie. Hij had vooral plezier beleefd aan haar verhaal over de Heilige Bron, vertelde hij de gids; ze waren echt heel vernuftig, die Romeinen.

De jonge gids trok haar neus een beetje op, alsof ze iets onaangenaams rook, en vroeg of hij had overwogen een bezoek te brengen aan de nabijgelegen Thermae Bath Spa, waar hij kon genieten van een pittoresk uitzicht over de stad en het nieuwste van het nieuwste op het gebied van lichaamsreiniging.

Ontdaan repte Harold zich erheen. Hij was onderweg gewetensvol zijn kleren en zichzelf blijven wassen, maar de kraag van zijn overhemd was versleten en zijn nagels hadden rouwranden. Pas toen hij betaald had voor zijn toegangskaartje en de huur van handdoeken, schoot hem te binnen dat hij geen zwembroek had. Hij moest rechtsomkeert maken en de dichtstbijzijnde sportwinkel zoeken, waardoor dit zijn duurste dag werd tot dan toe. De verkoopster haalde een keur aan zwembroeken en zwembrillen voor hem tevoorschijn, maar toen Harold uitlegde dat hij meer een wandelaar dan een zwemmer was, stond ze erop hem een waterdicht hoesje voor zijn kompas te laten zien, en een assortiment afgeprijsde buitenbroeken.

Tegen de tijd dat hij met zijn zwembroek in een klein tasje de winkel verliet, stond er een grote menigte samengepakt op de stoep. Harold werd platgedrukt tegen het koperen standbeeld van een victoriaanse man met een hoge hoed.

'We wachten op die beroemde acteur,' lichtte een vrouw naast hem toe. Haar gezicht was rood en klam van de hitte. 'Hij signeert zijn nieuwe boek. Als hij me aankijkt, ga ik tegen de vlakte.'

Het viel niet mee de zeer beroemde acteur te zien, laat staan zijn blik te vangen, want hij leek nogal klein van stuk te zijn en werd omgeven door een muur van in het zwart geklede medewerkers van de boekwinkel. De menigte joelde en klapte. Fotografen hielden hun camera omhoog en bespikkelden de straat met flitslicht. Harold vroeg zich af hoe het was als je zo'n succes van je leven had gemaakt.

De vrouw naast hem vertelde dat ze haar hond naar de acteur had genoemd. Het was een cockerspaniël, zei ze. Ze wilde het zo graag tegen de acteur zeggen. Ze had alles over hem gelezen in de bladen, ze kende hem alsof hij een vriend was. Harold leunde tegen het standbeeld om beter te kunnen zien, maar het standbeeld gaf hem een scherpe por in zijn ribben. De gebleekte hemel straalde. Het zweet brak hem uit, het liep in zijn nek en droop uit zijn oksels, en zijn overhemd kleefde aan zijn vel.

Tegen de tijd dat Harold was teruggekeerd naar de minerale baden, had een dolle groep vrouwen van een vrijgezellenfeestje het water in beslag genomen, en omdat hij hen niet wilde afschrikken of in de weg zitten, nam hij een kort stoombad en vertrok haastig. In de Pump Room vroeg hij of hij wat geneeskrachtig water mocht meenemen voor een goede vriendin in Berwick-upon-Tweed. De ober van het restaurant schonk wat in een flesje en rekende vijf pond, want Harold was zijn kaartje voor de Romeinse Baden kwijt. Het was nu al vroeg in de middag en hij moest weer door.

Toen Harold in de openbare toiletten zijn handen waste, bleek hij naast de acteur van de signeersessie te staan. De acteur droeg een leren jack en broek, en cowboylaarzen met een hakje. De man bekeek zijn gezicht in de spiegel en trok met zijn vingers zijn huid glad, alsof hij hem onderzocht op iets wat hij kwijt was. Van dichtbij was zijn haar zo donker dat het van plastic leek. Harold wilde de acteur niet storen. Hij droogde zijn handen af en deed alsof hij aan iets anders dacht.

'Ga me niet vertellen dat jij ook een hond naar me hebt genoemd,' zei de acteur. Hij staarde Harold recht aan. 'Vandaag ben ik niet in de stemming.'

Harold vertelde de acteur dat hij geen hond had. Als kind, voegde hij eraan toe, was hij vaak gebeten door een pekinees die Chinky heette. Dat was waarschijnlijk niet politiek correct; de tante van wie hij was, trok zich niet veel van andermans gevoeligheden aan. 'Maar ik maak een wandeltocht en de afgelopen tijd heb ik wel wat leuke honden ontmoet.'

De acteur keerde terug naar zijn spiegelbeeld. Hij ging verder over de honden die naar hem genoemd werden, alsof Harold nooit een opmerking over zijn tante had gemaakt. 'Iedere dag komen er wel een stel die me over hun hond vertellen en dat ze hem naar mij hebben genoemd. Dat zeggen ze dan alsof ik er blij om moet zijn. Ze moesten eens weten.'

Harold gaf toe dat dat vervelend was, hoewel het hem stiekem best vleiend leek. Hij kon zich niet voorstellen dat iemand zijn huisdier Harold zou noemen.

'Ik heb jarenlang serieus werk gedaan. Ik heb een heel seizoen in Pitlochry gestaan. En dan doe ik één kostuumdrama, en opeens heb ik het gemaakt. Iedereen in het land denkt dat het origineel is om een hond naar me te noemen. Ben jij ook hier in Bath voor mijn boek?'

Harold moest bekennen dat dat niet het geval was. Hij vertelde de acteur in een paar zinnen over Queenie. Het leek hem beter om niets te zeggen over de applaudisserende verpleegsters die hij zich bij zijn aankomst in het hospice had voorgesteld. De acteur wekte de indruk dat hij luisterde, al vroeg hij aan het eind van Harolds verhaal weer of Harold een exemplaar van zijn boek had en of hij wilde dat hij het signeerde.

Harold zei ja. Het boek leek hem het ideale souvenir voor Queenie; ze had altijd van lezen gehouden. Hij wilde al vragen of de acteur misschien even kon wachten terwijl hij snel een exemplaar ging kopen, maar de acteur was hem voor.

'Weet je wat, laat maar zitten. Het is rotzooi. Ik heb er geen woord zelf van geschreven. Ik heb het niet eens gelezen. Ik neuk de ene vrouw na de andere en ik ben zwaar verslaafd aan de coke. Vorige week dook ik met een vrouw in bed en toen bleek ze een lul te hebben. Dat soort dingen zetten ze niet in het boek.'

'Nee.' Harold wierp een blik naar de deur.

'Ik zit in alle talkshows. Ik sta in alle bladen. Iedereen vindt me zo'n sympathieke gast. Maar ze kennen me totaal niet. Het is net of ik uit twee mensen besta. En nu ga jij me zeker vertellen dat je journalist bent.' Hij lachte, maar zijn lach had iets wilds en grimmigs wat Harold aan David deed denken.

'Ik ben geen journalist. Ik zou vast een hele slechte zijn.'

'Zeg nog eens waarom je naar Bradford wandelt.'

Harold zei zacht iets over Berwick, en over boete doen voor het verleden. De bekentenis van de zeer beroemde acteur had hem van zijn stuk gebracht en hij zocht er nog een plekje voor.

'Hoe weet je dat die vrouw wacht? Heeft ze je een bericht gestuurd?'

'Een bericht?' herhaalde Harold, al had hij het niet verkeerd verstaan. Hij vroeg het meer om tijd te winnen.

'Heeft ze de uitdaging aangenomen?'

Harold deed zijn mond open en dicht en weer open, maar de woorden wilden niet komen.

'Hoe gaat het precies in z'n werk?' vroeg de acteur.

Harold raakte met zijn vingertoppen zijn stropdas aan. 'Ik stuur ansichtkaarten. Ik weet dat ze wacht.'

Harold glimlachte en de acteur glimlachte ook. Hij hoopte dat zijn antwoord de acteur had overtuigd, want hij wist niet of er een andere manier was om het te omschrijven. Even leek de acteur inderdaad overtuigd, maar toen verscheen er een frons op zijn gezicht alsof hij iets verkeerds proefde. 'Als ik jou was, zou ik de auto nemen.'

'Hoe bedoelt u?'

'Dikke lul voor die wandeling.'

Harolds stem trilde. 'Het gaat juist om de wandeling. Daardoor blijft ze in leven. John Lennon lag ooit in een bed. Mijn zoon had een foto van hem aan de muur.'

'John Lennon had in dat bed gezelschap van Yoko Ono en de hele wereldpers. Jij sjouwt in je eentje naar Berwick-upon-Tweed. Het gaat weken duren. En stel nou dat ze je bericht niet heeft gekregen. Ze kunnen wel vergeten zijn om het haar te vertellen.' De mondhoeken van de acteur krulden om, alsof hij de implicaties van zo'n misser overdacht. 'Wat doet het er nou toe of je wandelt of een lift krijgt? Het maakt geen moer uit hoe je er komt. Het gaat erom dat je haar ziet. Ik leen je mijn auto wel. Mijn chauffeur. Dan ben je er vanavond nog.'

De deur ging open en een man in een short liep naar het urinoir. Harold wachtte tot de man klaar was. Hij wilde de zeer beroemde acteur duidelijk maken dat je in staat was als gewoon mens iets buitengewoons te ondernemen zonder dat je wat je ermee beoogde logisch kon verklaren. Maar het enige wat hij voor zich zag, was een auto die naar Berwick reed. De acteur had gelijk. Harold had gevraagd een boodschap door te geven, en ansichtkaarten gestuurd, maar niets bewees dat ze hem serieus nam, of dat ze zelfs maar van zijn telefoontje had gehoord. Hij zag zichzelf in de warmte van de auto zitten. Als hij ja zei, kon hij er in een paar uur zijn. Hij moest zijn handen samenknijpen om het trillen te stoppen.

'Ik maak je toch niet gek, hè?' vroeg de acteur. Zijn stem klonk opeens vriendelijk. 'Ik zei toch dat ik een eikel ben.' Harold schudde zijn hoofd, maar hield het gebogen. Hij hoopte dat de man in de short niet keek.

'Ik moet blijven lopen,' zei hij zachtjes, ook al wist hij dat hij er niet zeker meer van was.

De nieuwkomer posteerde zich tussen Harold en de acteur in om zijn handen te wassen. Hij begon te lachen, alsof hij een binnenpretje had. 'Dat moet ik even vertellen. We hebben een hond...'

Harold ging de straat op.

De hemel had zich gevuld met een dicht wit wolkendek dat op de stad drukte alsof het van zins was het leven eruit te persen. De tafeltjes van de cafés en restaurants stonden tot op de stoep. Heel wat mensen zaten of liepen in een hemd, en huid die maandenlang geen zon had gezien was vuurrood. Harold droeg zijn jack over zijn arm, maar moest geregeld met de mouw van zijn overhemd zijn gezicht afvegen. Zaadpluisjes zweefden als dons door de zware lucht. Toen Harold bij de schoenmaker aankwam, was die nog steeds dicht. De hengsels van zijn rugzak waren nat van zijn lichaam en sneden in zijn schouders. Het was te warm om te blijven lopen, en hij had er de kracht niet voor.

Hij besloot zijn toevlucht te zoeken in de abdij. Hij hoopte dat het er koel zou zijn, dat het hem weer zou inspireren – hem eraan zou herinneren hoe het was om ergens in te geloven –, maar de abdij was wegens een muziekrepetitie voor publiek gesloten. Harold ging op een plekje in de schaduw zitten en sloeg een tijdje het koperen standbeeld gade, tot een klein kind in tranen uitbarstte, omdat het standbeeld had gezwaaid en haar een snoepje had aangeboden. Hij zou wachten in een kleine tearoom, waar hij zich naar zijn idee wel een potje thee kon veroorloven.

De serveerster keek stuurs. 'U kunt hier 's middags niet alleen iets drinken. Dan moet u de Regency Bath cream tea nemen.' Maar Harold was al bezig zich te installeren. Hij vroeg om de Regency Bath cream tea.

De tafeltjes stonden te dicht op elkaar en de hitte was zo massief dat ze bijna zichtbaar was. De klanten zaten met hun benen uit elkaar en wapperden zich koelte toe met de geplastificeerde menu's. Toen de serveerster zijn bestelling op tafel zette, dreef in een schaaltje een dot geklopte room in een poeltje vet. Ze zei: 'Eet smakelijk.'

Harold vroeg haar of ze de snelste route naar Stroud wist, maar ze haalde haar schouders op. 'Vindt u het erg om uw tafeltje te delen?' vroeg ze op haar beurt, alleen klonk het niet als een vraag. Ze riep naar een man bij de deur en wees naar de stoel tegenover Harold. De man ging met een verontschuldigende glimlach zitten en haalde een boek tevoorschijn. Hij had een scherp gesneden gezicht en heel kort geknipt blond haar. Zijn witte overhemd stond open bij de hals en onthulde een volmaakte V van goudbruine huid. Hij verzocht Harold hem het menu aan te geven en vroeg in één adem door of Bath hem beviel. Hij was een Amerikaan die een trip door Engeland maakte, zei hij. Zijn vriendin onderging momenteel de Jane Austen-*experience*. Harold was er niet zeker van wat dat inhield, maar hoopte voor haar dat de zeer beroemde acteur er niet bij betrokken was. Hij was opgelucht toen er een stilte viel. Hij had geen behoefte aan nog een ontmoeting zoals in Exeter, of zelfs maar een zoals hij net had gehad. Ondanks zijn gevoelde verplichting tegenover anderen wenste hij op dat moment dat hij omringd was door muren.

Harold dronk de thee op, maar kon de scones niet aan. Hij was zo bevangen door apathie dat het leek alsof hij weer op de brouwerij was in de jaren na Queenies vertrek, toen hij een holte was in een pak, die soms woorden uitte en hoorde, die elke dag in een auto stapte en weer thuiskwam, maar niet langer met andere mensen verbonden was. De manager die Napier opvolgde, stelde voor dat Harold, nu zijn pensionering nabij was, een stapje terug zou doen. Archiefwerk, stelde hij voor. Zo nu en dan wat advies geven. Harold kreeg een speciaal bureau met een computer en zijn naam op een speldje, maar niemand had hem ooit om advies gevraagd. Hij legde een servet over zijn bord en zijn blik kruiste die van de man met het scherp gesneden gezicht.

'Te warm om te eten,' zei de man.

Harold beaamde het en had er meteen spijt van. De man met het scherp gesneden gezicht leek zich nu verplicht te voelen er een gesprek aan vast te knopen.

'Bath lijkt me een aardige stad,' zei hij. Hij klapte zijn boek dicht. 'Bent u hier op vakantie?'

Harold vertelde met tegenzin zijn verhaal, maar hield het kort. Zo verzweeg hij het detail over het meisje van het pompstation en dat zij haar tante had gered. In plaats daarvan voegde hij eraan toe dat zijn zoon na zijn studie in Cambridge een wandeltocht naar het Lake District had gemaakt, al wist Harold niet hoe ver hij nou echt was gekomen. Eenmaal thuis had David wekenlang geen vin verroerd.

'Wandelt uw zoon met u mee?' vroeg de man.

Harold zei van niet. Hij vroeg de Amerikaan wat hij voor de kost deed.

'Ik ben internist.'

'Ik heb een vrouw uit Slowakije ontmoet die arts is. Ze kan hier alleen schoonmaakwerk krijgen. Wat voor soort internist bent u?'

'Oncoloog.'

Harold voelde zijn bloed sneller stromen, alsof hij het onbedoeld op een holletje had gezet. 'Goh,' zei hij. Het was duidelijk dat geen van beide mannen wist wat hij verder moest zeggen. 'Dat is me wat.'

De oncoloog haalde zijn schouders op en glimlachte berouwvol, alsof hij liever iets anders was geweest. Harold keek of hij de serveerster zag, maar ze was bezig water te halen voor een andere klant. Hij was duizelig van de warmte en depte zijn voorhoofd.

De oncoloog vroeg: 'Weet u wat voor kanker uw vriendin heeft?'

'Niet echt. In haar brief schrijft ze dat ze niets meer kunnen doen. Meer zegt ze niet.' Als hij bij de oncoloog onder het mes had gelegen, had hij zich niet naakter kunnen voelen. Hij trok zijn stropdas losser en deed de bovenste knoop van zijn kraag open. Hij wou dat de serveerster opschoot.

'Longkanker?'

'Ik weet het echt niet.'

'Mag ik haar brief zien?'

Hij wilde hem niet laten zien, maar de oncoloog hield zijn lege hand op. Harold greep in zijn zak en vond de envelop. Hij drukte de pleister weer aan op het montuur van zijn leesbril, maar zijn gezicht was zo glad van het zweet dat hij de bril vast moest houden. Hij veegde de tafel schoon met zijn mouw, en toen nogmaals met zijn servet, voordat hij het roze velletje openvouwde en gladstreek. De tijd leek stil te staan. Terwijl de oncoloog zijn arm uitstrekte naar de brief en hem voorzichtig naar zich toe schoof, zweefden de vingers van Harolds rechterhand mee boven het papier.

Hij las Queenies woorden tegelijk met de oncoloog. Hij had het gevoel dat hij de brief moest beschermen, en dat dat kon door hem niet uit het oog te verliezen. Zijn blik viel op het postscriptum: *Antwoorden niet nodig*. Het werd gevolgd door een slordige krabbel, alsof iemand die rechtshandig was met links had proberen te schrijven.

De oncoloog ging achteroverzitten op zijn stoel en blies een diepe zucht uit. 'Wat een ontroerende brief.'

Harold knikte. Hij stopte zijn leesbril terug in zijn borstzak. 'En prachtig getypt,' zei hij. 'Queenie was altijd erg netjes. U had haar bureau moeten zien.' Eindelijk glimlachte hij. Het kwam allemaal goed.

De oncoloog zei: 'Maar ja, ik neem aan dat een zorgmedewerker dat voor haar heeft gedaan.'

'Hoe bedoelt u?' Harolds hart was tot stilstand gekomen.

'Ik denk niet dat ze goed genoeg is om in een kantoor te zitten en brieven te typen. Ze zal het iemand van het hospice hebben gevraagd. Wel mooi dat ze het adres nog heeft weten te schrijven. Je ziet dat ze echt haar best heeft gedaan.' De oncoloog schonk hem een glimlach die duidelijk bedoeld was om hem gerust te stellen, maar hij bleef op zijn gezicht hangen, als iets wat hij vergeten was, of zelfs kwijtgeraakt.

Harold pakte de envelop. De waarheid denderde als een tientonner door hem heen, en alles om hem heen viel weg. Hij wist niet meer of hij het bloedheet had of ijskoud. Weer met zijn leesbril friemelend zag hij nu wat hij niet had kunnen plaatsen – wat er aldoor niet had geklopt aan de brief. Hoe kwam het dat het niet eerder tot hem was doorgedrongen? Het was het kinderlijke handschrift op de envelop, met zijn scheve letters en bijna komische onregelmatigheid. Het was hetzelfde als de hanenpoten onder aan de brief die, nu hij er nog eens goed naar keek, een stuntelige poging waren om haar naam te schrijven.

Zo was Queenies handschrift nu. Zo was ze geworden.

Harold deed de brief terug in de envelop, maar zijn vingers trilden zo hevig dat hij het hoekje er niet in kreeg. Hij moest hem er weer uit halen, opnieuw vouwen en hem er daarna nogmaals in schuiven.

Na een lang moment van stilte vroeg de oncoloog: 'Wat weet je precies van kanker, Harold?'

Harold gaapte om de toenemende emotie op zijn gezicht te smoren, terwijl de oncoloog langzaam en op zachte toon vertelde hoe een tumor zich ontwikkelt. Hij raffelde zijn verhaal niet af. Hij vertrok geen spier. Hij legde uit dat er soms cellen zijn die zich ongeremd beginnen te delen, waardoor er een abnormale weefselmassa ontstaat. Er waren meer dan tweehonderd vormen van kanker, zei hij, elk met weer andere oorzaken en symptomen. Hij beschreef het verschil tussen primaire en secundaire tumoren, en hoe de bron van de tumor de aard van de behandeling bepaalde. Hij vertelde dat een nieuwe tumor die zich op een ander orgaan vormt, zich net zo gedraagt als de oorspronkelijke tumor. Zo is borstkanker die in de lever woekert geen leverkanker, maar primaire borstkanker met secundaire borstkanker in de lever. Maar als er eenmaal andere organen bij betrokken zijn, kunnen de symptomen verergeren. En een tumor die is uitgezaaid buiten zijn oorspronkelijke gebied, is lastiger te behandelen. Mocht hij zijn doorgedrongen in haar lymfestelsel, dan had ze hooguit nog een paar maanden te leven, maar met haar lage afweer zou een infectie haar al eerder fataal kunnen worden. 'Zelfs een koutje,' zei hij.

Harold hoorde hem onbeweeglijk aan.

'Ik zeg niet dat kanker niet te genezen is. En als een operatie niet helpt, zijn er nog andere behandelingen mogelijk. Maar als internist zou ik een patiënt nooit vertellen dat er niets meer aan gedaan kan worden, tenzij ik daar honderd procent zeker van was. Harold, je hebt een vrouw en zoon. Je ziet er moe uit, als ik het mag zeggen. Is het echt noodzakelijk dat je die wandeling maakt?'

Harold kon geen woorden vinden en stond op. Hij pakte zijn jack en trok het aan, maar stak telkens mis bij de tweede mouw, en de oncoloog kwam overeind om hem te helpen. 'Veel geluk,' zei hij terwijl hij hem een hand gaf. 'En laat mij de rekening betalen. Dat is het minste wat ik kan doen.'

De rest van de middag bleef Harold doelloos door de straten dwalen. Hij had iemand nodig met wie hij het geloof in zijn wandeling kon delen, zodat hij er zelf ook weer vertrouwen in kreeg, maar hij had amper nog energie om te praten. Hij liet eindelijk zijn schoenen van nieuwe zolen voorzien. Hij kocht een nieuw doosje pleisters, genoeg om Stroud mee te kunnen halen. Hij bestelde ergens een meeneemkoffie en liet de naam Berwick vallen, zonder te vermelden hoe hij daarheen ging of waarom. Maar niemand zei wat hij wilde horen. Niemand zei: Je gaat het halen, en Queenie blijft leven. Niemand zei: Er zullen mensen staan te applaudisseren, Harold, want dit is het beste idee dat we ooit hebben gehoord. Je moet je tocht volbrengen. Absoluut.

Harold probeerde met Maureen te praten, maar wilde haar niet te lang ophouden. Hij had het gevoel dat hij alle normale woorden en alledaagse vragen die horen bij een uitwisseling van gemeenplaatsen was kwijtgeraakt, zodat spreken nog meer pijn veroorzaakte. Hij vertelde dat het uitstekend met hem ging. Hij vond de moed om te laten doorschemeren dat een paar mensen hun twijfels hadden geuit over zijn tocht, in de hoop dat Maureen het weg zou lachen, maar in plaats daarvan zei ze: 'Ja, dat kan.'

'Ik weet niet eens of ze nog...' Weer kon hij de woorden niet vinden.

'Of ze nog wat?'

'Of ze nog wacht.'

'Ik dacht dat je dat wist?'

'Niet echt, nee.'

'Heb je bij nog meer Slowaakse dames gelogeerd?'

'Ik heb een internist ontmoet, en een zeer beroemde acteur.'

'Hemeltje,' zei Maureen lachend. 'Dat moet ik Rex vertellen.'

Een kale, gezette man in een jurk met een vrolijk patroon slofte langs de telefooncel. Voorbijgangers hielden hun pas in, wezen naar hem en lachten. Bij zijn buik stonden de knopen van de jurk op springen, en hij was recentelijk tegen een vuist opgelopen, want zijn oog was blauw en zat dicht. Harold had het liever niet gezien, maar dat had hij wel, en hij wist dat het een poosje onverdraaglijk zou zijn om aan de man te denken, maar dat hij het toch zou doen.

'Weet je zeker dat het goed met je gaat?' vroeg Maureen.

Er volgde weer een stilte. Hij was plotseling bang dat hij zou gaan huilen, en hij zei dus maar dat er iemand voor de telefooncel stond te wachten, en dat hij moest ophangen. Er was een rode kleur zichtbaar aan de westelijke hemel en de zon begon onder te gaan.

'Nou, tot kijk,' zei Maureen.

Hij zat lang op een bankje voor de abdij, terwijl hij probeerde uit te dokteren welke kant hij op moest. Het was alsof Harold zijn jack had uitgetrokken, en zijn overhemd, en daarna verschillende lagen huid en spieren. De gewoonste dingen overweldigden hem. Een winkelbediende begon de gestreepte luifel voor een raam omhoog te draaien, en het geratel sneed door zijn hoofd. Hij keek de lege straat door, waar hij niemand kende, waar hij nergens thuishoorde, toen hij in de verte David aan zag komen.

Harold stond op. Zijn hart klopte zo snel dat hij het in zijn mond voelde. Het kon zijn zoon niet zijn, die kon niet in Bath zijn. En toch, terwijl hij naar de kromme gestalte keek die op hem af beende, trekjes nemend van een sigaret, met de panden van zijn zwarte jas flapperend als vleugels, wist Harold dat het David was en dat ze elkaar zouden ontmoeten. Hij beefde zo dat hij zich moest vasthouden aan het bankje.

Zelfs van deze afstand kon hij zien dat David zijn haar weer had laten groeien. Wat zou Maureen blij zijn. Ze had bittere tranen vergoten op de dag dat hij zijn hoofd kaal had geschoren. Hij liep nog precies hetzelfde: bijna voorovervallend en met lange passen, zijn ogen op de grond gericht, zijn hoofd gebogen, alsof hij niet met andere mensen geconfronteerd wilde worden. Harold riep: 'David! David!' Ze waren nog maar vijftien meter van elkaar verwijderd.

Zijn zoon wankelde alsof hij zijn evenwicht had verloren of ergens over was gestruikeld. Misschien was hij dronken, maar dat deed er niet toe. Harold zou hem op een kop koffie trakteren. Of iets alcoholisch, als hij dat liever had. Ze konden wat gaan eten. Of niet. Ze konden doen wat zijn zoon wilde.

'David!' riep hij. Hij begon langzaam op hem toe te lopen. Rustig, om te laten zien dat hij geen kwaad in de zin had. Nog een paar passen en dan waren ze bij elkaar.

Hij herinnerde zich hoe skeletachtig mager David na het Lake District was geweest; zijn hoofd balanceerde op zijn hals alsof zijn lichaam de rest van de wereld had afgewezen en er alleen nog maar op uit was zichzelf te verteren.

'David!' riep hij weer, iets harder nu, zodat hij zou opkijken.

Zijn zoon ontmoette zijn blik, maar glimlachte niet. Hij keek naar Harold alsof zijn vader er niet was, of deel was van de straat, maar niet iets wat hij herkende. Harolds ingewanden draaiden om. Hij hoopte dat hij niet om zou vallen.

Het was David niet. Het was iemand anders. De zoon van een andere man. Harold had zichzelf een paar korte momenten toegestaan te geloven dat David aan het begin van de straat kon verschijnen terwijl hij aan het einde zat. De jongeman boog scherp naar rechts en wandelde in snel tempo bij hem vandaan, steeds kleiner wordend en steeds minder duidelijk te onderscheiden, tot hij om een hoek verdween. Harold bleef kijken voor het geval de jongeman zich bedacht en toch David bleek te zijn, maar hij kwam niet terug.

Dit was erger dan zijn zoon twintig jaar niet zien: het was alsof hij David, nadat hij teruggekomen was, voor een tweede keer kwijtraakte. Harold ging weer op het bankje voor de abdij zitten. Hij wist dat hij een plek moest gaan zoeken om te slapen, maar was niet bij machte zich te verroeren.

Uiteindelijk belandde hij in de buurt van het station, in een benauwde kamer aan de straatzijde. Hij wrikte het schuifraam open om frisse lucht binnen te laten, maar het verkeer kwam niet tot rust en treinen knarsten en piepten het station in en uit. Achter de muur schreeuwde een buitenlandse stem in een telefoon. Harold lag in een te zacht bed, waar zo veel onbekenden vóór hem in hadden geslapen, luisterend naar de stem die hij niet kon verstaan, en voelde angst. Hij stond op en ijsbeerde door de kamer, waarvan de muren te dichtbij stonden en de lucht te onbeweeglijk was, terwijl de auto's en de treinen af en aan reden naar waar ze ook heen gingen.

Het verleden kon je niet veranderen. Inoperabele kanker kon je niet genezen. Hij zag in gedachten de als vrouw verklede man met zijn dichtgeslagen oog. Hij herinnerde zich hoe David er op de dag van zijn afstuderen had uitgezien, en in de maanden erna, alsof hij slaapwandelde. Het was niet te harden. Het was te zwaar om door te gaan.

Toen de dag aanbrak, had Harold zijn tocht alweer hervat, maar zonder op zijn kompas of in zijn gidsen te kijken. Het kostte hem al zijn fysieke en mentale kracht om de ene voet voor de andere te zetten. Pas toen drie tienermeisjes te paard hem de weg naar Shepton Mallet vroegen, besefte hij dat hij al de hele dag de verkeerde kant op liep.

Hij ging in de berm zitten en keek uit over een veld dat schitterde van de gele bloemen. Hij wist niet meer hoe ze heetten en het was hem te veel moeite zijn plantengids erbij te pakken. Hij kon niet om het feit heen dat hij te veel geld uitgaf. Na drie weken lopen was Kingsbridge nog altijd dichterbij dan Berwick. De eerste zwaluwen scheerden en doken door de lucht, spelend als kinderen.

Harold vroeg zich af of hij ooit nog overeind zou kunnen komen.

17

Maureen en de tuin

'Ja, David,' zei Maureen, 'hij wandelt nog steeds. Hij belt haast elke avond op. En Rex is erg aardig. Op een rare manier ben ik bijna trots. Ik zou het Harold wel willen vertellen, maar ik weet niet hoe.'

Ze lag op het grote bed dat ze eens met Harold had gedeeld en keek naar het blok van helder ochtendlicht dat gevangenzat achter de vitrage. Er was in één week zoveel gebeurd dat ze af en toe het gevoel had in de huid van een andere vrouw te zijn gekropen. 'Hij stuurt ansichtkaarten en zo nu en dan een cadeautje. Pennen schijnen zijn voorkeur te hebben.' Ze zweeg, bang dat ze David had geïrriteerd omdat hij geen antwoord gaf. 'Ik hou van je,' zei ze. Haar woorden stierven weg en nog steeds zei hij niets. 'Ik moet je laten gaan,' zei ze ten slotte.

Niet dat het een verademing was om het af te sluiten, maar voor het eerst had ze zich onbehaaglijk gevoeld tijdens een gesprek met haar zoon. Ze had gedacht dat er een grotere vertrouwelijkheid tussen hen zou ontstaan nu Harold weg was. Maar nu ze uren met hem zou kunnen kletsen als ze wilde, merkte ze dat ze het te druk had. Of ze praatte tegen hem om dan langzaam maar zeker tot het besef te komen dat hij niet luisterde. Ze vond redenen om zijn slaapkamer niet aan kant te maken. Zelfs de gedachte dat ze hem misschien zou zien, liet ze gaandeweg los.

Het tripje naar Slapton Sands was het keerpunt geweest. Die avond had ze de sleutel in het slot van de voordeur gestoken en Rex over het hek heen bedankt, en vervolgens was ze zonder haar schoenen uit te trekken de trap op gelopen en de grote slaapkamer binnen gegaan. Ze had zich met kleren en al op bed laten vallen en haar ogen gesloten. Midden in de nacht had ze met een steek van paniek beseft waar ze was, gevolgd door een gevoel van opluchting. Het was voorbij. Wat er precies voorbij was, kon ze niet zeggen, behalve dat het een onbestemde pijn was die op haar had gedrukt. Ze had het dekbed opengeslagen en zich opgekruld tegen Harolds kussen. Het rook naar Pears-zeep en naar hem. Toen ze 's ochtends wakker werd, voelde ze dezelfde lichtheid als warm water door zich heen gaan.

Daarna had ze haar kleren met armenvol tegelijk naar de grote slaapkamer gedragen en ze aan de stang in de kast gehangen, naast die van Harold. Ze had zichzelf een taak opgelegd: iedere dag zonder hem zou ze zich aan één nieuw ding wagen. Ze nam de ongeopende rekeningen mee naar de keukentafel, samen met het chequeboekje, en begon ze te betalen. Ze belde naar het ziekenfonds om na te gaan of Harolds polis misschien moest worden aangepast. Ze bracht de auto naar de garage en liet de bandenspanning controleren. Ze bond zelfs net zoals vroeger een oud zijden sjaaltje om haar haar. Toen Rex onverwachts bij het tuinhek verscheen, schoot haar hand omhoog om de knoop los te trekken.

'Ik zie er belachelijk uit,' zei ze.

'Helemaal niet, Maureen.'

Hij leek ergens door afgeleid. Ze konden over de tuin staan praten of over hoe ver Harold gekomen was, en dan opeens viel hem een gedachte in en zweeg hij. Als ze vroeg of alles in orde was, knikte hij alleen maar. 'Wacht maar af,' zei hij. 'Ik ben ergens mee bezig.' Ze had het vermoeden dat het met haar te maken had.

Toen ze de week ervoor stof afnam achter de vitrage van het slaapkamerraam, had ze toevallig gezien dat de postbode een kartonnen koker bij Rex aan de deur bezorgde. Een dag later had ze, vanaf hetzelfde uitkijkpunt, Rex het pad op zien sjouwen met een grote hardboard plaat, die hij met een geruite plaid uit de Rover aan het oog probeerde te onttrekken. Maureen was geïntrigeerd. Ze had in de tuin op hem gewacht. Ze nam zelfs een mand droog wasgoed mee naar buiten dat ze weer ophing aan de lijn, maar hij kwam de hele middag zijn huis niet uit.

Ze klopte aan om te vragen of hij genoeg melk had, en door een kier in de deur mompelde hij van ja en dat hij maar eens vroeg onder de wol kroop vanavond. Maar toen ze om elf uur in de achtertuin ging kijken, was het licht bij hem in de keuken nog aan en zag ze hem rondscharrelen.

De volgende dag hoorde ze getik tegen de brievenbus en ze stormde naar de hal. Door het gebobbelde glas van de voordeur zag ze een vreemde rechthoekige vorm, waarop iets dreef wat op een klein hoofd leek. Toen ze opendeed stond daar Rex achter een groot, plat pak, dat was dichtgebonden met touw. 'Mag ik binnenkomen?' vroeg hij. Hij kreeg de woorden nauwelijks uit zijn mond.

Maureen wist niet meer wanneer ze voor het laatst een cadeau had gekregen dat niet voor Kerstmis of haar verjaardag was. Ze had hem meegevoerd naar de huiskamer en gevraagd of hij koffie wilde of thee. Hij zei dat ze voor geen van beide tijd hadden en dat ze haar cadeau moest openmaken. 'Scheur het papier eraf, Maureen,' zei hij.

Ze kon het niet. Het was te spannend. Ze pelde het papier van een hoek van het pak en stuitte op een harde houten lijst, en daarna pelde ze het van de andere kant en stuitte op hetzelfde. Rex zat met zijn handen gevouwen in zijn schoot, en telkens als ze er een nieuwe strook af trok, kwamen zijn voeten van de grond alsof hij over een onzichtbaar touw sprong, en ademde hij scherp in.

'Sneller, sneller,' zei hij.

'Wat is het in godsnaam?'

'Trek hem eruit. Toe dan. Kijk eens goed, Maureen. Ik heb hem speciaal voor jou gemaakt.'

Het was een gigantische kaart van Engeland, vastgeplakt op een prikbord. Aan de achterkant had Rex twee spiegelhaakjes bevestigd, zodat je hem aan de muur kon hangen. Rex wees naar Kingsbridge, en daar zat een punaise met een blauwe draad eromheen die naar Loddiswell liep. Vanuit Loddiswell kroop de blauwe draad naar South Brent, en vandaar naar Buckfast Abbey. Harolds route werd gemarkeerd door een blauwe draad en punaises, en eindigde vooralsnog in Bath. In het noorden van Engeland stond met een groene markeerstift en een zelfgemaakt vlaggetje Berwick-upon-Tweed aangegeven. Er was zelfs een apart doosje met punaises om Harolds ansichtkaarten op te hangen.

'Misschien kun je die op de delen van het land prikken waar hij niet doorheen komt,' zei Rex. 'Zoals Norfolk en South Wales. Dat lijkt me geen probleem.'

Rex had in de keuken schroeven in de muur boven de tafel gedraaid, en daar hingen ze de kaart aan op, zodat Maureen kon zien waar Harold was en de rest van zijn reis kon bijhouden. De kaart hing een beetje scheef doordat hij ruzie had gehad met de boor en de eerste plug was opgeslokt door de muur. Maar als ze met iets gekanteld hoofd naar de kaart keek, viel het nauwelijks op. Bovendien, zei ze tegen Rex, hoefde niet alles perfect te zijn.

Ook dat was een nieuw begin voor Maureen.

Vanaf dat moment hadden ze iedere dag samen een uitstapje gemaakt. Ze vergezelde hem naar het crematorium met rozen voor Elizabeth, en daarna gingen ze theedrinken in Hope Cove. Ze bezochten Salcombe en maakten een boottochtje over het estuarium, en een andere middag reed hij met haar naar Brixham om krab te kopen. Ze wandelden over de kustweg naar Bigbury en aten verse schelpdieren bij de Oyster Shack. Hij zei dat het hem goeddeed om eruit te zijn en dat hij zich hopelijk niet te veel aan haar opdrong, en zij antwoordde dat het ook haar hielp om niet te veel na te denken. Ze zaten voor de duinen bij Bantham toen ze beschreef hoe Harold en zij vijfenveertig jaar eerder als jonggetrouwd stel naar Kingsbridge waren gekomen. Ze hadden zulke grote verwachtingen gehad van de toekomst.

'We kenden niemand, maar dat deed er niet toe. We hadden genoeg aan elkaar. Harold heeft een zware jeugd gehad. Volgens mij hield hij erg veel van zijn moeder. En zijn vader moet na de oorlog een soort zenuwinzinking hebben gehad. Ik wilde alles voor hem zijn wat hij nooit had gekend. Ik wilde hem een thuis geven en een gezin. Ik leerde koken. Ik naaide gordijnen. Ik vond houten kratjes en spijkerde ze aan elkaar om er een salontafel van te maken. Harold legde aan de voorkant van het huis een moestuin voor me aan, waarin ik van alles kweekte. Aardappels, bonen, worteltjes.' Ze lachte. 'We waren zielsgelukkig.' Het was zo fijn om die dingen uit te spreken dat ze graag meer woorden had gehad. 'Zielsgelukkig,' herhaalde ze.

De zee had zich zo ver teruggetrokken dat het zand geglaceerd leek onder de zon. Je kon naar Burgh Island lopen zonder je voeten nat te maken. De mensen hadden veelkleurige windschermen en parasols meegenomen naar het strand. Honden renden achter stokken en ballen aan, kinderen draafden heen en weer met emmertjes en schepjes, en ver weg glinsterde de zee. Maureen bedacht hoe graag David een hond had gewild. Ze tastte naar haar zakdoek en vroeg Rex niet op haar te letten. Misschien kwam het doordat ze na al die jaren weer terug was in Bantham. Ze had Harold zo vaak voor de voeten geworpen dat hij David toen bijna had laten verdrinken.

'Ik zeg zo veel dingen die ik niet meen. Zelfs als ik iets aardigs over Harold denk, is het tegen de tijd dat het mijn mond uit komt op magische wijze in iets onaardigs veranderd. Dan zegt hij iets tegen me en nog voordat hij zijn zin heeft afgemaakt, zeg ik al: "Dat lijkt me niet."'

'Ik werd altijd boos op Elizabeth omdat ze het dopje niet terugdeed op de tandpasta. Nu gooi ik het weg zodra ik een nieuwe tube aanbreek. Ik merk dat ik helemaal geen dopje wil.'

Ze glimlachte. Zijn hand lag dicht bij de hare. Ze tilde haar eigen hand op en streek met haar vingers over haar halswervels, waar de huid nog zacht was. 'Als ik vroeger naar mensen van onze leeftijd keek, dacht ik dat ik wist wat het leven me zou brengen. Het is nooit in me opgekomen dat ik op mijn drieënzestigste zo in de ellende zou zitten.'

Er was zoveel dat Maureen graag anders had gedaan. Ze lag op bed in het ochtendlicht en rekte zich gapend uit. Ze voelde de omvang van het matras met haar handen en voeten, tot in de verre koude hoeken. Toen bewoog ze haar vingers naar haar lichaam. Ze raakte haar wangen aan. Haar keel. Volgde de contouren van haar borsten. Ze stelde zich Harolds handen om haar middel voor, zijn mond op de hare. Haar huid was slap en haar vingertoppen waren niet meer zo gevoelig als van die van een jonge vrouw, maar evenzogoed sloeg haar hart wild en suisde haar bloed. Buiten hoorde ze met een klik Rex' voordeur dichtgaan. Ze schoot overeind. Even later hoorde ze hem zijn auto starten en wegrijden. Ze rolde zich weer op onder het dekbed en trok het dicht tegen zich aan, als een lichaam.

Door een kier in de deur van de garderobekast zag ze een van Harolds overhemden, en ze voelde een steek van de oude pijn. Ze wierp het dekbed van zich af en zocht iets wat haar af kon leiden. Toen ze langs de garderobekast liep, diende het volmaakte klusje zich aan.

Maureen hanteerde al vele jaren het van haar moeder afgekeken systeem om de kleren te rangschikken volgens de seizoenen.

Winterspullen werden aan het ene eind van de stang gehangen, samen met dikke truien, en zomerkleding aan het andere eind, naast lichte jasjes en vestjes. In haar haast om haar eigen kleren over te brengen naar de kast had ze blijkbaar over het hoofd gezien dat Harold zijn kleren compleet door elkaar had hangen, zonder rekening te houden met de tijd van het jaar of de dikte van de stof. Ze zou alles stuk voor stuk bekijken, weggooien wat hij niet meer nodig had en de rest netjes ordenen.

Er waren zijn werkpakken, die slijtage vertoonden bij de revers. Ze haalde ze uit de kast en legde ze op het bed. Er waren een aantal wollen vesten, allemaal dun bij de ellebogen. Die zou ze verstellen. Terwijl ze een serie overhemden naliep, witte en geruite, kwam ze het tweedjasje tegen dat Harold speciaal had gekocht voor de dag van Davids afstuderen. Ze voelde een gehamer tegen haar borst, alsof er iets in haar gevangenzat wat eruit wilde. Ze had het jasje in geen jaren meer gezien.

Maureen haalde het voorzichtig van de hanger en hield het hoog voor zich op, op Harolds lengte. Twintig jaar vielen weg en ze zag hen weer met z'n tweeën voor King's College Chapel in Cambridge staan wachten, ongemakkelijk in hun nieuwe kledij, precies op de plek waar David had gezegd dat ze moesten wachten. Ze zag zichzelf in een satijnen jurk met schoudervulling die, nu ze er nog eens over nadacht, de kleur van gekookte schaaldieren had en waarschijnlijk goed paste bij haar wangen. Harold stond met opgetrokken schouders, waardoor zijn armen stijf afhingen, alsof de mouwen van zijn jasje van hout waren.

Het was zijn schuld, had ze indertijd geklaagd, hij had de afspraken moeten verifiëren. Het kwam door de zenuwen dat ze zo uitviel. Ze hadden meer dan twee uur staan wachten, maar het bleek toch ergens anders te zijn. Ze hadden de hele afstudeerplechtigheid gemist. En hoewel David zich verontschuldigde toen ze hem per toeval tegenkwamen op het moment dat hij een pub verliet (je kon hem die pub niet kwalijk nemen, hij had tenslotte iets te vieren), kwam hij ook niet opdagen voor het vaartochtje met de punter dat hij hun had beloofd. Het echtpaar had de lange rit terug naar Kingsbridge in stilte afgelegd.

'Hij zei dat hij op wandelvakantie gaat,' zei ze uiteindelijk.

'Mooi.'

'Om de tijd te overbruggen. Tot hij een baan vindt.'

'Mooi,' zei hij weer.

Tranen van frustratie waren als een dik brok in haar keel blijven steken. 'Hij heeft tenminste gestudeerd,' viel ze uit. 'Hij kan tenminste iets van zijn leven maken.'

Twee weken later kwam David onverwachts thuis. Hij vertelde niet waarom hij zo vroeg terug was, maar had een bruine weekendtas bij zich die tegen de trapleuning bonkte, en hij nam zijn moeder vaak apart en vroeg dan om geld. 'De universiteit heeft veel van zijn krachten gevergd,' zei ze om goed te praten dat hij zijn bed niet uit kwam. Of ze zei: 'Hij moet alleen maar de juiste baan vinden.' Hij liet sollicitatiegesprekken lopen, of hij ging er wel naartoe, maar vergat zich ervoor te wassen en zijn haar te kammen. 'David is te slim,' zei ze. Harold knikte dan op die meegaande manier van hem en dan kon ze wel gillen, omdat hij haar nog leek te geloven ook. Feit was dat hun zoon het grootste deel van de tijd amper recht op zijn benen kon staan. Er waren momenten waarop ze naar hem keek en zich afvroeg of hij wel echt was afgestudeerd. Ze had David de laatste jaren op zo veel tegenstrijdigheden betrapt dat zelfs de dingen die ze dacht te weten begonnen te wankelen. En daarna voelde ze zich schuldig, omdat ze twijfelde aan haar zoon, en dat reageerde ze af op Harold. David heeft tenminste vooruitzichten, zei ze dan. Hij heeft tenminste zijn haar nog. Alles om Harold uit zijn evenwicht te brengen. Er begon geld uit haar portemonnee te verdwijnen. Eerst munten. Later briefjes. Ze deed alsof het niet zo was.

Door de jaren heen had ze David vaak gevraagd of ze meer had kunnen doen, en dan had hij haar gerustgesteld. Zij was het toch geweest die geschikte vacatures had omcirkeld in de banenbijlage van de krant. Zij had de afspraak met de dokter gemaakt en hem erheen gereden. Maureen herinnerde zich hoe hij in de wachtkamer het recept in haar schoot geworpen had, alsof het niets met hem te maken had. Hij had prothiaden voorgeschreven gekregen tegen zijn depressie en diazepam om de angst te dempen en temazepam voor als hij 's nachts nog altijd niet kon slapen.

'Dat is heel wat,' had ze gezegd terwijl ze overeind kwam. 'Wat zei de dokter? Wat denkt hij?'

Hij had zijn schouders opgehaald en weer een sigaret opgestoken.

Maar het was daarna wel beter met hem gegaan. Ze luisterde 's avonds laat of ze iets hoorde, maar hij leek te slapen. Hij stond niet meer om vier uur 's nachts op om te ontbijten. Hij maakte geen nachtelijke wandelingen meer in zijn kamerjas, en vulde het huis niet meer met de weeïg zoete geur van zijn sjekkies. David wist zeker dat hij werk zou vinden.

Ze zag hem weer voor zich op de dag dat hij besloten had te solliciteren bij het leger en zich kaal had geschoren. De krullen van zijn lange haar lagen door de hele badkamer. Er zaten wondjes op de huid waar zijn hand had getrild en het scheermes was uitgeschoten. Ze had het wel kunnen uitschreeuwen, zo wreed was dat arme hoofd toegetakeld, dat arme hoofd waar ze innig veel van hield.

Maureen liet zich op het bed zakken en legde haar gezicht in haar handen. Wat hadden ze meer kunnen doen?

'O Harold.' Ze betastte het ruwe tweed van zijn Engelse-herenjasje.

Ineens voelde ze de drang om eens iets heel anders te doen. Het was als een schok van energie die haar trof en haar overeind dwong. Ze haalde de garnaalroze jurk voor Davids afstuderen uit de kast en hing hem halverwege de stang. Toen pakte ze Harolds tweedjasje en hing het aan een knaapje naast de jurk. Ze zagen er eenzaam uit, en te ver uit elkaar. Ze greep zijn mouw en legde die over de roze schouder.

Daarna koppelde ze elk kledingstuk van haar aan een van de zijne. Ze stopte de manchet van haar blouse in de zak van zijn blauwe pak. De zoom van een rok sloeg ze om een broekspijp. Een andere jurk verpakte ze in de omhelzing van zijn blauwe vest. Het leek alsof er een hele menigte onzichtbare Maureens en Harolds in haar garderobekast huisde, klaar om naar buiten te stappen. Ze moest erom glimlachen en toen moest ze erom huilen, maar ze liet het zoals het was.

Ze werd onderbroken door het geluid van Rex' auto die voor de stoep tot stilstand kwam. Kort daarna werd ze zich bewust van een schrapend geluid in haar voortuin. Toen ze de vitrage optilde, zag ze dat hij met paaltjes en touw rechthoeken had afgezet op de grasmat, die hij met zijn schep aan het omspitten was.

Hij zwaaide naar haar. 'Met een beetje geluk kunnen we dit jaar misschien nog pronkbonen oogsten.'

In een oud overhemd van Harold plantte Maureen twintig kleine zaailingen en bond ze op aan bamboestokken zonder de zachte groene stengels te beschadigen. Ze drukte de aarde rond de wortels aan en gaf ze water. Eerst maakte ze zich ongerust dat ze zouden worden aangepikt door zeemeeuwen of geveld door een late nachtvorst. Maar al na enkele dagen van voortdurend opletten ebden haar zorgen weg. Met de tijd werden de stengels van de plantjes dikker en groeiden er nieuwe blaadjes aan. Ze plantte rijen sla, rode bieten en worteltjes. Ze verwijderde het steenpuin waarmee de siervijver was gedempt.

Het was heerlijk om de aarde onder haar nagels te voelen en weer iets tot wasdom te brengen.

18

Harold en het besluit

'Goedemiddag. Ik bel over een patiënte die Queenie Hennessy heet. Ze heeft me ruim vier weken geleden een brief gestuurd.'

Op de zesentwintigste dag, en bijna tien kilometer ten zuiden van Stroud, besloot Harold ermee op te houden. Hij was de acht verkeerd gelopen kilometers teruggewandeld naar Bath en van daaruit had hij vier dagen lang de A46 gevolgd, maar zijn fout verontrustte hem diep en het lopen viel hem zwaar. Heggen maakten plaats voor greppels, en voor stapelmuurtjes. Het landschap opende zich en strekte zich uit naar links en naar rechts. Kolossale elektriciteitsmasten marcheerden door tot aan de einder. Hij nam het allemaal waar, maar het waarom ervan interesseerde hem niet. Hoe hij het ook bekeek, de weg was iets wat nooit ophield en nooit zijn belofte waarmaakte. Het kostte hem al zijn wilskracht om door te blijven gaan terwijl hij in zijn hart wist dat hij het niet zou halen.

Waarom had hij zo veel tijd verspild aan naar de hemel en de heuvels te kijken, en te praten met de mensen, en over het leven te denken, en zich dingen te herinneren, als hij gewoon in een auto had kunnen zitten? Natuurlijk redde hij het niet op bootschoenen. Natuurlijk zou Queenie niet blijven leven, alleen maar omdat hij dat had gezegd. Iedere dag hing de hemel laag en wit boven het land, beschenen door een zilveren bundel zonlicht. Hij boog zijn hoofd, zodat hij niet de vogels door de lucht zag dartelen en het verkeer niet voorbij zag jakkeren. Op een afgelegen berg had hij zich niet eenzamer en meer verlaten kunnen voelen.

Bij het nemen van zijn besluit dacht hij niet alleen aan zichzelf. Hij dacht ook aan Maureen. Hij begon haar steeds meer te missen. Hij wist dat hij haar liefde kwijt was, maar het was verkeerd om de deur uit te lopen en haar met de brokken te laten zitten. Hij had haar al genoeg verdriet gedaan. En hij dacht aan David. In de dagen na Bath had Harold zich pijnlijk ver van hem verwijderd gevoeld. Hij miste hen allebei.

Als laatste was er het geld. De hotelletjes waren goedkoop geweest, maar hij kon zich toch niet veroorloven zoveel te blijven uitgeven. Hij had bij een bank het bedrag op zijn rekening gecontroleerd en was behoorlijk geschrokken. Als Queenie nog leefde, en als ze zijn bezoek op prijs stelde, zou hij de trein nemen. Dan kon hij tegen de avond in Berwick zijn.

De vrouw aan de andere kant van de lijn vroeg: 'Hebt u al eens eerder gebeld?' Hij vroeg zich af of zij de verpleegster was die hij de eerste keer had gevraagd zijn boodschap door te geven. Deze stem klonk Schots, dacht hij, of was het Iers? Hij was te moe om het te bedenken.

'Mag ik Queenie spreken?'

'Het spijt me zeer, maar dat zal helaas niet gaan.'

Het was alsof hij tegen een muur liep die hij niet had gezien. 'Is ze...' Zijn borst schrijnde. 'Is ze...' Hij kon het woord niet uitspreken.

'Bent u die meneer van de wandeling?'

Harold slikte iets scherps door. Hij antwoordde dat hij dat inderdaad was. Hij verontschuldigde zich.

'Meneer Fry, Queenie heeft geen familie. Geen vrienden. Als mensen niemand hebben om voor te blijven, gaan ze meestal snel. We hoopten al dat u zou bellen.'

'Oké.' Hij kon nauwelijks praten. Hij kon alleen maar luisteren. Zelfs zijn bloed was stilgevallen en koud.

'Na uw telefoontje zagen we allemaal de verandering bij Queenie. Het was erg opvallend.'

Hij zag een lichaam op een brancard, stijf van de afwezigheid van leven. Hij voelde wat het betekende om te laat te zijn. Hij kon niets meer doen. Hij fluisterde hees: 'Ja.' En toen, omdat ze bleef zwijgen: 'Ja, natuurlijk.' Hij legde zijn voorhoofd tegen het glas van de telefooncel, en daarna zijn handpalm, en sloot zijn ogen. Kon je maar gewoon ophouden met voelen.

De vrouw maakte een hikkend geluid dat op een lach leek, maar dat kon het toch echt niet zijn geweest. 'We hebben nog nooit zoiets meegemaakt. Er zijn dagen dat ze rechtop zit. Ze laat ons al uw ansichtkaarten zien.'

Harold schudde niet-begrijpend zijn hoofd. 'Wat zegt u?'

'Ze wacht, meneer Fry. Zoals u hebt gezegd.'

Er ontsnapte een vreugdekreet uit zijn mond, die hem zelf verraste. 'Leeft ze nog? Wordt ze beter?' Hij lachte zonder dat het zijn bedoeling was, maar de lach zwol aan en kwam in golven naar buiten terwijl de tranen over zijn wangen stroomden. 'Wacht ze op me?' Hij wierp de deur van de telefooncel open en stompte met zijn vuist in de lucht.

'Toen u belde om te vertellen over uw wandeling, was ik bang dat u de ernst van de situatie niet inzag. Maar ik had ongelijk, dat blijkt nu wel. Het is een nogal ongebruikelijke methode van genezen. Ik weet niet hoe u erop gekomen bent. Maar misschien heeft de wereld dit wel nodig. Wat minder gezond verstand en wat meer geloof.'

'Ja. Ja.' Hij lachte nog steeds. Hij kon er niet mee ophouden.

'Mag ik u vragen hoe de reis verloopt?'

'Goed. Heel goed. Gisteren, of misschien eergisteren, heb ik in Old Sodbury overnacht. Ik ben ook door Dunkirk gekomen. Ik geloof dat ik nu in Nailsworth ben.' Zelfs dat was grappig. Ook de stem grinnikte.

'Een mens vraagt zich af waar al die namen vandaan komen. Wanneer kunnen we u verwachten?'

'Even denken.' Harold snoot zijn neus en veegde de laatste tranen weg. Hij keek op zijn horloge, terwijl hij zich afvroeg hoe snel hij een trein zou kunnen nemen en hoe vaak hij zou moeten overstappen. Toen stelde hij zich wederom de ruimte tussen hem en Queenie voor: de heuvels, de wegen, de mensen, de lucht. Hij zag alles zoals hij het die eerste middag had gezien, maar nu was er een verschil: hij plaatste er het beeld van zichzelf tussen. Hij was een beetje geschonden, een beetje moe, en van de wereld afgekeerd, maar hij zou Queenie niet in de steek laten. 'Over een week of drie. Misschien iets meer, maar misschien ook minder.'

'Wat goed.' De stem lachte. 'Ik zal het aan haar doorgeven.'

'En zeg maar dat ze niet mag opgeven. Zeg maar dat ik blijf wandelen.' Hij lachte weer, omdat zij dat deed.

'Dat zal ik ook doorgeven.'

'Ook als ze bang is, moet ze wachten. Ze moet blijven leven.'

'Ik denk dat ze dat gaat doen. God zegene u, meneer Fry.'

Harold wandelde de rest van de middag en tot ver in de schemering. De diepe twijfel die hij had gevoeld voordat hij Queenie belde, was verdwenen. Hij was aan een groot gevaar ontkomen. Wonderen bestonden wel degelijk. Als hij in de trein of in een auto was gestapt, zou hij nu onderweg zijn met het idee dat het goed was wat hij deed, terwijl het de hele tijd verkeerd was. Hij had het bijna opgegeven, maar toen was er iets anders gebeurd en nu ging hij door. Hij zou niet nog eens proberen het op te geven.

De weg voerde hem van Nailsworth, langs de oude fabrieksgebouwen, de buitenwijken van Stroud in. Op de afdaling naar het centrum passeerde Harold een rij huizen van rode baksteen. Een van de huizen ging schuil achter een steiger en ladders en op de parkeerplaats ervoor stond een container met bouwpuin. Harolds blik viel op iets in de container. Hij trok wat stukken triplex weg en vond een slaapzak. Hij klopte de slaapzak uit om het bouwstof eraf te slaan, en hoewel hij gescheurd was en de vulling als een donzige witte tong naar buiten puilde, was de schade beperkt gebleven tot de buitenlaag, en de rits was nog heel. Harold rolde de slaapzak op tot een bundeltje en liep naar de voordeur. Beneden waren de lichten al aan. Nadat de heer des huizes Harolds verhaal had aangehoord, riep hij zijn echtgenote erbij en boden ze hem ook nog een vouwstoeltje, een automatische theezetter en een yogamatje aan. Harold verzekerde hun dat de slaapzak meer dan genoeg was.

De echtgenote zei: 'Ik hoop wel dat u voorzichtig bent. Vorige week is het benzinestation hier in de buurt nog overvallen door vier gewapende mannen.'

Harold beloofde dat hij goed op zou letten, ook al was hij gaan geloven in de fundamentele goedheid van de mens. De schemering verdiepte zich en daalde als een bontcape neer op de contouren van daken en bomen.

Hij keek naar de vierkanten met witgeel licht in de woningen, waar de mensen hun dagelijkse leventje leidden. Hij dacht eraan hoe ze in bed zouden stappen en zouden proberen door hun dromen heen te slapen. Weer trof het hem hoeveel het hem deed, en hoe blij hij was dat iedereen veilig en warm in zijn huis zat, terwijl hij vrij was om door te gaan met wandelen. Tenslotte was het altijd zo geweest: hij had altijd overal een beetje buiten gestaan. De maan kwam in zicht, vol en hoog, als een zilveren munt die oprees uit het water.

Hij probeerde de deur van een schuurtje te openen, maar er zat een hangslot op. Hij liep rond op een sportveld, maar kon nergens een beschut plekje vinden, en daarna bekeek hij een pand in aanbouw, waarvan de raamgaten waren afgeschermd met plastic. Hij wilde nergens binnengaan waar hij niet welkom was. Wolkenflarden glansden aan de hemel als een zwart met zilveren makreel. De weg en de daken baadden in het delicaatste blauw.

Hij volgde een steile heuvel en kwam uit op een modderpad, dat eindigde bij een loods. Er waren geen honden of auto's. Het dak was van golfplaat, evenals drie van de zijden, maar de vierde was afgesloten met zeildoek waar de maan op scheen. Hij tilde een hoek aan de onderkant op en bukte om naar binnen te gaan. De lucht rook zoet en droog en er hing een gewatteerde stilte.

Er stonden stapels hooibalen opgetast, sommige laag en andere tot aan de dakspanten. Hij klom omhoog; het was gemakkelijker om in het halfduister houvast te vinden dan hij had gedacht. Het hooi kraakte onder zijn bootschoenen en voelde zacht onder zijn handen. Toen hij boven was, rolde hij zijn slaapzak uit en knielde neer om de zijkant open te ritsen. Hij lag doodstil in de slaapzak, maar maakte zich zorgen dat zijn hoofd en neus in de nacht te koud zouden worden. Hij rommelde in de rugzak tot hij de wollen stof van Queenies gebreide baret voelde. Ze vond het vast niet erg als hij die leende. Aan de overkant van het dal trilden de lichtjes van de huizen.

Harolds geest werd kristalhelder en zijn lichaam loste op. Regen begon op het dak en tegen het zeildoek te tikken. Het was een zacht geluid, vol geduld, als de stem van Maureen wanneer ze David vroeger in slaap zong. Toen het geluid ophield miste hij het, alsof het deel was gaan uitmaken van wat hij kende. Hij had het gevoel dat er niets stoffelijks meer tussen hem en de aarde en hemel in stond.

Harold werd in de vroege uren voor zonsopgang wakker. Steunend op een elleboog keek hij door de luchtgaten naar buiten, waar de dag tegen de nacht vocht. Het licht sijpelde de horizon binnen, zo flets dat het geen kleur had. Vogels barstten uit in gezang toen de eerste vormen zich in het landschap begonnen af te tekenen en de dag aan zelfvertrouwen won. De hemel ging van grijs naar crème naar perzik naar indigo en ten slotte naar blauw. Een zachte baan van mist kroop door het dal, waardoor de heuvels en huizen uit een wolk leken te verrijzen. De maan was nog maar een nietig ding.

Hij had het gepresteerd. Hij had zijn eerste nacht buiten doorgebracht. Harold voelde eerst een golf van ongeloof, en toen van vreugde. Hij stampte met zijn voeten en blies in zijn vuisten, en wilde dat hij David van dit wapenfeit kon vertellen. De lucht was zo doordrenkt van gekwinkeleer en leven dat het leek alsof hij in de regen stond. Hij rolde zijn slaapzak strak op en ging weer op weg.

Hij wandelde van de ochtend tot de avond. Als hij op een bron stuitte, knielde hij neer en dronk het koude, heldere water met handenvol. Bij een stalletje langs de weg bestelde hij koffie en een kebab. Toen hij de verkoper over zijn tocht vertelde, weigerde de man geld van hem aan te nemen. Zijn moeder was ook voor kanker behandeld en het ging nu weer goed met haar; het was hem een genoegen om Harold op een maaltijd te trakteren. In ruil daarvoor bood Harold hem het flesje bronwater uit Bath aan. Hij kwam door Slad, waar een vrouw met een vriendelijk gezicht uit een bovenraam keek en glimlachte, en vandaar liep hij naar Birdlip. De zon glinsterde door het loof van Cranham Woods en viel in een sidderend web van licht op het tapijt van beukenbladeren. Zijn tweede nacht buiten bracht hij door in een lege houtschuur, en de volgende dag wandelde hij naar Cheltenham, langs de Vale of Gloucester, die als een reusachtige kom links van hem lag.

Aan de horizon verhieven zich de Black Mountains en de Malvern Hills. Hij kon de daken van fabrieken onderscheiden, en de wazige omtrekken van Gloucester Cathedral, en piepkleine vormen die huizen en auto's moesten zijn. Er was daar zo veel, zo veel leven dat zich door de dagen heen sloeg, dat leed en streed, en niet wist dat hij daarboven zat te kijken. Weer had hij de diepe ervaring zich zowel binnen als buiten de wereld te bevinden die hij in de verte zag; dat hij er zowel mee verbonden was als op doortocht was. Harold begon te begrijpen dat hetzelfde gold voor zijn wandeling. Hij was deel van de dingen, en ook niet.

Om te slagen moest hij trouw blijven aan het gevoel dat zijn grootste inspiratie was geweest. Het maakte niet uit dat andere mensen het anders zouden doen, dat was zelfs onvermijdelijk. Hij zou de wegen blijven volgen, omdat hij zich daar, ook als er zo nu en dan een auto te hard voorbijreed, het veiligst voelde. Het maakte niet uit dat hij geen mobiele telefoon bij zich had. Het maakte niet uit dat hij zijn route niet had gepland of geen wegenkaart had. Hij had een andere kaart en dat was de kaart in zijn hoofd, die bestond uit alle mensen en oorden die hij op zijn tocht was gepasseerd. Hij zou ook zijn bootschoenen blijven dragen, omdat ze, hoe versleten ook, van hem waren. Hij begreep dat als je vervreemd raakt van de dingen die je kent, en een voorbijganger bent, vreemde dingen betekenis voor je krijgen. En nu hij dat wist, leek het hem belangrijk om trouw te blijven aan de instincten die hem maakten tot wie hij was: Harold, en niemand anders.

Daar leek weinig tegen in te brengen. Waarom was er dan nog steeds iets wat hem dwarszat? Hij stak zijn handen in zijn zakken en rinkelde met de losse munten.

Hij dacht terug aan de vrouw die hem eten had gegeven, en aan Martina. Uit de goedheid van hun hart hadden ze hem troost en een rustplaats geboden, ook al had hij die aanvankelijk niet durven aannemen. Door ze wel te aanvaarden had hij iets nieuws geleerd: het was even bijzonder om te kunnen ontvangen als het was om te geven, want het vergde moed en nederigheid. Hij dacht aan de rust die hij gevonden had toen hij in zijn slaapzak in een loods lag. Harold liet dit alles door zijn hoofd gaan terwijl onder hem het landschap zich uitstrekte tot waar het met de hemel versmolt. Opeens wist hij het. Hij wist wat hij moest doen om Berwick te bereiken.

In Cheltenham schonk Harold zijn waspoeder aan een student die een wasserette binnen ging. En toen hij een vrouw uit Prestbury passeerde die haar sleutel niet kon vinden in haar tas, bood hij haar zijn opwindzaklamp aan. De volgende dag gaf hij zijn pleisters en antiseptische zalf aan de moeder van een huilend kind met een bloedende knie, en ook nog zijn kam om het kind af te leiden. De gids van Groot-Brittannië overhandigde hij aan een verward Duits echtpaar dat in de buurt van Cleeve Hill de weg kwijt was, en omdat hij de plantengids uit zijn hoofd kende, opperde hij dat ze die misschien ook wel wilden hebben. Hij pakte de cadeautjes voor Queenie opnieuw in: de pot honing, de rozenkwarts, de glinsterende presse-papier, de Romeinse sleutelhanger en de wollen baret. De meest recente souvenirs voor Maureen deed hij in een doos die hij naar het postkantoor bracht. Het kompas en de rugzak hield hij, want die waren niet van hem en mocht hij dus ook niet weggeven.

Hij zou via Winchcombe naar Broadway wandelen; van daaruit naar Mickleton en Clifford Chambers en dan naar Stratford-upon-Avon.

Twee dagen later was Maureen bezig met haar bonenplanten op te binden, toen ze naar het hek werd geroepen om een pakketje in ontvangst te nemen. In de doos trof ze een stel nieuwe cadeautjes aan, evenals Harolds portemonnee, zijn horloge en een ansichtkaart van een wollig Cotswold-schaap.

Hij had geschreven:

> *Lieve Maureen, bijgesloten vind je mijn bankpasje etc. Ik wil niet meer met al die spullen lopen. Ik weet dat ik het kan halen als ik het simpel hou. Ik denk veel aan je. H.*

Ze beklom de helling naar de voordeur zonder te merken dat ze voeten had.

Maureen borg de portemonnee op in de la van zijn nachtkastje, onder de foto's van haar en David. De ansicht prikte ze vast op de kaart van Engeland.

'O Harold,' zei ze zachtjes. En ze vroeg zich af of hij het, ondanks de toenemende afstand tussen hen, op de een of andere manier toch hoorde.

19

Harold en de wandeling

Het was een uitzonderlijk mooie meimaand. Iedere dag straalde de zon aan een weergaloos blauwe hemel zonder het minste wolkje. De tuinen stonden al barstensvol lupinen, rozen, ridderspoor, kamperfoelie en limoenkleurige dotten vrouwenmantel. Insecten tsjirpten, zweefden, gonsden en zoemden. Harold kwam langs velden met boterbloemen, klaprozen, margrieten, klaver, wikke en silene. De heggen geurden zoet naar de buigende bloemtakken van de vlier en waren doorvlochten met wilde clematis, hop en hondsroos. Ook in de volkstuintjes schoot alles omhoog. Harold zag rijen sla, spinazie, snijbieten, rode bieten, vroege nieuwe aardappelen en wigwams van erwten. De eerste kruisbessen hingen als harige groene cocons aan de takken. Tuiniers hadden dozen met overtollige groente aan de weg gezet met een bord erbij: GRATIS MEE TE NEMEN.

Harold wist dat hij zijn pad gevonden had. Hij vertelde het verhaal van Queenie, en van het meisje van het pompstation, en hij vroeg onbekenden of ze misschien wilden helpen. Als tegenprestatie luisterde hij. Soms kreeg hij een sandwich aangeboden, of een flesje water, of een doosje pleisters. Hij nam nooit meer aan dan hij nodig had en weigerde op voorkomende toon liften, of wandelspullen, of extra voedselpakketten om hem gaande te houden. Hij brak een peul van een krullende stengel en at de erwten gulzig op, als snoepjes. De mensen die hij ontmoette, de dorpen en steden waar hij doorheen kwam: het waren allemaal stappen op zijn reis en voor elk ervan bewaarde hij een plekje in zijn hart.

Na de nacht in de loods bleef Harold buiten slapen. Hij koos droge plekken uit en lette er goed op dat hij alles achterliet zoals hij het had aangetroffen. Hij waste zich in openbare toiletten, bij fonteinen en in beekjes. Hij spoelde zijn kleren uit waar niemand hem zag. Hij dacht aan die door hem al half vergeten wereld waar geleefd werd in huizen en straten en auto's, waar de mensen drie keer per dag aten, 's nachts sliepen en elkaar gezelschap hielden. Hij was blij dat ze veilig waren, en hij was ook blij dat hij eindelijk buiten die wereld stond.

Harold volgde A-wegen, B-wegen, lanen en paden. De naald van het kompas wees trillend naar het noorden, en die kant ging hij op. Hij wandelde overdag of 's nachts, afhankelijk van zijn stemming, kilometer na kilometer na kilometer. Als zijn blaren te erg werden, plakte hij ze af met ducktape. Hij sliep als hij er behoefte aan had, en daarna stond hij op en trok hij verder. Hij liep onder de sterren en onder het tere licht van de maan, wanneer die als een oogwimper aan de hemel stond en de boomstammen oplichtten als beenderen. Hij liep door weer en wind en onder zongebleekte luchten. Het leek alsof hij zijn hele leven had gewacht om te gaan wandelen. Hij wist niet meer hoe ver hij gekomen was, alleen dat hij vooruitging. De lichte Cotswold-steen veranderde in de rode baksteen van Warwickshire en de heuvels slonken tot de vlakte van Midden-Engeland. Harold bracht zijn hand naar zijn mond om een vlieg te verjagen en voelde dikke plukken van een baard. Queenie zou blijven leven. Hij wist het.

En toch was het vreemdste van dit alles dat een passerende automobilist zijn blik kon laten glijden over een oude vent in een overhemd met stropdas, en misschien over een paar bootschoenen, en dan alleen maar een man zou zien die wandelde langs de weg. Het was zo grappig en hij was zo gelukkig, zo verbonden met het land onder zijn voeten, dat hij de hele tijd in de lach schoot om de simpelheid van alles.

Vanuit Stratford liep hij naar Warwick. Vlak onder Coventry ontmoette hij een opgewekte jongeman met lichtblauwe ogen en bakkebaarden die tot onder zijn jukbeenderen krulden. Hij stelde zich voor als Mick en trakteerde Harold op een limonade. Hij hief zijn bierglas en proostte op Harolds moed. 'Dus je levert je over aan de genade van vreemden,' constateerde hij.

Harold glimlachte. 'Nee. Ik ben voorzichtig. Ik hang 's avonds laat niet rond in het stadscentrum. Ik zoek de problemen niet op. Maar over het algemeen is het soort mensen dat wil luisteren ook het soort mensen dat wil helpen. Eén of twee keer ben ik bang geweest. Ik dacht dat een man op de A439 me ging beroven, maar hij bleek me te willen omhelzen. Hij had zijn vrouw verloren aan kanker. Ik had hem verkeerd beoordeeld, omdat hij geen voortanden meer had.' Hij zag zijn vingers tegen het limonadeglas en hoe donker ze waren; de nagels waren gebroken en bruin.

'En geloof je echt dat je Berwick gaat halen?'

'Ik haast me niet en ik blijf nergens lang hangen. Als ik de ene voet maar voor de andere blijf zetten, is het niet meer dan logisch dat ik er kom. Volgens mij brengen we veel te veel tijd zittend door.' Hij glimlachte. 'Waarom zouden we anders benen hebben?'

De jongeman likte zijn lippen, alsof hij iets proefde wat hij nog niet in zijn mond had. 'Waar jij mee bezig bent, is een eenentwintigste-eeuwse pelgrimage. Echt te gek. Jij hebt een verhaal dat iedereen wil horen.'

'Als je het niet erg vindt, kan ik dan een zakje salt & vinegarchips van je krijgen?' vroeg Harold. 'Ik heb sinds de lunch niks meer gegeten.'

Voordat ze uit elkaar gingen, vroeg Mick of hij een foto van Harold mocht maken met zijn mobiel. 'Gewoon als aandenken.' Bang dat het flitslicht een groepje darters zou storen vroeg hij: 'Zou het buiten kunnen, zodat je er in je eentje op komt?'

Harold moest van Mick onder een bord gaan staan dat in noordwestelijke richting naar Wolverhampton wees. 'Daar ga ik helemaal niet heen,' zei Harold, maar Mick antwoordde dat zo'n klein detail niet te zien zou zijn: daar was het te donker voor.

'Kijk me aan alsof je uitgeteld bent,' droeg Mick hem op.

Daar had Harold geen moeite mee.

Bedworth, Nuneaton, Twycross, Ashby de la Zouch. Door Warwickshire, het uiterste westen van Leicestershire en Derbyshire in, steeds maar door. Er waren dagen waarop hij meer dan twintig kilometer aflegde, en andere waarop hij in de war raakte van de bebouwde straten en er nog geen tien liep. De lucht ging van blauw naar zwart naar blauw. De zachte heuvels golfden tussen de industriesteden in.

In Ticknall werd hij tot zijn verbazing aangegaapt door twee wandelaars. Ten zuiden van Derby passeerde een taxichauffeur Harold met opgestoken duim, en een straatmuzikant met een paarse narrenmuts onderbrak zijn accordeonspel en grijnsde. In Little Chester gaf een meisje met goudblonde haren hem een pakje vruchtensap en omarmde vol blijdschap zijn knieën. Een dag later, in Ripley, zette een groep Engelse volksdansers de pullen bier neer en juichte.

Alfreton. Clay Cross. Het silhouet van de scheve torenspits van Chesterfield kondigde het begin van het Peak District aan. Tijdens een open koffieochtend in Dronfield deed een man Harold zijn wandelstok van wilgenhout cadeau en gaf hem een kneepje in zijn schouder. Elf kilometer verderop drukte een verkoopster in Sheffield haar mobiel in zijn hand, zodat hij naar huis kon bellen.

Maureen verzekerde hem dat het goed met haar ging, al had ze wel een probleempje gehad met een lekkende douchekop. Daarna vroeg ze of hij de krant had gezien.

'Nee, Maureen. Sinds de dag van mijn vertrek heb ik geen krant meer gezien. Wat staat er dan in?'

Hij wist het niet zeker, maar hij dacht dat hij een snikje hoorde. Toen zei ze: 'Nou, jij staat erin, Harold. Jij en Queenie Hennessy. Je bent groot nieuws.'

20

Maureen en de publiciteitsagente

Nadat er een reportage over Harold in de *Coventry Telegraph* had gestaan, ging er op Fossebridge Road geen ochtend voorbij zonder dat er iets gebeurde. Het verhaal was geplaatst op een dag dat er weinig actueel nieuws was. Het was ter sprake gekomen tijdens een belprogramma op de radio en overgenomen door diverse streekbladen, waaronder de *South Hams Gazette*, die er de eerste drie pagina's aan wijdde. Toen een paar landelijke kranten er aandacht aan besteedden, was het hek van de dam. Harolds wandeling werd het thema van *De gedachte van de dag* op Radio 4, en leidde tot hoofdcommentaren over de aard van de moderne pelgrimage, de essentie van Engeland en de moed van de nieuwe ouderen. Er werd over gepraat in winkels, speeltuinen, parken, pubs, op het werk en op feesten. Het verhaal sprak tot de verbeelding, precies zoals Mick zijn redacteur had beloofd, al ging het, naarmate het zich verder verspreidde, steeds meer een eigen leven leiden. Sommigen wisten te melden dat Harold begin zeventig was, anderen dat hij leerproblemen had. Hij werd gezien in Cornwall en Inverness, en ook in Kingston upon Thames en het Peak District. Er stond een handjevol journalisten paraat op Maureens mozaïektegels, en een ploeg van de lokale televisie was neergestreken achter Rex' ligusterhaag. Als je op Twitter zat, kon je zelfs zijn reis via tweets volgen. Maureen zat niet op Twitter.

Wat haar het meest choqueerde als ze naar zijn foto in de plaatselijke krant keek, was de metamorfose die hij had ondergaan. Het was iets meer dan zes weken geleden dat hij het huis had verlaten om zijn brief te posten, maar hij zag er onvoorstelbaar lang uit, en volledig op zijn gemak. Hij droeg nog steeds zijn waterdichte jack en zijn stropdas, maar zijn haar was een klittenbos op zijn hoofd, aan zijn kin ontsproot een gevlekte baard en zijn huid was zo donker dat ze lang naar de foto moest blijven staren om iets terug te vinden van de man die ze dacht te kennen.

DE ONWAARSCHIJNLIJKE REIS VAN HAROLD FRY, luidde de kop. In het artikel werd beschreven hoe een gepensioneerde man uit Kingsbridge (tevens de woonplaats van Miss South Devon) zich door zonder geld, mobiele telefoon of wegenkaart naar Berwick te wandelen, deed kennen als een held van de eenentwintigste eeuw. Onder het artikel stond een kleinere foto van een paar bootschoenen zoals Harold die droeg, met de tekst: DE VOETEN DIE ACHTHONDERD KILOMETER WILLEN LOPEN. De winkels schenen ze niet aan te kunnen slepen.

De blauwe draad op Rex' kaart kroop vanuit Bath naar het noorden in een lijn die Sheffield raakte. Maureen rekende uit dat Harold, als hij dit tempo aanhield, binnen enkele weken in Berwick kon zijn. En toch, ondanks zijn succes, en ondanks de nieuwe weelde in haar tuin, en haar vriendschap met Rex, om maar te zwijgen van de brieven van steunbetuigers en kankerpatiënten die dagelijks werden bezorgd, waren er momenten waarop Maureen zich een treurende weduwe voelde. Het leek haar uit het niets te bespringen. Soms, als ze een pot thee zette, kon ze het bij de aanblik van haar eenzame kopje wel uitschreeuwen. Ze vertelde het nooit aan Rex, maar in zo'n geval liep ze naar de slaapkamer, trok de gordijnen dicht en ging onder het dekbed liggen jammeren. Het zou zo gemakkelijk zijn om gewoon niet meer op te staan. Om zich niet meer te wassen. Om niet meer te eten. Het alleenzijn vergde zo'n onophoudelijke inspanning.

Op een dag werd ze onverwachts gebeld door een jonge vrouw die haar diensten aanbood als pr-manager. Ze zei dat de mensen haar kant van het verhaal wilden horen.

'Die heb ik niet,' antwoordde Maureen.

'Wat vindt u van wat uw man doet?'

'Het lijkt me erg vermoeiend.'

'Is het waar dat er huwelijksproblemen zijn?'

'Neem me niet kwalijk, maar wie zei u dat u was?'

De jonge vrouw herhaalde dat ze in de public relations werkte. Het was haar taak om een zo sympathiek mogelijk plaatje te presenteren aan het grote publiek, en om haar cliënten te beschermen. Maureen vroeg of ze een momentje had. Er stond een fotograaf op haar bonenplanten en ze moest even tegen het raam tikken.

'Ik kan u op veel manieren helpen,' zei de jonge vrouw. Ze noemde emotionele ondersteuning, gastoptredens in ontbijtprogramma's en uitnodigingen voor feestjes met bekende mensen. 'U hoeft maar te zeggen wat u wilt, dan regel ik het.'

'Dat is heel aardig van je, maar ik ben nooit zo'n feestbeest geweest.' Op sommige dagen wist ze niet wat gekker was: de wereld in haar hoofd of de wereld waarover ze las in de kranten en tijdschriften. Ze bedankte de jonge vrouw voor haar gulle aanbod. 'Maar ik weet niet of ik hulp nodig heb. Tenzij je ook kunt strijken?'

Toen ze het Rex vertelde moest hij lachen. Ze herinnerde zich dat de publiciteitsagente dat niet had gedaan. Ze zaten koffie te drinken bij hem in de woonkamer, omdat Maureen geen melk meer had. Voor de tuin stond een groepje fans te wachten op nieuws over Harold. Ze hadden Dundee-cake en handgebreide sokken voor hem meegebracht, maar, zoals ze al aan diverse fans had uitgelegd, ze had geen adres om iets door te sturen.

'Eén journalist noemde het de volmaakte liefdesidylle,' zei ze zachtjes.

'Harold is niet verliefd op Queenie Hennessy. Daar draait zijn wandeling niet om.'

'De publiciteitsagente vroeg of we problemen hadden.'

'Je moet vertrouwen in hem hebben, Maureen, en ook in je huwelijk. Hij komt terug.'

Maureen bestudeerde de zoom van haar rok. De naad was losgeraakt en een heel stuk hing erbij. 'Maar het is zo moeilijk om erin te blijven geloven, Rex. Het doet pijn. Ik weet niet of hij nog van me houdt. Ik weet niet of hij van Queenie houdt. Soms denk ik dat het makkelijker zou zijn als hij dood was. Dan wist ik tenminste waar ik aan toe was.' Ze keek op naar Rex en verbleekte. 'Wat erg dat ik dat zeg.'

Hij haalde zijn schouders op. 'Het geeft niet.'

'Ik weet hoe verschrikkelijk je Elizabeth mist.'

'Ik mis haar voortdurend. In mijn hoofd weet ik dat ze er niet meer is, maar toch blijf ik om me heen kijken. Het enige verschil is dat ik gewend begin te raken aan de pijn. Het is net zoiets als dat je een groot gat ontdekt in de grond. Eerst vergeet je dat het er is en val je er telkens in. Na een tijdje is het er nog steeds, maar leer je eromheen te lopen.'

Maureen beet op haar lip en knikte. Tenslotte was ook zij in het leven niet gevrijwaard gebleven van leed. Weer verbaasde het haar wat een tumult er blijft heersen in het menselijk hart. In de ogen van een jong iemand die Rex zou passeren op straat, zag hij eruit als een hulpeloze oude man. Niet meer van deze tijd, en uitgeblust. En toch, onder zijn bleke huid, en in zijn gezette lijf, schuilde een hart dat klopte met dezelfde passie als dat van een tiener.

Hij zei: 'Weet je wat ik het ergst vind aan haar dood?'

Ze schudde haar hoofd.

'Dat ik er niet tegen gevochten heb.'

'Maar Elizabeth had een hersentumor, Rex. Hoe had je daartegen kunnen vechten?'

'Toen de artsen ons vertelden dat ze terminaal was, heb ik haar hand vastgehouden en het opgegeven. Wij allebei. Ik weet dat het de afloop niet zou hebben beïnvloed, maar ik wou dat ik haar had laten zien hoe graag ik haar bij me wilde houden. Ik had moeten razen en tieren, Maureen.'

Hij zat boven zijn kopje koffie gebogen alsof hij in gebed verzonken was. Hij keek niet op. Hij herhaalde de woorden met een stille heftigheid die ze niet eerder van hem had meegemaakt. Zijn kopje trilde op het schoteltje. Zijn knokkels waren wit. 'Ik had moeten razen en tieren.'

Het gesprek bleef Maureen bij. Ze verviel weer in somberheid en zat urenlang uit de ramen te staren, verzonken in herinneringen. Ze dacht na over de jonge vrouw die ze was geweest, die zo zeker wist dat ze alles voor Harold kon zijn, en toen dacht ze na over de vrouw die ze geworden was. Niet eens een echtgenote. Ze pakte de twee foto's uit de la van zijn nachtkastje: de foto van haarzelf, lachend in de tuin toen ze net getrouwd waren, en de foto van David op zijn eerste paar schoentjes.

Iets aan de tweede foto joeg een schok door haar heen. Ze keek nog wat beter. Het was de hand. De hand die David vasthield terwijl hij op één been balanceerde. Er liep een koude rilling over haar ruggengraat. Het was niet haar hand. Het was die van Harold.

Zij had de foto genomen. Natuurlijk. Nu herinnerde ze het zich weer. Harold had Davids hand vastgehouden terwijl zij de camera ging halen. Hoe kon het dat ze dat deel van het verleden uit haar hoofd had weggepoetst? Jarenlang had ze Harold verweten dat hij hun zoon nooit had vastgehouden. Dat hij hem niet de liefde had gegeven die een kind nodig heeft.

Maureen liep naar de mooie kamer en pakte de albums waar niemand in keek. De bovenrand was bedekt met een laagje stof, dat ze wegveegde met haar rok. Ze bestudeerde iedere pagina, haar tranen bettend. De foto's waren voornamelijk van haar en David, maar er zaten ook andere tussen. Hij lag als baby bij Harold op schoot, terwijl zijn vader op hem neerkeek met zijn handen omhoog, alsof hij zichzelf verbood zijn kind aan te raken. Er was er ook een van David op de schouders van Harold, die zijn hals strekte om zijn zoontje rechtop te houden. Ze zag de tiener David en Harold naast elkaar over de goudvissenvijver uitkijken, de jongen in het zwart en met lang haar, de vader in een jasje met stropdas. Ze lachte. Ze hadden geprobeerd een band te hebben. Niet op een overduidelijke manier. Niet op een alledaagse manier. Maar Harold had het gewild, en David zo nu en dan ook. Ze zat met het geopende album op haar schoot en staarde naar de vitrage zonder die te zien. Ze zag alleen het verleden.

Ze vond de dag in Bantham terug, toen David de zee in was gezwommen. Ze zag Harold aan zijn veters friemelen en dacht aan de beschuldigingen die ze hem jarenlang naar het hoofd had geslingerd. En toen zag ze het beeld vanuit een nieuwe hoek, alsof ze de camera had gedraaid en op zichzelf had gericht. Haar maag trok samen. Aan de rand van de zee stond een vrouw te schreeuwen en met haar armen te zwaaien, maar ze rende niet het water in. Een moeder die gek was van angst, maar niets deed. Als David was verdronken in Bantham, viel dat net zo goed haar te verwijten.

De volgende dagen waren nog erger. De vloer van de mooie kamer lag bezaaid met fotoalbums, want ze kon het niet opbrengen ze terug te zetten. Ze draaide 's ochtends vroeg een witte was en liet hem de hele dag in de trommel zitten. Ze begon crackers met kaas te eten, omdat het haar te veel moeite was om een pan water op te zetten. Ze ging op in haar herinneringen.

Toen het Harold lukte te bellen, kon ze niet meer doen dan

luisteren. 'Hemeltje,' mompelde ze. En: 'Wie had dat kunnen denken?' Hij vertelde haar van de plekken waar hij de nacht had doorgebracht, van de houtketen, gereedschapshokken, hutten, abri's en hooischuren. De woorden tuimelden met zo'n energie uit zijn mond dat ze zich stokoud voelde.

'Ik zorg dat ik niets overhoophaal. En ik forceer nooit sloten,' zei hij. Hij kende de namen van alle planten langs de kant van de weg, en ook wat voor nut ze hadden. Hij somde er verscheidene op, maar ze kon het niet bijhouden. Nu, zei hij tegen haar, was hij bezig te leren navigeren op de natuur. Hij vertelde over de mensen die hij had ontmoet en hoe ze hem te eten hadden gegeven of zijn schoenen hadden gerepareerd; zelfs drugsverslaafden, alcoholisten en zwervers. 'Geen mens is beangstigend als je eenmaal aandachtig luistert, Maureen.' Hij leek voor iedereen tijd te hebben. Hij verbijsterde haar zo, deze man die in zijn eentje wandelde en vreemden groette, dat zij op haar beurt met enigszins hoge stem iets vertelde over eeltknobbels, en het weer – en dat meteen betreurde. Ze zei niet: 'Harold, ik heb je onrecht gedaan.' Ze zei niet dat ze gelukkig was geweest in Eastbourne of wilde dat ze ja had gezegd tegen een hond. Ze vroeg niet: 'Is het echt te laat?' Maar die dingen speelden onder het luisteren voortdurend door haar hoofd.

Naderhand zat ze in het koude licht van de avondhemel naar haar gevoel oneindig lang te huilen, alsof alleen zij en de eenzame maan het begrepen. Ze had niet eens de behoefte om met David te praten.

Maureen staarde naar de straatlantaarns die de duisternis boven Kingsbridge doorboorden. Er was geen plek voor haar in de veilige, slapende wereld. Ze moest steeds maar aan Rex denken, en hoe hij nog altijd raasde en tierde om Elizabeth.

21

Harold en de volgeling

Er liep iemand achter Harold. Hij voelde het in zijn ruggengraat. Hij verhoogde zijn tempo, maar degene die hem door de harde berm volgde, deed hetzelfde. De persoon was nog niet zo dichtbij dat hij een directe bedreiging vormde, maar hij zou Harold weldra inhalen. Harold speurde de weg voor zich af naar andere mensen, maar hij zag niemand. Hij bleef staan en draaide zich om. Het lint van asfalt strekte zich tussen de gele koolzaadvelden uit tot aan de einder, de hitte boven het wegdek zinderde in de middagzon. Auto's leken uit het niets op te duiken en even snel weer te verdwijnen. Je kon niet eens de inzittenden zien. Maar er liep geen levende ziel. Er was niemand in de harde berm behalve hij.

Maar toen hij verder wandelde, voelde hij in zijn poriën, helemaal langs zijn nek omhoog en tot in zijn kruin, dat er zich wel degelijk iemand achter hem bevond, en dat die persoon hem nog steeds volgde. Hij wilde niet nog eens stilstaan en nadat hij zich ervan had vergewist dat de weg vrij was, haastte hij zich schuin naar de overkant, terwijl hij een blik naar links wierp. Weer zag hij niemand, en toch wist hij een paar minuten later dat degene die hem volgde, ook was overgestoken. Hij liep sneller, zwaar ademhalend en met bonkend hart. Over zijn hele lichaam was hem het zweet uitgebroken.

Een halfuur lang bleef hij regelmatig stilstaan om achter zich te kijken en ook al was de berm altijd leeg, hij wist dat hij niet alleen was. Slechts één keer draaide hij zich om en zag een lage struik trillen, hoewel het windstil was. Voor het eerst in weken had hij er spijt van dat hij geen mobiel bij zich had. Hij gebruikte die avond een onafgesloten gereedschapsschuur als slaapplaats, maar lag heel stil in zijn slaapzak te luisteren of hij de persoon hoorde die, daar twijfelde hij geen seconde aan, buiten wachtte.

De volgende ochtend, even ten noorden van Barnsley, hoorde Harold vanaf de andere kant van de A61 zijn naam roepen. Een schriele jongeman met een reflecterende zonnebril en een honkbalpetje op rende door het verkeer op hem af. Nog nahijgend zei hij dat hij zich bij Harold kwam aansluiten. Hij praatte snel. Zijn jukbeenderen staken scherp uit. Hij heette Lf. Harold fronste zijn wenkbrauwen. 'Ilf,' herhaalde de jongen. En toen: 'Wilf.' Hij zag er ondervoed uit en leek amper ouder dan twintig. Hij droeg sportschoenen met fluorescerende groene veters.

'Ik word pelgrim, meneer Fry. Ik ga mee om Queenie Hennessy te redden.' Hij hield een sporttas omhoog. Hij was overduidelijk nieuw, net als de schoenen. 'Ik heb mijn slaapzak en alles bij me.'

Het was alsof hij met David praatte. Zelfs de handen van de jongen beefden.

Harold kreeg geen tijd om te protesteren, want de jongeman die Wilf heette liep al naast hem mee, zenuwachtig babbelend. Harold probeerde te luisteren, maar iedere keer als hij naar Wilf keek, ontdekte hij weer iets anders dat hem aan zijn zoon deed denken. De afgekloven vingernagels. Zoals hij de woorden bijna onmerkbaar uit zijn mond liet glippen, alsof ze niet echt voor jouw oren bestemd waren. 'Ik zag uw foto in de krant. En toen vroeg ik om een teken. Ik zei: Heer, als U wilt dat ik naar meneer Fry toe ga, laat het me dan zien. En raad eens wat Hij toen deed?'

'Ik heb geen idee.' Een passerend busje minderde vaart. De chauffeur hield een mobiel uit het raam en nam zo te zien een foto van Harold.

'Hij zond me een duif.'

'Een wat?' Het busje reed verder.

'Nou ja, misschien was het een mus. Maar het gaat erom dat het een teken was. De Heer is goed. Vraag naar de weg, meneer Fry, en Hij zal je die wijzen.'

Iets aan de manier waarop de jongen de naam Fry gebruikte, alsof Wilf iets van hem wist of ergens aanspraak op maakte waarvan Harold zelf geen weet had, droeg nog aan zijn verwarring bij. Ze bleven de grasberm volgen, ook als hij versmalde en het lastig werd om nog naast elkaar te blijven wandelen. Wilf, wiens passen korter waren dan die van Harold, liep dan met zijwaartse sprongetjes mee.

'Ik wist niet dat u een hond had.'

'Die heb ik ook niet.'

De jongen trok een gezicht en keek over zijn schouder. 'Van wie is die dan?'

Hij had gelijk. Aan de overkant van de weg stond een hond de lucht te bestuderen, hijgend, met zijn tong naar één kant. Het was een klein dier, met een ruwe borstelige vacht in de kleur van herfstbladeren. Hij moest de hele nacht buiten de gereedschapsschuur op hem hebben gewacht.

'Ik heb niets met die hond te maken,' zei Harold.

Toen hij zijn weg vervolgde, met de jongen huppelend in zijn kielzog, zag hij uit zijn ooghoek dat de hond was overgestoken en ook achter hem aan draafde. Telkens als Harold bleef staan en omkeek, kroop hij met zijn kop omlaag de struiken in, alsof hij er niet was, of iets anders was dan een hond. Misschien een standbeeld van een hond.

'Ga weg,' riep Harold. 'Ga naar huis.'

De hond hield zijn kop scheef, alsof Harold hem iets heel interessants had verteld. Hij trippelde naar Harold toe en legde voorzichtig een steen naast zijn schoen.

'Misschien heeft hij geen huis,' opperde Wilf.

'Natuurlijk heeft hij een huis.'

'Nou, misschien vindt hij het daar dan niks. Misschien wordt hij daar wel geslagen of zo. Dat kan best. Hij heeft geen halsband.' De hond nam de steen weer op en legde hem naast Harolds andere schoen. Hij ging zitten en keek geduldig naar hem op, zonder te knipperen of zijn kop te bewegen. Aan de horizon lag de donkere heide van het Peak District.

'Ik kan niet voor een hond zorgen. Ik heb geen eten. En het zijn drukke wegen naar Berwick. Het is te gevaarlijk. Ga naar huis, hond.'

Ze probeerden hem te misleiden door de steen in een akker te gooien en zich achter een heg te verstoppen, maar de hond haalde de steen op en ging naast de heg zitten, kwispelend met zijn staart. 'Volgens mij vindt hij u aardig, dat is het probleem,' fluisterde Wilf. 'Hij wil ook mee.' Ze kropen uit de heg en liepen verder, terwijl de hond nu openlijk naast Harold drentelde. Het was niet veilig om de A61 te blijven volgen. Harold koos voor een alternatieve route langs de stillere B6132, hoewel ze daar maar langzaam vorderden. Wilf moest voortdurend blijven staan om zijn sportschoenen uit te trekken en ze leeg te schudden. Ze legden niet meer dan anderhalve kilometer af.

De volgende verrassing voor Harold was dat hij werd herkend door een vrouw die in haar voortuin uitgebloeide rozen snoeide. 'U bent toch die pelgrim?' vroeg ze. 'Ik vind het echt fantastisch wat u doet.' Ze opende haar portemonnee en bood hem een briefje van twintig pond aan. Wilf wiste zijn voorhoofd met zijn pet en floot.

'Dat kan ik echt niet aannemen,' zei Harold. Hij voelde de ogen van de jongen gaten branden in zijn zij. 'Maar een paar sandwiches zouden welkom zijn. En misschien wat lucifers en een kaars voor vanavond. Een klontje boter. Die dingen heb ik allemaal niet.' Hij keek naar Wilfs nerveuze gezicht. 'En die kunnen we denk ik goed gebruiken.'

Ze vroeg hem of hij een lichte avondmaaltijd met haar wilde delen, waarbij ze ook Wilf uitnodigde, en stelde de mannen tevens het gebruik van haar badkamer en telefoon ter beschikking.

Hij ging zeven keer over voordat zijn vrouw opnam. Ze klonk gespannen. 'Toch niet weer dat pr-meisje, hè?'

'Nee, Maureen, ik ben het.'

'Het is een gekkenhuis,' vertelde ze hem. 'Soms vragen de mensen of ze even binnen mogen komen. Rex betrapte een jongeman die een stuk vuursteen uit de voorgevel probeerde te bikken.'

Tegen de tijd dat Harold had gedoucht, bleek de gastvrouw een stelletje vrienden te hebben opgetrommeld voor een spontane borrel op het gazon. Ze begroetten hem met geheven glas en toostten op Queenies gezondheid. Hij had nog nooit zo veel getoupeerde blauwgrijze kapsels bij elkaar gezien, of zo veel mosterdgele, goudkleurige en roestbruine corduroybroeken. Onder een tafel, die gedekt was met canapés en koude vleessoorten, lag de hond op iets te kauwen wat hij tussen zijn voorpoten geklemd hield. Zo nu en dan gooide iemand de steen weg, dan ging de hond hem weer halen en wachtte hij tot de steen opnieuw gegooid werd.

De mannen vertelden verhalen over hun eigen avonturen op het water en tijdens de jacht, en Harold luisterde geduldig. Hij keek naar Wilf, die geanimeerd met hun gastvrouw stond te praten. Haar lach had een schelle klank die Harold herkende uit een ander leven. Hij vroeg zich af of iemand het zou merken als hij ertussenuit kneep.

Hij hees net zijn rugzak op zijn schouders, toen Wilf zich van de vrouw losmaakte en naar hem toe kwam. 'Ik had geen idee dat het zo zou zijn,' zei hij. Hij propte met vijf vingers een blini met gerookte zalm in zijn mond, alsof het ding tegenspartelde. 'Waarom gaan we weg?'

'Ik moet weer verder. En zoals nu is het meestal niet. Ik rol 's avonds ergens mijn slaapzaak uit en niemand die me ziet. Ik leef al dagen op broodjes en wat ik onderweg vind. Maar jij mag best hier blijven als je wilt. Je bent vast welkom.'

Wilf staarde Harold aan, maar luisterde niet echt. Hij zei: 'Iedereen vraagt of ik uw zoon ben.' Harold glimlachte, plotseling vertederd. Hij keek weer naar de borrelgasten en had het gevoel dat Wilf en hij op een bepaalde manier verbonden waren, alsof ze, doordat ze beiden buiten dit gezelschap stonden, iets groters deelden dan in werkelijkheid het geval was. Ze zwaaiden ten afscheid.

'Je bent te jong om mijn zoon te zijn,' zei Harold. Hij klopte Wilf op zijn arm. 'We moeten opschieten als we nog een goede slaapplaats willen vinden.'

'Veel succes!' riepen de gasten. 'Queenie blijft leven!'

De hond stond al bij het hek en ze wandelden alle drie met een rustig gangetje over de weg. Hun schaduwen vielen als pilaren op het asfalt en de langzaam donker wordende lucht rook zoet naar de bloesem van de vlier en de liguster. Wilf vertelde Harold over zijn leven van twaalf ambachten en dertien ongelukken. Als de Heer er niet was geweest, had hij nu in de gevangenis gezeten. Soms luisterde Harold en soms zochten zijn ogen de vleermuizen die door de schemering fladderden. Hij vroeg zich af of de jongen hem echt helemaal naar Berwick zou vergezellen, en wat hij met de hond aan moest. Hij vroeg zich af of David zich ooit tot God had gewend. Ver weg spuwden de fabrieken een nieuwe lading wolken de lucht in.

Al na een uur was Wilf duidelijk aan het strompelen. Ze hadden nog geen twee kilometer afgelegd.

'Wil je uitrusten?'

'Het gaat prima, meneer Fry.' Maar hij liep te hinken.

Er zat niets anders op dan eerder te stoppen en Harold zocht een beschutte plek. Hij spreidde zijn slaapzak uit naast een omgewaaide iep en Wilf deed hem na. Uit de dode stam groeiden zadelzwammen met vlekken die op veertjes leken. Harold plukte de paddenstoelen terwijl Wilf mekkerend van de ene voet op de andere sprong en riep dat ze smerig waren. Daarna zocht Harold naar afgevallen bladertakken en zachte moskussentjes, die hij in de aarden holte aan de voet van de boom legde waar de wortels doorheen gescheurd waren. In geen dagen had Harold zijn slaapplaats met zo veel zorg ingericht. Terwijl hij bezig was, werd hij steeds op de voet gevolgd door de hond, die stenen in zijn bek nam en ze aan zijn voeten legde.

'Ik ga ze niet gooien,' waarschuwde hij, maar een of twee keer deed hij het toch.

Harold wees Wilf erop dat hij zijn voeten op blaren moest controleren. Het was belangrijk dat je ze goed behandelde; later zou hij hem voordoen hoe je het vocht liet afvloeien. 'En weet je hoe je een vuur moet aansteken, Wilf?'

'Ben ik achterlijk, meneer Fry? Waar is de benzine?'

Harold legde nogmaals uit dat hij zonder overbodige bagage reisde. Hij stuurde de jongen weg om meer hout te zoeken, terwijl hijzelf de zwammen met zijn vingernagels in ruwe repen trok. Ze waren helaas aan de taaie kant, maar hij hoopte toch dat Wilf ervan onder de indruk zou zijn. Hij bakte ze boven het kampvuur in een oud blik dat hij speciaal voor dat doel in zijn rugzak bewaarde, met de klont boter en in stukken gescheurde blaadjes van look-zonder-look. De lucht rook naar gefruite knoflook.

Hij bood Wilf het blik aan en zei: 'Eet.'

'Waarmee?'

'Met je vingers. Je mag ze straks aan mijn jack afvegen als je wilt. Morgen vinden we misschien wel aardappels.'

Wilf bedankte. Hij had een lachje dat klonk als een gil. 'Hoe weet ik dat het niet giftig is?'

'Ik eet het toch ook. Kijk maar. En dit is het enige wat de pot schaft vanavond.'

Wilf beet een heel klein puntje af en at met gespannen lippen, alsof hij bang was dat hij gestoken zou worden.

'Shit,' piepte hij. 'Shit.' Harold lachte, en de jongen at nog wat.

'Helemaal niet zo vies, hè' zei Harold.

'Het smaakt naar fucking knoflook. En mosterd.'

'Dat zijn de blaadjes. Het meeste voedsel in de natuur smaakt bitter. Daar wen je aan. Als het nergens naar smaakt, heb je geluk. Als het lekker is, is het een traktatie. Misschien vinden we wel rode bessen. Of wilde aardbeitjes. Hele rijpe smaken naar cheesecake.'

Ze zaten met opgetrokken knieën naar de vlammen te kijken. Achter hen verspreidde Sheffield een zwavelachtige gloed aan de horizon en als je goed luisterde, hoorde je altijd wel auto's rijden, maar Harold had het gevoel dat ze ver van de bewoonde wereld waren. Hij vertelde de jongen hoe hij had leren koken boven een kampvuur en dat hij van alles over planten had opgestoken uit een boek dat hij in Exeter had gekocht. Er waren eetbare paddenstoelen en giftige, zei hij, die moest je leren onderscheiden. Als je niet oplette, kon je bijvoorbeeld zomaar de gewone zwavelkop plukken in plaats van de trechteroesterzwam. Af en toe boog Harold zich naar het vuur en blies erop tot de kooltjes oranje opgloeiden. Vlokjes as stegen op in de lucht en fonkelden even voor ze oplosten in het halfdonker. De krekels tsjirpten oorverdovend.

'Bent u nooit bang?' vroeg Wilf.

'Als kind was ik ongewenst. Later ontmoette ik mijn vrouw en kregen we een kind. Ook dat ging mis. Sinds ik alleen nog maar buiten ben, lijkt er minder om bang voor te zijn.' Hij wou dat David hem kon horen.

Naderhand, terwijl Harold met een krantenprop het blik schoonveegde en het weer in zijn rugzak borg, amuseerde de jongen zich door een steen voor de hond in het kreupelhout te gooien. De hond kefte wild en rende de duisternis in, waarna hij met de steen terugkeerde en hem aan Wilfs voeten legde. Harold bedacht hoezeer hij gewend was geraakt aan eenzaamheid en stilte.

Ze lagen in hun slaapzak en Wilf vroeg of hij met hem wilde bidden. Harold antwoordde: 'Ik vind het prima als anderen bidden, maar als je het niet erg vindt doe ik niet mee.'

Wilf verstrengelde zijn vingers en sloot zijn ogen. De huid bij zijn afgebeten nagels zag er pijnlijk uit. Hij boog zijn hoofd, als een kind, en fluisterde woorden die Harold niet per se wilde horen. Harold hoopte dat er buiten hemzelf iemand, of iets, luisterde. De hemel was nog niet helemaal donker toen ze in slaap zakten. De wolken hingen laag en er stond geen zuchtje wind. Hij wist zeker dat het niet zou gaan regenen.

Ondanks zijn gebed werd Wilf midden in de nacht schreeuwend en rillend wakker. Harold sloeg zijn armen om hem heen, maar de jongen baadde in het zweet. Hij was bang dat hij zich toch had vergist met de paddenstoelen, al was dat tot nu toe nooit gebeurd.

'Wat is dat voor geluid?' huiverde Wilf.

'Gewoon vossen. Misschien honden. En ook schapen. Ik hoor duidelijk schapen.'

'We zijn geen schapen tegengekomen.'

'Nee. Maar 's nachts hoor je de dierengeluiden beter dan overdag. Je raakt er snel aan gewend. Maak je geen zorgen. Er overkomt je niets.'

Hij wreef over zijn rug en suste hem in slaap, zoals Maureen altijd bij David deed wanneer hij een angstaanval had na zijn wandeling naar het Lake District. 'Het is goed. Het is goed,' herhaalde hij, precies zoals zij dat zei. Hij wou dat hij een betere plek had gevonden voor Wilfs eerste nacht. Een paar avonden geleden was hij langs een onafgesloten glazen tuinhuisje gekomen, en had hij prinsheerlijk geslapen op een rotanbank. Zelfs onder een brug was het beter geweest dan hier, hoewel je daar weer het gevaar liep dat je werd opgemerkt.

'Het is fucking freaky,' zei Wilf. Zijn tanden klapperden. Harold haalde Queenies baret uit zijn rugzak en zette hem de jongen op.

'Ik had altijd nachtmerries, maar die hielden op toen ik ging wandelen. Zo zal het bij jou ook gaan.'

Voor het eerst in weken kon Harold de rest van de nacht niet meer slapen. Hij zat over de jongen te waken en dacht aan het verleden. Hij vroeg zich af waarom David de keuzes had gemaakt die hij had gemaakt, en of hij als vader vanaf het begin de kiem ervan had moeten zien. Zou het net zo zijn gelopen als David een andere vader had gehad? Het was lang geleden dat zulke vragen hem voor het laatst hadden gekweld. De hond lag naast hem.

Toen de dageraad aanbrak, gloeide de maan geelbleek in het ochtendlicht, capitulerend voor de zon. Ze wandelden door de dauw, de roze pluimen van de zegge en smalle weegbree streken nat en koud tegen hun benen. De druppels hingen als edelstenen aan de stengels, en er zaten donzige wolkjes van spinnenwebben tussen de grasssprieten. De opgaande zon scheen zo laag en fel dat de vormen en kleuren voor hen vervaagden en het leek alsof ze de mist in liepen. Harold liet Wilf het platgetreden spoor zien dat hun voeten in de berm hadden achtergelaten. 'Dat zijn wij,' zei hij.

Het ging nog steeds niet lekker met Wilfs nieuwe sportschoenen en het slaapgebrek vertraagde Harolds tempo. Na twee dagen waren ze pas in Wakefield, maar Harold kon het niet over zijn hart verkrijgen om de jongen achter te laten. De paniekaanvallen, of nachtmerries, hielden aan. Wilf beweerde dat hij in het verleden slechte dingen had gedaan, en dat de Heer hem zou redden.

Harold was daar minder zeker van. De jongen was broodmager en leed aan stemmingswisselingen. De ene minuut holde hij vooruit in een wedstrijdje met de hond wie het eerst de steen te pakken had, en de volgende kon hij amper een woord uitbrengen. Harold leidde Wilf af door hem alles te vertellen wat hij inmiddels had geleerd over bermplanten en over de lucht. Hij beschreef het verschil tussen de laaghangende stratus en de vederwolken die zich hoog aan de hemel als zwerfkeien voortbewogen. Hij liet Wilf zien hoe hij aan de hand van schaduwen en structuren om hem heen kon bepalen in welke richting hij liep. Zo was het duidelijk dat een plant met een dichtere bladgroei aan één kant daar meer zonlicht ontving. Hieruit konden ze afleiden dat die kant naar het zuiden stond, en dan moesten zij in de tegengestelde richting gaan. Wilf leek de informatie gretig op te nemen, hoewel hij soms een vraag stelde waaruit bleek dat hij helemaal niet had opgelet. Ze zaten onder een populier en luisterden naar de bladeren, die ratelden in de wind.

'De esp,' zei Harold. 'Die is makkelijk te herkennen. Hij trilt zo hard dat het van een afstand lijkt alsof hij vol lichtjes zit.'

Hij vertelde Wilf over de mensen die hij in het begin van zijn tocht had ontmoet, en over anderen die pas onlangs zijn pad hadden gekruist. Er was een vrouw die in een huis van stro woonde, en een echtpaar met een geit bij zich in de auto, en een gepensioneerde tandarts die iedere dag tien kilometer verderop vers water uit een natuurlijke bron ging halen. 'Hij heeft me erover verteld. Hij zei dat iedereen moet aannemen wat Moeder Aarde in al haar gulheid schenkt. Het is een gunst, zei hij. Sindsdien drink ik altijd uit een bron als ik er een tegenkom.'

Pas doordat hij dit allemaal verwoordde besefte Harold hoe ver hij gekomen was. Hij schepte er plezier in water voor Wilf te verhitten, steeds met klein beetjes tegelijk in een blikje boven een kaars, en thee te maken van de bloesem die hij van een lindeboom had geplukt. Hij toonde hem dat je margrieten, schijfkamille, vlasleeuwenbek en zoete hopscheuten kon eten. Hij had het gevoel dat hij voor David deed wat hij in het echt niet had gedaan. Er was zoveel dat hij aan Wilf wilde laten zien.

'Dit zijn wikkepeulen. Ze zijn zoet, maar het is niet gezond als je er te veel van neemt. Dat geldt trouwens ook voor wodka.'

Wilf hield de kleine peul vast, nam er een hapje van en spuugde het bijna meteen weer uit. 'Ik heb liever wodka, meneer Fry.'

Harold deed alsof hij het niet had gehoord. Ze hurkten neer op een oever en bespiedden een gans die bezig was een ei te leggen. De jongen danste en brulde toen het tevoorschijn kwam, nat en wit en reusachtig in het gras. 'Fuck, wat ranzig was dat. Het kwam zo uit die kont. Zal ik ergens mee gooien?'

'Naar de gans? Nee. Gooi maar een steen voor de hond.'

'Ik gooi liever iets naar de gans.'

Harold leidde Wilf weg en deed alsof hij ook dat niet had gehoord.

Ze praatten over Queenie Hennessy en haar kleine attenties. Harold vertelde dat ze van achteren naar voren kon zingen en van raadsels hield. 'Volgens mij wist niemand anders die dingen van haar,' zei hij. 'We vertelden elkaar van alles wat we waarschijnlijk aan niemand anders vertelden. Je praat makkelijker als je in een auto zit.' Hij liet de cadeautjes voor Queenie zien die hij in zijn rugzak had. De jongen was vooral onder de indruk van de presse-papier van Exeter Cathedral, die glinsterde als hij hem ondersteboven hield. Soms merkte Harold dat Wilf hem uit zijn rugzak had gehaald en ermee speelde, en dan moest hij hem waarschuwen er voorzichtig mee te doen. Wilf zelf droeg ook souvenirs aan. Een vuursteen, de gevlekte veer van een parelhoen, een steen met een patroon van kringen. Eén keer dook hij op met een vissende tuinkabouter, naar eigen zeggen gevonden in een vuilnisbak. Een andere keer kwam hij aanzetten met drie halve liters melk, die volgens hem gratis werden uitgedeeld. Harold zei dat het beter was om niet te snel te drinken, maar de jongen deed het toch en moest na tien minuten overgeven.

Er waren zo veel geschenken dat Harold ze achterliet als Wilf niet keek, ergens goed verstopt voor de hond, die de neiging had om in ieder geval de kiezelstenen terug te brengen en ze aan Harolds voeten te leggen. Soms als de jongen zich omdraaide en riep dat hij weer iets nieuws had gevonden, sloeg Harolds hart een slag over. Het had zó David kunnen zijn.

22

Harold en de pelgrims

Beste Queenie,
Er doen zich verrassende ontwikkelingen voor. Heel veel mensen willen weten hoe het met je gaat. Hartelijke groeten, Harold.
PS *De postzegel heb ik gekregen van een aardige medewerkster op het postkantoor. Ik moet je ook de groeten doen van haar.*

Op de zevenenveertigste dag van zijn wandeling kreeg Harold gezelschap van een vrouw van middelbare leeftijd, en een vader van twee kinderen. Kate legde uit dat ze onlangs iets heel pijnlijks had meegemaakt, maar dat achter zich wilde laten. Ze was een kleine, in zwarte kleren gehulde vrouw, die met vooruitgestoken en iets opwaarts gerichte kin wandelde, alsof ze onder de rand van een slappe hoed probeerde uit te kijken. Zweet parelde langs haar haargrens en onder haar oksels zaten natte halvemanen.

'Ze is dik,' zei Wilf.

'Dat hoor je niet te zeggen.'

'Toch is ze dik.'

De man stelde zich voor als Rich, van Richard; achternaam Lion. Hij had in de financiële sector gewerkt, maar was halverwege de dertig uit de business gestapt. Sindsdien deed hij 'losse klussen'. Toen hij over Harolds reis las, raakte hij van een hoop vervuld zoals hij die sinds zijn kindertijd niet meer had gekend. Hij had alleen het hoognodige ingepakt en was vertrokken. Hij was een lange man, net als Harold, met een dominante en enigszins nasale stem. Hij droeg professionele wandelschoenen, een camouflagebroek en een safarihoed van kangoeroeleer die hij via internet had gekocht. Hij had een tentje bij zich, een slaapzak en een Zwitsers zakmes voor noodgevallen.

'Om je de waarheid te vertellen,' vertrouwde hij Harold toe, 'heb ik een grote puinhoop van mijn leven gemaakt. Ik ben ontslagen en daarna ben ik soort van ingestort. Mijn vrouw is bij me weggegaan en heeft de kinderen meegenomen.' Hij sloeg met het scherpe blad van zijn mes op de grond. 'Het gaat me om de jongens, Harold. Ik mis ze vreselijk. Ik wil ze laten zien dat ik iets kan. Begrijp je? Ik wil dat ze trots op me zijn. Heb je weleens overwogen om door het veld te gaan?'

Terwijl de nieuwgevormde groep zich in de richting van Leeds begaf, ontstond er discussie over de route. Rich stelde voor de steden te ontwijken en over de heide te gaan. Kate vond dat ze de A61 moesten blijven volgen. Hoe dacht Harold erover, vroegen ze. Harold, die slecht tegen conflicten kon, zei dat het allebei goede ideeën waren en dat het hem niet uitmaakte, zolang ze maar in Berwick aankwamen. Hij was zo lang alleen geweest dat hij het vermoeiend vond om nu voortdurend anderen om zich heen te hebben. Hun vragen en enthousiasme raakten hem én vertraagden zijn tempo. Maar aangezien zij hadden besloten met hem mee te wandelen en Queenies zaak te steunen, voelde hij zich ook verantwoordelijk voor hen, alsof hij hen had meegevraagd en dientengevolge verplicht was al hun tegenstrijdige wensen aan te horen en te zorgen dat hun niets overkwam. Wilf liep naast Harold te pruilen met zijn handen diep in zijn zakken en klaagde dat zijn schoenen te klein waren. Harold had het gevoel dat hij vroeger altijd bij David had: hij wilde dat hij gezelliger kon zijn en was bang dat zijn onzekerheid als arrogantie zou overkomen. Het kostte meer dan een uur om een slaapplaats te vinden die door iedereen comfortabel genoeg werd bevonden.

Binnen twee dagen had Rich een probleem met Kate. Het lag niet echt aan iets wat ze had gezegd, vertelde hij Harold, maar meer aan haar manier van doen. Ze gedroeg zich alsof ze beter was dan hij, alleen omdat zij er een halfuur eerder was. 'En weet je wat?' vroeg Rich. Hij sprak nu met stemverheffing. Harold wist het niet. Hij voelde zich belaagd. 'Ze is met de auto gekomen.' Toen ze Harrogate bereikten, wilde Kate met z'n allen naar de Koninklijke Baden om zich op te frissen. Rich lachte spottend, maar gaf toe dat hij wel een paar extra lemmeten voor zijn mes kon gebruiken. Harold, die aan geen van beide behoefte had, nam plaats op een bankje in het park, waar hij door diverse mensen werd benaderd die hun steun uitspraken voor zijn zaak en vroegen hoe het met Queenie ging. Wilf was verdwenen.

Tegen de tijd dat de groep weer bijeenkwam, zat er een jonge weduwnaar naast Harold die zijn vrouw had verloren aan kanker. De man kondigde aan dat hij tot het reisgezelschap wilde toetreden, en dat hij, om extra publieke steun voor Queenie te genereren, de tocht zou afleggen in een gorillapak. Voordat Harold hem daarvan af kon brengen, kwam Wilf aangelopen, slingerend over de stoep.

'Jezus christus,' zei Rich.

Ze vorderden maar traag. Wilf viel twee keer. Het bleek ook dat de gorillaman alleen maar gevoerd kon worden door een rietje en aan buien van triestheid leed, die werden bespoedigd door warmtestuwing. Ze hadden nog geen kilometer afgelegd toen Harold voorstelde te stoppen voor de dag.

Hij stak het kampvuur aan en bedacht dat het bij hem ook een paar dagen had geduurd voor hij zijn ritme vond. Het zou onaardig zijn om hen in de steek te laten, terwijl zij naar hem toe waren gekomen en zich zo inzetten voor Queenie. Hij vroeg zich zelfs af of haar overlevingskansen niet stegen naarmate er meer mensen waren die in haar geloofden en bleven wandelen.

Vanaf dat moment sloten er zich steeds meer mensen bij hen aan. Ze kwamen voor een of twee dagen. Als de zon scheen, waren ze bijna niet te tellen. Activisten, wandelaars, gezinnen, zwervers, toeristen en muzikanten. Er waren spandoeken en kampvuren, ze voerden debatten, deden warming-ups en maakten muziek. De deelnemers spraken aangrijpend over de dierbaren die ze aan kanker hadden verloren, en ook over gebeurtenissen in hun verleden waar ze spijt van hadden. Hoe groter de aantallen, hoe langzamer ze gingen. Niet alleen moesten ze zich aanpassen aan de minder ervaren wandelaars, ze moesten ze ook te eten geven. Ze aten gepofte aardappelen, knoflook op stokjes, rode bieten in folie. Rich had een boek over leven van de natuur en wilde per se beignets van berenklauw maken. Het aantal kilometers dat per dag werd afgelegd nam verder af. Soms waren het er niet meer dan vijf.

Ondanks de trage voortgang straalde de groep een zelfvertrouwen uit dat nieuw was voor Harold. Ze hielden zichzelf voor dat ze niet langer een verzameling rompen en voeten en hoofden en harten waren, maar één kracht, verenigd door Queenie Hennessy. Het idee van de wandeling was zo lang iets geweest wat alleen hemzelf aanging dat het hem ontroerde als anderen hun geloof erin uitten. Meer nog: hij wist dat het kon werken. Als hij dat al had geweten, dan wist hij het nu zeker. Ze zetten tenten op, rolden slaapzakken uit en sliepen onder de blote hemel. Ze zeiden dat Queenie zou blijven leven. Links van hen welfden de donkere toppen van Keighley Moor.

Maar al binnen enkele dagen begonnen er zich spanningen op te bouwen. Kate had iets tegen Rich. Hij was een egotripper, zei ze. Hij op zijn beurt noemde haar een verbitterde trut. Vervolgens ging een onderwijzeres op een en dezelfde avond met zowel de gorillaman als een bezoekende student naar bed, en dreigden Rich' pogingen om de ontstane vijandigheid te sussen in een knokpartij te eindigen. Wilf trachtte zijn medewandelaars onvermoeibaar te bekeren tot God, of hen tot een gezamenlijk gebed voor Queenie te bewegen, wat tot verdere ergernis leidde. Toen een wandelclub zijn tenten opsloeg voor de nacht ontstonden er nog meer meningsverschillen: sommigen betoogden dat tenten strijdig waren met de ware geest van Harolds tocht, anderen wilden dat ze de wegen meden en de uitdagender Pennine Way volgden. En hoe zit het dan met roadkill? vroeg Rich, waarmee er weer een nieuwe discussie oplaaide. Harold luisterde met groeiend onbehagen. Het maakte hem niet uit hoe de mensen sliepen of welke route ze namen. Het maakte hem niet uit wat ze aten. Hij wilde alleen maar naar Berwick.

Hij was nu verbonden met al die anderen. Ook zij hadden tenslotte hun leed gekend. Wilf had 's nachts nog steeds last van rillingen en Kate zat vaak bij het vuur terwijl de tranen op haar wangen glansden. Zelfs Rich sloeg een zakdoek uit als het over zijn zoontjes ging en deed dan alsof hij hooikoorts had. Hoezeer Harold ook betreurde dat ze besloten hadden met hem mee te wandelen, het lag niet in zijn aard om zijn metgezellen in de steek te laten. Soms zonderde hij zich af en waste zich met water, of ademde diep in. Hij herinnerde zichzelf eraan dat zijn wandeling geen regels kende. Hij had een paar keer gedacht dat hij het begreep, om er vervolgens achter te komen dat hij het helemaal niet begrepen had. Misschien zat het ook zo met de pelgrims. Misschien waren zij het volgende onderdeel van de tocht. Er waren momenten dat niet-weten de hoogste waarheid was, zo zag hij in, en daar moest je je bij neerleggen.

Het nieuws over de pelgrimage zong steeds harder rond, als had het een eigen dynamiek gekregen. Het hoefde maar even bekend te worden dat ze eraan kwamen of iedereen met een fornuis begon al te bakken. Kate werd bijna aangereden door een vrouw in een Land Rover die erop gebrand was een dienblad met plakken geitenkaas bij de groep af te leveren. 's Avonds bij het kampvuur vroeg Rich of Harold elke maaltijd wilde beginnen met een kort woord over wat het betekende een pelgrim te zijn. Toen Harold weigerde, bood Rich aan in zijn plaats te spreken. En was er iemand die zin had om te notuleren? De gorillaman offerde zich op, al bleek het lastig te schrijven met een harige handschoen en moest hij Rich voortdurend vragen even te wachten.

De pers bleef ook artikelen publiceren waarin Harolds goedheid werd geëtaleerd. Harold zelf had geen tijd om de krant te lezen, maar Rich scheen beter op de hoogte te zijn. Een spiritualist in Clitheroe beweerde dat de pelgrim een gouden aura had. Een jongeman die op het punt had gestaan van de Clifton Suspension Bridge te springen, beschreef op ontroerende wijze hoe Harold op hem in had gepraat om hem tegen te houden.

'Maar ik ben helemaal niet in Bristol geweest,' zei Harold. 'Ik ben in Bath geweest, en van daaruit naar Stroud gegaan. Dat herinner ik me nog heel goed, want dat was het moment dat ik het bijna had opgegeven. Ik heb nooit iemand op een brug ontmoet. En ik weet al helemaal zeker dat ik op niemand heb ingepraat.'

Volgens Rich was dat maar een klein detail. Onbetekenend zelfs. 'Misschien zei hij niet dat hij zelfmoord wilde plegen. Maar toen hij jou ontmoette heeft hij weer hoop gekregen. Je zult het wel vergeten zijn.' Weer herinnerde hij Harold eraan dat hij naar het grotere plaatje moest kijken: geen publiciteit was slechte publiciteit. Het ging door Harold heen dat Rich met zijn veertig jaar zijn zoon had kunnen zijn, maar praatte alsof Harold het kind was. Harold had een gat in de markt ontdekt, zei hij. En je moest het ijzer smeden als het heet was. Rich had het ook over krenten uit de pap halen en alle neuzen dezelfde kant op laten wijzen, maar Harold begon hoofdpijn te krijgen. Er warrelden zo veel beelden door zijn geest – van krenten en neuzen en gloeiende ijzers – dat hij steeds een tijdje bezig was om uit te knobbelen wat Rich nu precies bedoelde. Hij wou dat de man de ware betekenis van de woorden eer aandeed in plaats van ze als munitie te gebruiken.

Het was al half juni, en de vader van Wilf, met wie hij nooit contact had gehad, gaf een aandoenlijk interview over de moed van zijn zoon ('Hij kent me niet eens,' zei Wilf). De gemeenteraad van Berwick-upon-Tweed bestelde posters en vlaggetjes om de aankomst van de pelgrims luister bij te zetten. De eigenaar van een buurtwinkel in Ripon kwam met de beschuldiging dat ze diverse artikelen gestolen hadden, waaronder whisky.

Rich belegde een vergadering, waarin hij Wilf onomwonden van diefstal beschuldigde en voorstelde hem naar huis te sturen. Voor één keer stond Harold op en maakte bezwaar, maar hij vond het vreselijk om de confrontatie te moeten aangaan en wist dat hij het niet nog eens kon opbrengen. Rich hoorde hem met samengeknepen ogen aan, waardoor Harold halverwege zijn zin bleef steken. Rich gaf uiteindelijk toe dat Wilf nog een kans moest krijgen, maar de rest van de middag bleef hij bij Harold uit de buurt. Vervolgens viel de helft van de groep ten prooi aan maagkrampen en koorts, nadat Wilf licht giftige paddenstoelen had verward met eetbare, die er verraderlijk veel op leken. En net toen ze daarvan hersteld waren, veroorzaakten de overvloedig genuttigde rode bessen, kersen en rauwe kruisbessen een beschamende aanval van diarree. Tijdens het notuleren voor Rich werd de gorillaman zwaar gestoken door een wesp die in zijn handschoen bleek te zitten. Twee dagen lang werd er helemaal niet gewandeld.

Aan de horizon tekende zich een reeks blauwe toppen af, die in Harold het verlangen wekten om ze te beklimmen. De zon stond hoog aan de oostelijke hemel en maakte de maan zo bleek dat hij uit wolk leek te bestaan. Gingen al die mensen maar weg. Vonden ze maar iets anders om in te geloven. Hij schudde zijn hoofd en wees zichzelf terecht wegens zijn gebrek aan loyaliteit.

Rich vertelde de groep dat ze iets nodig hadden om de echte pelgrims van de volgelingen te onderscheiden. Hij wist de oplossing. Hij had contact gehad met een oude vriend in de pr die hem nog iets verschuldigd was. De vriend had de distributeurs van een gezondheidsdrankje gebeld en het zou hun een groot genoegen zijn om alle officiële wandelaars een T-shirt ten geschenke te doen met het woord PELGRIM op de voor- en achterkant. De T-shirts zouden in wit worden uitgevoerd en beschikbaar zijn in drie maten.

'Wit?' vroeg Kate smalend. 'Waar gaan we die dingen wassen?'

'Wit valt op,' antwoordde Rich. 'En het staat voor puurheid.'

'Typisch de woorden van een man: gelul,' zei Kate.

Het bedrijf zou tevens een onbeperkte voorraad gezonde vruchtendranken leveren. Het enige wat daarvoor in ruil werd gevraagd, was dat Harold zo vaak mogelijk gezien werd met zo'n drankje in zijn hand. Zodra de T-shirts arriveerden, werd er een persmoment georganiseerd. Voor de fotoshoot op de A617 zou Harold gezelschap krijgen van Miss South Devon.

Harold zei: 'Ik vind dat de anderen er ook bij moeten. Die hebben net zo goed hun betrokkenheid bij de tocht getoond als ik.'

Rich wierp tegen dat dat de boodschap over geloof in de eenentwintigste eeuw vertroebelde, en ook het liefdesverhaal tussen hem en Queenie afzwakte.

'Maar daar heb ik nooit iets over willen zeggen,' zei Harold. 'En ik hou van mijn vrouw.'

Rich overhandigde hem een vruchtendrankje en wees hem erop dat hij het flesje met het etiket naar de camera moest houden. 'Ik vraag je niet om het flesje leeg te drinken. Ik wil alleen dat je het ding vasthoudt. En had ik al verteld dat je bent uitgenodigd voor een diner met de burgemeester?'

'Eerlijk gezegd heb ik niet zo'n honger.'

'Je moet de hond meenemen. Zijn vrouw doet iets bij de dierenbescherming.'

Het leek wel alsof de mensen zich beledigd voelden als de pelgrims hun woonplaats niet aandeden. De burgemeester van een toeristenstad in North Devon gaf een interview waarin hij Harold betitelde als een typische exponent van de 'elitaire blanke middenklasse', wat Harold zo van slag bracht dat hij zich meende te moeten verontschuldigen. Hij vroeg zich zelfs af of hij na Berwick weer lopend naar huis moest om alle plaatsen te bezoeken die hij op de heenweg links had laten liggen. Hij vertrouwde Kate toe dat de vruchtendrankjes een kwalijke uitwerking op zijn darmen hadden.

'Maar Rich zei je toch dat je ze niet hoeft te drinken?' antwoordde ze. 'Je kunt het flesje weggooien zodra de foto genomen is.'

Hij glimlachte treurig. 'Ik kan niet het flesje vasthouden en de dop eraf draaien en het dan niet leegdrinken. Ik ben van vlak na de oorlog, Kate. We scheppen niet op over onze prestaties en we gooien niet zomaar iets weg. Zo zijn we opgevoed.'

Kate tilde haar armen op en gaf hem een vochtige knuffel.

Hij wilde die wel beantwoorden, maar bleef enigszins hulpeloos in haar omhelzing staan. Was dat misschien ook een symptoom van zijn generatie? Als hij naar al die mensen in hun hemdjes en korte broeken keek, vroeg hij zich werkelijk af of hij niet overbodig was geworden.

'Wat zit je dwars?' vroeg ze. 'Je loopt steeds bij de groep vandaan.'

Harold rechtte zijn rug. 'Ik kan me niet onttrekken aan het gevoel dat dit niet klopt. Al dat kabaal. Al dat gedoe. Ik waardeer alles wat iedereen heeft gedaan, maar ik zie niet meer hoe het Queenie gaat helpen. We hebben gisteren nog geen tien kilometer afgelegd. En de dag daarvoor elf. Ik vraag me af of ik niet moet gaan.'

Kate draaide zich met een ruk naar hem toe, alsof ze een stomp tegen haar kin had gekregen. 'Gaan?'

'Weer in mijn eentje door.'

'Zonder ons?' vroeg ze. Er stond paniek in haar ogen. 'Dat mag je niet doen. Je mag ons niet verlaten. Niet nu.'

Harold knikte.

'Beloof het me.' Ze pakte zijn arm vast. Haar gouden trouwring glinsterde in het zonlicht.

'Natuurlijk ga ik niet zonder jullie.' Ze liepen zwijgend verder. Hij had er spijt van dat hij zijn twijfels had geuit. Het was duidelijk dat ze daar geen ruimte voor had.

Ondanks zijn belofte bleef Harold zich zorgen maken. Ze hadden goede wandeldagen, maar door ziekte en blessures en alle publieke steunbetuigingen deden ze bijna twee weken over honderd kilometer; ze waren nog niet eens in Darlington. Hij veronderstelde dat Maureen foto's van hem zou zien in de kranten, en schaamde zich. Hij vroeg zich af wat ze dacht als ze ernaar keek. Of ze hem een dwaas vond.

Op een avond, toen aanhangers en steunbetuigers hun gitaren tevoorschijn haalden en liedjes gingen zingen bij het kampvuur, greep Harold zijn rugzak en sloop weg. De hemel was zo kraakhelder en zwart, hij pulseerde van de sterren, en de maan was andermaal zijn volheid aan het verliezen. Harold dacht terug aan de nacht dat hij in de loods bij Stroud had geslapen. Niemand kende de ware reden achter zijn tocht naar Queenie. Ze hadden er hun ideeën over. Ze dachten dat het een liefdesverhaal was, of een wonder, of een daad van schoonheid, of zelfs van moed, maar het was niets van dat al. De discrepantie tussen wat hij wist en wat anderen geloofden, beangstigde hem. Het gaf hem ook het gevoel, terwijl hij omkeek naar het kamp, dat hij zelfs te midden van hen een onbekende was. Het vuur was een gloed van licht in de duisternis. Stemmen en gelach dreven naar hem toe, en het waren allemaal vreemden.

Hij kon doorgaan met wandelen. Er was niets wat hem tegenhield. Hij had Kate een belofte gedaan, ja, maar zijn loyaliteit tegenover Queenie was groter. Tenslotte had hij alles bij zich wat hij nodig had. Zijn schoenen. Het kompas. De cadeautjes voor Queenie. Hij zou een minder directe route kunnen volgen, door de heuvels misschien, en ieder contact met mensen uit de weg gaan. Zijn hartslag versnelde terwijl zijn voeten hem voorwaarts dreven. Hij zou 's nachts kunnen wandelen. En zoals eerder tijdens zonsopgang. Hij zou over een paar weken in Berwick kunnen zijn.

Toen hoorde hij de stem van Kate, ijl in de avondlucht, die zijn naam riep, en de hond die aan haar voeten blafte. Hij hoorde andere stemmen – sommige herkende hij, andere niet – die allemaal 'Harold' riepen in het donker. Zijn loyaliteit tegenover hen was een andere dan zijn loyaliteit tegenover Queenie, maar ze verdienden meer dan zonder tekst en uitleg te worden verlaten. Hij keerde langzaam terug.

Net op het moment dat Harold de kring van zacht licht rond het vuur bereikte, dook Rich uit de schaduwen op. Toen hij de oude man zag, rende hij op hem af en sloeg zijn armen om hem heen.

'We dachten dat je ervandoor was gegaan.'

Zijn stem beefde. Misschien had hij gedronken. Hij rook er in elk geval wel naar. Rich hield hem zo stevig vast dat Harold uit balans raakte en bijna viel.

'Ho ho, blijven staan,' lachte Rich. Het was een zeldzame vertoning van affectie, zij het een enigszins stuntelige, maar in Rich' omhelzing hapte Harold naar lucht alsof hij langzaam gewurgd werd.

De volgende dag stond er een foto in de krant, met het onderschrift: GAAT HAROLD FRY HET HALEN? Hij leek in elkaar te zijgen in de armen van Rich.

23

Maureen en Harold

Maureen hield het niet langer uit. Ze vertrouwde Rex toe dat ze, tegen Davids advies in, Harold ging opzoeken. Ze had haar man aan de telefoon gehad en van hem gehoord dat de pelgrims waarschijnlijk de volgende middag in Darlington zouden zijn. Ze wist dat het te laat was om de fouten uit het verleden goed te maken en opnieuw te beginnen, maar toch wilde ze nog eenmaal proberen hem over te halen naar huis te komen.

Zodra het licht was, pakte ze de autosleutels van het haltafeltje en liet een koraalrode lippenstift in haar handtas glijden. Ze was net bezig de voordeur af te sluiten, toen ze tot haar verbazing Rex haar naam hoorde roepen. Hij had een zonnehoedje en een zonnebril op en hield een wegenboek van de Britse Eilanden tegen zich aan gedrukt.

'Ik dacht dat je misschien iemand nodig had om kaart te lezen,' zei hij. 'Volgens de wegeninformatie kunnen we er aan het eind van de middag zijn.'

De kilometers schoten voorbij, maar ze zag ze nauwelijks. Ze wist dat ze onsamenhangend aan het praten was, alsof de woorden die ze uitsprak slechts het topje van de enorme ijsberg van gevoelens eronder waren. Stel dat Harold haar niet wilde zien. Stel dat hij in gezelschap van de andere pelgrims was.

'Maar als je het nu mis hebt, Rex?' zei ze. 'Als hij nu toch verliefd is op Queenie? Kan ik hem niet beter schrijven? Wat vind jij? Ik denk dat ik het misschien duidelijker kan uitdrukken in een brief.'

Toen er geen antwoord volgde, wierp ze een blik op Rex en vond hem er nogal bleekjes uitzien. 'Voel je je wel lekker?'

Hij knikte kort, alsof hij zich niet durfde te bewegen. 'Je hebt drie vrachtwagencombinaties en een bus ingehaald,' zei hij. 'Op een eenbaansweg.' Hij voegde eraan toe dat het vast wel weer goed met hem kwam als hij heel stil bleef zitten en uit het raam keek.

Harold en de pelgrims waren gemakkelijk te vinden. Iemand had voor de plaatselijke VVV een fotomoment georganiseerd op het autovrije marktplein, en Maureen ging bij een kleine menigte staan. Ze zag een lange man die de fotografen bijeendreef, en ook een gorilla die op een stoel neerplofte, evenals een mollige vrouw die een sandwich at, en een jongeman met een onbetrouwbaar gezicht. Toen Maureen Harold in het oog kreeg, vanuit een positie als was ze de eerste de beste vreemde, voelde ze haar pantser smelten. Ze had hem op de lokale televisiezender gezien en ze bewaarde de krantenknipsels in haar handtas, maar niets daarvan had haar erop voorbereid hem 'in het echt' te zien, zoals David altijd zei. Harold kon beslist niet langer of breder zijn geworden, maar als ze keek naar die verweerde piraat met zijn getaande huid en krullende haar, was het alsof zijzelf eendimensionaal en brozer was geworden. De pure vitaliteit die hij uitstraalde deed haar sidderen, alsof hij eindelijk de man was geworden die hij altijd had moeten zijn. Op zijn pelgrimsshirt zaten vieze vlekken en het was gerafeld bij de hals. Zijn bootschoenen hadden elke kleur verloren en de vorm van zijn voeten was door het leer heen zichtbaar. Toen Harolds blik die van Maureen kruiste, bleef hij abrupt staan. Hij zei iets tegen de lange man en maakte zich uit het gezelschap los.

Harold kwam met zo'n onverholen blijdschap naar haar toe dat ze weg moest kijken, niet in staat zijn brede glimlach te ontmoeten. Ze wist niet of ze hem haar lippen of haar wang moest aanbieden en op het laatste moment bedacht ze zich, zodat zijn kus op haar neus belandde en hij haar in het gezicht prikte met zijn baard. De mensen stonden te kijken.

'Hallo, Maureen.' Zijn stem klonk laag en zelfverzekerd. Ze voelde haar knieën knikken. 'Hoe kom jij helemaal hier in Darlington?'

'O,' zei ze schouderophalend, 'Rex en ik hadden zin in een ritje.'

Hij keek verheugd om zich heen. 'Goh zeg. Is hij er ook?'

'Hij is naar de kantoorboekhandel gegaan. Hij had paperclips nodig. Daarna wilde hij graag naar het treinmuseum. Ze hebben daar een exemplaar van de Locomotion.'

Hij torende boven haar uit met zijn blik onafgebroken op haar gezicht gericht. Het was alsof ze in de schijnwerpers stond. 'Dat is een stoomlocomotief,' voegde ze eraan toe, omdat hij nog steeds niets anders deed dan glimlachen. Ze kon haar ogen niet van zijn mond afhouden. Zelfs door zijn baard heen zag ze dat de spanning uit zijn kaken verdwenen was. Zijn lippen oogden zacht.

Een oude man riep naar de menigte door een megafoon. 'Shop zoveel je kunt! Luister naar Gods woord! Shoppen geeft ons leven zin! Jezus kwam op aarde om te shoppen!' De man had geen schoenen aan.

Dat brak het ijs. Harold en Maureen glimlachten, en ze had het gevoel dat zij met z'n tweeën in een complot zaten, alsof ze de enigen op aarde waren die alles zagen zoals het was. 'Hoor hem.'

Ze schudde veelbetekenend haar hoofd.

'Ach, die mensen moeten er ook zijn.'

Zijn woorden klonken totaal niet neerbuigend of afkeurend. Het was eerder een welwillende opmerking, alsof de eigenaardigheid van de mensen iets prachtigs was, maar het gevolg was wel dat zij zich vreselijk bekrompen voelde. Ze vroeg: 'Heb je tijd voor een bakje thee?' Normaliter had ze het nooit over 'een bakje thee' als ze een pot Earl Grey bedoelde. En stel je voor dat je je onvervalste Engelsheid probeert te compenseren door iemand te vragen of hij zin heeft in thee.

'Dat lijkt me heerlijk, Maureen,' zei Harold.

Ze kozen een koffiehoek op de begane grond van een warenhuis, want volgens Maureen kon je altijd vertrouwen op dat wat je kende. Het meisje achter de counter staarde Harold aan alsof ze hem probeerde te plaatsen, en Maureen voelde zich zowel trots als overbodig. Ze had op het laatste moment een paar gloednieuwe sportschoenen aangetrokken, die onder aan haar benen glommen als bakens.

'Wat veel keus,' zei Harold met een blik op de muffins en cakejes, elk in zijn eigen papieren cupje. 'Vind je het echt niet erg om te betalen, Maureen?'

Ze zou het liefst de hele tijd naar hem blijven kijken. Ze had die blauwe ogen in jaren niet zo zien stralen. Hij trok met zijn wijsvinger en duim aan de krullen van zijn enorme baard, waardoor ze uitstaken als pieken van suikerglazuur. Ze vroeg zich af of het meisje achter de counter besefte dat zij Harolds vrouw was.

'Wat wil je hebben?' vroeg ze. Ze wilde er 'schat' aan toevoegen, maar het woord was te verlegen om haar mond uit te komen.

Hij vroeg of hij een plak Mars Bar Tray Bake mocht, en een aardbeienmilkshake. Maureen uitte een schrille lach, die klonk alsof ze hem zo uit een pakje schudde.

'Voor mij graag thee,' zei ze tegen het meisje achter de counter. 'Met melk, zonder suiker.'

Harold lachte zijn beminnelijke lach naar het meisje, dat haar naam vlak boven haar linkerborst op haar zwarte T-shirt had gespeld. Tot Maureens verbazing bloosde de jonge vrouw tot in haar hals en grijnsde terug.

'U bent die man uit het nieuws,' zei ze. 'Die pelgrim. Mijn vriendinnen vinden u echt vet. Zou u hier uw handtekening willen zetten?' Ze gaf hem een viltstift en hield haar arm gestrekt, en Maureen rolde in de volgende verbazing toen Harold met watervaste inkt zijn naam op de zachte huid boven de pols van het meisje schreef: *Hartelijke groet, Harold.* Hij vertrok geen spier.

Het meisje boog haar arm en keek er lang en ingespannen naar. Vervolgens zette ze de dranken en de Mars-cake op een dienblad, en ook nog een scone. 'Die krijgt u van mij,' zei ze.

Maureen had nog nooit zoiets meegemaakt. Ze liet Harold voorgaan en het leek alsof het lokaal zich opende en verstomde om ruimte te maken voor hem. Ze zag hoe de andere klanten Harold aanstaarden en achter hun hand fluisterden. Aan een tafeltje in de hoek zaten drie vrouwen van haar leeftijd thee te drinken. Ze vroeg zich af waar hun echtgenoten waren: of ze een partijtje golf speelden, of misschien niet meer leefden, of ook bij hun vrouw waren weggelopen.

'Goedemiddag,' zei hij opgeruimd tegen volslagen onbekenden.

Hij koos een tafeltje bij het raam, waar hij de hond in de gaten kon houden. De hond lag buiten te kauwen op een steen, alsof hij wachten een erg interessante bezigheid vond. Ze voelde zich opeens verwant met het dier.

Maureen en Harold zaten tegenover elkaar. En hoewel ze zevenenveertig jaar lang thee met hem had gedronken, trilden haar handen toen ze een kopje volschonk. Harold zoog met holle wangen aan het rietje en de milkshake kwam met een luide slorp in zijn mond terecht. Ze wachtte beleefd tot hij doorgeslikt had, alleen wachtte ze te lang en ze sprak precies op hetzelfde moment als hij.

'Wat leuk om...'

'Fijn om...'

Ze lachten alsof ze elkaar niet zo heel goed kenden.

'Nee, nee...' zei hij.

'Jij eerst,' zei zij.

Na deze tweede botsing richtten ze zich beiden weer op hun drank. Maureen schonk melk bij haar thee, maar haar hand trilde weer en de melk gutste uit het kannetje. 'Word je nou vaak herkend, Harold?' Ze klonk als een vrouw die hem voor de televisie interviewde.

'Wat ik zo geweldig vind, Maureen, is hoe aardig de mensen zijn.'

'Waar heb je vannacht geslapen?'

'In een veld.'

Ze schudde vol ontzag haar hoofd, maar hij moest het gebaar verkeerd hebben uitgelegd, want hij vroeg meteen: 'Ik stink toch niet?'

'Nee hoor,' haastte ze zich te zeggen.

'Ik heb me in een beek gewassen en daarna bij een drinkfonteintje weer. Ik heb alleen geen zeep.' Hij had zijn Mars-cake al op en sneed nu de gekregen scone doormidden. Hij at zo snel dat hij het voedsel leek in te ademen.

Ze zei: 'Ik kan wel zeep voor je kopen. Ik weet zeker dat ik langs een Body Shop ben gekomen.'

'Dank je. Dat is heel lief van je. Maar ik wil niet te veel meesjouwen.'

Weer schaamde Maureen zich dat ze het niet begrepen had. Ze wilde hem zo graag al haar kleuren laten zien, maar daar zat ze dan: een kleinburgerlijke grijstint. 'O,' zei ze, en ze boog haar hoofd. De pijn steeg in haar omhoog en kneep haar keel dicht. Ze kon geen woord meer uitbrengen.

Hij reikte haar een opgevouwen zakdoek aan en Maureen drukte haar gezicht in de verkreukelde warmte. De zakdoek rook naar hem, en naar lang geleden. Het hielp niet. De tranen welden op.

'Het komt gewoon doordat ik je weer zie,' zei ze. 'Je ziet er zo goed uit.'

'Jij ziet er ook goed uit, Maureen.'

'Niet waar, Harold. Ik zie eruit als iemand die is achtergelaten.'

Ze veegde haar gezicht af, maar de tranen bleven tussen haar vingers door druppen. Ze was ervan overtuigd dat het meisje achter de counter naar haar keek, en het winkelpubliek, en de vrouwen zonder echtgenoot. Laat ze maar. Laat ze maar lekker staren.

'Ik mis je, Harold. Ik wou dat je thuiskwam.' Ze wachtte terwijl het bloed in haar aderen bonsde.

Na een lang moment wreef Harold over zijn hoofd, alsof er daar iets pijn deed of iets zat wat hij moest verwijderen. 'Mis je me?'

'Ja.'

'Wou je dat ik thuiskwam?'

Ze knikte. Ze kon het niet herhalen. Harold krabde weer aan zijn hoofd en sloeg vervolgens zijn ogen op naar de hare. Haar ingewanden sprongen omhoog en buitelden over elkaar heen.

Hij zei langzaam: 'Ik mis jou ook. Maar, Maureen, ik heb in mijn hele leven nooit iets gedaan. En nu doe ik eindelijk iets. Ik moet mijn wandeling afmaken. Queenie wacht. Ze gelooft in me. Begrijp je?'

'Jawel,' zei ze. 'Dat begrijp ik wel. Natuurlijk begrijp ik dat.' Ze nam een slokje thee. Hij was koud. 'Ik ben alleen... Het spijt me, Harold, maar ik weet niet waar ik sta. Ik snap dat je nu een pelgrim bent en zo. Maar ik kan er niks aan doen dat ik aan mezelf denk. Ik ben niet zo nobel als jij. Het spijt me.'

'Ik ben niet beter dan een ander. Echt niet. Iedereen kan wat ik doe. Maar je moet loslaten. In het begin wist ik dat nog niet, maar nu wel. Je moet de dingen waar je denkt niet zonder te kunnen loslaten, zoals bankpasjes en mobiele telefoons en wegenkaarten en ga zo maar door.' Hij keek haar met schitterende ogen en zijn zelfverzekerde glimlach aan.

Ze pakte haar kopje weer op en herinnerde zich toen ze een slokje nam dat de thee koud was. Ze wilde vragen of pelgrims ook zonder echtgenote reisden, maar dat deed ze niet. Ze vertrok haar gezicht weer in een van die vrolijke grimassen die pijn deden en daarna keek ze naar buiten, waar Harolds hond nog steeds wachtte.

'Hij eet een steen.'

Hij lachte. 'Dat doet ie altijd, ja. Je kunt er beter niet mee gooien. Als je dat doet, denkt hij dat je het leuk vindt om stenen te gooien en dan blijft hij achter je aan lopen. Hij vergeet het niet.' Ze glimlachte weer. Deze glimlach deed geen pijn.

'Heb je hem een naam gegeven?'

'Gewoon Hond. Het leek verkeerd om hem anders te noemen. Hij is zijn eigen baasje. Als ik hem een naam gaf, zou het net zijn of ik dacht dat hij van mij was.'

Ze knikte. Ze had geen woorden meer.

'Weet je,' zei Harold plotseling, 'je zou met ons mee kunnen wandelen.'

Hij pakte haar vingers beet en zij liet hem begaan. Zijn handpalmen waren zo gevlekt en eeltig en die van haar zo wit en fijn dat ze niet begreep hoe hun vingers zich ooit zo gemakkelijk hadden kunnen verstrengelen. Haar hand lag in die van haar man, en voor de rest was ze verdoofd.

Momenten uit hun huwelijk trokken als een fotoserie door haar hoofd. Ze zag hem de badkamer uit sluipen op hun huwelijksnacht, zijn ontblote borst zo mooi dat haar adem stokte, waarna hij meteen weer in zijn jasje was geschoten. Er was Harold die in het ziekenhuis naar zijn pasgeboren zoon staarde en zijn vinger uitstak. Ze zag ook alle beelden in de leren albums die ze in de loop der jaren uit haar geheugen had geboend. Ze flitsten door haar heen, voor niemand herkenbaar, behalve voor haar. Ze zuchtte.

Het was allemaal zo ver weg en er hadden zich zo veel andere dingen tussen hen opgestapeld. Ze zag zichzelf en Harold twintig jaar geleden, naast elkaar met hun zonnebril op en niet in staat elkaar aan te raken.

Zijn stem haalde haar terug naar de werkelijkheid. 'Wat vind jij? Is het een idee als je meegaat, Maureen?'

Ze trok langzaam haar hand uit die van Harold en schoof haar stoel naar achteren. 'Het is te laat,' mompelde ze. 'Het lijkt me niet.'

Ze kwam overeind, maar Harold bleef zitten, waardoor ze het gevoel had dat ze al buiten stond. 'Ik moet aan de tuin denken. En aan Rex. Bovendien heb ik niets bij me.'

'Je hebt niets...'

'Jawel,' zei ze.

Hij kauwde op zijn baard en knikte, maar zonder op te kijken, alsof hij wilde zeggen dat hij het begreep.

'Ik moest maar weer eens terug. Je krijgt trouwens de groeten van Rex. En ik heb pleisters voor je meegenomen. En zo'n vruchtendrankje dat je zo lekker vindt.' Ze schoof ze over de tafel naar het neutrale terrein halverwege haar en Harold. 'Maar misschien gebruiken pelgrims geen pleisters?'

Harold leunde achterover om beide cadeautjes in zijn zak te stoppen. Zijn broek zat los om zijn heupen. 'Dank je, Maureen. Die komen zeker goed van pas.'

'Het was egoïstisch van me om je te vragen te stoppen met je wandeling. Kun je me dat vergeven, Harold?'

Hij boog zijn hoofd zo diep dat ze zich afvroeg of hij boven de tafel in slaap was gevallen. Ze zag de zachte witte huid van zijn rug onder zijn nek, waar de zon niet bij had kunnen komen. Er ging een tinteling door haar heen, alsof ze hem voor het eerst naakt zag. Toen hij zijn hoofd optilde en haar blik ontmoette, bloosde ze.

Hij sprak zo zachtjes dat de woorden deel waren van de lucht. 'Ik ben degene die vergeving nodig heeft.'

Rex zat in de auto te wachten met een plastic bekertje met koffie en een donut in een servet. Ze stapte in aan de bestuurderskant en ademde met kleine teugen om niet weer in tranen uit te barsten. Hij bood haar de koffie en de donut aan, maar ze had geen trek.

'Ik zei zelfs: het lijkt me niet. Ik kan niet geloven dat ik dat heb gezegd.'

'Huil maar even lekker.'

'Dank je, Rex, maar ik heb al genoeg gehuild. Ik vind het wel mooi geweest zo.'

Ze depte haar ogen en keek naar de straat, waar alles zijn gewone gang ging. Overal om haar heen wandelden mannen en vrouwen; oude en jonge; alleen of samen. De wereld van de paren zag er zo bezig uit, zo zelfbewust. Ze zei: 'Jaren geleden, toen Harold en ik elkaar net kenden, noemde hij me Maureen. Daarna werd het Maw en zo is het jaren gebleven. Tegenwoordig is het weer Maureen.' Ze legde haar vingers tegen haar lippen om ze tot zwijgen te brengen.

'Wil je hier blijven?' klonk de stem van Rex. 'Nog een keertje met hem praten?'

Ze draaide de sleutel om in het contact. 'Nee. Laten we naar huis gaan.'

En toen ze optrokken, zag ze Harold, die vreemdeling die zo lang haar man was geweest, met een hond die aan zijn zijde draafde en een groep volgelingen die ze niet kende, maar ze zwaaide of toeterde niet. Zonder drukte of gedoe of zelfs maar een echt afscheid reed ze weg van Harold en liet hem wandelen.

Twee dagen later werd Maureen wakker bij een stralende hemel vol beloften en een zacht windje dat door de bladeren speelde. Een ideale dag om de was te doen. Ze pakte de keukentrap en haalde de vitrages af. Licht, kleuren en texturen namen bezit van de kamer, alsof ze al die tijd achter de vitrage hun kans hadden afgewacht. De gordijnen waren binnen een dag weer schoon en droog.

Maureen vouwde ze op, stopte ze in tassen en bracht ze naar de kringloopwinkel.

24

Harold en Rich

Nadat Harold bij Maureen vandaan was gewandeld, gebeurde er iets. Het was alsof er een deur naar een deel van hem was dichtgegaan waarvan hij niet zeker wist of hij dat niet liever toegankelijk had gehouden. Hij had er geen plezier meer in om zich het welkomstcomité van verpleegsters en patiënten in het hospice voor te stellen. Het lukte hem niet meer zich een beeld te vormen van het einde van zijn reis. De voortgang was traag en werd gehinderd door zo veel ruzies dat de groep er bijna een week over deed om het stuk van Darlington naar Newcastle af te leggen. Hij leende Wilf zijn wandelstok van wilgenhout en kreeg hem niet meer terug.

Maureen had gezegd dat ze Harold miste. Ze wilde dat hij thuiskwam. Hij kon het niet uit zijn hoofd zetten. Hij zocht steeds een voorwendsel om een mobiele telefoon te lenen en haar te bellen.

'Het gaat prima met me,' zei ze. 'Ja.' En dan vertelde ze hem over een ontroerende brief die bij de post had gezeten of een cadeautje, en een andere keer beschreef ze hoe het met haar pronkbonen stond. 'Maar je wilt niets over mij horen,' voegde ze er dan aan toe. Dat wilde hij wel. Hij wilde niets liever.

'Weer aan het bellen?' vroeg Rich met een grijns, maar zonder empathie.

Rich beschuldigde Wilf opnieuw van diefstal en Harold vreesde heimelijk dat Rich gelijk had. Het was moeilijk om de jongen te blijven verdedigen terwijl hij instinctief voelde dat hij even onbetrouwbaar was als David. Wilf verborg zijn lege flessen niet eens. Het kon pijnlijk lang duren om de jongen wakker te krijgen, en zodra hij op zijn benen stond, begon hij te klagen. Om hem te beschermen vertelde Harold de anderen dat het oude probleem met zijn rechterbeen hem weer parten speelde. Hij stelde voor langere rustpauzes te nemen. Hij stelde zelfs voor dat zij alvast verder gingen. Nee, niks daarvan, riepen ze in koor. Harold wás de wandeling. Het was onbestaanbaar dat ze die zonder hem zouden maken.

Voor het eerst voelde hij opluchting als ze bewoond gebied bereikten. Wilf leek dan weer tot leven te komen. En andere mensen zien, in winkeletalages kijken en denken aan de spullen die hij niet nodig had, leidde Harold af van zijn eigen twijfels over wat er met zijn tocht was gebeurd. Hij begreep niet hoe hij iets in het leven had geroepen wat zo groot was geworden dat hij er geen greep meer op had.

'Een of andere vent heeft me teringveel geld geboden voor mijn verhaal,' zei Wilf, die een sprintje naar hem toe had getrokken. Hij had weer de bibbers en rook naar whisky. 'Ik heb nee gezegd, meneer Fry. Ik blijf bij u.'

De pelgrims sloegen hun kamp op, maar Harold zat niet langer bij hen terwijl ze kookten of de route voor de volgende dag uitstippelden. Rich was begonnen op konijnen en vogels te jagen, die hij boven de vlammen van het kampvuur roosterde. Harold moest rillen als hij zo'n arm diertje zag, gevild of geplukt en aan een spies geregen. Daarbij had Rich tegenwoordig een hongerige wildheid in zijn ogen die Harold zowel aan Napier als aan zijn vader deed denken, en die hem verontrustte. Rich' pelgrimsshirt zat onder het bloed. Hij droeg een snoer met knaagdiertandjes om zijn hals. Ze benamen Harold alle eetlust.

Moe en zich steeds leger voelend dwaalde hij door de opkomende duisternis terwijl de krekels tsjirpten en de sterren door de hemel prikten. Dit was het enige tijdstip waarop hij zich vrij voelde, en verbonden. Hij dacht aan Maureen en aan Queenie. Hij herinnerde zich het verleden. Uren konden zo voorbijgaan, die zowel dagen leken als minuten. Als hij terugkeerde naar de groep, waarvan sommigen al sliepen en anderen bij het kampvuur zaten te zingen, werd hij gegrepen door een koude golf van paniek. Wat deed hij bij deze mensen?

Rich maakte van Harolds afwezigheid gebruik om een vergadering te beleggen. Hij maakte zich grote zorgen, zei hij. Het was pijnlijk om ze uit te spreken, maar iemand moest het doen; Queenie zou het niet veel langer kunnen volhouden. Met het oog daarop stelde hij voor dat een verkenningseenheid, geleid door hemzelf, een alternatieve route dwars door het veld zou nemen. 'Ik weet dat dit voor iedereen een harde dobber is, want we houden van Harold. Hij is als een vader voor me geweest. Maar de man remt ons tempo. Hij heeft last van zijn been. Hij is de helft van de nacht weg. En nu dat vasten van hem. Hij is niet meer de man die hij...'

'Hij vast niet,' wierp Kate tegen. 'Zo klinkt het als iets godsdienstigs. Hij heeft gewoon geen honger.'

'Wat hij ook doet, hij kan de tocht niet aan. Laten we er geen doekjes om winden. We moeten erover nadenken hoe we hem kunnen helpen.'

Kate zoog iets groens en draderigs van haar kies. 'Wat een geouwehoer,' zei ze.

Wilf begon te gieren van het lachen en ze lieten het onderwerp rusten, maar de rest van de avond hulde Rich zich in stilzwijgen en zat, een eindje van de anderen af, met zijn zakmes in een tak te snijden en er een vlijmscherpe punt aan te slijpen.

De volgende ochtend werd Harold door kreten gewekt. Rich' mes was verdwenen. Nadat ze het veld, de aardwallen en de heggen grondig hadden afgezocht, was wel duidelijk dat Wilf ermee vandoor was gegaan. En ook, zo ontdekte Harold, de glinsterende presse-papier voor Queenie Hennessy.

De gorillaman wist te melden dat Pelgrim Wilf een Facebookpagina had aangemaakt. De 'Vind ik leuk'-knop was al duizend keer aangeklikt. Hij had er persoonlijke anekdotes op gezet over zijn wandeling, en over de mensen die hij had gered. Er stond ook een aantal gebeden op. Hij beloofde zijn fans dat er in de weekendkranten meer verhalen zouden volgen.

'Ik heb je gezegd dat hij niet deugde,' zei Rich over het kampvuur heen. Hij richtte zijn priemende blik door het donker op Harold.

De verdwijning van de jongen greep Harold erg aan. Hij wandelde gescheiden van de anderen en speurde de schaduwen af naar tekenen van hem. In de dorpen inspecteerde hij pubs en groepen jongeren, uitkijkend naar Wilfs uitgemergelde, bleke gezicht, en luisterend of hij zijn irritante lachje hoorde. Hij had het gevoel dat hij de jongen in de steek had gelaten, en dat het in zijn leven altijd zo ging. Weer sliep hij 's nachts onrustig, en soms ook helemaal niet.

'Je ziet er moe uit,' zei Kate. Ze zaten een stukje bij de groep vandaan in de opening van een bakstenen tunnel bij een beek. Het dikke, roerloze water had meer weg van groen fluweel dan van een vloeistof. Verderop langs de oever groeiden watermunt en waterkers, maar Harold was alle animo om ze te plukken kwijt.

'Ik voel me ver verwijderd van waar ik begonnen ben. Maar ik voel me ook ver verwijderd van waar ik heen ga.' Zijn mond opende zich in een geeuw die door zijn lichaam omhoog leek te schokken. 'Waarom denk je dat Wilf is weggegaan?'

'Hij had er gewoon genoeg van. Ik denk niet dat het een kwade jongen is of zo. Hij is gewoon jong. Wispelturig.'

Harold had het gevoel dat er eindelijk weer iemand zonder poespas met hem praatte, zoals in de eerste dagen van zijn wandeling, toen niemand nog verwachtingen had, hijzelf evenmin. Hij vertrouwde Kate toe dat Wilf hem aan zijn zoon deed denken, en dat hij de laatste tijd soms nog meer leed onder de manier waarop hij David had laten zitten dan onder zijn nalatigheid tegenover Queenie. 'Toen mijn zoon jong was, merkten we dat hij slim was. Hij zat altijd op zijn kamer huiswerk te maken. Als hij niet minimaal een negen haalde, was hij in tranen. Maar toen leek zijn intelligentie zich tegen hem te keren. Hij was te slim. Te eenzaam. Hij ging naar Cambridge en begon te drinken. Omdat ik zelf zo'n hopeloos geval was op school, had ik groot ontzag voor zijn intelligentie. Het enige waar ík in uitblonk, was alles verprutsen.'

Kate lachte, en haar kin verdween in de lillende kringen om haar hals. Ondanks haar snibbige gedrag was hij de nabijheid van haar robuuste gestalte als troostrijk gaan ervaren. Ze zei: 'Ik heb er niets over tegen de anderen gezegd, maar ook mijn trouwring is een paar nachten geleden verdwenen.'

Harold zuchtte. Hij wist dat hij Wilf had vertrouwd tegen beter weten in, maar hij had er ook op vertrouwd dat er in ieder mens iets goeds school, en dat hij het ditmaal zou kunnen aanboren.

'Het maakt me niet uit van die ring. Mijn man en ik zijn net gescheiden. Ik weet niet waarom ik hem nog droeg.' Ze kromde haar ringloze vingers. 'Dus misschien heeft Wilf me wel een dienst bewezen.'

'Had ik meer moeten doen, Kate?'

Kate glimlachte. 'Je kunt niet iedereen redden.' Ze zweeg even en daarna vroeg ze: 'Zie je je zoon nog wel?'

De vraag deed pijn. 'Nee.'

'Je zult hem wel missen,' zei ze.

Sinds Martina had niemand meer naar David gevraagd. Zijn mond werd droog en zijn hart begon sneller te slaan. Hij wilde beschrijven wat voor gevoel het was om je zoon in zijn eigen braaksel aan te treffen en hem naar bed te dragen en hem te wassen en de volgende ochtend net te doen alsof je niets had gezien. Hij wilde vertellen hoe het was om als kind de man die je vader was op precies dezelfde manier aan te treffen. Hij wilde vragen: Wat is er gebeurd? Lag het aan mij? Ben ik de schakel? Maar dat deed hij niet. Hij wilde haar daar allemaal niet mee belasten. Hij knikte en antwoordde dat hij David miste, ja.

Hij pakte zijn knieën vast en zag zichzelf weer in zijn kamer liggen als tiener, luisterend naar de stilte waarin zijn moeder ontbrak. Hij herinnerde zich hoe hij was neergezonken op zijn stoel toen hij hoorde van Queenies vertrek, verbijsterd dat ze geen afscheid had genomen. Hij zag Maureen, wit van haat, de deur van de logeerkamer dichtslaan. Hij herbeleefde de laatste keer dat hij zijn vader had bezocht.

'Het spijt me vreselijk,' had de verzorgster gezegd. Ze hield Harold vast bij de mouw van zijn jasje en trok hem zowat naar achteren. 'Maar hij is vandaag erg in de war. U kunt beter een andere keer terugkomen.'

Toen hij tijdens zijn overhaaste aftocht nog even omkeek, was zijn laatste beeld dat van een kleine man die met theelepeltjes gooide en schreeuwde dat hij geen zoon had.

Hoe kon hij dat allemaal zeggen? Het was een heel mensenleven. Hij kon proberen de woorden te vinden, maar ze zouden voor haar nooit dezelfde betekenis hebben als voor hem. Als hij het over 'mijn huis' had, zou er voor haar geestesoog een beeld van haar eigen huis verschijnen. Er was geen manier om het over te brengen.

Kate en Harold bleven nog een tijdje zwijgend naast elkaar zitten. Hij luisterde naar de wind in de wilg en keek naar de trillende bladeren. Toortsen van het wilgenroosje en de teunisbloem lichtten op in het donker. Vanaf het kampvuur klonk gelach en geroep; Rich was bezig een spelletje nachttikkertje te organiseren. 'Het is al laat,' zei Kate ten slotte. 'Je hebt je slaap nodig.'

Ze keerden terug naar de groep, maar Harold kon de slaap niet vatten. Zijn hoofd liep nog om van gedachten aan zijn moeder en pogingen om een herinnering aan haar te vangen die hem kon troosten. Hij dacht aan de kou in zijn ouderlijk huis, en aan de geur van whisky die zelfs in zijn schooluniform zat, en aan de overjas die hij op zijn zestiende verjaardag had gekregen. Voor het eerst stond hij zichzelf toe de pijn te voelen van een kind dat niet gewenst is door zijn ouders. Hij doolde uren in de duisternis rond, onder een hemel die verlicht was door ontelbare nietige sterren. Er trokken beelden door zijn hoofd van Joan die aan haar vinger likte om de pagina van een reistijdschrift om te slaan of met haar ogen rolde als zijn vaders handen boven een fles bibberden, maar nergens zag hij Joan die Harold op zijn hoofd kuste, of hem zelfs maar vertelde dat alles goed met hem zou komen.

Had ze zich ooit afgevraagd waar hij was? Hoe het met hem ging?

Hij zag haar gezicht in het spiegeltje van een poederdoos terwijl ze haar lippen rood verfde. Ze deed het met zo veel zorg dat hij het idee had gehad dat ze iets opsloot achter de kleur.

Er ging een golf van emotie door hem heen bij de gedachte aan die keer dat hij haar blik had gevangen. Ze had haar werkje onderbroken, waardoor haar mond nu half Joan en half moeder was. Met een hart dat zo wild klopte dat zijn stem ervan beefde, had hij al zijn moed bij elkaar geraapt om te vragen: 'Wil je me alsjeblieft iets vertellen? Ben ik lelijk?'

Ze was in lachen uitgebarsten. Het kuiltje in haar wang was zo diep dat hij zich voorstelde hoe zijn vinger erin zou verdwijnen.

Het was niet grappig bedoeld. De vraag kwam uit zijn hart. Maar bij het totale gebrek aan fysieke genegenheid kon haar lach hem al verwarmen. Hij wou dat hij haar enige brief aan hem niet had verscheurd. *Liefe zoon.* Het was tenminste nog iets geweest. Het was ook iets geweest om David in zijn armen te houden en hem te beloven dat het allemaal beter zou worden. Hij voelde niets dan pijn om de dingen die niet ongedaan konden worden gemaakt.

Toen hij vlak voor zonsopgang zijn slaapzak weer opzocht, trof Harold onder de rits een pakketje aan met een kapje brood, een appel en een flesje water. Hij veegde zijn ogen af en at, maar ook daarna kon hij de slaap niet vatten.

Met het silhouet van Newcastle aan de horizon liepen de spanningen opnieuw op. Kate wilde dat ze om de stad heen zouden gaan. Iemand anders had last van eeltknobbels en had een dokter nodig, of in ieder geval eerste hulp. Rich had zo veel gedachten over de aard van de hedendaagse pelgrimage dat de gorillaman aan een nieuw opschrijfboekje toe was. Harold sloeg iedereen met stomheid door te vragen of ze een omweg konden maken via Hexham. Hij trok het kaartje van de man in het hotel waar hij de eerste nacht had doorgebracht uit de zak van zijn jack. Het was verkreukeld en pluizig langs de randen. Maar hoewel die eerste paar dagen van zijn wandeling hem bijna gesloopt hadden, dacht hij er met jaloezie aan terug. Ze hadden een eenvoud gehad die hij bang was te verliezen, als dat al niet was gebeurd.

'Natuurlijk kan ik jullie niet dwingen om mee te gaan,' zei Harold, 'maar ik houd me aan mijn belofte.'

Er werd nog een geheime vergadering belegd door Rich. 'Ik snap niet dat ik de enige ben die mans genoeg is om het te zeggen. Maar jullie zien door de bomen het bos niet meer. Die man is aan het instorten. We kunnen niet naar Hexham. Dat is meer dan dertig kilometer de verkeerde kant op.'

'Hij heeft een belofte gedaan,' zei Kate, 'zoals hij ons ook een belofte heeft gedaan. Hij is te netjes om erop terug te komen. Erg Engels en heel vertederend.'

Rich barstte uit: 'Mocht je het vergeten zijn, Queenie is stervende. Ik stem ervoor om met een splintergroep in één ruk door te gaan naar Berwick. Dat heeft hij zelf ook al eens voorgesteld. We zouden er over een week kunnen zijn.'

Niemand gaf zijn mening, maar 's ochtends ontdekte Kate dat er die nacht flink gelobbyd was. Op fluistertoon gevoerde gesprekken in tenten en boven de uitdovende kooltjes van het vuur hadden Rich in zijn mening bevestigd: ze hielden allemaal van Harold, maar het was tijd om zich van hem los te maken. Ze zochten de oude man, maar hij was nergens te vinden. Ze pakten hun slaapzakken en tenten in, en waren van het ene op het andere moment verdwenen. Op de smeulende as van een vuur na was het veld zo leeg dat Kate er bijna aan zou twijfelen dat ze er ooit waren geweest.

Kate vond Harold aan de oever van een rivier, waar hij stenen zat te gooien voor de hond. Zijn rug was gebogen, alsof er een zwaar gewicht op hem drukte. Ze was geschokt hoe oud hij er plotseling uitzag. Ze vertelde hem dat Rich de gorillaman had overgehaald om meteen door te gaan, en dat ze de aanhangers en de overgebleven journalisten hadden meegenomen. 'Hij riep een vergadering bijeen en diste een verhaal op dat jij even rust nodig had. Hij wist er zelfs een paar tranen uit te persen. Ik kon niets beginnen. Maar de mensen zullen zich niet lang voor de gek laten houden.'

'Ik vind het niet erg. Eerlijk gezegd werd het me toch allemaal te veel.' De zwaluwen scheerden over het water en kantelden verticaal op hun vleugels. Hij sloeg ze een poosje gade.

'Wat ga jij nu doen, Harold? Ga je naar huis?'

Hij schudde zijn hoofd, maar het was een vermoeid gebaar. 'Ik maak de tocht naar Hexham en dan ga ik van daaruit naar Berwick. Het duurt niet lang meer. En jij?'

'Ik ga naar huis. Mijn ex heeft gebeld. Hij wil nog een poging wagen.'

Harolds ogen werden vochtig in het ochtendlicht. 'Dat is mooi,' zei hij. Hij greep haar hand en kneep erin. Een ogenblik lang vroeg ze zich af of hij aan zijn vrouw dacht.

Vanaf dat punt was het voor hun armen een natuurlijke stap om elkaars lichaam te omvatten. Kate wist niet of zij het was die Harold vasthield of andersom. Hij was vel over been in zijn pelgrimsshirt. Ze bleven in een rare halve omhelzing staan, enigszins uit evenwicht, tot zij zich losmaakte en haar wangen afveegde.

'Pas alsjeblieft op jezelf,' zei ze. 'Ik weet dat je deugt, en daardoor kun je goed met mensen overweg. Maar je ziet er moe uit. Je moet voor jezelf zorgen, Harold.'

Hij keek Kate na terwijl ze van hem wegliep. Zo nu en dan draaide ze zich om en zwaaide, en hij bleef staan waar hij stond en liet haar gaan. Hij had te veel met anderen gewandeld en naar hun verhalen geluisterd en hun routes gevolgd. Het zou een verademing zijn om weer uitsluitend naar zichzelf te luisteren. Niettemin was het treurig Kate steeds kleiner te zien worden en haar kwijt te raken, het was een beetje sterven. Ze bereikte een opening tussen de bomen en hij wilde zich net omdraaien, toen ze bleef staan, alsof ze de weg kwijt was of iets had vergeten. Ze begon naar hem terug te lopen, heel snel, bijna op een holletje, en hij voelde een schok van opwinding, want van alle mensen, Wilf incluis, was Kate degene van wie hij echt was gaan houden. Maar toen stond ze weer stil en leek haar hoofd te schudden. Hij wist dat hij ter wille van haar moest blijven staan en haar nakijken, een constante in de verte, tot ze hem definitief achter zich had gelaten.

Hij zwaaide breed, met twee handen die de lucht doorkliefden. Ze keerde hem de rug toe en liep de bomenrij tegemoet.

Hij bleef lang staan wachten voor het geval ze weer zou verschijnen, maar de lucht was bewegingloos en bracht haar niet terug.

Harold trok het pelgrimsshirt uit en haalde zijn overhemd en stropdas uit zijn rugzak. Ze waren gekreukt en onderhand flink versleten, maar het was alsof hij zichzelf weer werd toen hij ze aandeed. Hij vroeg zich af of het T-shirt een leuk souvenir zou zijn voor Queenie, maar het gaf geen goed gevoel iets mee te dragen wat de bron van zo veel onenigheid was geweest. Hij gooide het in een vuilnisbak, er was toch niemand die het zag. Hij ontdekte dat hij vermoeider was dan hij had beseft. Het kostte hem nog eens drie dagen om Hexham te bereiken.

Hij belde aan bij het appartement van de zakenman en wachtte de hele middag, maar zijn gastheer liet zich niet zien. Een buurvrouw kwam naar beneden en vertelde hem dat de zakenman op vakantie was naar Ibiza. 'Hij is altijd op vakantie,' zei ze. Ze vroeg of Harold een kopje thee wilde, of water voor de hond, maar hij sloeg beide af.

Een week na de breuk in de groep werd er bericht dat de pelgrims in Berwick-upon-Tweed waren aangekomen. Er stonden foto's in de kranten van Rich Lion die hand in hand met zijn zoontjes over de kade wandelde, en van een man in een gorillapak die zijn neus tegen de wang van Miss South Devon drukte. Er was een fanfareorkest om het gezelschap te verwelkomen en een optreden van de plaatselijke cheerleadergroep, en 's avonds was er een diner met raadsleden en zakenlieden. Diverse zondagskranten beweerden als enige toegang tot Rich' dagboeken te hebben. Er was sprake van een film.

Ook de televisie deed verslag van de aankomst van de pelgrims. BBC *Spotlight* trakteerde Maureen en Rex op beelden van Rich Lion en anderen die bloemen bezorgden bij het hospice, samen met een gigantische mand met muffins, alleen was Queenie niet in staat hen te ontvangen. De verslaggeefster voegde eraan toe dat helaas niemand van het hospice beschikbaar was voor commentaar. Ze stond aan de rand van de oprit met haar microfoon.

Achter haar was een op het oog keurig onderhouden tuin te zien, met blauwe hortensia's en een man in een overall die gras bij elkaar harkte.

'Die mensen kenden Queenie niet eens,' zei Maureen. 'Ik word er misselijk van. Waarom konden ze niet op Harold wachten?'

Rex nipte aan een kop Ovomaltine. 'Ze zullen wel haast hebben gehad.'

'Het is toch nooit een wedstrijd geweest. Het ging juist om de reis. En die man liep niet voor Queenie. Hij liep om te bewijzen dat hij een held was, zodat hij zijn kinderen terug kon krijgen.'

'Je kunt zeggen dat zijn wandeling uiteindelijk ook een soort reis was,' zei Rex. 'Alleen een andere.' Hij plaatste zijn kop zorgvuldig op een onderzettertje om geen kringen te maken op de tafel.

De verslaggeefster zei kort iets over Harold Fry, en er verscheen een foto in beeld van Harold die ineenkromp voor de camera. Hij zag eruit als een geest: vies, hologig, bang. In een exclusief interview vanaf de kade verklaarde Rich Lion dat de bejaarde pelgrim uit Devon leed aan uitputting en complexe emotionele problemen, en dat hij ten zuiden van Newcastle genoodzaakt was geweest zijn wandeling te staken. 'Maar Queenie leeft nog. Dat is het belangrijkste. Het had een ramp geweest als de jongens en ik er niet waren om het over te nemen.'

Maureen lachte smalend. 'Lieve hemel, hij kan niet eens correct praten.'

Rich sloeg zijn handen boven zijn hoofd ineen in een zegevierend gebaar. 'Ik weet dat Harold ontroerd zou zijn door jullie steun.' De duwende en trekkende menigte aanhangers juichte.

Het verslag eindigde met een shot van de lichtroze stenen van de kademuur, waar een paar gemeentewerkers borden in een busje legden met op elk bord een letter die samen een leus vormden. De ene man haalde de letters aan het begin weg en de ander die aan het einde, waardoor nu de boodschap WEED VERWELKOMT

HAR te lezen was. Maureen zette de televisie uit en begon door de kamer te ijsberen.

'Ze vegen hem onder het tapijt,' zei ze. 'Ze schamen zich voor het vertrouwen dat ze in hem hebben gesteld en daarom moeten ze hem nu afschilderen als een idioot. Ik ben echt gechoqueerd. Hij heeft helemaal niet om hun aandacht gevraagd.'

Rex tuitte nadenkend zijn lippen. 'De mensen zullen hem nu in elk geval met rust laten. Het is nu weer gewoon de wandeling en Harold.'

Maureen staarde door het raam naar de lucht. Ze was niet in staat iets te zeggen.

25

Harold en de hond

Harold was blij geweest om weer alleen te kunnen wandelen. Hij en Hond bepaalden hun eigen ritme en er werd niet gediscussieerd, niet geruzied. Van Newcastle naar Hexham hadden ze rust genomen als ze moe waren en hun tocht vervolgd als ze er weer tegen konden. Harold liep wederom bij zonsopgang en soms 's nachts, en hij was vervuld van nieuwe hoop. Zo was hij op z'n gelukkigst, kijkend naar de lichten die aangingen achter de ramen en naar de rondscharrelende bewoners; onopgemerkt, en toch ontvankelijk voor de eigenaardigheid van zijn medemens. Opnieuw stond hij open voor de gedachten en herinneringen die door zijn hoofd speelden. Maureen, Queenie en David waren zijn metgezellen. Hij voelde zich weer heel.

Hij dacht aan Maureens lichaam tegen het zijne in de beginjaren van hun huwelijk en de prachtige donkerheid tussen haar benen. Hij zag David, die zo geconcentreerd uit het raam van zijn slaapkamer staarde dat het leek alsof de buitenwereld hem van iets had beroofd. Hij herinnerde zich Queenie, die in de auto op een pepermuntje zoog en een liedje van achteren naar voren zong.

Harold en Hond waren zo dicht bij Berwick dat ze niets anders meer moesten doen dan lopen. Na zijn ervaringen met de pelgrims probeerde hij zo veel mogelijk uit het zicht van het publiek te blijven. Door met vreemden te praten en naar hen te luisteren vreesde hij bij hen een behoefte te hebben opgeroepen om zich te laten dragen, en daar had hij de kracht niet meer voor. Als hij en Hond bij bebouwd gebied aankwamen en het niet konden omzeilen, sliepen ze tot het donker in een akker aan de rand ervan en liepen er in de vroege uren van de ochtend doorheen. Ze aten van de struiken en wat ze in vuilnisbakken vonden. Ze plukten alleen uit volkstuintjes en van bomen die een verwaarloosde indruk maakten. Ze bleven nog steeds staan om bronwater te drinken waar het uit de aarde opwelde, maar ze stoorden niemand. Een of twee keer vroeg iemand toestemming om een foto van hem te nemen en dat stond hij dan toe, al kostte het hem moeite om in de camera te kijken. Zo nu en dan herkende een voorbijganger hem en bood hem voedsel aan. Een man, mogelijk een journalist, vroeg of hij Harold Fry was. Maar doordat hij zorgvuldig zijn hoofd gebogen hield en in de schaduwen en de weidsere ruimten bleef wandelen, werd hij meestal met rust gelaten. Hij meed zelfs zijn eigen spiegelbeeld.

'Ik hoop dat u er weer een beetje bovenop bent,' zei een gracieuze vrouw met een hazewind. 'Het was zo jammer om u kwijt te raken. Mijn man en ik hebben gehuild.' Harold begreep niet waar ze het over had, maar hij bedankte haar evengoed en liep verder. In de verte verhief het landschap zich en vormde donkere toppen.

Er stak een krachtige zuidwestenwind op, die regen bracht. Het was te koud om te slapen. Hij lag stijf in zijn slaapzak en probeerde warm te blijven terwijl hij naar de wolkenflarden keek die langs de maan joegen. De hond lag tegen hem aan in de slaapzak. De ribben van het dier waren te tellen. Hij dacht aan de dag waarop David bij Bantham de zee in was gezwommen en aan het fragiele lijfje van zijn zoon in de gebruinde armen van de strandwacht. Hij herinnerde zich de wondjes op Davids hoofd waar het scheermes was uitgeschoten en hoe hij David altijd naar boven sleepte voor zijn zoon weer begon te braken. Al die keren had David zijn lichaam in gevaar gebracht, als een uitdaging aan de banaliteit die zijn vader was.

Harold begon te bibberen. Het ving aan als een rilling waardoor zijn tanden gingen klapperen, maar het leek aan kracht te winnen. Zijn vingers, tenen, armen en benen beefden zo hevig dat het pijn deed. Hij keek uit zijn slaapzak, zoekend naar troost of afleiding, maar hij vond geen kameraadschap bij het land, zoals hij eerder wel had gedaan. De maan scheen. De wind blies. Zijn behoefte aan warmte maakte geen indruk. Zijn omgeving was niet wreed. Het was erger. Ze merkte hem niet op. Harold was alleen, zonder Maureen of Queenie of David, op een plek die niets zag, rillend en bevend in een slaapzak. Hij probeerde de kou te verdrijven door zijn tanden te knarsen en zijn vuisten te ballen, maar dat maakte het alleen maar erger. Ver weg dreven vossen een prooi in het nauw, hun chaotische geblaf sneed door de nachtlucht. Zijn natte kleren prikten in zijn huid en kaapten zijn warmte weg. Hij was door- en doorkoud. Het rillen zou niet ophouden tot zijn inwendige organen bevroren. Hij had zelfs niet meer het vermogen om de kou te weerstaan.

Harold was ervan overtuigd dat als hij in beweging kwam het weer goed met hem zou gaan. Maar dat bleek niet zo te zijn. Hij kon niet vluchten voor wat hij die nacht had beseft toen hij vocht om warm te blijven. Met of zonder hem zou de maan opkomen en weer ondergaan. De wind zou blijven opsteken en weer gaan liggen. Het land zou zich blijven uitstrekken tot het de zee bereikte. De mensen zouden blijven sterven. Het maakte niet uit of Harold wandelde, of rilde, of thuisbleef.

Wat als een vlak, gedempt gevoel begon, groeide in de loop van de uren uit tot een felle aanklacht. Hoe langer hij erbij stilstond hoe weinig hij ertoe deed, hoe meer hij het geloofde. Wie was hij om naar Queenie toe te gaan? Wat maakte het uit als Rich Lion zijn plaats innam? Iedere keer als hij bleef staan om op adem te komen, of over zijn benen wreef om de bloedstroom weer op gang te brengen, ging de hond aan zijn voeten zitten en keek bezorgd toe. Hij week niet meer van Harolds zijde. Hij bracht geen stenen meer.

Harold dacht aan zijn reis tot nu toe; aan de mensen die hij had ontmoet, de oorden die hij had gezien, de luchten waaronder hij had geslapen. Hij had ze als een verzameling souvenirs in zijn hoofd bewaard. Ze hadden hem in beweging gehouden toen het wandelen zo zwaar was dat hij het alleen maar wilde opgeven. Maar als hij nu aan die mensen, oorden en luchten dacht, zag hij zichzelf er niet meer bij. De wegen die hij had gevolgd, waren gevuld met andere auto's. De mensen die hij was gepasseerd, passeerden andere mensen. Zijn voetafdrukken, hoe diep ook, zouden zijn weggespoeld door de regen. Het was alsof hij nooit ergens was geweest waar hij was geweest, of de vreemden had ontmoet die hij had ontmoet. Als hij omkeek was al nergens meer een spoor, een teken van hem te onderscheiden.

De boomtakken bewogen even soepel in de wind als tentakels in water. Hij had er een puinhoop van gemaakt als echtgenoot, vader en vriend. Hij had er een puinhoop van gemaakt als zoon. Het was niet alleen dat hij Queenie had laten zitten en dat zijn ouders hem niet wilden. Het was niet alleen dat hij alles verkeerd had gedaan met zijn vrouw en zijn zoon. Het was meer dat hij door het leven was gegaan zonder een enkele indruk na te laten. Hij betekende niets. Toen Harold de A696 in de richting van Cambo wilde oversteken, ontdekte hij dat de hond weg was.

Hij voelde een golf van paniek. Hij vroeg zich af of de hond zich verwond had zonder dat hij het had opgemerkt. Hij keerde op zijn schreden terug en zocht de weg en de greppels af, maar het dier was nergens te bekennen. Hij probeerde zich te herinneren wanneer hij voor het laatst zijn aanwezigheid had geregistreerd.

Het moest uren geleden zijn geweest dat ze op een bankje een sandwich hadden gedeeld. Of was het gisteren? Ongelofelijk dat hij zelfs die simpele taak niet had aangekund. Hij gebaarde naar auto's om te stoppen en vroeg de bestuurders of ze een hond hadden gezien, een ruwharig diertje van ongeveer zo groot, maar ze trokken snel weer op, alsof hij gevaarlijk was. Toen ze hem zag, greep een klein meisje zich aan haar autostoeltje vast en begon te huilen. Er zat niets anders op dan terug te gaan naar Hexham.

Hij vond Hond in een bushokje, zittend aan de voeten van een meisje. Ze droeg een schooluniform en had lang, donker haar in bijna dezelfde herfsttint als zijn vacht, en een lieve uitstraling. Toen ze bukte om hem over zijn kop te aaien, pakte ze iets op wat naast haar schoen lag en stopte het in haar zak.

Harold wilde 'Niet de steen gooien' roepen, maar deed het niet. De bus van het meisje kwam voor haar tot stilstand en ze stapte in, gevolgd door de hond. Hij zag eruit alsof hij wist waar hij heen ging. Harold keek toe hoe de bus wegreed, met het meisje en de hond erin. Geen van tweeën keek achterom of zwaaide.

Hij redeneerde dat de hond zijn eigen keuze had gemaakt. Hij had besloten een tijdje met Harold mee te lopen, en toen had hij besloten daarmee op te houden en met het meisje mee te lopen. Zo was het leven. Maar nu zijn laatste metgezel wegviel, had Harold het gevoel dat er nog een laag huid van hem af werd getrokken. Hij was bang voor wat er hierna zou komen. Hij wist dat hij niet veel meer kon hebben.

De uren werden dagen, en hij zag er geen verschil meer in. Hij begon fouten te maken. Bij het eerste ochtendgloren ging hij op pad en bewoog zich naar het opkomende licht, of het nu in de richting van Berwick lag of niet. Hij ruziede met zijn kompas als het naar het zuiden wees, ervan overtuigd dat het kapot was, of erger nog: dat het bewust loog. Soms liep hij vijftien kilometer, alleen maar om erachter te komen dat hij een grote lus had gemaakt en bijna terug was bij het begin. Hij maakte omwegen om een kreet of een gestalte achterna te gaan, maar ze brachten hem nergens. Hij zag een vrouw vlak onder de top van een heuvel om hulp roepen, maar na een uur klimmen ontdekte hij dat ze een dode boomstam was. Hij struikelde herhaaldelijk. Toen zijn bril voor de tweede keer brak, liet hij hem maar liggen.

Verstoken van rust en hoop merkte hij dat ook andere dingen hem begonnen te ontglippen. Hij kon zich Davids gezicht niet meer herinneren. Hij zag zijn donkere ogen voor zich, en de manier waarop ze staarden, maar toen hij de pony die over die ogen viel probeerde op te roepen, zag hij enkel Queenies strakke krulletjes. Het was alsof hij in zijn geest een legpuzzel maakte, maar zonder alle stukjes. Hoe kon zijn hoofd zo wreed zijn? Harold verloor alle besef van tijd, en of hij gegeten had of niet. Niet dat hij het vergeten was, het kon hem gewoon niets meer schelen. Hij had geen interesse meer voor zijn omgeving, of voor het verschil tussen alles wat hij zag, of hoe het heette. Een boom was niet meer dan iets wat hij passeerde. En soms waren de enige woorden in zijn hoofd de woorden die vroegen waarom hij doorliep, als het toch allemaal niets uitmaakte. Een eenzame kraai vloog boven zijn hoofd, luid klapwiekend met zijn zwarte vleugels, en wekte zo'n onmenselijke angst in hem op dat hij hals-over-kop dekking zocht.

Het landschap was zo uitgestrekt en hij zo nietig dat het toen hij omkeek om de afstand te schatten die hij had afgelegd, leek alsof hij helemaal niets was opgeschoten. Zijn voeten belandden op precies dezelfde plek als waar hij ze had opgetild. Hij keek naar de verre toppen, de golvende graslanden, de rotsblokken; de grijze huizen die ertussen verstopt lagen waren zo klein, zo tijdelijk, dat het een wonder was dat ze bleven staan. We hebben maar zo weinig houvast, bedacht hij, en die wetenschap bezorgde hem een gevoel van diepe wanhoop.

Harold wandelde in de brandende zon, in de striemende regen en in de blauwe kilte van de maan, maar hij wist niet meer hoe ver hij gekomen was. Hij zat onder een strenge avondhemel, bezaaid met sterren, en bekeek zijn handen die paars verkleurden. Hij wist dat hij ze naar zijn mond moest brengen en op zijn knokkels moest blazen, maar hij had geen puf om eerst het ene stel spieren te buigen en daarna het andere. Hij kon zich niet herinneren welke spieren bij welke ledematen hoorden. Hij kon zich niet herinneren wat hij ermee opschoot. Het was gemakkelijker om alleen maar te zitten, opgenomen in de avond, en in het niets overal om hem heen. Het was gemakkelijker om het op te geven dan om in beweging te blijven.

Laat op een avond belde Harold Maureen vanuit een telefooncel. Hij belde zoals altijd voor haar rekening, en toen hij haar stem hoorde zei hij: 'Ik kan het niet. Ik krijg het niet meer voor elkaar.'

Ze gaf geen antwoord. Hij vroeg zich af of ze zich had bedacht en hem toch niet miste. Of misschien had hij haar wakker gebeld.

'Ik kan het niet, Maureen,' herhaalde hij.

Ze maakte een slikgeluid door de telefoon. 'Harold, waar ben je?'

Hij keek naar de wereld buiten de telefooncel. Auto's schoten voorbij. Er waren lichten, en mensen die zich naar huis spoedden. Een billboard maakte reclame voor een televisieserie die vanaf de herfst zou worden uitgezonden, en toonde een gigantische glimlachende politieagente. Daarachter was alle duisternis die er lag tussen hem en wat zijn bestemming ook mocht zijn. 'Ik weet niet waar ik ben.'

'Weet je waar je vandaan bent gekomen?'

'Nee.'

'De naam van een dorp?'

'Ik weet het niet. Ik geloof dat ik al een tijdje geleden gestopt ben met nog iets te zien.'

'Goed, ik begrijp wat je bedoelt,' zei ze, op een manier die klonk alsof ze ook andere dingen begreep.

Hij slikte moeizaam. 'Waar ik nu ben, zou de Gateway naar de Cheviot Hills kunnen zijn. Zoiets. Misschien stond er ergens een bord. Maar misschien was het al een paar dagen geleden. Er waren heuvels. En gaspeldoorn. En heel veel adelaarsvarens.' Hij hoorde haar scherp inademen, en toen nog eens. Hij zag haar gezicht voor zich, de manier waarop haar mond open- en dichtging als ze nadacht. Hij zei weer: 'Ik wil naar huis, Maureen. Je had gelijk. Ik kan het niet. Ik wil het niet.'

Eindelijk sprak ze, langzaam en voorzichtig, alsof ze de woorden in toom hield. 'Harold, ik ga proberen uit te zoeken waar je bent en wat er gebeuren moet. Geef me een halfuurtje. Lukt dat?' Hij drukte zijn voorhoofd tegen het glas terwijl hij haar stem indronk. 'Kun je me terugbellen?'

Hij knikte. Hij vergat dat ze hem niet kon zien.

'Harold?' zei ze hard, alsof hij eraan herinnerd moest worden wie hij was. 'Harold, ben je er nog?'

'Ik luister.'

'Geef me een halfuurtje. Dat is genoeg.'

Hij wandelde door de straten van het stadje om de tijd sneller voorbij te laten gaan. Er stonden mensen in de rij voor een fish & chips-zaak, en een eindje verderop gaf een man over in de goot. Hoe verder hij van de telefooncel af dwaalde, hoe angstiger hij werd, alsof het deel van hem dat veilig was, zich daar nog steeds ophield en wachtte op Maureen. De heuvels waren sinistere donkere reuzen die botsten tegen de avondhemel. Een groep jongeren liep de weg op, ze schreeuwden naar auto's en gooiden met bierblikjes. Harold hield zich verborgen in de schaduwen, bang om gezien te worden. Hij ging naar huis, en hij wist niet hoe hij aan anderen moest vertellen dat hij het niet had gehaald, maar dat deed er ook niet toe. Het was een idioot plan geweest en hij moest er een punt achter zetten. Als hij Queenie nog een brief schreef, zou ze het wel begrijpen.

Hij belde opnieuw naar Maureen. 'Met mij weer.'

Ze gaf geen antwoord. Ze maakte een geluid alsof ze naar lucht hapte. Hij zei nu: 'Met Harold.'

'Ja.' Ze hapte weer naar lucht.

'Zal ik later terugbellen?'

'Nee.' Ze was even stil, en daarna zei ze langzaam. 'Rex is hier bij me. We hebben de kaart bekeken. We hebben een paar telefoontjes gepleegd. Hij is het internet op gegaan. We hebben zelfs je *Wegengids van Groot-Brittannië* erbij gepakt.' Ze sprak nog steeds niet met haar eigen stem. Haar woorden klonken ijl, alsof ze een stuk had gerend en maar met moeite op adem kwam. Harold moest de telefoon tegen zijn oor drukken om haar te kunnen verstaan.

'Doe je Rex de groeten?'

Ze stootte een fladderend lachje uit. 'Je krijgt de groeten terug.' Er volgden nog meer vreemde slikgeluiden, een soort hikjes, maar dan zachter. Toen: 'Rex denkt dat je in Wooler bent.'

'Wooler?'

'Zou dat kunnen kloppen?'

'Ik weet het niet. Het begint allemaal hetzelfde te klinken.'

'We denken dat je een verkeerde afslag hebt genomen.' Hij wilde zeggen dat hij veel verkeerde afslagen had genomen, maar het kostte hem te veel inspanning. 'Er is daar een hotel dat de Black Swan heet. Het lijkt mij een aardig hotel, en Rex ook. Ik heb een kamer voor je geboekt, Harold. Ze weten dat je eraan komt.'

'Maar je vergeet helemaal dat ik geen geld heb. En ik zie er vast verschrikkelijk uit.'

'Ik heb over de telefoon betaald met creditcard. En het maakt niet uit hoe je eruitziet.'

'Wanneer kun je hier zijn? Komt Rex mee?' Hij wachtte na beide vragen, maar het bleef stil aan de andere kant van de lijn. Hij vroeg zich zelfs af of ze had opgehangen. 'Je komt toch wel?' Zijn bloed kolkte van paniek.

Ze had niet opgehangen. Hij hoorde haar diep inademen, alsof ze haar hand had gebrand. Plotseling klonk haar stem zo luid en snel dat zijn oor er pijn van deed. Hij moest de hoorn een stukje van zich afhouden. 'Queenie leeft nog, Harold. Je hebt haar gevraagd te wachten en dat doet ze ook. Rex en ik hebben het weerbericht bekeken, en er staan stralende zonnetjes boven het hele land. Morgenochtend voel je je een stuk beter.'

'Maureen?' Ze was zijn laatste kans. 'Ik kan het niet. Ik heb me vergist.'

Ze hoorde het niet, of als ze het wel hoorde, weigerde ze de ernst van zijn woorden in te zien. Ze bleef op hem inpraten, met steeds hogere stem. 'Blijf doorgaan. Het is nog maar vijfentwintig kilometer naar Berwick. Je kunt het, Harold. Zorg dat je op de B6525 blijft.'

Hij wist niet te zeggen wat hij na die woorden voelde, dus hing hij op.

Zoals Maureen hem had opgedragen, ging Harold naar het hotel. Hij kon de receptioniste niet aankijken, noch de jonge portier die erop stond hem naar zijn kamer te begeleiden en de deur voor hem te openen. De jongen trok de gordijnen dicht en liet hem zien hoe de airconditioning werkte en waar de badkamer was, en maakte hem ook nog attent op de minibar en de broekpers. Harold knikte, maar zag niets. De lucht voelde koud en hard aan.

'Kan ik u iets te drinken inschenken, meneer?' vroeg de portier.

Harold was niet in staat uit te leggen hoe het zat met hem en alcohol. Hij wendde zich enkel af. Toen de portier weg was, ging hij volledig gekleed op bed liggen. Het enige waaraan hij kon denken was dat hij niet verder wilde. Hij viel in slaap en schrok meteen weer wakker. Het kompas van Martina's partner. Hij voelde met zijn hand in zijn broekzak en daarna met zijn andere hand in zijn andere broekzak. Geen kompas. Het lag niet in het bed of op de grond. Het lag ook niet in de lift. Hij moest het in de telefooncel hebben laten liggen.

De portier ontgrendelde de voordeur en beloofde dat hij zou wachten. Harold liep zo hard dat zijn adem in zijn borstholte schrijnde alsof hij geslagen werd. Hij trok de deur van de telefooncel open, maar het kompas was weg.

Misschien kwam het door de schok om weer in een kamer te zijn en op een bed met schone lakens en zachte kussens te liggen, maar die nacht begon Harold te huilen. Hij snapte niet hoe hij zo stom kon zijn geweest om Martina's kompas kwijt te raken. Hij hield zichzelf voor dat het maar een ding was. Ze zou het wel begrijpen. Maar het enige wat hij voelde was de afwezigheid van het gewicht ervan in zijn broekzak, zo enorm dat het neerkwam op een aanwezigheid. Hij was bang dat hij samen met het kompas een essentieel, stabiliserend deel van zichzelf was kwijtgeraakt. Ook toen hij kortstondig wegzonk in iets wat op slaap leek, krioelde het in zijn hoofd nog van de beelden. Hij zag de man uit Bath met zijn jurk en zijn blauwe oog. Hij zag de oncoloog naar Queenies brief staren, en de vrouw die van Jane Austen hield tegen de lucht praten. Ook de fietsende moeder met de littekens op haar arm was er, en weer vroeg hij zich af waarom iemand zoiets deed. Hij rolde zich op tegen zijn kussen en droomde van de heer met het zilveren haar die de trein nam naar de jongen met de sportschoenen. Hij zag Martina wachten op de man die nooit terug zou keren. En hoe zat het met de serveerster die nooit South Brent zou verlaten? En Wilf? En ook Kate? Al die mensen, allemaal op zoek naar geluk. Hij werd huilend wakker, en bleef de hele dag huilen terwijl hij liep.

Maureen kreeg een ongefrankeerde ansichtkaart met een foto van de Cheviots. Op de achterkant stond: *Mooi weer. H. x.* De volgende dag lag er weer een kaart op de mat, van de muur van Hadrianus, maar op deze was niets geschreven.

De kaarten kwamen iedere dag, soms met meerdere tegelijk. Hij schreef ultrakorte berichten: *Regen. Niet mooi. Ik loop. Ik mis je.* Eén keer tekende hij de vorm van een heuvel. Een andere keer een krabbelige W die mogelijk een vogel was. Vaak stond er niets op de kaarten. Ze vroeg de postbode erop te letten bij het sorteercentrum; zij zou de portokosten betalen. De berichten waren kostbaarder dan liefdesbrieven, zei ze.

Harold belde niet meer. Ze wachtte iedere avond tevergeefs. Het zat haar dwars dat ze hem had laten gaan terwijl hij haar hulp nodig had. Ze had door haar tranen heen het hotel geboekt en met Harold gepraat. Maar ze had het er uitgebreid met Rex over gehad: als hij het opgaf nu hij zo dichtbij was, zou hij daar de rest van zijn leven spijt van hebben.

Het begin van juli had wind en zware regen gebracht. Haar bamboestokken hingen in een dronkenmanshoek, en de toppen van haar bonenplanten werkten zich blind omhoog in de lucht. Harolds ansichtkaarten bleven komen, maar gaven niet langer een gestage noordelijke route aan. Er was er een uit Kelso, dat volgens haar berekening zevenendertig kilometer ten westen lag van waar hij hoorde te zijn. Er kwam er ook een uit Eccles, en een uit Coldstream, alweer te ver ten westen van Berwick. Bijna elk uur besloot ze wel de politie te bellen, maar als ze dan de telefoon pakte, besefte ze weer dat het niet aan haar was om een einde te maken aan Harolds reis, terwijl hij er nu iedere dag kon zijn.

Ze sliep zelden een hele nacht. Ze was bang dat ze door te zwichten voor een toestand van bewusteloosheid het enige contact met haar man zou opgeven en hem misschien helemaal zou verliezen. Ze zat buiten op een terrasstoel onder de sterren en hield de wacht voor de man die ergens ver weg onder dezelfde hemel schuilde. Zo nu en dan kwam Rex haar 's ochtends vroeg thee brengen, en een reisdeken uit zijn auto. Zonder te praten of te bewegen keken ze hoe de nacht zijn donkerheid verloor, en naar het paarlemoeren licht van de dageraad.

Meer dan wat ook ter wereld wilde Maureen dat Harold thuiskwam.

26

Harold en de tearoom

Het laatste stuk was het ergst. Harold zag niets meer dan weg. Hij had geen gedachten. De oude pijn in zijn rechterbeen was terug, waardoor hij weer hinkte. Hij beleefde nergens plezier aan; hij was in een wereld waar dat niet bestond. De vliegen zwermden in een wolk om zijn hoofd. Soms werd hij gebeten. Of misschien gestoken. De velden waren immens en leeg, en de auto's werden als speelgoed over de weg voortgetrokken. Een volgende top. Een volgende lucht. Een volgende kilometer. Het was allemaal hetzelfde. Het verveelde én overweldigde hem zo dat hij er bijna onder bezweek. Vaak vergat hij waar hij heen ging.

Zonder liefde had niets... wat? Wat was het woord ervoor? Hij kon het zich niet meer herinneren. Hij meende dat het met een W begon en hij dacht aan weelde, maar dat kon niet kloppen. Niets leek er nog veel toe te doen. De zwartheid kroop uit de lucht. De regen geselde zijn huid. De wind blies zo hard dat hij moeite had om rechtop te blijven. Hij viel nat in slaap en werd nat wakker. Hij zou nooit meer weten hoe het was om warm te zijn.

De nachtmerrieachtige beelden die Harold dacht te hebben achtergelaten waren terug en lieten zich niet verjagen. Of hij nu wakker was of sliep, hij herbeleefde het verleden, en hij voelde opnieuw de verschrikking ervan. Hij zag zichzelf met een bijl inhakken op de houten planken van zijn schuur, zijn handen vol wondjes en splinters, zijn hoofd tollend van de whisky. Hij zag zijn vuisten bloeden boven duizenden gekleurde glasscherfjes. Hij hoorde zichzelf bidden met zijn ogen opgeslagen naar de hemel, zijn handen gevouwen, en de woorden betekenden niets. Op andere momenten zag hij Maureen hem de rug toekeren en verdwijnen in een oogverblindende bol van licht. De afgelopen twintig jaar werden weggeslagen. Hij kon zich niet meer verbergen achter zijn alledaagsheid of zelfs maar achter clichés. Dat bestond allemaal niet meer, net als de details in het landschap.

Niemand kon zich zulke eenzaamheid voorstellen. Hij slaakte een kreet, maar er kwam geen geluid terug. Hij voelde de kou diep in zijn lijf, alsof zelfs zijn botten bezig waren te bevriezen. Hij sloot zijn ogen om te gaan slapen in de zekerheid dat hij het niet zou overleven, maar hij miste de wilskracht om ertegen te vechten. Toen hij wakker werd, voelde hij zijn stijve kleren in zijn huid snijden, en zijn door de zon, of misschien door de kou verbrande gezicht. Hij stond op en ploeterde voort.

Bij een uitstulping in zijn schoenen was de naad gescheurd en de zolen waren flinterdun. Zijn tenen konden ieder moment door het leer komen. Hij omzwachtelde ze met de blauwe ducktape, alsmaar rond, onder de voet door en omhoog naar de enkel, zodat de schoen een deel werd van hemzelf. Of was het andersom? Hij begon te geloven dat ze een eigen wil hadden.

Door, door, door. Dat waren de enige woorden. Hij wist niet of hij die woorden uitschreeuwde, of dat ze in zijn hoofd zaten, of dat iemand anders ze riep. Hij dacht dat hij misschien wel de laatste mens op de aarde was. Er was niets anders dan de weg. Hij was niets meer dan een lichaam dat een wandeling in zich herbergde.

Hij was voeten met blauwe ducktape en hij was Berwick-upon-Tweed.

Op een dinsdagmiddag om halfvier rook Harold zout in de wind. Een uur later bereikte hij de top van een heuvel en zag hij voor zich een stadje liggen aan de rand van de eindeloze zee. Hij naderde de grijsroze stadsmuren, maar niemand hield zijn pas in of keek een tweede keer, of bood hem eten aan.

Zevenentachtig dagen nadat hij van huis was gegaan om een brief te posten, bereikte Harold Fry de hekken van Hospice St. Bernadine. Vergissingen en omwegen meegerekend had hij duizend en negen kilometer afgelegd. Het gebouw voor hem was modern en pretentieloos, geflankeerd door ratelpopulieren. Bij de hoofdingang stond een ouderwetse straatlantaarn, en een bord dat naar een parkeerterrein wees. Een stuk of wat lichamen zaten achterover in ligstoelen op het gazon, als kleren die te drogen waren gelegd. Een zeemeeuw cirkelde kliauwend boven zijn hoofd.

Harold wandelde over de flauwe ronding van de geasfalteerde oprit en bracht zijn vinger naar de bel. Hij zou willen dat het moment bevroor, als een beeld dat uit de tijd was geknipt, zijn donkere vinger tegen de witte knop, de zon op zijn schouders, de lachende zeemeeuw. Zijn reis was ten einde.

Harolds geest gleed terug over de kilometers die hem naar deze plek hadden geleid. Hij zag wegen, heuvels, huizen, hekken, winkelcentra, straatlampen en brievenbussen, en geen van die dingen had iets bijzonders. Het waren niet meer dan dingen waar hij langs was gekomen; waar iedereen langs had kunnen komen. De gedachte maakte hem plotseling intens treurig, en daar waar hij had verwacht niets dan triomf te voelen, voelde hij angst. Hoe had hij ooit kunnen geloven dat die heel gewone dingen meer betekenden dan ze deden? Zijn vinger bleef voor de bel zweven en drukte niet. Waar was het allemaal over gegaan?

Hij dacht aan de mensen die hem hadden geholpen. Hij dacht

aan de ongewensten, de onbeminden, en hij zag zichzelf als een van hen. Hoe nu verder? Hij zou zijn cadeautjes aan Queenie geven en haar bedanken, maar wat dan? Hij zou terugkeren naar het oude leven dat hij bijna vergeten was, waar mensen snuisterijen tussen henzelf en de buitenwereld plaatsten. Waar hij slapeloos in de ene slaapkamer lag, en Maureen in de andere.

Harold hees zijn rugzak weer op zijn schouders en keerde zich van het hospice af. Toen hij door de hekken naar buiten liep, keken de gestalten in de ligstoelen niet op. Niemand verwachtte hem, en niemand leek zijn aankomst of vertrek dan ook op te merken. Het bijzonderste moment in Harolds leven was geruisloos gekomen en gegaan.

In een kleine tearoom vroeg Harold de serveerster om een glas water en of hij van het toilet gebruik mocht maken. Hij verontschuldigde zich dat hij geen geld bij zich had. Hij wachtte geduldig, terwijl de ogen van de serveerster zijn warrige haarbos, zijn gescheurde jack en stropdas in zich opnamen, en langs zijn bemodderde broek afzakten naar zijn schoenen, die bijna volledig omwonden waren met blauwe ducktape. Ze trok haar mondhoeken omlaag en keek over haar schouder naar een oudere vrouw in een grijs jasje die met een paar klanten stond te praten. De andere vrouw was duidelijk haar meerdere. De serveerster zei: 'Maar wel vlug dan.' Ze leidde hem naar een deur zonder hem aan te raken.

Harold zag een gezicht in de spiegel dat hij slechts vaag herkende. De huid hing in donkere plooien, alsof er te veel van was om de schedel te omspannen. Er zaten snijwondjes op zijn voorhoofd en jukbeenderen. Zijn haar en baard waren woester dan hij had gedacht, en lange, dikke haren kronkelden rond zijn wenkbrauwen en groeiden uit zijn neus. Hij was een lachwekkende oude man. Een zonderling. Hij leek in niets op de man die de deur uit was gegaan met een brief. Hij leek in niets op de man die voor foto's had geposeerd en een pelgrimsshirt had gedragen.

De serveerster gaf hem water in een wegwerpbeker, maar nodigde hem niet uit te gaan zitten. Hij vroeg of iemand hem een scheermes of een kam zou kunnen lenen, maar de manager in het grijze jasje kwam vlug naar hem toe en wees naar het bordje voor het raam. VERBODEN TE BEDELEN. Ze vroeg hem te vertrekken, anders was ze gedwongen de politie te bellen. Niemand keek op toen hij naar de deur liep. Hij vroeg zich af of hij stonk. Hij had zo lang buiten doorgebracht dat hij vergeten was welke geuren acceptabel waren en welke niet. Hij wist dat de mensen plaatsvervangende schaamte voelden als ze hem zagen, en die wilde hij hun besparen.

Aan een tafeltje bij het raam kirden een jonge vader en moeder tegen hun baby. Er steeg zo'n pijn in Harold op dat hij nauwelijks overeind kon blijven.

Hij draaide zich om naar de manager en de klanten in de tearoom, en keek hen recht aan. Hij zei: 'Ik wil mijn zoon.'

De woorden veroorzaakten een rilling in zijn lijf, geen zachte, maar een spastische huivering die van heel diep kwam. Zijn gezicht vertrok toen het verdriet door zijn borstspieren snerpte en omhooggolfde naar zijn keel.

'Waar is hij?' vroeg de manager.

Harold kneep in zijn handen om niet onderuit te gaan.

De manager vroeg: 'Hebt u hier afgesproken met uw zoon? Is hij in Berwick?'

Een klant legde zijn hand op Harolds arm. Hij vroeg op beminnelijke toon: 'Neem me niet kwalijk, meneer, maar bent u die man van de wandeling?'

Harolds adem stokte. Het was de vriendelijkheid van de man die hem brak.

'Mijn vrouw en ik hebben over u gelezen. Er was een vriend die we uit het oog hadden verloren. Vorig weekend zijn we bij hem op bezoek geweest. We hebben het over u gehad.'

Harold liet de man praten en hem zijn arm vasthouden, maar hij was niet in staat antwoord te geven of zijn gezicht te bewegen.

'Wie is uw zoon? Hoe heet hij?' vroeg de man. 'Misschien kan ik helpen.'

'Hij heet...'

Plotseling stortte Harolds hart omlaag, alsof hij over een muur was gestapt en door de leegte tuimelde. 'Hij is mijn zoon. Hij heet...'

De manager keek hem koel aan, wachtend, met de klanten achter haar, en de vriendelijke man met zijn hand op Harolds mouw. Ze hadden geen idee. Geen idee van de ontsteltenis, de verwarring, de wroeging die in hem ziedden. Hij kon zich de naam van zijn zoon niet meer herinneren.

Buiten wilde een jonge vrouw hem een papiertje geven.

'Salsalessen voor zestigplussers,' zei ze. 'Ga ook. Het is nooit te laat.'

Maar dat was het wel. Het was veel te laat. Harold schudde driftig zijn hoofd en deed nog een paar wankele passen. Het was alsof zijn benen van elastiek waren.

'Pak het blaadje alstublieft aan,' zei het meisje. 'Neem ze allemaal. U mag ze in de afvalbak gooien als u wilt. Ik wil alleen maar naar huis.'

Harold strompelde met de stapel blaadjes door de straten van Berwick, zonder te weten waar hij heen ging. De mensen liepen met een boog om hem heen, maar hij bleef doorlopen. Hij kon zijn ouders vergeven dat ze hem niet hadden gewild. Dat ze hem niet hadden getoond hoe je liefhad, of hem er zelfs maar de woorden voor hadden geleerd. Hij kon hun ouders vergeven, en hun ouders vóór hen.

Het enige wat Harold wilde, was zijn kind.

27

Harold en nog een brief

Beste meisje van het pompstation,
Ik ben je het hele verhaal schuldig. Twintig jaar geleden heb ik mijn zoon begraven. Zoiets zou een vader niet horen te doen. Ik wilde de man leren kennen die hij zou worden. Dat wil ik nog steeds.

Tot op de dag van vandaag begrijp ik niet waarom hij het heeft gedaan. Hij was depressief en verslaafd aan pillen en alcohol. Hij kon geen werk vinden. Maar ik wens met heel mijn hart dat hij met me had gepraat.

Hij heeft zich opgehangen in mijn tuinschuur. Hij heeft het gedaan met een touw, dat was vastgemaakt aan een van de haken voor het tuingereedschap. De lijkschouwer zei dat hij zoveel had geslikt en gedronken dat hij er heel lang over moet hebben gedaan om de strop te maken. Het vonnis luidde zelfmoord.

Ik heb hem gevonden. Ik kan dit bijna niet opschrijven. Toen ik hem zag heb ik gebeden, ook al ben ik niet gelovig, zoals ik je in de winkel van het pompstation al zei. Ik zei: Lieve Heer, laat hem alstublieft niet dood zijn. Ik zal alles voor U doen. Ik heb hem omlaag getild, maar het leven was geweken. Het was te laat.

Hadden ze me maar niet verteld dat het hem zo veel tijd had gekost om de strop te maken.

Mijn vrouw was radeloos. Ze kwam het huis niet meer uit. Ze hing vitrage op, want ze wilde niet dat de buren naar binnen konden kijken. Op den duur zijn al die mensen verhuisd en wist niemand meer van ons af, of van wat er was gebeurd. Maar iedere keer als Maureen naar me keek, wist ik dat ze een dode David zag.

Ze begon met hem te praten. Hij was bij haar, zei ze. Ze wachtte altijd op hem. Maureen heeft zijn kamer precies zo gelaten als op de dag dat hij stierf. En soms word ik daar weer helemaal triest van, maar zo wil mijn vrouw het. Ze kan niet accepteren dat hij dood is, en dat begrijp ik. Het is voor een moeder ook onverdraaglijk.

Queenie wist het van David, maar ze zei er niets over. Ze hield een oogje op me. Ze haalde thee met suiker voor me en praatte over het weer. Ze heeft maar één keer gezegd: Misschien heb je genoeg gehad, Harold. Want dat kwam er nog bij. Ik dronk.

Het was begonnen met één glaasje om rustig te kunnen blijven tijdens het verslag van de lijkschouwer. Maar later bewaarde ik de flessen in een papieren zak onder mijn bureau. God mag weten hoe ik 's avonds naar huis reed. Ik wilde gewoon niets meer voelen.

Op een avond was ik zo ver heen dat ik de tuinschuur heb afgebroken. Maar zelfs dat was niet genoeg. Toen heb ik ingebroken bij de brouwerij en iets vreselijks gedaan. Queenie wist dat ik het moest zijn geweest en nam de schuld op zich.

Ze werd op staande voet ontslagen, en daarna is ze vertrokken. Ze schijnt te horen hebben gekregen dat ze er verstandig aan zou doen om te maken dat ze wegkwam uit de streek. En een secretaresse die bevriend was met Queenies hospita heb ik horen zeggen dat ze geen adres had achtergelaten. Ik heb haar laten gaan. Ik heb haar de schuld op zich laten nemen. Maar ik ben gestopt met drinken.

Maureen en ik hebben lang ruzie gemaakt, en daarna hielden we geleidelijk aan op met praten. Ze verhuisde uit onze slaapkamer. Ze hield niet meer van me. Ontelbare keren heb ik gedacht dat ze bij me weg zou gaan, maar dat deed ze niet. Ik heb nooit meer een nacht rustig geslapen.

De mensen denken dat ik wandel omdat Queenie en ik al die jaren geleden iets met elkaar hebben gehad, maar dat is niet waar. Ik ging wandelen omdat zij me heeft gered en omdat ik haar daar nooit voor heb bedankt. En daarom schrijf ik jou. Om je te zeggen hoe je me al die weken geleden hebt geholpen, toen je vertelde over je vertrouwen en over je tante, al ben ik bang dat mijn moed de jouwe toch niet kan evenaren.

Met hartelijke groeten en mijn nederige dank,

Harold (Fry)

PS Sorry dat ik je naam niet weet.

28

Maureen en het bezoek

Dagenlang had Maureen voorbereidingen getroffen in huis voor Harolds terugkeer. Ze had de twee foto's uit de la van zijn nachtkastje gehaald en ze opgemeten om er een lijstje voor te kopen. Ze had de mooie kamer zachtgeel geverfd en een paar lichtblauwe fluwelen gordijnen voor het raam gehangen die ze zo goed als nieuw bij de kringloopwinkel had gekocht en had ingekort. Ze bakte cakes om de vriezer mee te vullen, samen met pasteien, moussaka, lasagne en boeuf bourguignon – al die gerechten die ze had bereid toen David nog leefde. In de kast stonden potten chutney van haar pronkbonen naast ingelegde uien en rode bieten. In de keuken en in de slaapkamer had ze lijstjes liggen. Er was zoveel te doen. En toch, als ze uit het raam keek of in bed lag te luisteren naar de meeuwen die krijsten als kinderen, had ze soms het gevoel dat ze bij al haar activiteit toch ook ergens inactief was, alsof ze niet helemaal begreep waar het om draaide.

Stel dat Harold thuiskwam en tegen haar zei dat hij weer op pad ging. Stel dat hij haar toch ontgroeid was.

Op een vroege ochtend werd er aangebeld en ze liep naar beneden. Voor de drempel stond een bleek meisje te wachten, met sluik haar en een zwarte houtje-touwtjejas aan, hoewel het al warm was.

'Mag ik binnenkomen alstublieft, mevrouw Fry?'

Bij een kop thee en verscheidene abrikozenflapjes vertelde het meisje dat zij het was die al die weken geleden een hamburger had opgewarmd voor Harold. Hij had haar veel mooie ansichtkaarten gestuurd, maar na zijn plotselinge roem begon er een hinderlijke schare fans en journalisten bij het pompstation rond te hangen. Uiteindelijk had haar baas haar om gezondheids- en veiligheidsredenen moeten vragen te vertrekken.

'Ben je je baan kwijt? Wat vreselijk,' zei Maureen. 'Dat zal Harold heel erg vinden.'

'Het geeft niet, mevrouw Fry. Ik vond het toch al geen leuk werk. De klanten hadden altijd een grote mond en veel te veel haast. Maar wat me dwarszit, is wat ik tegen uw man heb gezegd over de kracht van geloven.' Ze zag er nerveus en bezorgd uit en streek aanhoudend dezelfde haarlok achter haar oor, ook al zat die netjes op zijn plaats. 'Ik geloof dat ik hem de verkeerde indruk heb gegeven.'

'Maar Harold heeft zich laten inspireren door jouw woorden. Jouw geloof bracht hem op het idee om die wandeling te maken.'

Het meisje zat ineengedoken in haar jas en knaagde zo hard op haar lip dat Maureen bang was dat ze door zou bijten. Toen trok ze een envelop uit haar zak en haalde er een aantal blaadjes uit. Ze reikte ze Maureen aan, maar haar hand trilde. 'Kijk,' zei ze.

Maureens lippen krulden omlaag. 'Salsa voor zestigplussers?'

Het meisje pakte de blaadjes terug en draaide ze om. 'Het staat op de achterkant. Het is een brief van uw man. Hij is bij het pompstation bezorgd. Mijn vriendin zei dat ik hem moest komen halen voor de baas het zag.'

Maureen las de brief in stilte, huilend bij iedere zin. Het verlies dat hen twintig jaar geleden uit elkaar had gerukt, was even zieldoorborend en onbegrijpelijk als toen het net was gebeurd. Nadat ze de brief gelezen had, bedankte ze het meisje en vouwde hem op, waarbij ze met haar duimnagel over de vouw streek. Toen schoof ze de brief terug in de envelop. Ze bleef onbeweeglijk zitten.

'Mevrouw Fry?'

'Er is iets wat ik moet uitleggen.'

Maureen bevochtigde haar lippen en liet de woorden komen. Het was een opluchting. Ontroerd als ze was door Harolds biecht, leek het haar niet meer dan juist om eindelijk de feiten te delen over Davids zelfmoord, en over het verdriet dat zijn ouders uit elkaar had gedreven. 'We hebben een tijdje tegen elkaar geschreeuwd. Ik maakte Harold vreselijke verwijten. Ik heb afschuwelijke dingen gezegd. Dat hij een betere vader had moeten zijn. Dat de drankzucht bij hem in de familie zat. En toen leken we geen woorden meer over te hebben. Rond die tijd begon ik met David te praten.'

'Bedoelt u dat hij een geest was?' vroeg het meisje. Ze had duidelijk te veel films gezien.

Maureen schudde haar hoofd. 'Geen geest, nee. Meer een aanwezigheid. Een gevoel van David. Het was mijn enige troost. Eerst zei ik kleine dingen. "Waar ben je?" "Ik mis je." Dat soort dingen. Maar na verloop van tijd zei ik steeds meer. Ik zei alles wat ik niet tegen Harold zei. Soms wenste ik bijna dat ik er niet mee begonnen was, maar ik was bang dat ik David op de een of andere manier in de steek liet als ik ermee ophield. Stel dat hij er echt was. Stel dat hij me nodig had. Ik hield mezelf voor dat hij zich aan me zou laten zien als ik maar lang genoeg wachtte. Je leest over dat soort dingen in de tijdschriften bij de dokter, als je in de wachtkamer zit. Ik wilde hem zo graag zien.' Ze veegde haar ogen af. 'Maar het is nooit gebeurd. Ik heb gekeken en gekeken, maar hij is nooit gekomen.'

Het meisje drukte haar gezicht in een papieren zakdoekje en

brulde het uit. 'O god, dit is echt te verdrietig.' Toen ze weer tevoorschijn kwam, waren haar ogen zo klein en haar wangen zo rood dat haar gezicht eruitzag alsof het ontveld was. Het snot en speeksel hing in draden uit haar neus en mond. 'Ik ben zo schijnheilig, mevrouw Fry.'

Maureen pakte de hand van het meisje beet. Hij was zo klein als die van een kind, maar verrassend warm. Ze kneep erin.

'Dat ben je helemaal niet. Door jou is hij die wandeling gaan maken. Jij hebt hem geïnspireerd met je verhaal over je tante. Je hoeft niet te huilen.'

Het meisje uitte nog een snik en begroef haar gezicht opnieuw in het zakdoekje. Toen ze even later haar hoofd weer optilde, knipperde ze met haar arme ogen en haalde diep en huiverend adem. 'Maar dat is het nou juist,' zei ze uiteindelijk. 'Mijn tante is dood. Ze is jaren geleden overleden.'

Maureen voelde iets wegvallen. De kamer leek een enorme sprong te maken, alsof ze zich op de trap had verstapt. 'Wat?' De woorden bleven in haar mond steken. Ze deed hem open en slikte, en slikte nog een keer. Toen schielijk: 'Maar je geloof dan? Dat had haar toch gered? Daar ging het toch allemaal om?'

Het meisje zette haar tanden in de hoek van haar bovenlip, waarbij haar kaak opzij schoot. 'Als kanker je eenmaal in zijn greep heeft, is er geen houden meer aan.'

Het was alsof Maureen voor het eerst de waarheid zag, en ze realiseerde zich dat ze die altijd al had gekend. Natuurlijk kon je terminale kanker niet tegenhouden. Maureen dacht aan de vele mensen die hun vertrouwen hadden gesteld in Harolds wandeling. Ze dacht aan Harold die langs de wegen sjokte, op dit moment zelfs. Er ging een rilling door haar heen. 'Ik zei toch dat ik schijnheilig was,' zei het meisje.

Maureen trommelde zachtjes met haar vingertoppen tegen haar voorhoofd. Ze voelde nog meer uit de diepten van haar binnenste komen, maar anders dan de waarheid over David bezorgde dit haar een gloeiend gevoel van schaamte. Ze zei langzaam: 'Als iemand hier schijnheilig is, ben ik het wel.'

Het meisje schudde niet-begrijpend haar hoofd.

Maureen begon haar verhaal te vertellen, op zachte en langzame toon. Ze keek het meisje niet aan, want het vergde al haar concentratie om de woorden uit de geheime plek te trekken waar ze ze al die tijd verborgen had. Ze vertelde dat Queenie Hennessy twintig jaar geleden, na Davids zelfmoord, naar Fossebridge Road 13 was gekomen en naar Harold had gevraagd. Haar gezicht was krijtwit geweest en ze had bloemen bij zich. Ze had iets doodgewoons, maar tegelijk ook uitermate waardigs.

'Ze vroeg of ik Harold een boodschap kon doorgeven. Het ging over de brouwerij, ze wilde hem iets laten weten. Nadat ze verteld had wat het was, gaf ze me de bloemen en ging weg. Ik denk dat ik de laatste was die ze voor haar vertrek heeft gezien. Ik heb de bloemen in de vuilnisbak gegooid en hem de boodschap nooit doorgegeven.' Ze zweeg. Het was te pijnlijk en te beschamend om door te gaan.

'Wat heeft ze u verteld, mevrouw Fry?' vroeg het meisje. Haar stem klonk vriendelijk, als een geruststellende hand in het donker.

Maureen aarzelde. Het was een hele zware tijd toen, zei ze. Maar dat was geen excuus voor wat ze had gedaan, of niet had gedaan, en ze wou dat het anders was geweest.

'Maar ik was kwaad. David was dood. En ik was ook jaloers. Queenie was aardig voor Harold terwijl ik dat niet kon zijn. Als ik hem haar boodschap doorgaf, vond hij daar misschien troost in. En dat wilde ik niet. Dat hij troost zou vinden terwijl die er voor mij niet was.'

Maureen veegde haar tranen weg en ging verder.

'Queenie vertelde me dat Harold op een avond had ingebroken in het kantoor van Napier, zijn baas. Ze had hem eerder die avond in zijn auto zien zitten voor de brouwerij. Ze was niet naar hem toe gegaan. Ze dacht dat hij misschien huilde en wilde zich niet aan hem opdringen. Pas toen ze de volgende dag hoorde wat er gebeurd was, had ze een en een bij elkaar opgeteld. Het was verdriet, zei ze, en in hun verdriet doen mensen de vreemdste dingen. Naar haar mening was Harold uit op zelfvernietiging. Door de clowntjes van Murano-glas aan diggelen te gooien daagde hij Napier uit om iets vreselijks te doen. Hun baas was vastbesloten wraak te nemen.' Maureen was even stil en depte haar neus. 'Dus nam Queenie de schuld op zich. Dat ze een onaantrekkelijke vrouw was maakte het makkelijker, zei ze; Napier was uit zijn evenwicht gebracht. Ze zei tegen hem dat ze de clowntjes tijdens het stoffen per ongeluk had omgestoten.'

Het meisje lachte, maar ook zij huilde. 'Wilt u zeggen dat het allemaal kwam omdat uw man een stel glazen clowntjes kapot heeft gegooid? Waren ze duur?'

'Helemaal niet. Ze waren van zijn moeder geweest. Napier was een gewelddadige rotzak. Hij is drie keer getrouwd geweest en hij heeft alle drie zijn echtgenotes blauwe ogen geslagen. Eentje belandde met gebroken ribben in het ziekenhuis. Maar hij was gek op zijn moeder.' Ze glimlachte mat. De glimlach bleef even hangen, tot ze haar schouders ophaalde en hem van haar gezicht veegde. 'Dus daar stond Queenie en ze nam de schuld op zich voor iets wat Harold had uitgehaald, en toen heeft ze zich door Napier laten ontslaan. Ze heeft me dat allemaal verteld en me gevraagd tegen Harold te zeggen dat hij zich geen zorgen hoefde te maken. Hij was aardig voor haar geweest, zei ze. Het was het minste wat ze kon doen.'

'En u hebt hem dat niet verteld?'

'Nee. Ik heb hem laten lijden. En daarna werd het een van al die dingen waar we het niet over konden hebben, en dreef het ons nog verder uit elkaar.' Ze opende haar ogen wijd en liet haar tranen de vrije loop. 'Je ziet, hij had gelijk om bij me weg te lopen.'

Het meisje van het pompstation gaf geen antwoord. Ze nam

nog een abrikozenflapje en een paar minuten lang leek ze aan niets anders te denken dan aan de smaak daarvan. Toen zei ze: 'Ik denk niet dat hij bij u is weggelopen. En ik vind u ook niet schijnheilig, mevrouw Fry. Iedereen maakt fouten. Maar één ding weet ik wel.'

'Wat dan? Wat dan?' kreunde Maureen terwijl ze haar hoofd in haar handen wiegde. Hoe kon ze de fouten van al die jaren geleden ooit goedmaken? Haar huwelijk was voorbij.

'Als ik u was, zou ik hier niet blijven hangen om koekjes te bakken en met mij te praten. Ik zou iets doen.'

'Maar ik ben al helemaal naar Darlington gereden. Het maakte niets uit.'

'Dat was toen het allemaal nog goed ging. Maar inmiddels is er veel gebeurd.' Haar stem klonk zo langzaam en zelfverzekerd dat Maureen haar hoofd optilde. Het gezicht van het meisje was nog steeds bleek, maar het straalde opeens van een ontwapenende zuiverheid. Misschien maakte Maureen een plotselinge beweging of slaakte ze zelfs een kreet, want het meisje van het pompstation lachte. 'Op naar Berwick-upon-Tweed.'

29

Harold en Queenie

Nadat hij zijn brief had geschreven, had Harold een jongeman zover gekregen een envelop en een postzegel voor hem te kopen. Het was te laat om Queenie nog te bezoeken en hij overnachtte in zijn slaapzak op een bankje in het park. Toen het ochtend werd, ging hij naar de openbare toiletten, waar hij zich waste en met zijn vingers zijn haar doorkamde. Iemand had een wegwerpscheermes op de wastafel achtergelaten en dat trok hij door zijn baard. Heel goed kon hij zich er niet mee scheren, maar de grootste massa was weg en hij had nu meer stoppels dan krullen, met hier en daar een plukje. De huid rond zijn mond zag er gebleekt uit en stak vreemd af tegen het leerachtige vel van zijn voorhoofd en wangen. Hij hing zijn rugzak over zijn schouder en begaf zich naar het hospice. Zijn lichaam voelde hol en hij vroeg zich af of hij eten nodig had. Hij had geen trek. Hij was eerder misselijk.

De hemel was overtrokken met een dik wit wolkendek, maar de zilte lucht deed al warm aan. Gezinnen arriveerden in auto's vol picknickspullen en stoelen voor een dagje strand. Ver weg, tegen de horizon, glinsterde de staalgrijze zee in het ochtendlicht.

Harold wist dat het einde in zicht was, maar hij had geen idee hoe het zou zijn of wat hij daarna ging doen.

Hij betrad de oprijlaan van Hospice St. Bernadine en liep voor de tweede keer over het asfalt. Het was pas gelegd, het veerde onder zijn voeten. Hij drukte zonder aarzeling op de bel en terwijl hij wachtte sloot hij zijn ogen en tastte met zijn hand naar de muur. Hij vroeg zich af of hij zou worden ontvangen door de verpleegster die hij aan de telefoon had gehad. Hij hoopte dat hij niet al te veel zou hoeven uitleggen. Hij had geen energie voor woorden. De deur ging open.

Voor hem stond een vrouw met bedekt haar, gehuld in een hooggesloten crèmekleurig gewaad onder een zwart overkleed met een riem. Zijn hele huid kriebelde.

'Ik ben Harold Fry,' zei hij. 'Ik heb een hele lange wandeling gemaakt om Queenie Hennessy te redden.' Hij snakte plotseling naar water. Zijn benen trilden. Hij had behoefte aan een stoel.

De non glimlachte. Haar huid was zacht en glad; wat hij van haar haar kon zien, was grijs. Ze strekte haar handen uit en pakte die van Harold vast. Haar handen waren warm en ruw. Sterke handen. Hij was bang dat hij zou gaan huilen. 'Welkom, Harold,' zei ze. Ze stelde zich voor als zuster Philomena en vroeg hem binnen te komen.

Hij veegde zijn voeten, en toen nogmaals.

'Het is al goed,' zei ze, maar hij kon er niet mee ophouden. Hij stond met zijn schoenen te stampen bij de drempel. Hij tilde ze op om te kijken of er iets onder zat, en er zat niets, maar toch bleef hij met zijn zolen over de stugge mat schrapen, zoals hij van zijn tantes altijd moest doen voordat hij naar binnen mocht.

Hij bukte om de ducktape los te trekken, maar het duurde even en de tape bleef steeds aan zijn vingers kleven. Hoe langer hij erover deed, hoe meer hij wenste dat hij er niet aan begonnen was.

'Ik kan mijn bootschoenen maar het beste bij de deur laten staan.' De lucht binnen was koel en stil. Er hing een geur van ontsmettingsmiddel die hem aan Maureen deed denken, en ook van warm voedsel, mogelijk aardappels. Hij bevrijdde zijn voet met de punt van de andere schoen en herhaalde het proces bij de andere voet. Met alleen zijn sokken aan voelde hij zich naakt en klein.

De non glimlachte. 'Je zult Queenie wel graag willen zien.' Ze vroeg of hij klaar was om mee te gaan en hij knikte.

Hun voeten legden de weg over het blauwe tapijt in stilte af. Er was geen applaus. Er waren geen lachende verpleegsters, geen juichende patiënten. Er was alleen Harold, die het golvende silhouet van een non volgde door een schone en lege gang. Hij meende gezang te horen, maar toen hij nog eens luisterde, dacht hij dat hij het zich waarschijnlijk verbeeld had. Misschien was het de wind die speelde met de kantelramen verderop, of iemand die riep. Hij besefte dat hij vergeten was bloemen mee te nemen.

'Gaat het wel?' vroeg ze.

Hij knikte weer.

Ze liepen nu langs de ramen en Harold zag aan zijn linkerhand een tuin. Hij keek verlangend naar het strak gemaaide gazon en stelde zich voor hoe zijn blote voeten zouden wegzinken in het zachte gras. Er stonden bankjes in de tuin en een sproeier bestookte de lucht met gebogen waterstralen die van tijd tot tijd het licht vingen. Voor hem strekte zich een serie deuren uit. Het kon niet anders of Queenie bevond zich achter een daarvan. Hij vestigde zijn blik op de tuin en hij werd gegrepen door een vlaag van felle angst.

'Hoe lang zei je nou dat je had gewandeld?'

'Ach,' antwoordde hij. Terwijl hij haar volgde, begon zijn reis al zijn betekenis te verliezen. 'Een hele tijd.'

Ze zei: 'Die andere pelgrims hebben we niet binnengevraagd, ben ik bang. We zagen ze op de televisie. We vonden ze nogal luidruchtig.' Ze draaide zich naar hem toe en hij dacht dat ze hem een knipoog gaf, maar dat kon natuurlijk niet kloppen.

Ze kwamen langs een half openstaande deur. Hij wilde niet naar binnen kijken.

'Zuster Philomena!' riep een stem, teer als een fluistering.

Ze bleef staan en keek de kamer in, met haar armen gestrekt tussen de deurposten. 'Ik kom zo,' zei ze tegen wie er ook binnen was. De non stond met haar ene voet iets opgetild en naar achteren gestrekt, als een danseres, maar dan met gympen aan. Ze keerde zich weer naar Harold om en zei met een warme glimlach dat ze er bijna waren. Hij was koud, of moe, of iets anders wat het leven uit hem leek te persen.

De non liep nog een paar meter door, bleef vervolgens staan en klopte zachtjes op een deur. Met haar knokkels en haar oor tegen het hout bleef ze even luisteren, duwde toen de deur op een kiertje open en tuurde naar binnen.

'We hebben bezoek,' sprak ze de kamer in die hij nog niet kon zien.

Ze duwde de deur tegen de muur en ging ertegenaan staan. 'Wat spannend,' zei ze. Hij nam een diepe teug adem die helemaal vanuit zijn voeten leek te komen en sloeg zijn ogen op naar de kamer.

Er was niet meer dan een raam met half gesloten gordijnen, en daarachter een lucht die heel ver weg leek. Er stond een eenvoudig bed met een stoel ernaast en een steekbekken eronder. Boven het bed hing een houten kruisbeeldje.

'Maar ze is er niet.' Hij voelde een duizelingwekkende golf van onverwachte opluchting.

Zuster Philomena lachte. 'Natuurlijk is ze er wel.' Ze knikte naar het bed en toen hij weer keek, ontdekte hij een frêle vorm onder de hagelwitte lakens. Langs de zijde ervan strekte zich iets uit, een soort lange witte klauw, en toen Harold zijn ogen inspande begreep hij dat het Queenies arm was. Hij voelde het bloed naar zijn hoofd stijgen.

'Harold,' klonk de stem van de non. Haar gezicht bevond zich vlak bij het zijne, haar huid toonde een netwerk van fijne rimpeltjes. ‘Queenie is verward, en ze heeft ook pijn. Maar ze heeft gewacht. Zoals je haar hebt gezegd.’ Ze stapte opzij om hem door te laten.

Hij deed een paar passen naar het bed toe, en toen nog een paar, met bonkend hart. En toen Harold Fry eindelijk aan de zijde stond van de vrouw voor wie hij heel Engeland door was gelopen, begaven zijn benen het bijna. Ze lag onbeweeglijk, op niet meer dan een meter van zijn aanraking, haar gezicht naar het licht van het raam gekeerd. Hij vroeg zich af of ze sliep, of misschien onder de medicijnen zat, of op iets anders wachtte dan op hem. Het voelde alsof hij haar bespiedde, zoals ze niet bewoog of zijn komst opmerkte. Haar lichaam tekende zich nauwelijks als vorm in de lakens af. Ze was zo klein als een kind.

Harold haalde de rugzak van zijn schouders en hield hem plat tegen zijn buik, alsof hij het beeld van Queenie op afstand wilde houden. Hij waagde het nog een stap dichterbij te zetten. Twee.

Wat er over was van Queenies haar, zo dun en wit als een pluizenbol in een berm, was losjes naar één zijde gekamd, alsof de wind er vat op had gehad. Hij zag de papierdunne huid op haar schedel. Haar hals zat in het verband.

Queenie Hennessy zag eruit als iemand anders. Als iemand die hij nooit had ontmoet. Een geest. Een lege huls. Hij keek om naar zuster Philomena, maar de deuropening was leeg. Ze was verdwenen.

Hij kon de cadeautjes neerleggen en weggaan. Misschien een kaartje erbij. Een paar troostrijke woorden schrijven leek veruit het best. Er trok een plotselinge energie door hem heen. Hij wilde zich net omdraaien, toen Queenies hoofd aan een langzame, maar gestage beweging van het raam af begon, en hij bleef stokstijf staan en keek. Eerst kwam het linkeroog, daarna de neus, daarna de rechterkant van haar wang, tot haar gezicht naar hem toe gekeerd was en ze elkaar voor het eerst in twintig jaar ontmoetten. Harolds ademhaling stokte.

Er was iets helemaal mis met haar hoofd. Het bestond uit twee hoofden in één, en het tweede groeide uit het eerste. Het begon ergens boven haar jukbeen en stak uit over haar kaak. Het was zo groot, dat gezwel, dat tweede gezicht zonder gelaatstrekken, dat het leek alsof het ieder moment door haar huid heen kon barsten. Het had haar rechteroog dicht gedwongen en trok het in de richting van haar oor. De onderste helft van haar mond stond scheef naar haar kaak toe. Het was bijna onmenselijk. Ze tilde haar klauwachtige vingers op alsof ze haar gezicht trachtte af te schermen, maar hij kon het onmogelijk niet zien. Harold kreunde.

Het geluid was hem ontglipt voor hij er erg in had. Haar hand zocht al tastend naar iets wat ze niet kon vinden.

Hij wou dat hij kon doen alsof het niet weerzinwekkend was om naar te kijken, maar dat kon hij niet. Zijn mond ging open en er schuifelden twee woorden naar buiten. 'Dag, Queenie.' Duizend kilometer, en dat was het enige wat hij kon bedenken.

Ze gaf geen antwoord.

'Ik ben het. Harold,' zei hij. 'Harold Fry.' Hij was zich ervan bewust dat hij knikte, en de woorden overdreven uitsprak, en ze niet tot haar misvormde gezicht, maar tot haar klauwhand richtte. 'We zijn collega's geweest, lang geleden. Weet je nog?'

Hij wierp opnieuw een blik op de reusachtige tumor. Het was een glanzende, bolvormige massa die vol zat met dunne adertjes en blauwe plekken, waardoor het leek of het de huid pijn deed om hem te omspannen. Queenies geopende oog knipperde naar hem. Uit het andere gleed een spoor van iets vochtigs naar haar kussen.

'Heb je mijn brief gekregen?'

De blik was naakt, als van een dier dat gevangenzat in een doos.

'Mijn ansichtkaarten?'

Ben ik aan het doodgaan? vroeg haar marmeren oog. Zal het pijn doen?

Hij kon niet kijken. Hij trok de rugzak open en rommelde erin rond, maar binnenin was het donker en zijn vingers trilden, en hij was zich zo bewust van Queenies blik die op hem rustte, dat hij steeds vergat waar hij naar zocht. 'Ik heb wat souvenirs meegebracht, die ik tijdens mijn wandeling heb gekocht. Ik heb een kwartssteen aan een koord die leuk is om voor het raam te hangen. Ik moet hem alleen nog vinden. En ik heb ook ergens honing.' Hij bedacht dat ze met zo'n groot gezwel waarschijnlijk helemaal niet kon eten. 'Misschien lust je wel geen honing. Maar de pot is mooi. Om pennen in te doen of zo. Hij is van Buckfast Abbey.'

Hij haalde het papieren zakje met de rozenkwarts tevoorschijn en reikte het haar aan. Ze bewoog zich niet. Hij legde hem een stukje van haar klauwhand af. Hij gaf er twee klopjes op. Toen hij opkeek, bevroor zijn huid. Queenie Hennessy gleed langzaam van het kussen af, alsof het gewicht van haar afschuwelijke gezicht haar naar de grond trok.

Hij wist zich geen raad. Hij moest helpen, maar hij wist niet hoe. Hij was bang dat er onder het verband om haar hals nog meer zou zijn. Meer verminkingen. Meer hardvochtig bewijs van haar menselijke broosheid. Dat kon hij niet verdragen. Harold riep om hulp. Hij deed het eerst zachtjes, om haar niet te laten schrikken. Maar toen riep hij nog een paar keer, steeds luider.

'Hallo, Queenie,' zei de non die de kamer betrad, maar dit leek een andere te zijn dan die van daarnet. Haar stem was jonger, haar figuur ronder en haar gedrag vrijmoediger. 'We gaan eerst maar eens wat licht binnenlaten. Het lijkt hier wel een mortuarium.' Ze liep naar de gordijnen en trok ze met een ruk open, waarbij de ringen schril over de metalen stang piepten. 'Wat enig dat er bezoek is.' Alles aan haar trof Harold als veel te levend voor de kamer en voor Queenies zwakke gesteldheid. Hij vond het stuitend dat ze haar voor zo'n fragiel iemand als Queenie lieten zorgen, hoewel hij blij was dat hij nu niets meer hoefde te doen.

'Ze...' Hij was niet in staat zijn zin af te maken. Hij wees.

'Toch niet weer?' zei de non opgewekt, alsof Queenie een klein kind was dat eten op haar bloesje had gemorst.

Vanaf de andere kant van het bed schikte ze Queenies kussens en trok haar bij de oksels overeind. Queenie onderwierp zich eraan als een lappenpop; zo, dacht Harold, zou hij zich haar altijd blijven herinneren: lijdzaam, terwijl iemand haar tegen een kussen aan sjorde en het soort grappige opmerkingen maakte dat hij verafschuwde.

'Het schijnt dat Henry hierheen gelopen is. Helemaal van... Waar kwam je ook alweer vandaan, Henry?'

Harold opende zijn mond om te verklaren dat hij geen Henry heette en dat hij in Kingsbridge woonde, maar zijn animo om een van beide dingen te zeggen vervloog. Het leek de moeite niet waard om haar te corrigeren. Op dat moment leek het niet eens de moeite waard om zichzelf te zijn.

'Zei je nou Dorset?' vroeg de non.

'Ja. Dat klopt,' antwoordde Harold, die haar toon had overgenomen, zodat het even klonk alsof ze allebei boven de zeewind uit schreeuwden. 'In het zuiden.'

'Zullen we hem thee aanbieden?' vroeg ze aan Queenie zonder haar aan te kijken. 'Ga zitten en praat lekker bij, Henry, terwijl ik voor ons drietjes een kopje thee maak. We hebben het druk gehad, hè? Er zijn zo veel brieven en kaartjes gekomen. Vorige week heeft er een vrouw helemaal uit Perth geschreven.' Ze wendde zich tot Harold toen ze wegging. 'Ze kan je horen,' zei ze. Hij dacht dat het niet erg netjes was om erover te praten, als Queenie het echt kon horen. Maar dat zei hij niet. Hier telde alleen nog de toon.

Harold ging op de stoel naast Queenies bed zitten. Hij schoof hem iets naar achteren, zodat hij niet in de weg zat. Hij duwde zijn handen tussen zijn knieën.

'Hallo,' zei hij weer, alsof hij haar net zag. 'Ik moet zeggen dat je je flink weert. Je krijgt de hartelijke groeten van mijn vrouw... herinner je je Maureen nog?' Hij voelde zich veiliger nu hij over Maureen was begonnen. Hij wou dat Queenie iets terugzei om het ijs te breken, maar dat deed ze niet.

'Ja, je weert je flink.' En toen: 'Echt heel flink.' Hij keek over zijn schouder in de hoop dat de non er al aan kwam met de thee, maar ze waren nog steeds alleen. Hij geeuwde langdurig, hoewel hij klaarwakker was. 'Ik heb heel lang gewandeld,' zei hij zwakjes. 'Zal ik je kwartssteen ophangen? In de winkel hing hij voor het raam. Ik denk dat je hem wel mooi zult vinden. Hij wordt verondersteld een genezende werking te hebben.' Haar geopende oog ontmoette het zijne. 'Maar dat weet ik niet, hoor.'

Hij vroeg zich af hoe lang hij dit nog moest volhouden. Hij stond op met de rozenkwarts slingerend aan het koord tussen zijn vingers, en deed alsof hij een geschikte plek zocht om hem op te hangen. De lucht achter het raam was zo helwit dat hij niet kon uitmaken of hij naar wolken keek of naar stralend zonlicht. In de tuin duwde een non met een strohoed op een patiënt in een rolstoel over het gras, zachtjes pratend. Hij vroeg zich af of ze aan het bidden was. Hij benijdde haar om haar geloof.

Diep in Harold roerden zich emoties en beelden uit het verleden, die al die tijd begraven waren geweest, omdat het voor een mens ondraaglijk was om er dagelijks mee te leven. Hij greep zich vast aan de vensterbank en ademde diep in, maar de lucht was te warm en bracht hem geen verlichting.

Hij beleefde weer de middag waarop hij met Maureen naar het rouwcentrum was gereden om David voor het laatst te zien, opgebaard in zijn kist. Ze had wat spullen meegenomen: een rode roos, een teddybeer en een kussen voor onder zijn hoofd. In de auto had ze Harold gevraagd wat hij ging geven, terwijl ze wist dat hij niets bij zich had. De zon had heel laag gestaan en scheen in zijn ogen tijdens de rit. Ze droegen allebei een zonnebril. Zelfs thuis zette ze die niet af.

Bij het rouwcentrum had ze tot zijn verrassing gezegd dat ze alleen afscheid wilde nemen van David. Hij had buiten gezeten met zijn hoofd in zijn handen, wachtend op zijn beurt, tot een voorbijganger naar hem toe was gekomen en hem een sigaret had aangeboden. Harold had hem aangenomen, hoewel hij sinds zijn dagen als busconducteur niet meer had gerookt. Hij probeerde zich voor te stellen wat een vader tegen zijn dode zoon zei. De sigaret trilde zo hevig tussen zijn vingers dat de voorbijganger drie lucifers nodig had om hem aan te steken.

De dikke nicotine greep hem bij de keel en kronkelde door zijn ingewanden, die zich samentrokken. Toen hij opstond en zich over een afvalbak boog, kwam de bittere stank van verrotting hem tegemoet. Het volgende moment hoorde hij achter zich een diepe, scherpe jammerkreet, zo dierlijk van intensiteit dat hij verstijfde boven de inhoud van de bak.

'Nee!' gilde Maureen vanuit de rouwkamer. 'Nee! Nee! Nee!' De woorden galmden door hem heen en hamerden tegen de loodgrijze lucht.

Harold braakte wit schuim in de afvalbak.

Toen ze naar buiten kwam, ving ze even zijn blik en vervolgens schoot haar hand naar haar zonnebril. Ze had zo hard gehuild dat haar hele wezen vloeibaar leek. Hij zag met een schok hoe mager ze was geworden; haar schouders leken op een kleerhanger in haar zwarte jurk. Hij wilde naar haar toe lopen, haar vasthouden en vastgehouden worden, maar hij rook naar de sigaret en zijn braaksel. Hij bleef naast de afvalbak staan wachten en deed alsof hij haar niet had gezien, en zij liep recht langs hem heen naar de auto. De ruimte die hen van elkaar scheidde fonkelde als glas in de zon. Hij veegde zijn gezicht en handen af, en ging haar uiteindelijk achterna.

Terwijl ze zwijgend naar huis reden, wist Harold dat er iets tussen hen was gebeurd wat niet meer ongedaan kon worden gemaakt. Hij had geen afscheid genomen van zijn zoon. Maureen wel, maar Harold niet. Dat verschil zou er altijd zijn. Er volgde een eenvoudige crematie, maar ze wilde er geen uitvaartgasten bij hebben. Ze hing vitrage op, zodat de mensen niet naar binnen konden gluren, hoewel hij soms het idee had dat het meer was om te voorkomen dat ze zelf naar buiten kon kijken. Een tijdlang ging ze tekeer en gaf ze Harold de schuld, en toen hield ook dat op. Ze passeerden elkaar op de trap en waren niet meer dan vreemden.

Harold dacht aan de dag waarop ze uit het rouwcentrum kwam en hem aankeek voordat ze haar zonnebril voor haar ogen deed, en hij had het gevoel dat ze met die ene blik een pact hadden gesloten dat hen de rest van hun leven verplichtte alleen dingen te zeggen die ze niet meenden, en kapot te maken wat ze het meest liefhadden.

Harold herinnerde zich dit alles in het hospice waar Queenie op sterven lag, en hij kromp ineen van pijn.

Hij had gedacht haar bij hun weerzien te kunnen bedanken en zelfs afscheid te kunnen nemen. Dat er een ontmoeting tussen hen zou zijn en dat hem daarmee op de een of andere manier de vreselijke fouten uit het verleden zouden worden vergeven. Maar er kon geen ontmoeting zijn, en ook geen afscheid, want de vrouw die hij eens had gekend was er al niet meer. Leunend tegen de vensterbank vond Harold dat hij moest blijven, tot hij dit kon accepteren. Hij vroeg zich af of het verschil zou maken als hij weer ging zitten. Maar nog voor hij naar de stoel liep, wist hij al dat het dat niet zou doen. Of hij nu zat of stond, het zou lang duren voordat hij de wetenschap dat er niet meer dan dit van Queenie was overgebleven, kon invoegen in het weefsel van zijn leven. Ook David was dood, en er was geen mogelijkheid om hem terug te brengen. Met een snelle knoop bond Harold de rozenkwarts aan de gordijnstang. Hij hing in het licht en draaide rond, zo lichtjes dat het bijna niet zichtbaar was.

Hij herinnerde zich hoe hij aan zijn veters friemelde op de dag dat David bijna verdronk. Hij herinnerde zich hoe hij van het rouwcentrum wegreed met Maureen, en wist dat alles voorbij was. Er kwam nog meer. Hij zag zichzelf als jongen nadat zijn moeder was weggegaan, hoe hij toen uitgestrekt op bed lag en zich afvroeg of je, als je je maar stil genoeg hield, kon sterven. En dan was er hier, jaren later, een vrouw die kort zijn collega was geweest, maar een dierbare, die vocht om dat kleine beetje leven dat ze nog in zich had te behouden. Het was niet genoeg. Het was niet genoeg om van een afstandje toe te kijken.

Hij liep zwijgend naar Queenies bed. En terwijl haar hoofd zich omdraaide en haar oog de zijne vond, ging hij naast haar zitten. Hij pakte haar hand vast. Haar vingers waren bijna alleen maar bot. Ze kromden zich haast onmerkbaar en raakten de zijne. Hij glimlachte.

'Het lijkt een hele tijd geleden dat ik je in die voorraadkast vond,' zei hij. Tenminste, dat wilde hij zeggen, maar misschien was het een gedachte. De atmosfeer bleef geruime tijd roerloos en leeg, tot haar hand uit de zijne gleed en haar ademhaling vertraagde.

Een gerinkel van kopjes deed hem opschrikken. 'Alles goed, Henry?' vroeg de jonge non terwijl ze monter de kamer in kwam zeilen met een dienblad.

Harold keek weer naar Queenie. Ze lag te dutten.

'Vind je het erg dat ik geen thee drink?' vroeg hij. 'Ik moet weg.'

En Harold ging.

30

Maureen en Harold

Een gebroken figuur zat alleen op een bankje, ineengedoken tegen de wind en uitkijkend naar de rand van de zee, alsof hij daar al zijn hele leven zat. De lucht was zo zwaar en grijs, en de zee zo zwaar en grijs, dat niet te zien was waar de een begon en de ander ophield.

Maureen hield haar pas in. Haar hart bonsde achter haar ribben. Ze liep naar Harold toe en bleef naast het bankje staan, maar hij keek niet op en zei niets. Zijn haar viel in zachte krullen op de kraag van zijn waterdichte jack. Ze verlangde er hevig naar die krullen te strelen.

'Dag, meneer,' zei ze. 'Mag ik naast u komen zitten?'

Hij gaf geen antwoord, maar hij trok zijn jack tegen zijn heupen en schoof opzij om ruimte voor haar te maken. De golven braken in witte schuimkragen op het strand en lieten meegevoerde steentjes en gebroken schelpen achter. Het was vloed.

Ze nam naast Harold plaats, maar ietsjes van hem af. 'Hoe ver denk je dat die golven hebben gereisd?' vroeg ze.

Hij haalde zijn schouders op en schudde zijn hoofd, alsof hij wilde zeggen: Goede vraag, maar ik zou het niet weten. Zijn gezicht zag er van opzij zo hol uit dat het aangevreten leek, en hij had donkblauwe schaduwen onder zijn ogen. Hij was opnieuw veranderd. Hij leek jaren ouder geworden. Wat er van zijn baard resteerde, zag er deerniswekkend uit.

'Hoe was het?' vroeg ze. 'Ben je bij Queenie geweest?'

Harold hield zijn handen tussen zijn knieën geklemd. Hij knikte. Nog steeds zweeg hij.

Ze vroeg: 'Had ze enig idee dat je vandaag zou aankomen? Vond ze het leuk?'

Hij slaakte een zucht die klonk alsof er iets barstte.

'Je bent toch wel... bij haar langs geweest?'

Hij knikte, maar zijn hoofd bleef op en neer bewegen, alsof hij verzuimd had een bericht aan zijn hersenen door te geven dat het genoeg was.

'En, hebben jullie gepraat? Wat heb je gezegd? Moest Queenie lachen?'

'Lachen?' herhaalde hij.

'Ja. Was ze blij?'

'Nee.' Hij sprak met zwakke stem. 'Ze zei helemaal niets.'

'Niets? Weet je dat zeker?'

Weer een serie knikjes. Zijn zwijgzaamheid was net een ziekte. Ook Maureen leek ermee besmet te raken. Ze trok haar kraag op tegen haar kin. Ze had verwacht dat hij treurig en uitgeput zou zijn, dat was niet meer dan logisch na zijn reis. Maar dit was het soort apathie dat het leven uit je zoog.

Ze zei: 'En de cadeautjes die je bij je had? Vond ze die mooi?'

'Ik heb de rugzak bij de nonnen achtergelaten. Dat leek me het beste.' Hij sprak zacht en zorgvuldig, woog ieder woord af, alsof hij bang was in de krater van de onderliggende gevoelens te vallen. 'Ik had het nooit moeten doen. Ik had een brief moeten sturen. Een brief was genoeg geweest. Als ik het gewoon bij een brief had gehouden, had ik...' Ze wachtte, maar hij staarde naar de horizon. Hij leek te zijn vergeten dat hij aan het praten was.

'Toch verbaast het me dat Queenie niets heeft gezegd, na alles wat je hebt gedaan.'

Eindelijk draaide hij zich naar haar toe en keek haar in de ogen. Uit zijn gezicht was, net als uit zijn stem, het leven verdwenen. 'Dat kan ze niet. Ze heeft geen tong.'

'Hoe bedoel je?' stootte Maureen uit.

'Ik denk dat ze die hebben weggesneden. Samen met de helft van haar keel en een deel van haar ruggengraat. Het was een wanhoopspoging om haar te redden, maar het heeft niet geholpen. De kanker is niet te opereren, omdat ze niets meer heeft waar in gesneden kan worden. Nu heeft ze een tumor die uit haar gezicht groeit.'

Hij keek naar de hemel, met half geloken ogen, alsof hij de wereld buitensloot om de waarheid die in zijn hoofd vorm aannam duidelijker te kunnen zien. 'Daarom kreeg ik haar niet aan de telefoon. Ze kan niet praten.'

Maureen richtte haar blik weer naar de zee en probeerde het te begrijpen. Ver weg waren de golven vlak en staalgrijs. Ze vroeg zich af of ze wisten dat het einde van hun reis nabij was.

Harolds stem klonk weer. 'Ik ben daar niet gebleven, omdat ik geen goede woorden kon vinden. Die kon ik al niet vinden toen ik voor het eerst haar brief las. Maureen, ik ben zo iemand die de computerstem bedankt als hij de tijd belt. Wat had ik nou kunnen doen? Dacht ik nou werkelijk dat ik een vrouw kon redden van de dood?'

Een hevig verdriet leek zich door hem omhoog te werken. Zijn ogen kreukelden zich dicht en zijn mond ging open, en rechtop zittend uitte hij een aantal geluidloze snikken. 'Ze was zo'n goed mens. Ze wilde helpen. Iedere keer als ik haar ergens heen bracht, had ze iets lekkers bij zich voor de terugrit. Ze vroeg naar David, en naar Cambridge...' Hij bleef steken. Zijn lichaam schokte. Zijn gezicht verfrommelde toen er dikke tranen over zijn wangen stroomden. 'Je had het moeten zien. Je had haar moeten zien, Maw. Het is onrechtvaardig.'

'Ik weet het.' Ze legde haar linkerhand op Harolds hand en hield hem stevig vast. Ze keek naar de donkere vingers in zijn schoot, naar de blauwe ribbels van zijn aderen. Hoe vreemd de laatste weken ook waren geweest, ze kende die hand zo goed. Ook zonder te kijken kende ze hem. Ze bleef zijn hand vasthouden terwijl hij huilde. Hij bedaarde weer wat, de tranen vloeiden in stilte.

Hij zei: 'Tijdens het lopen herinnerde ik me zoveel. Dingen waarvan ik niet eens wist dat ik ze vergeten was. Dingen over David, en over jou en mij. Ik heb zelfs aan mijn moeder gedacht. Sommige herinneringen waren moeilijk. Maar de meeste waren mooi. En ik ben bang. Ik ben bang dat ik ze op een dag, misschien al heel snel, weer kwijt ga raken, en dat het dan voorgoed zal zijn.' Zijn stem klonk onvast. Hij nam een nieuwe, moedige hap adem en begon haar alles te vertellen wat hij zich herinnerd had; de momenten uit Davids leven die zich voor hem hadden geopend als het allerkostbaarste plakboek. 'Ik wil zijn hoofdje niet vergeten toen hij een baby was. Of zoals hij insliep als je voor hem zong. Ik wil dat allemaal niet kwijtraken.'

'Natuurlijk gebeurt dat niet,' zei ze. Ze probeerde te lachen. Ze wilde dit gesprek niet voortzetten, al zag ze aan de manier waarop hij naar haar bleef kijken dat hij nog niet klaar was.

'Ik kon me Davids naam niet meer herinneren. Hoe kon ik die zijn vergeten? Ik vind het een onverdraaglijke gedachte dat ik op een dag naar je gezicht zal kijken en dan misschien niet eens meer weet wie je bent.'

Ze voelde verdriet achter haar oogleden prikken en schudde haar hoofd. 'Je lijdt echt niet aan geheugenverlies, Harold. Je bent alleen heel erg moe.'

Toen ze zijn blik ontmoette, was die weerloos. Hij bleef haar aankijken, en zij hem, en de jaren losten op. Maureen zag weer de jongen die al die jaren geleden als een wildeman had gedanst, en die haar hele wezen met de chaos van de liefde had gevuld.

Ze knipperde hard en veegde over haar ogen. De golven wierpen zich steeds verder op het strand. Al die energie, al die kracht, die oceanen overstak, die vrachtschepen en lijnboten droeg, en maar een klein stukje van haar voeten eindigde, in een laatste waaier van opspattend water.

Ze dacht na over alles wat er van nu af moest gebeuren. Ze zouden regelmatig naar de dokter gaan. Een verkoudheid zou kunnen omslaan in longontsteking. Ze zouden zich onderwerpen aan bloedtesten, gehoortesten, ogentesten. Wie weet, God verhoede, lagen er operaties in het verschiet, gevolgd door perioden van herstel. En daarna kwam er onvermijdelijk een dag waarop een van hen voorgoed alleen zou zijn. Ze huiverde. Harold had gelijk: het was niet te verdragen. Dat je op dit punt bent aangekomen en ontdekt wat het is dat je wilt, alleen maar om te beseffen dat je het weer zult verliezen. Ze vroeg zich af of ze naar huis zouden rijden via de Cotswolds, en daar een paar dagen blijven, of misschien een omweg maken en naar Norfolk gaan. Ze wilde dolgraag weer een keertje naar Holt. Maar misschien zouden ze het niet doen. Het was allemaal te veel om over na te denken, en ze wist het niet. De golven sloegen om, en om, en om.

'We bekijken het met de dag,' mompelde ze. Ze schoof naar Harold toe en tilde haar armen op.

'O, Maw,' huilde hij zachtjes.

Maureen hield hem stevig vast tot het verdriet wegtrok. Hij was lang, en stijf, en van haar. 'Lieve man.' Ze zocht met haar mond zijn gezicht en kuste zijn natte zoute wangen. 'Je bent opgestaan en je hebt iets gedaan. En als het geen klein wonder is dat je een weg probeert te vinden terwijl je niet eens weet of je er komen kunt, wat is dat dan wel?'

Haar mond trilde. Ze nam zijn gezicht in haar handen, en ze waren nu zo dicht bij elkaar dat zijn gelaatstrekken niet meer te onderscheiden waren en het enige wat ze nog waarnam de gevoelens waren die ze voor hem had.

'Ik hou van je, Harold Fry,' fluisterde ze. 'En dat heb jij gedaan.'

31

Queenie en het cadeautje

Queenie staarde naar de mistige wereld en zag iets wat ze nog niet eerder had gezien. Ze kneep haar oog samen in een poging te focussen. Een stralend roze licht dat ronddraaide in de lucht en af en toe een myriade van kleuren over de muur verspreidde. Een tijdje was dat prachtig, maar toen werd het te vermoeiend om het te blijven volgen en liet ze het los.

Ze was bijna niets. Een keer knipperen met je ogen en ze zou verdwenen zijn.

Er was iemand gekomen, en nu was die persoon weer weg. Iemand die ze graag mocht. Geen van de nonnen, al waren die allemaal aardig. Niet haar vader, maar een andere goede man. Hij had iets over wandelen gezegd en dat was waar, ja, herinnerde ze zich, hij had gewandeld. Maar ze wist niet meer hoe ver hij had gewandeld. Misschien vanaf het parkeerterrein. Ze had pijn in haar hoofd en wilde om water vragen, en dat zou ze straks ook doen, maar voorlopig bleef ze nog even liggen, heel stil en eindelijk comfortabel. Ze zou gaan slapen.

Harold Fry. Nu herinnerde ze het zich. Hij was gekomen om afscheid te nemen.

Eens was ze een vrouw geweest die Queenie Hennessy heette. Ze telde getallen op en had een onberispelijk handschrift. Ze had een paar keer liefgehad, maar het was niets geworden, en zo had het moeten zijn. Ze had het leven aangeraakt, er een beetje mee gespeeld, maar het is een glad kreng, en uiteindelijk moeten we de deur dichtdoen en het achterlaten. Al die jaren was dat een angstwekkende gedachte. Maar nu? Helemaal niet angstwekkend. Helemaal niets. Ze was zo moe. Ze liet haar gezicht tegen het kussen zakken en voelde hoe zich in haar steeds zwaarder wordende hoofd iets opende als een bloem.

Een lang vergeten herinnering kwam naar boven. De herinnering was zo dichtbij dat Queenie haar bijna kon proeven. Ze stormde de trap af in het huis van haar jeugd, met haar rode leren schoentjes aan, en haar vader riep haar, of was het die goede man, Harold Fry? Ze rende naar hem toe en lachte omdat het zo grappig was. 'Queenie?' riep hij. 'Ben je daar?' Ze kon zijn gestalte zien, groot in het licht, maar hij bleef haar maar roepen en overal om zich heen kijken, behalve in haar richting. Haar adem bleef steken in haar borst. 'Queenie!' Ze wilde zo graag dat hij haar eindelijk vond. 'Waar ben je? Waar zit dat meisje toch? Ben je klaar?'

'Ja,' zei ze. Het licht was heel helder. Zelfs achter haar oogleden was het zilverachtig. 'Ja,' riep ze, iets harder, zodat hij het zou horen. 'Ik ben hier.' Iets bij het raam draaide en overgoot de kamer met sterren.

Queenie opende haar mond, wachtend op de volgende ademtocht. En toen die niet kwam, maar iets anders wel, was het zo makkelijk als ademen.

32

Harold en Maureen en Queenie

Maureen nam de mededeling kalm in ontvangst. Ze had een tweepersoonskamer geboekt dicht bij de boulevard. Ze hadden een lichte maaltijd gegeten, en naderhand had ze het bad voor Harold laten vollopen en zijn haar gewassen. Ze had voorzichtig zijn kin geschoren en zijn huid ingesmeerd met vochtinbrengende crème. Terwijl ze zijn nagels knipte en zijn voeten wreef, vertelde ze hem over alle dingen die ze in het verleden had gedaan waar ze spijt van had. Hij zei dat het bij hem hetzelfde was. Hij leek een verkoudheid onder de leden te hebben.

Nadat ze het telefoontje van het hospice had aangenomen, nam ze Harolds hand in de hare. Ze vertelde hem precies wat zuster Philomena had gezegd: dat Queenies gezicht op het laatst een vredige uitdrukking had gehad. Bijna kinderlijk. Een van de jongere nonnen dacht dat ze Queenie vlak voor haar dood iets had horen roepen, alsof ze iemand aansprak die ze kende. 'Maar zuster Lucy is nog jong,' zei zuster Philomena.

Maureen vroeg Harold of hij liever alleen wilde zijn, maar hij schudde zijn hoofd.

'Dan doen we het samen,' zei ze.

Het lichaam was al overgebracht naar een vertrek naast de kapel. Ze liepen achter de jonge non aan, zonder te praten, want woorden leken op dat moment te hard en te broos. Maureen hoorde de geluiden van het hospice, de gedempte stemmen, een kort lachsalvo, het geklok van water door buizen. Heel even hoorde ze buiten de vogels zingen, of waren het zingende mensen? Ze had het gevoel dat ze was opgeslokt door een binnenwereld. Ze bleven staan voor een gesloten deur, en Maureen vroeg Harold nogmaals of hij liever alleen wilde zijn. Weer schudde hij zijn hoofd.

'Ik ben bang,' zei hij terwijl zijn blauwe ogen de hare zochten.

Ze zag er de paniek in, het verdriet en de tegenzin. En toen drong het plotseling tot haar door. De enige dode die hij ooit had gezien was David, in de schuur. 'Ik weet het. Maar het is goed. Ik ben erbij. Dit keer is het goed, Harold.'

'Het was een zacht einde,' zei de non. Ze was een mollig meisje met een rode blos op haar wangen. Het troostte Maureen dat zo'n jonge, vitale vrouw voor de stervenden kon zorgen en zelf toch zo vol van leven kon blijven. 'Vlak voor ze stierf glimlachte ze. Alsof ze iets gevonden had.'

Maureen keek naar Harold en zijn gezicht was zo wit dat het leek alsof hij was adergelaten. 'Ik ben blij,' zei ze. 'Wij zijn blij dat het zo vredig was.'

De non wilde weglopen en draaide zich toen weer naar hen toe, alsof ze zich nog wat had herinnerd. 'Zuster Philomena vroeg of u samen met ons het avondgebed wilde vieren.'

Maureen glimlachte beleefd. Het was te laat om nu nog gelovig te worden. 'Dank je, maar Harold is erg moe. Ik denk dat hij nu vooral rust nodig heeft.'

De jonge vrouw knikte sereen. 'Natuurlijk. We wilden u alleen laten weten dat u van harte welkom bent.' Ze pakte de klink van de deur en deed hem open.

Zodra ze naar binnen stapte, herkende Maureen de geur van de lucht. De atmosfeer was koel en stil, doortrokken van wierook. Onder een houten kruisbeeldje lag het lichaam van de vrouw die eens Queenie Hennessy was geweest, met haar witte haar over het kussen geborsteld. Haar armen lagen tegen haar lichaam aan op het laken, en de open handpalmen waren omhoog gericht, alsof ze ergens vrijwillig afstand van had gedaan. Haar gezicht was discreet naar het kussen gedraaid, zodat het grootste deel van de tumor verborgen was. Maureen en Harold stonden zwijgend naast haar en moesten andermaal onder ogen zien hoe volkomen het leven verdwijnt.

Ze dacht aan David in zijn kist, al die jaren geleden, en hoe ze zijn door zijn geest verlaten hoofd had opgetild en hem steeds weer had gekust, niet in staat te geloven dat haar verlangen om hem levend bij zich te hebben niet genoeg was om hem terug te halen. Harold stond naast haar, met gebalde vuisten.

'Ze was een goed mens,' zei Maureen ten slotte. 'Ze was een echte vriendin.'

Ze voelde iets warms tegen haar vingertoppen en daarna voelde ze de druk van zijn hand die de hare greep.

'Je had niet meer kunnen doen dan je hebt gedaan,' zei ze. En ze dacht nu niet alleen aan Queenie, maar ook aan David. Het had hen uit elkaar gedreven en hen ieder in hun eigen duisternis gestort, maar uiteindelijk had hun zoon gedaan wat hij zelf wilde. 'Ik zat helemaal fout. Het was fout om de schuld bij jou te leggen.' Haar vingers knepen in de zijne.

Ze werd zich bewust van licht dat onder en boven de deur door kwam, en van de geluiden van het hospice, die de leegte vulden als water. Het was zo donker geworden in het vertrek dat de details niet meer duidelijk te onderscheiden waren; zelfs de vorm van Queenie was aan het vervagen. Ze dacht weer aan de golven van de zee, en dat een leven pas volledig was op het moment dat het werd afgesloten. Ze zou net zo lang naast Harold blijven staan als hij wilde. Toen hij zich afwendde, volgde ze hem.

De mis was al begonnen toen ze de deur achter Queenie sloten. Ze bleven staan, twijfelend of ze nog iemand moesten bedanken of stilletjes zouden vertrekken. Het was Harold die vroeg of ze nog even konden blijven. De stemmen van de nonnen verhieven zich, verweven in gezang, en gedurende één schitterend, vluchtig moment vulde de schoonheid ervan Maureen met iets wat op vreugde leek. Als we ons niet kunnen overgeven, dacht Maureen, als we niet kunnen accepteren dat we niet alles weten, is er geen hoop meer.

'Ik wil nu wel gaan,' zei Harold.

Ze liepen in het donker over de boulevard. De gezinnen waren vertrokken met hun picknickspullen en hun stoelen, en op wat mensen die hun hond uitlieten en een paar joggers in fluorescerende jacks na was het strand verlaten. Ze praatten over kleine dingen: de laatste pioenrozen, Davids eerste schooldag, het weerbericht. Kleine dingen. De maan stond hoog aan de hemel en wierp een trillend evenbeeld van zichzelf op het diepe water. Ver weg aan de horizon voer een schip met twinkelende lichtjes, zo langzaam dat zijn voortgang niet waarneembaar was, maar vol van leven en activiteit waar Harold en Maureen buiten stonden.

'Zo veel verhalen. Zo veel mensen die we niet kennen,' zei ze.

Harold keek ook, maar hij dacht aan andere dingen. Hij kon niet zeggen hoe hij het wist, en of hij er nou blij of triest van werd, maar hij was ervan overtuigd dat Queenie hem zou blijven vergezellen, en David ook. Napier zou er zijn, en Joan, en Harolds vader met de tantes, maar de strijd met hen zou voorbij zijn, en ook het verdriet om het verleden. Ze maakten deel uit van de lucht waar hij doorheen wandelde, zoals alle reizigers die hij had ontmoet er deel van uitmaakten. Hij zag in dat de mensen de beslissingen namen die ze wilden nemen, en sommige daarvan zouden zowel voor henzelf als voor hun dierbaren pijnlijk zijn, en sommige zouden niet worden opgemerkt, terwijl andere vreugde zouden brengen. Hij wist niet wat er na Berwick-upon-Tweed zou volgen, maar hij was klaar om het tegemoet te treden.

Er kwam een herinnering boven aan de avond al die jaren geleden, toen Harold had gedanst en Maureen door de menigte heen naar hem had zien kijken. Hij herinnerde zich hoe het voelde om met zijn armen en benen te zwaaien – alsof hij alles eruit schudde wat hij in zijn leven had meegemaakt – terwijl hij werd geobserveerd door zo'n mooie jonge vrouw. Aangemoedigd had hij verder gedanst, zelfs nog gekker, met voeten die in de lucht schopten en handen als glibberige palingen. Hij was blijven staan en had weer gekeken. Ze sloeg hem nog steeds gade. En die keer had ze zijn blik beantwoord en gelachen. Ze ging er zo in op, haar schouders schokten, en haar haar viel over haar gezicht, dat hij voor het eerst in zijn leven toegaf aan de verleiding om een volle zaal door te lopen en een vreemde aan te raken. Onder haar fluwelen haar was haar huid zacht en bleek. Ze had haar hoofd niet teruggetrokken.

'Hallo,' had hij gezegd. Zijn jeugd werd weggevaagd en er was niets anders dan hij en zij. Wat er daarna ook zou gebeuren, hij wist dat ze dezelfde weg zouden gaan. Hij zou alles voor haar doen. De herinnering vulde Harold met een lichtheid alsof hij ergens diep vanbinnen weer warm was.

Maureen trok haar kraag op naar haar oren tegen de kilte van de avond. De lichten van de stad schenen op de achtergrond. 'Zullen we teruggaan?' vroeg ze. 'Ben je zover?'

Harold niesde bij wijze van antwoord. Ze keerde zich naar hem toe om hem een zakdoek te geven, maar werd onthaald op een bijna onhoorbare snik. Hij sloeg zijn hand voor zijn gezicht. Het geluid klonk weer. Het was geen nies of een snik. Het was een proest. Een knor.

'Gaat het?' vroeg Maureen. Hij leek zijn best te doen om iets in zijn mond te houden. Ze trok aan zijn mouw. 'Harold?'

Hij schudde zijn hoofd. Hij hield zijn hand nog steeds tegen zijn mond gedrukt. Opnieuw een proest.

'Harold?' vroeg ze weer.

Hij hield zijn handen aan weerskanten van zijn mond, alsof hij hem recht probeerde te trekken. Hij zei: 'Ik mag eigenlijk niet lachen. Ik wil het helemaal niet. Alleen...' Hij stootte een schaterlach uit.

Ze begreep het niet, maar er trok nu ook een glimlach aan haar mondhoeken. 'Misschien is het even nodig dat we lachen,' zei ze. 'Wat is er zo grappig?'

Harold haalde diep adem om zichzelf onder controle te krijgen. Hij keek haar aan met die prachtige ogen van hem, en ze leken te schitteren in het donker. 'Ik heb geen idee waarom ik me het herinner. Maar weet je nog die dansavond?'

'Toen we elkaar ontmoetten?' Haar glimlach begon geluid te maken.

'En dat we als kinderen stonden te lachen?'

'O, wat zei je toen ook alweer, Harold?'

Hij schoot in zo'n daverende lach dat hij zijn handen op zijn buik moest drukken. Ze keek naar hem met een bruisende glimlach, ze kon ieder moment exploderen; ze was er bijna, maar nog niet helemaal. Hij klapte dubbel. Het leek wel of hij pijn had.

Tussen zijn geproest door zei hij: 'Het kwam niet door mij. Niet door iets wat ik zei. Jij zei iets.'

'Ik?'

'Ja. Ik groette je en jij keek naar me op. En toen zei je...'

Ze wist het. Ze herinnerde het zich weer. Een lach schoot omhoog uit haar buik en vulde haar als helium. Ze drukte haar hand tegen haar mond. 'Natuurlijk, ja.'

'Jij zei...'

'Dat klopt. Ik...'

Ze konden het niet zeggen. Ze kregen het er niet uit. Ze probeerden het wel, maar telkens als ze hun mond opendeden, was het zo hilarisch dat ze weer de slappe lach kregen. Ze moesten elkaar bij de hand vastpakken om niet om te vallen.

'O god,' gierde ze. 'O god. Zo grappig was het niet eens.' Ze lachte, maar probeerde het tegen te houden, waardoor het in snikken en piepjes naar buiten kwam. Toen rees er achter haar nog een lach omhoog, als een golf die haar overrompelde en uitliep in een hevige hik. Dat maakte het nog erger. Ze hielden elkaars armen vast en lagen krom van plezier. Hun ogen traanden, hun gezicht deed pijn. 'Iedereen die ons ziet denkt dat we een gezamenlijke hartaanval hebben,' brulde ze.

'Je hebt gelijk,' zei Harold, terwijl hij zijn ogen droogde met zijn zakdoek. Even keek hij weer ernstig. 'Dat was het punt, lieverd. Het was een heel gewone opmerking. Het moet grappig zijn geweest omdat we gelukkig waren.'

Ze pakten elkaar weer bij de hand en liepen naar de zee, twee kleine figuren tegen de zwarte golven. Halverwege moet een van hen het zich weer herinnerd hebben en sloeg het als een nieuwe stroom van vreugde over op de ander. Ze stonden aan de rand van de zee, hand in hand, te schudden van het lachen.

DE ONWAARSCHIJNLIJKE
REIS VAN
HAROLD FRY
1009 kilometer * 87 dagen
0 25 50 75 100
Kilometer
einde
Berwick
Kelso
Wooler
Alnwick
Cambo
Newcastle
Hexham
Muur van Hadrianus
Schotland
Penninisch Gebergte
Darlington
Noord-Zee
Ripon
Harrogate
York
Leeds
Ierse Zee
Wakefield
Barnsley
Manchester
Sheffield
Chesterfield
Nottingham
Derby
Holt
Ashby de la Zouch
Leicester
WALES
Birmingham
Coventry
Warwick
Stratford
Cambridge
Engeland
Cheltenham
Stroud
Nailsworth
Kanaal van Bristol
Bristol
Bath
Wells
Londen
Bagley Green
Taunton
Tiverton
Thorveton
Exeter
Southampton
Portsmouth
Eastbourne
DARTMOOR
Buckfast Abbey
South Brent
Loddiswell
Kingsbridge
begin
Het Kanaal

Dankbetuiging

Verschillende mensen hebben deel uitgemaakt van Harolds reis. Anton Rogers, Anna Massey, Niamh Cusack, Tracey Neale, Jeremy Mortimer en Jeremy Howe begonnen met hem als een middaghoorspel voor BBC Radio 4. Niamh heeft ook vele pagina's van het boek gelezen en me aangemoedigd, evenals Paul Venables, Myra Joyce, Anna Parker, Christabelle Dilks, Heater Mulkey en Sarah Lingard. Clare Conville, Jake Smith-Bosanquet en iedereen bij Conville & Walsh, Susanna Wadeson en het team van Transworld, Kendra Harpster, Abi Pritchard, Frances Arnold, Richard Skinner, de Faber-groep van 2010 en Matthew, de Stroud Forager, hebben allen een belangrijke rol gespeeld.

En ten slotte Hope, Kezia, Jo en Nell, die Harold soms langs de kant van de weg zien lopen.